LUCY MAUD MONTGOMERY
Anne DE INGLESIDE

Tradução
Rafael Bonaldi

Ciranda Cultural

© 2020 Ciranda Cultural Editora e Distribuidora Ltda.

Traduzido do original
Anne of Ingleside

Texto
Lucy Maud Montgomery

Tradução
Rafael Bonaldi

Preparação
Karoline Cussolim

Revisão
Mariane Genaro
Fernanda R. Braga Simon

Produção, projeto gráfico e diagramação
Ciranda Cultural

Ilustração da Capa
Beatriz Mayumi

Dados Internacionais de Catalogação na Publicação (CIP) de acordo com ISBD

M787a   Montgomery, Lucy Maud

         Anne de Ingleside / Lucy Maud Montgomery ; traduzido por Rafael Bonaldi ; ilustrado por Beatriz Mayumi. - Jandira, SP : Ciranda Cultural, 2020.
         336 p. ; 16cm x 23cm. – (Ciranda Jovem)

         Tradução de: Anne of Ingleside
         Inclui índice.
         ISBN: 978-65-550-0210-2

         1. Literatura infantojuvenil. 2. Romance. I. Bonaldi, Rafael. II. Mayumi, Beatriz. III. Título. IV. Série.

2020-759   CDD 028.5
                                                              CDU 82-93

Elaborado por Vagner Rodolfo da Silva - CRB-8/9410

Índice para catálogo sistemático:
1.   Literatura infantojuvenil 028.5
2.   Literatura infantojuvenil 82-93

1ª edição revista em 2020
www.cirandacultural.com.br
Todos os direitos reservados.
Nenhuma parte desta publicação pode ser reproduzida, arquivada em sistema de busca ou transmitida por qualquer meio, seja ele eletrônico, fotocópia, gravação ou outros, sem prévia autorização do detentor dos direitos, e não pode circular encadernada ou encapada de maneira distinta daquela em que foi publicada, ou sem que as mesmas condições sejam impostas aos compradores subsequentes.

SUMÁRIO

Capítulo 1 7
Capítulo 2 14
Capítulo 3 22
Capítulo 4 28
Capítulo 5 34
Capítulo 6 39
Capítulo 7 47
Capítulo 8 53
Capítulo 9 62
Capítulo 10 67
Capítulo 11 72
Capítulo 12 80
Capítulo 13 88
Capítulo 14 93
Capítulo 15 104
Capítulo 16 112
Capítulo 17 118
Capítulo 18 128
Capítulo 19 134
Capítulo 20 141
Capítulo 21 145
Capítulo 22 153
Capítulo 23 159
Capítulo 24 168

Capítulo 25 175
Capítulo 26 182
Capítulo 27 190
Capítulo 28 202
Capítulo 29 217
Capítulo 30 224
Capítulo 31 233
Capítulo 32 242
Capítulo 33 262
Capítulo 34 272
Capítulo 35 283
Capítulo 36 290
Capítulo 37 299
Capítulo 38 306
Capítulo 39 312
Capítulo 40 317
Capítulo 41 328

CAPÍTULO 1

– Como a luz da lua está alva nesta noite! – disse Anne Blythe a si mesma, enquanto atravessava o jardim da casa de Diana Wright em direção à porta da frente, onde caíam pequenas pétalas da cerejeira em flor, trazidas pela brisa salgada do mar.

Ela parou por um instante para observar as colinas e os bosques que amara em outros tempos e que ainda amava. Querida Avonlea! Glen St. Mary era o lar dela há anos, mas Avonlea tinha algo que a vila jamais teria. Fantasmas de si mesma espreitavam a cada curva. Os campos pelos quais havia vagado a recebiam. Ecos imperturbados da antiga e doce vida a envolviam. Cada canto em que os olhos dela pousavam tinha uma lembrança adorável. Aqui e ali havia jardins assombrados onde desabrochavam todas as rosas de outrora. Anne amava retornar a Avonlea, mesmo quando o motivo da visita, como aquele, era triste. Gilbert e ela tinham vindo para o funeral do pai dele, e Anne resolveu ficar por uma semana. Marilla e a senhora Lynde se recusaram a deixá-la partir tão cedo.

O antigo quartinho do sótão estava sempre pronto para recebê-la e, na noite em que Anne chegou, ela encontrou um grande e lindo buquê de flores da primavera que a senhora Lynde havia posto. Quando Anne afundou o rosto no arranjo, era como se ele guardasse todas as fragrâncias dos anos esquecidos. A Anne-que-ela-costumava-ser estava aguardando por ela, e uma felicidade profunda e antiga remexeu-se no coração dela. O quarto do sótão estava abraçando-a, envolvendo-a, engolindo-a. Olhou com carinho para a colcha de folhas de macieira e os travesseiros impecáveis de bordado intricado feitos pela senhora Lynde, para os tapetes trançados de Marilla no chão e para o espelho que refletira o rosto da pequena órfã, ainda inocente, que chorara até dormir na primeira noite naquela casa, tanto tempo atrás. Anne esqueceu-se de que já era mãe orgulhosa de cinco filhos e de que Susan Baker, lá em Ingleside, tricotava um novo par de sapatinhos misteriosos. Ela era, mais uma vez, a Anne de Green Gables.

A senhora Lynde a encontrou com o olhar perdido no espelho ao entrar trazendo toalhas limpas.

– É muito bom ter você aqui novamente, Anne, é isso o que é. Faz nove anos que você partiu, porém Marilla e eu ainda não conseguimos superar. Não estamos mais tão sozinhas depois que Davy se casou. Mille é realmente um amor e faz tortas ótimas! Embora faça mil e uma perguntas sobre tudo. No entanto, eu sempre disse e sempre direi que não existe alguém como você.

– Ah, mas este espelho não se deixa enganar, senhora Lynde. Ele está me dizendo, com toda a sinceridade: "Você já não é mais tão jovem" – disse Anne com um ar caprichoso.

– Sua pele continua linda – consolou-a a senhora Lynde. – Se bem que você nunca foi muito corada.

– Pelo menos não tenho nem sinal de queixo duplo – disse Anne, satisfeita. – E o meu antigo quarto se lembra de mim, senhora Lynde. Que bom, pois eu ficaria muito magoada se algum dia voltasse e descobrisse que ele me esqueceu. É maravilhoso voltar a ver a lua nascer sobre a Floresta Assombrada.

– Parece uma grande pepita de ouro no céu, não parece? – disse a senhora Lynde, sentindo um arrebatamento poético e grata por Marilla não estar por perto.

– Veja aqueles pinheiros pontudos destacando-se contra ela e as bétulas no vale ainda erguendo os braços para o céu prateado. Já são árvores imensas; eram apenas meros brotos quando cheguei aqui, e isso me faz sentir um pouco velha.

– Árvores são como crianças – disse a senhora Lynde. – É angustiante o quanto crescem se damos as costas a elas por um minuto. Eu preparei uma torta de frango para o jantar e também os meus biscoitinhos de limão. Não precisa ter medo algum de dormir nesta cama. Arejei os lençóis hoje, e Marilla também, já que não sabia que eu já tinha feito isso. E Mille, alheia a toda essa situação, pendurou os lençóis no varal pela terceira vez.

– A tia Mary Maria, Gilbert a chama assim, embora ela seja apenas prima do pai dele, só me chama de "Annie". – Anne estremeceu. – Na primeira vez em que me viu depois que eu me casei, ela disse: "É tão estranho Gilbert ter escolhido você... Ele poderia ter se casado com tantas garotas bonitas...". Talvez seja por isso que eu nunca gostei dela e sei que Gilbert também não gosta dela, por mais que ele seja apegado demais à família para admitir.

– Gilbert vai ficar por aqui por muito tempo?

– Não. Ele precisa voltar amanhã à noite. Um paciente dele está em condições críticas.

– Ah, bem, suponho que agora não haja mais nada que o prenda a Avonlea, já que a mãe dele faleceu no ano passado. O velho senhor Blythe nunca mais voltou a sorrir depois da morte dela e não tinha mais motivos para viver. Os Blythes sempre foram assim, sempre tiveram muita afeição às coisas terrenas. É muito triste pensar que não haja mais ninguém da família em Avonlea, e formavam um belo clã.

Em contrapartida, há um monte dos Sloanes. Os Sloanes ainda são os Sloanes, Anne, e sempre o serão, até o fim do mundo. Amém.

– Pois que a família continue crescendo. Vou sair depois de jantar e caminhar até o velho pomar sob a luz da lua e creio que terei de dormir depois disso, por mais que eu sempre tenha achado um desperdício dormir em noites enluaradas. Quero acordar cedo para assistir aos primeiros e débeis raios de sol despontarem sobre a Floresta Assombrada. O céu ganhará tons corais, e os pássaros se agitarão, talvez um pequeno pardalzinho cinza pouse no peitoril da janela, e eu contemplarei as flores douradas e violeta.

– Os coelhos acabaram com os canteiros de lírios – disse a senhora Lynde com tristeza enquanto descia as escadas, secretamente aliviada por não ter que continuar a falar da lua. Anne sempre foi um pouco peculiar. E, pelo visto, não havia mais esperanças de que fosse mudar.

Diana avançou pela entrada para encontrar-se com Anne. Mesmo sob o luar, era possível ver que os cabelos dela continuavam negros, as bochechas ainda eram rosadas, e os olhos, cintilantes. E o luar tampouco escondia que ela estava um pouco mais robusta do que nos anos anteriores, pois Diana nunca fora o que o povo de Avonlea chama de "magrela".

– Não se preocupe, querida, não ficarei por muito tempo...

– Como se eu fosse me preocupar com isso – disse Diana, em tom reprovador. – Você sabe que prefiro passar a noite com você a ir àquela recepção. Tenho a sensação de que nunca nos vemos, e você vai embora depois de amanhã. No entanto, é o irmão do Fred, entende? Temos que ir.

– É claro. Não vou demorar. Eu vim pelo nosso velho caminho, Di, passei pela Bolha da Dríade, pela Floresta Assombrada, pelo seu velho jardim frondoso e por Willowmere. Eu inclusive parei para observar o reflexo invertido dos salgueiros na água, como costumávamos fazer. Como cresceram!

– Todos cresceram – disse Diana, com um suspiro. – Quando olho para o jovem Fred! Todos mudaram... Só você que não. Você não muda, Anne. Como se mantém tão magra? Olhe para mim!

– Você ganhou ares de matrona – riu Anne. – Todavia conseguiu escapar das garras da velhice, por ora, Di. Quanto a eu não ter mudado... Bem, a senhora H. B. Donnell concorda com você. Ela me disse no funeral que não pareço nem um dia mais velha. Já a senhora Harmon Andrews discorda. Ela disse: "Minha nossa, Anne, como o tempo passou para você!". A beleza está nos olhos de quem vê ou na consciência. O único momento em que sinto que estou ficando velha é quando vejo as fotos nas revistas. Os heróis e as heroínas estão começando a parecer jovens demais para mim. Mas não se preocupe, Di. Amanhã voltaremos a ser garotas. É o que eu vim lhe dizer. Vamos tirar um fim de tarde para revisitarmos todos os nossos fantasmas, cada um deles. Passearemos pelos campos e atravessaremos o velho e frondoso bosque repleto de samambaias. Nada parece impossível na primavera, sabe? Deixaremos de nos sentir maternais e seremos tão imprudentes quanto a senhora Lynde ainda acha que sou no fundo do coração dela. Não é divertido ser sensata o tempo inteiro, Diana.

– Isso é tão a sua cara! Eu adoraria, mas...

– Nada de "mas". Sei o que está pensando: "Quem vai fazer o jantar para os homens?".

– Não exatamente. Anne Cordelia sabe preparar o jantar tão bem quanto eu, e tem apenas onze anos – disse com orgulho. – Ela já ia fazer isso, de qualquer forma. Eu ia à reunião da Sociedade Assistencial das Damas, mas decidi que não vou mais. Vou com você, e será como realizar um sonho. Sabe, Anne, em muitas tardes em me sento e finjo que somos garotinhas novamente. Levarei comida para nós.

– E nós comeremos no jardim de Hester Gray. Suponho que ele ainda exista.

– Creio que sim – disse Diana, hesitante. – Nunca mais voltei lá depois que me casei. Anne Cordelia gosta bastante de explorar e sempre digo para que não se afaste muito de casa. Ela adora passear pelos bosques. Um dia, quando lhe dei uma bronca por falar sozinha no jardim, ela disse que não estava falando sozinha, mas que estava falando com o espírito das flores. Lembra-se daquele jogo de chá para bonecas com minúsculos botões de rosa que você lhe deu no aniversário de nove anos? Ela é tão cuidadosa que jamais quebrou sequer uma xícara. Ela só o usa quando as Três Pessoinhas Verdes vêm para o chá. Ainda não consegui descobrir quem eles são. Em certos aspectos, Anne, aquela menina é mais parecida com você do que comigo.

– Talvez haja mais em um nome do que Shakespeare[1] supôs. Não veja com maus olhos as fantasias da Anne Cordelia, Diana. Tenho pena das crianças que não passaram uns bons anos na Terra das Fadas.

– Olivia Sloane é a nossa professora agora – disse Diana, em um tom duvidoso. – Ela tem bacharelado em Artes, sabe, e só aceitou o emprego para estar perto da mãe. Ela diz que crianças devem encarar a realidade.

– Nunca achei que ouviria você concordar com "sloanismos", Diana Wright.

– Não... não... NÃO! Não gosto nem um pouco dela, com aqueles olhos azuis redondos característicos da família. E eu não me importo nem um pouco com as fantasias da Anne Cordelia; são lindas, assim como eram as suas. Suponho que ela vivenciará a realidade o suficiente com o passar dos anos.

– Bem, então está combinado. Venha até Green Gables por volta das duas e nós tomaremos uma dose do licor de groselha da Marilla. Ela o prepara de vez em quando, apesar do que dizem o ministro da igreja e a senhora Lynde. Só para nos sentirmos realmente diabólicas.

– Você se lembra da vez em que me embebedou com o licor? – riu Diana, que não se importava com a palavra "diabólico" quando usada

---

[1] Referência à peça *Romeu e Julieta* (Ato II, cena II), do escritor inglês William Shakespeare (1564-1616). (N. T.)

por Anne. Todo mundo sabia que ela não dizia essas coisas com seriedade. Era só a maneira de ser dela.

– Teremos um dia inteiro de "você se lembra?" amanhã, Diana. Não vou mais segurar você. Aí vem o Fred com a charrete. Seu vestido é lindo.

– Fred me fez comprar um novo para o casamento. Não acho que deveríamos gastar com essas coisas, já que acabamos de construir um celeiro, mas ele disse que não permitiria que a esposa parecesse que foi convidada e não podia ir, quando todas as demais estarão absolutamente empertigadas. Não é típico de um homem?

– Ah, você falou igualzinho à senhora Elliott, de Glen – disse Anne severamente. – Cuidado. Você gostaria de viver em um mundo sem homens?

– Seria horrível – admitiu Diana. – Sim, Fred, já estou indo. Ah, tudo bem! Até amanhã, Anne.

Anne parou na Bolha da Dríade a caminho de casa. Ela amava aquele velho riacho. Ele parecia ter guardado cada eco das risadas da infância dela e agora os devolvia aos ouvidos atentos de Anne. Os velhos sonhos... ela podia enxergá-los refletidos na água límpida. As velhas juras, os velhos sussurros... E o riacho murmurava a respeito de todos eles, só que não havia ninguém para ouvi-lo além dos sábios e experientes abetos da Floresta Assombrada, que o escutavam há tanto tempo.

CAPÍTULO 2

– Que dia encantador, feito especialmente para nós – disse Diana. – Receio que esse clima bom não durará muito. Vai chover amanhã.
– Não importa. Beberemos à beleza do dia de hoje, mesmo que o sol não apareça amanhã. Desfrutaremos da companhia uma da outra, mesmo que nos separemos amanhã. Veja aquelas colinas altivas, verdes e douradas, aqueles vales repletos de névoa azulada. São nossos, Diana, e não tem importância que aquela colina mais distante esteja na propriedade de Abner Sloan, porém hoje ela é nossa. O vento está soprando do oeste. Nosso passeio será perfeito.

E foi mesmo. Elas retornaram a todos os lugares queridos: a Travessa dos Amantes, a Floresta Assombrada, Idlewild, o Vale das Violetas, a Trilha das Bétulas, o Lago de Cristal, mas algumas coisas haviam mudado. As mudas de bétulas em Idlewild, onde elas tiveram uma casinha de bonecas muito tempo atrás, haviam se tornado árvores imensas; a Trilha das Bétulas, há muito abandonada, estava tomada de brotos de samambaias; o Lago de Cristal havia desaparecido completamente, deixando apenas uma depressão úmida coberta de musgo. No entanto, o Vale de Violetas continuava repleto de flores de cor púrpura, e a jovem macieira que Gilbert descobrira nas profundezas do bosque era agora uma árvore enorme, repleta de minúsculos botões carmesim.

Elas caminhavam sem sombrinhas. Os cabelos de Anne ainda reluziam como mogno polido, e os cabelos pretos de Diana ainda eram lustrosos. Elas trocavam olhares felizes e reconfortantes, olhares de cálida amizade, às vezes andavam em silêncio, pois Anne sempre defendeu que duas pessoas que se entendem tão bem podiam sentir o pensamento uma da outra. Em outros momentos, elas pontilhavam a conversa com "lembra-se". "Lembra-se do dia em que você ficou presa no telhado do poleiro dos Cobbs, na estrada Tory?", "lembra-se de quando assustamos a tia Josephine?", "lembra-se do nosso clube de histórias?", "lembra-se da visita da senhora Morgan, quando seu nariz estava todo manchado de vermelho?", "lembra-se de quando fazíamos sinal uma para a outra das nossas janelas com velas?", "lembra-se de como nos divertimos no casamento da senhorita Lavendar e dos laços azuis da Charlotta?", "lembra-se da Sociedade de Melhorias?". Era como se pudessem ouvir as próprias gargalhadas ecoando ao longo dos anos.

Aparentemente, a Sociedade de Melhorias do Vilarejo de Avonlea não existia mais. Ela tinha sido desfeita pouco depois do casamento de Anne.

– Eles simplesmente não conseguiram mantê-la, Anne. Os jovens de Avonlea não são mais como os do nosso tempo.

– Não fale como se o nosso tempo já tivesse passado, Diana. Nós só temos quinze anos e somos almas amigas. O ar não está simplesmente repleto de luz; ele é feito de luz. E não duvido que asas tenham surgido nas minhas costas.

– Também me sinto assim – disse Diana, esquecendo-se de que a balança havia chegado aos setenta quilos naquela manhã. – Eu adoraria me transformar em um pássaro por alguns momentos. Deve ser maravilhoso poder voar.

A beleza as cercava por todos os lados. Matizes inusitados reluziam nas penumbras dos bosques e fulguravam nas trilhas encantadoras. O Sol da primavera se esgueirava por entre as folhas verdes. Trinados alegres chegavam de todas as direções. Havia pequenas clareiras em que as garotas tiveram a impressão de estarem se banhando em uma piscina de ouro líquido. A cada curva, algum aroma fresco da primavera lhes assaltava os sentidos: o perfume das samambaias, o bálsamo dos pinheiros, o odor pungente dos campos recém-arados. Elas se depararam com uma trilha ladeada pelas cortinas de cerejeiras em flor; com um velho campo repleto de jovens abetos, que pareciam duendes minúsculos travessos que brincavam entre a grama alta; com córregos que ainda não eram "largos demais para serem saltados"[2]; com estrelas em forma de flores que cresciam sob os pinheiros; com samambaias de ramos frisados; e com uma bétula de cujo tronco algum vândalo arrancara a casca branca em vários lugares, expondo os tons escuros da parte de baixo. Anne a encarou por tanto tempo que Diana ficou curiosa. Ela não via o que Anne via: os tons que partiam do branco mais puro, passando pelas primorosas tonalidades de dourado e que se intensificavam até os ricos matizes de marrom revelados pelas camadas mais profundas. Era como se quisesse demonstrar que todas as bétulas, formosas e altivas como donzelas exteriormente, também tinham sentimentos tépidos.

– Trazem nos corações o fogo primaveril da terra – murmurou Anne.

Finalmente, depois de atravessarem um bosquezinho cheio de cogumelos, elas chegaram ao jardim de Hester Gray, que não havia mudado muito e ainda tinha a doçura de suas flores. Havia ainda muitos lírios de junho, que era como Diana chamava os narcisos. As cerejeiras em fila estavam maiores, carregadas de botões níveos. Ainda era possível discernir o caminho central ladeado por roseiras, e o velho dique estava tomado pelo branco das flores dos morangos, o azul das violetas

---

[2] Referência ao poema *With Rue My Heart is Laden*, do poeta inglês Alfred Edward Housman (1859-1936). (N. T.)

e o verde dos brotos de samambaia. Elas fizeram um piquenique em um canto, sentadas sobre pedras ancestrais cobertas de musgo em meio à grama alta, sob as sombras vespertinas de um arbusto de lilases que balançava as bandeiras púrpura ao vento.

– A comida é mais saborosa ao ar livre! – suspirou Diana com satisfação. – Esse seu bolo de chocolate... Bem, me faltam palavras, mas eu preciso da receita. Fred vai adorar, e sempre digo que não vou comer mais bolo porque estou ficando mais gorda a cada ano. Morro de medo de ficar igual à minha tia-avó Sarah. Ela era tão gorda que precisava que a puxassem para se levantar toda vez que se sentava. Só que, quando eu vejo um bolo desses... E, na recepção da noite passada, bem... eles teriam ficado ofendidos se eu não tivesse comido.

– Você se divertiu?

– Ah, sim, de certa forma. Eu caí nas garras da prima do Fred, a Henrietta, que adora contar sobre todas as operações e as sensações que enfrentou, e como o apêndice teria explodido se ela não o tivesse extraído a tempo: "Levei quinze pontos. Ah, Diana, como sofri!". Bem, ela estava adorando a conversa, mas eu não. E é verdade que sofreu muito; então, por que ela não pode ao menos se divertir ao falar do assunto? Jim estava tão animado, só não sei se a Mary Alice gostou muito do que ele falou. Bem, só mais um pedacinho. Agora que já comecei, uma fatia fininha não vai fazer diferença, não é mesmo? Jim disse que, na noite antes do casamento, ele estava tão assustado que quase pegou o trem até o porto. Você acha que Gilbert e Fred também se sentiram assim?

– Tenho certeza que não.

– Foi o que Fred respondeu quando perguntei. Disse que só estava com medo de que eu mudasse de ideia no último instante, como Rose Spencer. Se bem que não dá para saber o que um homem está pensando. Bem, é inútil preocupar-se com isso agora. A nossa tarde foi adorável! Nós revivemos tantos momentos felizes. Queria que você não tivesse de ir embora amanhã, Anne.

– Você não pode vir me visitar em Ingleside no verão, Diana? Antes do verão. Bem, eu não vou receber visitar antes disso.

– Eu adoraria, mas acho que vai ser impossível escapar de casa no verão. Eu sempre tenho tanto o que fazer!

– Rebecca Dew finalmente irá me visitar, e eu receio que a tia Mary Maria também. Foi o que ela deixou a entender para o Gilbert. Ele tampouco quer que ela venha, só que ela é "parente", e por isso a porta da casa dele precisa estar sempre aberta para ela.

– Talvez eu possa ir no inverno. Adoraria visitar Ingleside novamente. Sua casa é adorável, Anne, e sua família também.

– Ingleside é linda, e eu a amo agora. Houve um tempo em que achei que jamais iria gostar de lá. De início eu a odiei pelas próprias virtudes, pois elas eram um insulto à minha Casa dos Sonhos. Lembro de ter dito com pesar a Gilbert quando partirmos: "Nós fomos muito felizes aqui e jamais seremos tão felizes assim em outro lugar". Eu me deixei levar pela saudade da antiga casa por uns tempos. Então, as raízes da minha afeição por Ingleside começaram timidamente, mas eu lutei contra elas, é verdade. Por fim, tive que admitir meu amor por aquela casa e, desde então, meu amor só tem aumentado. Não é uma casa muito antiga, pois casas velhas demais são tristes, também não é muito nova, casa novas demais são insossas, ou seja, ela é um meio-termo agradável. Amo cada cômodo dela, pois todos têm algum defeito e também alguma virtude, algo que os distingue dos outros e lhes confere personalidade. Amo todas as árvores magníficas do jardim. Não sei quem as plantou; entretanto, toda vez que subo as escadas, eu me detenho no patamar. Sabe aquela janela pitoresca no patamar, com a namoradeira baixa? Pois eu me sento nela para apreciar a vista por um instante e digo: "Deus abençoe o sujeito que plantou aquelas árvores, quem quer que seja". A verdade é que temos árvores demais ao redor da casa, porém não conseguimos nos desfazer de nenhuma.

– Fred também é assim. Ele venera aquele grande salgueiro ao sul da nossa casa. Já lhe disse várias e várias vezes que ele atrapalha a vista da sala de estar, mas ele só diz "Você ousaria cortar uma coisa tão maravilhosa só porque ela está no caminho?", de forma que o salgueiro continua lá e é adorável. É por isso que chamamos a propriedade de fazenda Lone Willow[3]. Adoro o nome Ingleside[4]; soa tão acolhedor.

– Foi o que Gilbert disse. Nós demoramos para escolher um nome, tentamos vários, e nenhum parecia adequado. Quando pensamos em Ingleside, percebemos na hora que era o certo. Estou contente por ter uma casa grande; é do que a nossa família precisava. As crianças, mesmo ainda pequenas, também a adoram.

– Elas são umas gracinhas. – Diana cortou mais uma "fatiazinha" do bolo de chocolate. – Gosto dos meus bolos, só que os seus têm alguma coisa. E as gêmeas! Nisso sim eu a invejo, sempre quis ter gêmeos.

– Ah, é claro que eu tenho um par de gêmeos, são o meu destino. No entanto, o fato de não se parecerem nem um pouco me decepciona. Nan é linda, com os cabelos e os olhos castanhos e pele delicada. Di é a favorita do pai, por ter olhos verdes e cabelos ruivos e cacheados. Shirley é o centro das atenções da Susan. Fiquei doente por tanto tempo depois que ele nasceu que ela cuidou dele praticamente como se fosse filho dela. Ela o chama de "meu moreninho" e o mima desavergonhadamente.

– E ainda é tão pequeno que você pode ir de noite verificar se ele não tirou as roupinhas e arrumá-lo – disse Diana. – Jack tem nove anos, sabe, e não quer que eu faça mais isso. Disse que já está grandinho, só que eu amo fazer isso! Ah, quem dera as crianças não crescessem tão rápido!

– Nenhum dos meus chegou a essa fase ainda, mas eu percebi que, desde que Jem começou a ir à escola, ele não quer mais segurar a minha mão quando andamos pela vila – disse Anne com um suspiro. – Contudo, Walter, Shirley e ele ainda querem que eu os coloque na cama para dormir. Às vezes, Walter faz todo um ritual.

---

3 "Salgueiro Solitário", em inglês. (N. T.)
4 Termo de origem do inglês britânico que se refere à área ao redor da lareira e também ao lar. (N. T.)

– E você ainda não precisa se preocupar com o que eles vão ser. Jack está louco para ser um soldado quando crescer. Um soldado! Imagine só!

– Eu não me preocuparia com isso. Ele se esquecerá disso assim que inventar outra profissão para seguir, pois guerra é coisa do passado. O Jem quer ser marinheiro, como o capitão Jim; Walter leva jeito para ser poeta, e ele não é igual aos irmãos. Todos amam as árvores, entretanto, e todos adoram brincar no "Vale", que é como eles chamam a pequena baixada atrás de Ingleside, que tem um riacho e um monte de trilhas encantadas. Um lugar bem comum, é somente "o Vale" para nós, mas para eles é a Terra das Fadas. As crianças têm lá os seus defeitos, mas não são uma turminha ruim e, por sorte, sempre estão rodeados de muito amor. Ah, fico contente em imaginar que, amanhã, a essa hora, já terei voltado para Ingleside! Estarei contando histórias de ninar para os meus bebês, depois de ter elogiado as samambaias e os sapatinhos-de-vênus da Susan. Ela tem "sorte" com as samambaias, são inigualáveis. Posso elogiá-las com sinceridade. Já os sapatinhos-de-vênus, Diana! Não se parecem nem um pouco com flores, na minha opinião. Todavia eu nunca disse isso a ela, por medo de magoá-la. Sempre dou um jeito de contornar a situação. A Providência Divina ainda não falhou. Susan é tão prestativa... Não sei o que eu faria sem ela, e pensar que a considerei uma "desconhecida"! Sim, é ótimo saber que vou voltar para casa, só que ao mesmo tempo estou triste por deixar Green Gables. Aqui é tão lindo, com Marilla e você. Nossa amizade sempre foi linda, Diana.

– Sim... sempre... Digo... Eu nunca soube dizer as coisas como você, Anne, mas nunca quebramos a nossa "promessa solene", não é mesmo?

– Sempre! Manteremos nossa promessa para sempre.

Anne segurou as mãos de Diana. Elas ficaram em silêncio por um momento, um momento doce demais para palavras. Sombras longas e imóveis do entardecer formavam-se sobre a grama, as flores e a extensão verde dos prados ao redor. O sol se punha, fazendo com que o céu ganhasse tons cinza e róseos por trás das árvores pensativas, enquanto o crepúsculo primaveril dominava o jardim que não recebia mais visitantes. Passarinhos enchiam o ar com gorjeios aflautados. Uma grande estrela surgiu sobre as cerejeiras brancas.

– A primeira estrela é sempre um milagre – disse Anne alegre e sonhadoramente.

– Eu poderia ficar aqui eternamente – disse Diana. – Detesto a ideia de ter que voltar.

– Eu também, afinal só estávamos fingindo ter quinze anos. Temos as nossas famílias para cuidar. Que delícia o perfume desses lilases! Já lhe ocorreu, Diana, que há algo um tanto... casto... no perfume dos lilases? Gilbert acha isso engraçado. Ele adora o perfume dessas flores, e para mim elas parecem evocar algo secreto, demasiado doce.

– É um aroma forte demais para se ter dentro de casa – disse Diana. Ela pegou o prato com os restos do bolo de chocolate, encarou-o longamente e então balançou a cabeça e o guardou na cesta com uma expressão de nobreza e sacrifício.

– Não seria divertido, Diana, se encontrássemos no caminho de volta as nossas versões mais jovens correndo em direção à Travessa dos Amantes?

Diana sentiu um leve arrepio.

– Nã-ã-ão, não acho que seria divertido, Anne. Já está ficando tarde, e tudo bem fantasiar essas coisas de dia, mas...

Elas voltaram para casa devagar, em silêncio, juntas, com o glorioso pôr do sol ardendo nas colinas que ficavam para trás, e o carinho antigo e inesquecível ardendo no coração delas.

CAPÍTULO 3

Na manhã seguinte, Anne terminou a semana, que fora repleta de dias agradáveis, levando flores ao túmulo de Matthew. De tarde, ela embarcou no trem para a casa em Carmody. Por um instante, ela pensou em todas as coisas adoradas que estava deixando para trás, então os pensamentos dela se adiantaram, e ela focou nas coisas adoradas que a esperavam. O coração dela cantarolou durante toda a viagem, pois ela estava voltando para uma casa cheia de alegria, onde todo mundo que entrava sabia que era um lar. Uma casa repleta de risadas, taças de prata, fotos, crianças, preciosidades com cachinhos e pernas gorduchas e cômodos que lhe dariam boas-vindas, onde as cadeiras aguardavam pacientemente, assim como os vestidos dela no armário, onde aniversários eram celebrados e segredos eram sussurrados.

"É tão bom sentir que estou indo para casa", pensou Anne, tirando da bolsa a carta de um dos filhos pequenos, da qual ela rira com gosto na noite anterior, ao lê-la orgulhosamente para o pessoal de Green Gables. A primeira carta que recebeu dos filhos, contudo, era uma bela carta para um garoto de sete anos que frequentava a escola há um ano, ainda que a ortografia fosse duvidosa e houvesse um borrão de tinta em um dos cantos.

"Di chorou e chorou a noite toda porque Tommy Drew disse que ia queimar a boneca dela na fogueira. Susan conta histórias boas para a gente de noite, mas ela não é você, mamãe. Ontem ela me deixou ajudá-la a plantar algumas sementes."

"Como pude ser feliz longe deles durante uma semana inteira?", pensou a castelã de Ingleside, repreendendo-se.

– Como é bom ter alguém esperando por você ao final de uma jornada! – exclamou ao sair do trem em Glen St. Mary e cair nos braços de Gilbert. Ela não sabia se ele estaria aguardando por ela, afinal alguém estava sempre morrendo ou nascendo; no entanto, retornar para casa parecia não valer a pena sem ele para recebê-la, e ele estava usando um belo terno novo cinza-claro! "Ainda bem que eu vesti essa blusa clara com babados e o meu conjuntinho marrom, mesmo que a senhora Lynde tenha dito que era um disparate viajar vestida assim", pensou Anne.

Ingleside estava toda acesa, com lanternas japonesas acinzentadas penduradas na varanda. Anne correu alegremente pelo caminho bordado por narcisos.

– Ingleside, aqui estou!

Todos a cercaram, rindo e conversando com animação, enquanto Susan sorria ao fundo. Todas as crianças traziam um buquê colhido especialmente para ela, até mesmo Shirley, com dois anos de idade.

– Ah, que recepção maravilhosa! Todos em Ingleside parecem tão felizes! É esplêndido saber que a minha família está tão feliz em me ver.

– Mamãe, se você viajar de novo – avisou Jem, solenemente –, eu pegarei apendicite.

– Como se pega isso? – perguntou Walter.

– Xiu! – Jem cutucou Walter discretamente e murmurou: – Sei que é uma dor em algum lugar, e eu só quero assustar a mamãe, para que ela não vá embora.

Anne queria fazer uma centena de coisas primeiro: abraçar a todos; sair correndo sob o crepúsculo e colher amores-perfeitos, que eram encontradas por toda a parte em Ingleside; recolher a pequena boneca surrada deixada no tapete; ouvir todas as notícias e fofocas fresquinhas de todo mundo. Como aquela sobre Nan, que havia enfiado a tampinha de um tubo de vaselina no nariz quando o doutor tinha ido visitar um paciente e Susan estava distraída: "Garanto que foram momentos exasperantes, querida senhora". Ou sobre a vaca da senhora Jud Palmer, que comeu cinquenta e sete pregos e tiveram que chamar um veterinário de Charlottetown, e a da relapsa da senhora Fenner Douglas, que foi à igreja com a cabeça descoberta. Já o papai arrancara todos os dentes-de-leão do jardim: "Ele fez o parto de oito bebês na sua ausência, querida senhora". Ou ainda sobre o senhor Tom Flagg, que pintou o bigode: "Só faz dois anos que a esposa dele faleceu". E Rose Maxwell, de Harbour Head, que deixou Jim Hudson, de Upper Glen, plantado esperando por ela em um encontro e, depois, recebeu uma fatura cobrando tudo que ele tinha gasto com ela. Havia também a história de como o funeral da senhora Amasa Warren estava lotado. Sobre o gato de Carter Flagg, que levou uma mordida na base do rabo. Sobre Shirley, que foi encontrado no estábulo, debaixo de um dos cavalos: "Querida senhora, sou uma mulher nova depois daquele dia". Ou sobre como havia motivos suficientes para crer que as ameixeiras estavam empesteadas de fungos. E sobre Di, que passou o dia cantando "mamãe volte para casa hoje, casa hoje, casa hoje" no ritmo de "Merrily We Roll Along". Sobre o filhotinho da gata de Joe Reese, que é vesgo, por ter nascido de olhos abertos. Sobre Jem, que havia sentado inadvertidamente em um pedaço de papel caça-moscas antes de vestir as calças. Por fim, sobre o Camarão, que caíra dentro de um barril de água.

– Ele quase se afogou, querida senhora, mas por sorte o doutor ouviu seus gritos e o puxou pelas patas traseiras sem pestanejar. "O que é pestanejar, mamãe?".

– Parece que ele se recuperou bem – disse Anne, acariciando as lustrosas curvas pretas e brancas do bichano de rosto grande que ronronava de satisfação sobre uma cadeira próxima à lareira. Não era seguro sentar-se em uma cadeira em Ingleside sem antes verificar se não havia um gato nela. Susan, que nunca fora muito afeiçoada a gatos, jurou que iria aprender a gostar deles em autodefesa. Quanto ao Camarão, Gilbert o chamou assim um ano atrás, quando Nan salvou o filhotinho miserável e esquelético de alguns garotos que o torturavam na vila, e o nome pegou, por mais que fosse completamente inapropriado agora.

– Mas, Susan! O que aconteceu com Gog e Magog? Ah... Eles não foram quebrados, foram?

– Não, não, querida senhora – exclamou Susan, ficando vermelha de vergonha e saindo correndo da sala. Ela voltou em seguida com os dois cãezinhos de porcelana, que sempre vigiavam Ingleside da cornija da lareira. – Não sei como fui me esquecer de recolocá-los no lugar antes da sua volta. Sabe, querida senhora, a senhora Charles Day veio de Charlottetown fazer uma visita um dia depois que você viajou. A senhora sabe como ela é correta e meticulosa. Walter achou que deveria entretê-la e apontou para os cachorros. "Esse é o Deus, e aquele é o Meu Deus", disse a pobre criança. Fiquei horrorizada e achei que iria morrer ao ver a expressão da senhora Day. Eu expliquei da melhor maneira que pude, pois não queria que ela achasse que éramos uma família profana, mas decidi guardar os dois no armário das porcelanas até que você voltasse.

– Mamãe, já podemos jantar? Estou com um buraco no estômago – choramingou Jem. – E nós fizemos o prato favorito de cada um!

– "Nós", disse a pulga sobre o elefante, fizemos isso mesmo – brincou Susan. – Achamos que o seu retorno deveria ser celebrado de maneira apropriada, querida senhora. Onde está Walter? É a vez daquele anjinho de soar o gongo das refeições.

O jantar foi um verdadeiro banquete de gala, e ter colocado as crianças para dormir antes foi um deleite. Susan até permitiu que ela colocasse Shirley na cama, já que aquela era uma ocasião especial.

– Esse não é um dia ordinário, querida senhora – disse solenemente.

– Ah, Susan, nenhum dia é ordinário. Cada dia tem alguma coisa que o outro não tem. Nunca reparou nisso?

– É verdade, querida senhora. Na sexta-feira passada, que foi um dia chuvoso e tedioso, os primeiros botões do meu grande gerânio rosa apareceram depois de três longos anos. E você viu os meus sapatinhos-de-vênus?

– Se eu vi? Nunca me deparei com sapatinhos-de-vênus assim na minha vida, Susan. Como você conseguiu? "Pronto, deixei Susan feliz e não contei nenhuma lorota. Nunca vi algo parecido, ainda bem!".

– É o resultado do cuidado e da atenção constantes, querida senhora. Bom, preciso conversar com você sobre um assunto. Acho que Walter está com certas "suspeitas"; alguma criança de Glen deve ter-lhe dito alguma coisa. A maioria das crianças de hoje sabe muito mais do que deveria. Walter me disse dias atrás, com uma expressão séria: "Susan, os bebês são caros?". Fiquei confusa, mas mantive a compostura. "Algumas pessoas acreditam que são um luxo, só que, aqui em Ingleside, achamos que são uma necessidade", respondi. Aí eu me repreendi por ter reclamado em voz alta do preço das coisas nas lojas em Glen. Creio que isso o deixou preocupado. Bem, se ele lhe disser alguma coisa, querida senhora, já estará preparada.

– Tenho certeza de que você lidou com a situação de maneira maravilhosa – disse Anne, muito séria. – E creio que já chegou o momento de lhes contar o que estamos esperando.

O melhor de tudo foi quando Gilbert aproximou-se de Anne, parada junto à janela enquanto observava a névoa que vinha do oceano e se espalhava sobre as dunas e o porto sob o luar, avançando em direção ao longo e estreito vale diante de Ingleside, que abrigava o vilarejo de Glen St. Mary.

– Voltar no fim de um dia duro e encontrar você! Está feliz, minha Anne?

– Feliz? – Anne curvou-se para sentir o perfume de vaso repleto de flores de macieira que Jem colocara ao lado da cama dela. Ela sentia-se rodeada de amor. – Querido Gilbert, foi ótimo ser a Anne de Green Gables novamente por uma semana, mas é cem vezes melhor estar de volta e ser a Anne de Ingleside.

CAPÍTULO 4

– Absolutamente não – disse o doutor Blythe, em um tom que Jem compreendeu.

Jem sabia que não havia esperanças de que o pai fosse mudar de ideia ou que a mãe fosse ficar do lado dele, pois estava claro que, a essa altura, os dois eram uma pessoa só. O olhar do menino escureceu de raiva e decepção ao encarar os pais cruéis e os afrontou com ainda mais ódio ao perceber que estavam completamente indiferentes, jantando como se não houvesse nada de errado. É claro que a tia Mary Maria notou a expressão dele, pois nada escapava dos olhos celestes e tristes dela. Porém, aqueles olhares a divertiam.

Bertie Shakespeare Drew passara a tarde toda brincando com Jem. Walter tinha ido até a antiga Casa dos Sonhos brincar com Kenneth e Persis Ford. Entretanto, Bertie disse ao Jem que todos os garotos de Glen iriam até Harbour Mouth naquela tarde para ver o capitão Bill Taylor tatuar uma cobra no braço do primo dele, Joe Drew. Ele, Bertie Shakespeare, iria com certeza, e será que Jem também não queria ir? Ia ser muito divertido. Jem ficara louco de vontade de ir, só que, agora, ele descobrira que isso estava absolutamente fora de questão.

– Um dos vários motivos é que Harbour Mouth fica longe demais para você ir com aqueles garotos. Eles só voltarão tarde da noite, e você deve estar na cama às oito, filho.
– Durante toda a infância, meu horário de dormir era às sete – disse a tia Mary Maria.
– Você precisa esperar até ficar mais velho para poder sair à noite – disse a mãe.
– Você disse isso na semana passada – reclamou Jem, indignado –, e eu já estou mais velho. Vocês acham que sou um bebê! Bertie vai e ele tem a mesma idade que eu.
– Há uma onda de sarampo por aí – disse a tia Mary Maria, em um tom tenebroso –, e você pode ficar doente.
– Eu quero pegar sarampo – murmurou com rebeldia. Então, ao perceber o olhar do pai, ele aquiesceu, pois jamais permitiria que o garoto respondesse para a tia Mary Maria. A tia Diana e a tia Marilla eram tão amáveis, mas a tia Mary Maria era algo completamente novo no mundo de Jem.
– Tudo bem – disse ele desafiadoramente, olhando em direção à mãe para que ninguém achasse que ele estava falando com a tia Mary Maria –, se você não quer, não precisa me amar, mas você gostaria que eu fugisse para a África, para atirar em tigres?
– Não há tigres na África, querido – disse a mãe gentilmente.
– Leões, então! – gritou Jem. Eles estavam decididos a contrariá-lo, não é mesmo? Estavam decididos a rir dele, não estavam? Pois então ele iria mostrar a eles! – Você não pode dizer que não há leões na África. Existem milhões deles lá, a África está cheia de leões!
A mãe e o pai limitaram-se a sorrir novamente, o que tia Mary Maria não aprovava. A insolência das crianças não deveria ser tolerada.
– Mudando de assunto – disse Susan, dividida entre o amor e a simpatia pelo pequeno Jem e a convicção de que o doutor e a esposa estavam absolutamente certos em não permitir que ele fosse com aquela

gangue da vila até a casa do bêbado e imoral capitão Bill Taylor –, aqui está o seu pão de gengibre com chantilly, querido Jem.

Pão de gengibre com chantilly era a sobremesa favorita de Jem. Naquela noite, entretanto, seu encanto não foi capaz de aplacar a alma atormentada dele.

– Não quero! – disse, de cara feia. Ele se levantou e se afastou da mesa com passos pesados, virando-se ao chegar à porta, para uma provocação final.

– Eu só vou para a cama depois das nove. E, quando for grande, nunca irei dormir. Vou ficar acordado a noite toda, todas as noites, e vou fazer um monte de tatuagens. Serei tão ruim quanto puder, vocês vão ver.

– O correto é "mau", e não "ruim" – disse a mãe.

Nada era capaz de comovê-los?

– Suponho que ninguém queira a minha opinião, Annie, mas, se eu falasse com os meus pais dessa forma quando era criança, eles teriam arrancado o meu couro – disse a tia Mary Maria. – Acho uma pena a vara de marmelo ser tão negligenciada hoje em dia em alguns lares.

– A culpa não é do pequeno Jem – interveio Susan de repente, vendo que o doutor e a esposa não iam dizer nada. E, se Mary Maria achava que podia opinar, ela, Susan, iria deixar as coisas claras. – Foi Bertie Shakespeare Drew que colocou na cabeça dele que seria divertido ver Joe Drew ser tatuado. Ele passou a tarde aqui e entrou de fininho na cozinha para pegar a melhor panela de alumínio e usá-la como capacete, disse que estavam brincando de soldados. Em seguida, fizeram barcos com pedaços de madeira e ficaram ensopados até a alma no córrego do Vale. E depois passaram uma boa hora pulando no quintal, fazendo barulhos estranhos, fingindo que eram sapos. Sapos! Não é à toa que o pequeno Jem está tão cansado e transtornado. Ele é a criança mais bem-comportada que já viveu quando não está exausto, e disso não há dúvidas.

A tia Mary Maria ficou em um silêncio exasperante; ela nunca falava com Susan Baker durante as refeições, o que expressava sua desaprovação por permitirem que ela se "sentasse com a família".

Anne e Susan haviam discutido o assunto antes da chegada da tia Mary Maria. Susan, que "conhecia o lugar dela", nunca se sentava ou esperava ser convidada a se sentar à mesa quando havia visitas em Ingleside.

– A tia Mary Maria não é uma visita – disse Anne. – Ela faz parte da família, assim como você, Susan.

Por fim ela cedeu, sentindo uma satisfação secreta, porque Mary Maria Blythe perceberia que ela não era uma mera empregada. Ela nunca tinha visto a tia Mary Maria, mas a sobrinha de Susan, filha da Matilda, tinha trabalhado para ela em Charlottetown e contou tudo sobre ela para a tia.

– Não vou fingir que estou encantada com o prospecto de uma visita da tia Mary Maria, Susan, especialmente agora – disse Anne com franqueza. – Só que ela escreveu para Gilbert perguntando se poderia passar algumas semanas, e você sabe como o doutor é com a família...

– O que é direito dele – disse Susan com firmeza. – Um homem deve ser solidário com aqueles que são sangue do mesmo sangue que ele. Porém, algumas semanas... Bem, querida senhora, não quero ver o lado ruim das coisas, mas a cunhada da minha irmã Matilda veio visitá-la por algumas semanas e acabou ficando vinte dias.

– Não creio que precisamos nos preocupar com isso, Susan – sorriu Anne. – A tia Mary Maria tem uma bela casa em Charlottetown. No entanto, agora ela parece muito grande e solitária. A mãe dela morreu há dois anos, sabe, tinha oitenta e cinco anos. A tia Mary Maria foi muito boa para ela e ainda sofre com a ausência dela. Vamos tornar a visita dela o mais agradável possível, Susan.

– Farei o que estiver em meu alcance, querida senhora. É claro que teremos de colocar outra tábua na mesa, mas, no final das contas, é melhor aumentar a mesa do que diminuí-la.

– Não podemos colocar flores na mesa, Susan, pois me parece que isso ataca a asma dela. E pimenta a faz espirrar, então é melhor não usar. É também vítima de dores de cabeça frequentes, por isso devemos tentar não fazer barulho.

– Meu Deus! Bem, a senhora e o doutor não são de fazer barulho, e, se eu quiser gritar, posso ir até o bosque de bordos. Agora, se as nossas pobres crianças tiverem que ficar quietas o tempo inteiro por causa das dores de cabeça da Mary Maria Blythe... desculpe a minha sinceridade, mas isso já é demais, querida senhora.

– É só por algumas semanas, Susan.

– Espero que sim. Ah, bem, querida senhora, temos que aceitar tanto as coisas boas quanto as ruins na vida. – Foram as palavras finais de Susan.

E assim a tia Mary Maria chegou, exigindo saber, no instante de sua chegada, se as chaminés tinham sido limpas recentemente. Ao que parece, ela tinha um grande pavor de incêndios.

– Eu sempre disse que as chaminés desta casa não são altas o suficiente. Espero que a minha cama tenha sido bem arejada, Annie. Roupas de cama úmidas são horríveis.

Ela tomou posse do quarto de hóspedes de Ingleside e, incidentalmente, de todos os outros quartos da casa, exceto o de Susan. Ninguém reagiu à visita dela com grande deleite. Jem, depois de dar uma olhada nela, correu para a cozinha e sussurrou para Susan: "A gente vai poder rir enquanto ela estiver aqui, Susan?". Os olhos de Walter se encheram de lágrimas, e ele teve que ser tirado ignominiosamente às pressas da sala. As gêmeas não esperaram para serem retiradas e correram para fora por conta própria. Até o Camarão, segundo Susan, foi para o quintal e teve um ataque. Apenas Shirley permaneceu onde estava, no porto seguro do colo de Susan, com os olhos redondos, castanhos e destemidos fixos na visita. A tia Mary Maria achou que as crianças de Ingleside eram muito mal-educadas, mas o que se poderia esperar, com uma mãe que "escrevia para os periódicos", um pai que achava que os filhos eram a perfeição só porque eram os dele, e uma empregada que não sabia o lugar dela? Não obstante, a tia Mary Maria estava disposta a fazer o possível para os netos do pobre primo John enquanto estivesse em Ingleside.

– Sua prece é breve demais, Gilbert – desaprovou ela na primeira refeição. – Gostaria que eu desse graças enquanto eu estiver aqui? Seria um exemplo melhor para a sua família.

Para o horror de Susan, Gilbert concordou, e a tia Mary Maria agradeceu antes do jantar.

– Foi mais uma reza do que um agradecimento – comentou Susan com desdém enquanto lavava os pratos. Ela concordava secretamente com a descrição da tia Mary Maria feita pela sobrinha: "Ela parece que está sempre sentindo um cheiro muito, muito ruim, tia Susan, não um odor desagradável, mas um cheiro realmente fedorento". Gladys sabia como se expressar, refletiu Susan. Ainda assim, para qualquer pessoa mais imparcial que Susan, a senhorita Mary Maria não era feia para uma dama de cinquenta e cinco anos. Tinha o que acreditava serem "traços aristocráticos", emoldurados por frisos grisalhos sempre impecáveis que pareciam insultar diariamente os cabelos acinzentados e eriçados de Susan. Ela se vestia muito bem, usava brincos compridos negros e modernos colarinhos altos de renda no pescoço esguio.

– Pelo menos não precisamos ter vergonha da aparência dela – refletiu Susan. No entanto, o que a tia Mary Maria pensaria se descobrisse que Susan se consolava com esses argumentos deve ficar para a imaginação.

CAPÍTULO 5

Anne preparava um vaso de lírios para o quarto dela e outro com as peônias de Susan para a mesa de Gilbert na biblioteca, peônias brancas como leite com uma mancha vermelho-sangue no coração, como o beijo de um deus. O ar estava ganhando vida depois do dia excepcionalmente quente de junho e era quase impossível dizer se o porto estava prateado ou dourado.

– Teremos um pôr do sol maravilhoso hoje, Susan – disse ela, olhando pela janela da cozinha.

– Só conseguirei admirar o pôr do sol depois de terminar de lavar a louça, querida senhora – disse Susan.

– Ele já terá se posto até lá, Susan. Veja a nuvem branca enorme sobre o Vale, com o topo rosado. Você não gostaria de voar até lá e deitar-se nela?

Susan imaginou-se voando sobre o Vale, com o pano de lavar louça em uma das mãos, até a nuvem. E não gostou nada, porém concessões deveriam ser feitas à senhora do doutor.

– Há um novo tipo de bicho comendo as roseiras – continuou Anne. – Vou fumigá-los amanhã. Gostaria de fazer isso ainda hoje, pois esse é o tipo de tarde em que eu adoraria trabalhar no jardim. As rosas estão crescendo, e espero que haja jardins no céu, Susan, jardins onde possamos trabalhar e ajudar as plantas a crescerem.

– Só que sem insetos – protestou Susan.

– Sem insetos, suponho. Entretanto, um jardim completo não seria realmente divertido, Susan. É preciso trabalhar em um jardim, do contrário o seu verdadeiro significado se perde. Quero arrancar ervas daninhas, cavar, mudar as plantas de lugar, fazer alterações e planos, podar. E quero encontrar no céu as flores que amo tanto. Prefiro meus próprios amores-perfeitos aos asfódelos, Susan.

– Por que não pode trabalhar nesta tarde, se quer tanto? – interrompeu Susan, que achava que a senhora do doutor estava indo um pouco longe demais.

– Porque o doutor quer que eu o acompanhe. Ele vai fazer uma visita à esposa do velho senhor John Paxton, que está morrendo e não há o que se possa fazer. Gilbert já fez tudo que podia, mas ela gosta das visitas dele.

– Bem, querida senhora, todos sabem que ninguém nasce ou morre por aqui sem a presença dele, e a tarde está ótima para um passeio. Acho que eu mesma vou fazer uma caminhada até a vila, reabastecer nossa despensa depois de colocar as gêmeas e Shirley na cama e de adubar a planta que a senhora Aaron Ward me deu, pois ela não está florescendo como deveria. A senhorita Blythe acabou de subir as escadas, suspirando a cada degrau, reclamando que está a ponto de ter outra das dores de cabeça dela, então finalmente teremos um pouco de paz e tranquilidade nesta tarde.

– Certifique-se de que Jem vá para a cama na hora certa, Susan – disse Anne enquanto se afastava sob o entardecer, que parecia um copo de fragrância sendo derramado. – Ele está muito mais cansado do que imagina e nunca quer ir para a cama. Walter não vai voltar hoje, pois Leslie pediu que ele passasse a noite lá.

Jem estava sentado nos degraus da porta lateral, com um pé descalço sobre o joelho, olhando de cara feia para tudo em geral e em particular para uma enorme lua que surgia detrás do pináculo da igreja de Glen. Jem não gostava das luas grandes.

– Cuidado para não ficar com essa cara para sempre – dissera a tia Mary Maria quando passou por ele ao entrar em casa.

Jem fez uma careta ainda pior. Ele não se importava se o rosto dele ficasse assim para sempre, e quem dera se ficasse.

– Saia daqui e pare de me seguir o tempo todo – disse ele a Nan, que o procurara assim que o pai e a mãe saíram de casa.

– Rabugento! – disse Nan. Antes de sair correndo, ela colocou ao lado dele o doce vermelho em formato de leão que tinha trazido para ele.

Jem a ignorou. Ele se sentia mais maltratado do que nunca, ninguém o tratava bem, todos implicavam com ele. Nan lhe dissera naquela mesma manhã: "Você não nasceu em Ingleside como o resto de nós". Di havia comido o coelho de chocolate dele naquela manhã, sabendo que era de Jem. Até Walter o abandonara, preferindo cavar poços de areia com Ken e Persis Ford. Que divertido! E ele queria tanto ter ido com Bertie ver a tatuagem... Jem tinha certeza de que nunca tinha desejado tanto alguma coisa em toda a vida. Ele queria ver a maravilhosa miniatura de barco a vela que Bertie dizia que ficava na lareira do capitão Bill. Era uma lástima, é isso o que era.

Susan lhe trouxe uma grande fatia de bolo com cobertura de xarope de bordo e nozes, mas Jem disse um "não, obrigado" friamente. Por que ela não tinha guardado uma fatia de pão de gengibre com creme para ele? Sem dúvida os outros haviam comido tudo. Porcos! Ele mergulhou em uma melancolia ainda mais profunda. Àquela hora, a gangue já devia estar a caminho de Harbour Mouth. Jem não suportava nem imaginar, contudo tinha que fazer alguma coisa para se vingar dos pais. E se ele abrisse a girafa de brinquedo da Di no tapete da sala? Aquilo deixaria Susan furiosa. Susan e suas nozes, quando ela sabia muito bem que ele odiava nozes em coberturas. E se ele desenhasse um bigode na imagem do querubim do calendário que havia no quarto dela? Ele sempre detestara aquele querubim rosa, gordo e sorridente, porque era idêntico à Sissy Flagg, que espalhara para a escola inteira que Jem Blythe era namorado dela. Namorado dela! Todavia, Susan achava o querubim adorável.

E se ele arrancasse os cabelos da boneca da Nan? Ele podia também quebrar o nariz do Gog ou do Magog ou de ambos, e talvez isso fizesse a mamãe ver que ele não era mais um bebê. Espere só até a próxima primavera! Ele comprara as flores favoritas dela por anos e anos e anos, desde os quatro anos de idade, mas não iria fazer isso na próxima primavera. Não, senhor!

E se ele comesse um monte daquelas maçãzinhas da árvore jovem e ficasse doente? Talvez isso desse um susto neles. E se ele nunca mais lavasse atrás das orelhas? E se ele fizesse caretas para todo mundo na igreja no próximo domingo? E se ele colocasse uma lagarta na tia Mary Maria, uma lagarta grande, listrada e peluda? E se ele fugisse para o porto, se escondesse no barco do capitão David Reese e zarpasse pela manhã para a América do Sul? Será que eles ficariam arrependidos? E se ele nunca mais voltasse? E se ele fosse caçar jaguares no Brasil? Então ficariam com remorso? Não, Jem apostava que não, pois ninguém o amava. Havia um buraco no bolso da calça dele e ninguém o remendara. Bem, ele não se importava. Jem simplesmente iria mostrar aquele rasgo para todo mundo em Glen, para que vissem como ele era negligenciado. Seus erros surgiram e o engolfaram.

Tique-taque... Tique-taque... Tique-taque... Fazia o grande e antigo relógio de pêndulo no *hall* de entrada, que fora trazido para Ingleside depois da morte do vovô Blythe. Um relógio indiscutivelmente velho que datava da época em que existia uma coisa chamada tempo. Geralmente, Jem o adorava, só que agora o detestava, pois parecia rir dele. "Ha, Ha, a hora de dormir está chegando, os outros garotos podem ir para Harbour Mouth, mas você tem que ir para a cama. Ha, ha, ha, ha, ha, ha!"

Por que ele tinha que ir para a cama todas as noites? Por quê?

Susan saiu, a caminho de Glen, e olhou com ternura para a criaturinha rebelde.

– Você não precisa ir para a cama até a hora que eu voltar, pequeno Jem – disse indulgentemente.

– Hoje eu não vou para a cama! – disse Jem com veemência. – Eu vou fugir, é isso que vou fazer, velha Susan Baker. Vou pular no lago, velha Susan Baker.

Susan não gostava de ser chamada de velha, nem mesmo pelo pequeno Jem. Ela se afastou em um silêncio ressentido, constatando que ele precisava mesmo de um pouco de disciplina. O Camarão, que tinha saído da casa com ela em busca de companhia, sentou-se diante de Jem sobre as patas traseiras pretas, mas só ganhou uma olhada furiosa.

– Suma daqui! Sentado aí, encarando-me como a tia Mary Maria! Fora daqui! Ah, não quer ir? Então, tome isso!

Jem arremessou o pequeno carrinho de mão de lata de Shirley que estava ali perto, e Camarão fugiu com um miado queixoso para o santuário de um arbusto de rosa mosqueta. Veja só! Até o gato da família o detestava! Qual era o sentido de continuar vivendo?

Ele pegou o doce em formato de leão. Nan havia comido o rabo e boa parte do quarto traseiro, mas ainda era um belo leão. Talvez fosse melhor comê-lo; aquele podia ser o último leão que comeria na vida. Quando terminou de comer e de lamber os dedos, ele já tinha decidido o que iria fazer. A única coisa que se pode fazer quando não se pode fazer nada.

CAPÍTULO 6

– Por que a casa está toda iluminada? – exclamou Anne, quando Gilbert e ela passaram pelo portão às onze horas. – Deve ter chegado visita.

Entretanto, não havia ninguém estranho à vista quando Anne apressou-se. Não havia ninguém em casa, a cozinha estava iluminada e também a sala de visitas, a biblioteca, a sala de jantar, o quarto de Susan e o corredor do andar de cima, e não havia sinal algum dos habitantes.

– O que você acha... – Anne começou a falar, antes de ser interrompida pelo toque do telefone. Gilbert o atendeu, ouviu por um instante, proferiu uma exclamação de horror e saiu correndo sem nem olhar para Anne. Evidentemente, algo horrível acontecera, e não havia tempo para explicações.

Anne estava acostumada com isso, como deve estar a esposa de um homem que convive com a vida e a morte. Com um dar de ombros filosófico, ela tirou o chapéu e o casaco, ficou um tanto irritada com Susan, que não deveria ter saído e deixado todas as luzes acesas e as portas escancaradas.

– Querida Senhora... – disse uma voz que não podia ser de Susan, mas era e nem Anne acreditava.

Anne a encarou. Susan estava sem chapéu, os cabelos grisalhos cheios de feno e o vestido estampado completamente sujo e descolorido. E a expressão no rosto!

– Susan! O que aconteceu? Susan!

– O pequeno Jem desapareceu.

– Desapareceu? – Anne a encarou, estupefata. – Como assim? Ele não pode ter desaparecido!

– É verdade – soluçou Susan, torcendo as mãos. – Ele estava nos degraus da porta lateral quando fui para Glen. Eu voltei antes do anoitecer e ele não estava aqui. De início eu não fiquei assustada, só que eu não consegui encontrá-lo em um lugar nenhum. Vasculhei cada cômodo da casa... ele disse que ia fugir de casa.

– Besteira! Ela não faria isso, Susan, e você se apoquentou à toa. Ele deve estar em algum lugar por perto ou ter adormecido. Não deve ter ido longe.

– Já procurei por toda parte, senhora. Já esquadrinhei o terreno e as dependências. Veja o meu vestido. Eu me lembrei de que ele disse que seria muito divertido dormir no palheiro. Então eu fui até lá e caí em um buraco em um canto sobre uma das manjedouras do estábulo e sobre um ninho de ovos. Foi muita sorte eu não ter quebrado a perna, se é que podemos falar de sorte quando o pequeno Jem está perdido.

Anne continuava recusando-se a ficar aflita.

– Você acha que ele foi até Harbour Mouth com os garotos, Susan? Ele nunca desobedeceu a uma ordem minha antes, porém...

– Não, ele não foi, querida senhora, o coitadinho não a desobedeceu. Fui até a casa dos Drews depois de procurar por toda parte, e Bertie Shakespeare tinha acabado de voltar, disse que o Jem não foi com eles, e meu coração despencou. Você o confiou aos meus cuidados...

Eu telefonei para os Paxtons, e eles disseram que vocês estiveram lá, mas que já tinham ido embora e não sabiam para onde.

– Fomos até Lowbridge visitar os Parkers...

– Telefonei para todos os lugares em que vocês poderiam estar. Então voltei para a vila... Os homens já começaram as buscas.

– Ah, Susan, será que é mesmo necessário?

– Querida senhora, já escarafunchei todos os cantos, todos os lugares em que uma criança pode estar. Ah, tudo que já passei nesta noite! E ele disse que iria pular no lago...

Apesar da calma, um arrepio percorreu o corpo de Anne. É claro que Jem não iria pular no lago, isso era bobagem, se bem que havia um barquinho velho que Carter Flagg usava para pescar trutas e, em seu estado de rebeldia, Jem podia ter tentado navegar nele (várias vezes ele quis fazer isso) e podia até ter caído no lago ao tentar desamarrá-lo. De repente, o medo dela ganhou contornos terríveis.

"E eu não sei aonde Gilbert foi", pensou ela descontroladamente.

– Qual é o motivo de toda essa algazarra? – exigiu saber a tia Mary Maria, aparecendo subitamente nas escadas, com a cabeça repleta de frisadores, envolta em um robe bordado com dragões. – Será que não é possível ter uma noite de descanso nesta casa?

– O pequeno Jem desapareceu – disse Susan novamente, aterrorizada demais para se ressentir com o tom da senhorita Blythe. – A mãe dele confiou em mim...

Anne tinha ido vasculhar a casa. Jem tinha que estar em algum lugar! Ele não estava no quarto dele, pois a cama estava intocada, não estava no quarto das gêmeas nem no dela, ele não estava em lugar nenhum da casa. Anne, após peregrinar do sótão ao porão, voltou para a sala em um estado muito próximo do pânico.

– Não quero deixar você nervosa, Annie – disse a tia Mary Maria, em um tom de voz sinistramente baixo –, mas você já olhou no barril de água da chuva? O pequeno Jack MacGregor afogou-se em um barril no ano passado, na cidade.

– Eu olhei lá – disse Susan, contorcendo novamente as mãos. – Eu peguei uma vara e remexi o fundo...

O coração de Anne, que suspendera as operações depois da pergunta da tia Mary Maria, voltou a funcionar. Susan se controlou e parou de torcer as mãos. Lembrou-se tarde demais de que a querida senhora não deveria se afligir.

– Vamos nos tranquilizar e nos recompor – disse com uma voz trêmula. – Como a senhora falou, ele deve estar em algum lugar por perto, não pode ter se dissolvido no ar.

– Já olharam no depósito de carvão? E no relógio? – perguntou a tia Mary Maria.

Susan tinha olhado no depósito de carvão, contudo ninguém havia cogitado o relógio. Era grande o suficiente para uma criança pequena se esconder. Anne, desconsiderando o absurdo que seria imaginar Jem agachado dentro dele há quatro horas, correu até o relógio. Só que o menino não estava lá.

– Tive a sensação de que algo iria acontecer quando fui para a cama hoje – disse a tia Mary Maria, com as duas mãos sobre as têmporas. Quando li meu capítulo diário da Bíblia, as palavras "tu não sabes o que o dia pode te reservar"[5] pareceram se destacar da página; foi um sinal. É melhor se preparar para o pior, Annie. Ele pode ter ido ao pântano. É uma pena não termos nenhum cão farejador.

Com um esforço descomunal, Anne conseguiu rir.

– Receio que não haja nenhum na Ilha, tia. Se ainda tivéssemos o velho setter do Gilbert, o Rex, que morreu envenenado, ele encontraria o Jem em um piscar de olhos. Estou certa de que estamos nos alarmando por nada...

---

5 Referência ao Antigo Testamento, Provérbios 27:1. (N. T.)

– Tommy Spencer desapareceu misteriosamente em Carmody há quarenta anos e nunca foi encontrado, ou foi? Bem, se sim, foi só o esqueleto. Isso não é motivo para rir, Annie. Não sei como consegue ficar tão calma.

O telefone tocou. Anne e Susan olharam uma para a outra.

– Eu não... não consigo atender o telefone, Susan – sussurrou Anne.

– Também não – afirmou Susan categoricamente. Ela odiaria a si mesma pelo resto de seus dias por demonstrar tamanha fraqueza diante da Mary Maria Blythe, mas ela não conseguiu evitar. Duas horas de buscas frenéticas e fantasias distorcidas a deixaram um caco.

A tia Mary Maria avançou até o telefone e o atendeu. Os frisadores criaram na parede uma silhueta com chifres que Susan percebeu, apesar da angústia, que parecia ser do Satanás em pessoa.

– Carter Flagg disse que eles procuraram por toda a parte e que ainda não encontraram nenhum sinal dele – relatou a tia Mary Maria com frieza. – Entretanto, ele disse que o barco está no meio do lago, aparentemente sem ninguém. Eles vão drenar o lago.

Susan segurou Anne bem a tempo.

– Não... Não... Eu não vou desmaiar, Susan – disse Anne, com os lábios pálidos. – Ajude-me a me sentar... Obrigada. Temos que encontrar Gilbert.

– Se James se afogou, Annie, você precisa ter em mente que ele foi poupado de muito sofrimento neste mundo miserável – disse a tia Mary Maria, tentando consolá-la.

– Vou pegar a lamparina e procurar pela propriedade mais uma vez – disse Anne, assim que conseguiu se levantar novamente. – Sim, eu sei que você já fez isso, Susan, mas deixe-me. Não consigo ficar parada.

– Então você precisa vestir um suéter, querida senhora. Há muito orvalho nesta noite, e o ar está úmido. Vou pegar o seu vermelho... Está pendurado em uma cadeira no quarto do menino. Espere até eu buscá-lo.

Susan subiu as escadas apressadamente. Alguns momentos depois, algo que só poderia ser descrito como um grito ecoou por toda Ingleside. Anne e a tia Mary Maria correram até lá e encontraram ela rindo e chorando no corredor, mais próxima da histeria do que Susan Baker jamais chegou na vida.

— Querida senhora, ele está ali! O pequeno Jem está ali, dormindo no assento da janela atrás da porta. Não olhei ali, pois a porta o escondeu, e, quando não o vi na cama...

Anne, debilitada pelo alívio e pela alegria, entrou no quarto e ajoelhou-se ao lado do assento. Em pouco tempo, Susan e ela estariam rindo da própria tolice, mas naquele instante só havia espaço para lágrimas de gratidão. O pequeno Jem dormia profundamente no assento próximo à janela, coberto por uma manta, com o ursinho de pelúcia surrado nas mãos queimadas pelo sol e o benevolente Camarão estirado sobre as pernas. Os cachos vermelhos se espalhavam sobre a almofada. Parecia estar tendo um sonho agradável, e Anne não quis despertá-lo. No entanto, de repente ele abriu os olhos, que eram como duas estrelas cor de avelã, e a encarou.

— Jem, querido, por que não está na sua cama? Nós ficamos um pouco alarmadas, não conseguimos encontrar você e nem pensamos em procurar aqui...

— Eu me deitei aqui para ver você e o papai entrarem pelo portão quando chegassem em casa. Estava me sentindo tão sozinho que simplesmente resolvi me deitar.

A mãe o pegou nos braços e o levou para a cama dele. Era tão bom ser beijado, sentir o lençol ser arrumado ao seu redor e as carícias que davam a sensação de ser amado. Que importância tinha ver alguém tatuar uma velha serpente? A mamãe era tão boa, simplesmente a melhor que alguém já teve. Todo mundo em Glen chamava a mãe de Gertie Shakespeare de "senhora bruxa", porque era muito malvada e ele sabia, pois já tinha visto, que ela dava tapas no rosto do filho por qualquer motivo.

– Mamãe – disse ele, com sono –, é claro que vou comprar suas flores favoritas na próxima primavera, em todas as primaveras. Pode contar comigo.

– É claro, querido – disse ela.

– Bem, já que todo mundo resolveu suas inquietudes, suponho que já podemos respirar aliviados e voltar para a cama – disse a tia Mary Maria, com certo alívio egoísta.

– Foi tolice da minha parte não me lembrar do assento da janela – disse Anne. – Fizemos papel de boba, e o doutor não nos deixará esquecer isso, pode ter certeza. Susan, ligue para o senhor Flagg e diga que encontramos Jem, por favor.

– Como ele vai rir de mim – disse Susan, contente. – Não que eu me importe, ele pode rir o quanto quiser agora que Jem está em segurança.

– Uma xícara de chá cairia tão bem... – suspirou a tia Mary Maria, envolvendo as formas enxutas com os dragões.

– Só um segundo – disse Susan bruscamente. – Nós três nos sentiremos melhor depois de uma xícara de chá. Querida senhora, quando Carter Flagg ouviu que o pequeno Jem está a salvo, disse: "Graças a Deus". Nunca mais reclamarei daquele homem novamente, cobre o que cobre. E o que acha de comermos frango no jantar de amanhã, querida senhora? Como uma pequena celebração, digamos assim, e eu farei os *muffins* favoritos do Jem para o café da manhã!

O telefone tocou novamente. Dessa vez era Gilbert, avisando que ia levar um bebê com queimaduras graves de Harbour Head até o hospital da cidade e que só voltaria pela manhã.

Anne inclinou-se sobre o parapeito da janela para uma última olhada no mundo antes de ir para a cama. Uma brisa fresca soprava do mar. Uma espécie de êxtase iluminado pela lua acontecia entre as árvores do Vale. Anne até conseguiu rir, com um estremecimento por trás da risada, do pânico de uma hora atrás e das sugestões absurdas e lembranças agourentas da tia Mary Maria. O filho dela estava em segurança, e Gilbert estava em algum lugar, tentando salvar a vida de outra criança. Senhor, proteja o menino e a mãe dele... proteja todas as mães. Precisamos tanto de ajuda com os coraçõezinhos e mentes sensíveis e amorosos que buscam orientação, amor e compreensão em nós!

A noite amiga e envolvente apossou-se de Ingleside, e todos, até Susan, que queria se esconder em um buraco tranquilo e pagar pelo que fez, adormeceram sob a proteção de seu teto.

CAPÍTULO 7

– Ele terá bastante companhia e não se sentirá sozinho... os nossos quatro... além disso, minha sobrinha e meu sobrinho de Montreal virão nos visitar. O que um não pensar, o outro pensará.

A grande, afável e alegre esposa do doutor Parker abriu um enorme sorriso para Walter, que retribuiu timidamente. Ele não tinha certeza se gostava dela, apesar dos sorrisos e da jovialidade. Ela era excessiva, de alguma forma. Do doutor Parker ele gostava. Quanto aos "nossos quatro" e a sobrinha e o sobrinho de Montreal, ele nunca os tinha visto. Lowbridge, onde os Parkers viviam, ficava a dez quilômetros de Glen, e Walter nunca havia estado lá, ainda que o doutor Parker e a esposa visitassem o doutor e a senhora Blythe com frequência e vice-versa. O Doutor Parker e o pai de Walter eram bons amigos, contudo ele achava que a mãe ficaria muito melhor sem a senhora Parker. Anne já tinha percebido que Walter, mesmo com seis anos de idade, podia ver coisas que as outras crianças não podiam.

Walter também não tinha certeza se queria mesmo ir para Lowbridge. Algumas visitas esplêndidas, como viajar para Avonlea, por exemplo... Ah, que diversão! E passar a noite com Kenneth Ford na antiga Casa dos Sonhos era ainda mais divertido, ainda que isso não pudesse ser chamado de visita, pois a Casa dos Sonhos sempre foi como um segundo lar para os jovens de Ingleside. Entretanto, passar duas semanas inteiras em Lowbridge, entre desconhecidos, era bem diferente; mesmo assim, parecia que tudo estava decidido. Por algum motivo que Walter conseguia apenas sentir e não compreender, o papai e a mamãe pareciam satisfeitos com o combinado. "Será que querem se livrar de todos os filhos?", imaginou Walter com tristeza e inquietação. Jem tinha sido levado para Avonlea dois dias atrás, e ele ouvira Susan comentar misteriosamente sobre "mandar as gêmeas para a casa da senhora Marshall Elliott quando a hora chegasse". Que hora? A tia Mary Maria parecia muito melancólica por causa de alguma coisa e tinha dito que "queria que tudo acabasse logo". O que ela queria que acabasse logo? Walter não fazia ideia, e havia algo estranho no ar de Ingleside.

– Eu o levarei amanhã – disse Gilbert.

– Meus mais novos ficarão animados – disse a senhora Parker.

– É muita bondade sua – disse Anne.

– É melhor assim, sem dúvida – disse Susan com pesar para o Camarão, na cozinha.

– Foi muita generosidade da parte da senhora Parker ficar com o Walter, Annie – disse a tia Mary Maria, depois que os Parkers foram embora. – Ela me disse que o adorou. As pessoas têm cada uma, não é mesmo? Bem, acho que por pelo menos duas semanas eu conseguirei ir ao banheiro sem tropeçar em um peixe morto.

– Um peixe morto, tia! Não me diga que...

– Pois eu digo sim, Annie. Como sempre faço. Um peixe morto! Já pisou descalça em um peixe morto?

– N-não, mas como...

– Walter pegou uma truta na noite passada e a colocou na banheira para mantê-la viva, querida senhora – disse Susan casualmente. – Não seria um problema se ela tivesse ficado lá dentro, mas de alguma forma ela conseguiu pular para fora e morreu. É claro, se as pessoas andam por aí descalças...

– Tenho como regra nunca discutir com ninguém – disse a tia Mary Maria, levantando-se e saindo da sala.

– Estou decidida a não permitir que ela me insulte, querida senhora – disse Susan.

– Ah, Susan, ela está começando a me irritar, mas isso não me incomodará tanto depois que tudo tiver terminado. E deve ser horrível pisar em um peixe morto.

– Não é melhor um peixe morto do que um vivo, mamãe? Um peixe morto não se contorce – disse Di.

Já que a verdade deve ser dita a todo custo, é preciso admitir que tanto a senhora como a empregada de Ingleside riram.

E assim as coisas ficaram acertadas. Naquela noite, entretanto, Anne perguntou para Gilbert se Walter ficaria bem em Lowbridge.

– Ele é tão sensível e imaginativo – disse, preocupada.

– Até demais – disse Gilbert, cansado depois de ter tido, como dissera Susan, três bebês só naquele dia. – Anne, acho que aquela criança tem medo de subir as escadas no escuro. Passar alguns dias com o bando dos Parkers lhe fará maravilhas, e ele voltará uma criança diferente.

Anne não disse mais nada. Gilbert estava certo, sem dúvida, contudo Walter se sentiria solitário sem Jem e, em vista do que acontecera quando Shirley nasceu, o ideal é que Susan tivesse a menor quantidade de trabalho possível além de cuidar da casa e aturar a tia Mary Maria, uma vez que as duas semanas já haviam se estendido para quatro.

Walter estava acordado na cama, dando asas à imaginação para tentar escapar do pensamento assustador de que iria ser levado embora no dia seguinte. O garoto tinha uma imaginação muito vívida. Era como um corcel branco, como aquele no quadro da parede, em que ele podia galopar no tempo e no espaço para onde quisesse. A noite se aproximava como um grande anjo de asas negras como as de um morcego, que vivia nos bosques do senhor Andrew Taylor nas colinas ao sul. Walter a recebia, às vezes ele a imaginava tão vividamente que ficava com medo dela e dramatizava e personificava tudo no mundinho dele. Como o Vento, que lhe contava histórias à noite; a Geada, que arruinava as flores no jardim; o Orvalho, prateado e silencioso; a Lua, que ele tinha certeza que conseguiria agarrar se ao menos pudesse chegar ao topo daquela colina púrpura longínqua; a Névoa, que vinha do mar; o próprio Mar imenso, imutável em suas constantes mudanças; a sombria e misteriosa Maré, eram todas entidades para Walter. Ingleside, o Vale, o bosque de bordos, o pântano e a orla do porto estavam repletos de elfos, espíritos das águas, dríades, sereias e duendes. O gato preto de gesso na lareira da biblioteca era uma fada, ela ganhava vida de noite e rondava a casa, em tamanho natural. Walter escondia a cabeça sob os lençóis e estremecia, sempre se assustava com as próprias fantasias.

Talvez a tia Mary Maria estivesse certa ao dizer que ele era "impressionável e temperamental demais", ainda que Susan jamais a perdoasse por isso. Talvez a tia Kitty MacGregor, de Upper Glen, que diziam ter o dom da clarividência, tivesse razão quando falou, depois de ter olhado profundamente nos olhos acinzentados e de longos cílios de Walter, que "ele tinha uma alma velha em um corpo jovem". Talvez a alma velha soubesse de muitas coisas que o cérebro jovem ainda não compreendia.

De manhã, Walter foi informado de que o pai o levaria para Lowbridge após o jantar, mas ele não disse nada. No entanto, uma sensação sufocante lhe acometeu durante o jantar, e ele teve que baixar os olhos rapidamente para esconder as lágrimas repentinas, mas não rápido o suficiente.

– Você não vai chorar, vai, Walter? – disse a tia Mary Maria, como se isso fosse desgraçar a vida de um garoto de seis anos. – Se existe uma coisa que eu desprezo são as crianças choronas, e você ainda não comeu toda a carne.

– Eu só deixei a gordura – disse Walter, piscando valentemente, ainda sem coragem de erguer o olhar. – Não gosto de gordura.

– Quando eu era criança – começou a tia Mary Maria –, eu não tinha permissão para não gostar disso ou daquilo. Bem, a senhora Parker provavelmente vai curar algumas de suas manias. Ela era uma Winter, eu acho, ou uma Clark? Não, deve ter sido uma Campbell. Enfim, os Winters e os Campbells são farinha do mesmo saco e não aturarão bobagens.

– Ah, por favor, tia Mary Maria, não assuste o Walter – disse Anne, com uma centelha acendendo no fundo dos olhos.

– Desculpe, Annie – disse a tia Mary Maria com grande humildade. – Não posso me esquecer de que não tenho o direito de tentar ensinar nada aos seus filhos.

– Maldita seja – murmurou Susan ao sair para buscar a sobremesa, que era o pudim favorito de Walter.

Anne sentiu-se miseravelmente culpada. Gilbert lançou um olhar sutil de reprovação na sua direção, como se dissesse que ela deveria ser mais paciente com uma pobre idosa solitária.

Gilbert também estava começando a ficar incomodado. A verdade, que todo mundo sabia, era que ele trabalhara muito além da conta durante todo o verão e talvez a tia Mary Maria fosse mais geniosa do que gostaria de admitir. Anne decidiu que no outono, se tudo corresse bem, iria mandá-lo passar um mês caçando narcejas na Nova Escócia, mesmo que a contragosto.

– Como está o chá? – perguntou à tia Mary Maria, arrependida.

A tia Mary Maria franziu os lábios.

– Fraco, mas não tem importância. Quem se importa se uma pobre velha está gostando ou não do chá? Entretanto, algumas pessoas acham que sou uma ótima companhia.

Qualquer que fosse a conexão entre as duas frases de tia Mary Maria, Anne não se sentia com ânimo de descobri-la. Ela havia ficado muito pálida.

– Acho que vou subir e me deitar – disse debilmente ao levantar-se da mesa. – E eu acho, Gilbert, que talvez seja melhor você não ficar muito tempo em Lowbridge e talvez fosse melhor ligar para a senhorita Carson.

Ela deu um beijo de despedida em Walter, fugaz e apressado, como se não estivesse pensando nele. Walter não ia chorar. A tia Mary Maria lhe deu um beijo na testa. Ele detestava beijos molhados na testa, e ela completou:

– Tenha modos em Lowbridge, Walter. Não seja guloso, pois, se for, o Homem do Saco vai aparecer com o grande saco preto onde ele leva embora as crianças malcriadas.

Ainda bem que o Gilbert tinha ido arrear o Grey Tom e não ouvira aquilo. Anne e ele sempre fizeram questão de nunca assustar os filhos com ideias desse tipo ou permitir que outras pessoas o fizessem. Susan ouviu enquanto limpava a mesa, e a tia Mary Maria nunca descobriu que escapou por pouco de que lhe jogasse a molheira e todo o seu conteúdo na cabeça.

CAPÍTULO 8

Geralmente, Walter gostava de passear com o pai. Ele amava coisas belas, e as estradas nos arredores de Glen St. Mary eram lindas. A estrada até Lowbridge era uma fita dupla de botões-de-ouro dançantes, e aqui e ali surgiam samambaias verdes que anunciavam bosques convidativos, mas naquele dia o pai não queria falar muito, limitando-se a conduzir o Grey Tom como o menino nunca tinha visto. Quando chegaram a Lowbridge, ele disse algumas palavras apressadas para a senhora Parker e partiu às pressas sem se despedir de Walter. Novamente, ele precisou se esforçar para não chorar, pois era óbvio demais que ninguém o amava. A mãe e o pai costumavam amá-lo antes, agora não.

A casa grande e desarrumada dos Parkers não parecia amistosa para Walter. Todavia, provavelmente nenhuma pareceria naquele momento. A senhora Parker o levou até o quintal, de onde ressoavam gritos alegres, e o apresentou às outras crianças. Em seguida, ela prontamente voltou para a costura, deixando que "eles se enturmassem", um procedimento que funcionava em nove de cada dez casos. Talvez ela tivesse culpa por ter falhado em notar que o pequeno Walter Blythe era o décimo, mas ela gostava dele, e os próprios filhos eram crianças divertidas.

Fred e Opal tinham os ares da cidade grande, por serem de Montreal, mas ela estava certa de que não seriam rudes com ninguém. Tudo sairia dentro dos conformes. A senhora Parker estava tão feliz em poder ajudar a "pobre Anne Blythe"... Mesmo que apenas ficando com um de seus filhos, ela esperava que "tudo corresse bem". Os amigos de Anne estavam muito mais preocupados do que ela mesma, por causa do parto de Shirley.

Um silêncio repentino tomou conta do quintal, que se estendia para um grande e frondoso pomar de maçãs. Walter ficou de pé ali, olhando com timidez para os filhos dos Parkers e os primos de Montreal. Billy Parker tinha dez anos, era um moleque corado e de rosto redondo que havia puxado a mãe; ele parecia muito velho e grande aos olhos do Walter. Andy Parker tinha nove anos, e as outras crianças teriam dito que ele era "o Parker sujo" e que seu apelido era "Porco", por bons motivos. Walter não simpatizou com ele de início. Tinha os cabelos loiros bem curtos, o rosto sardento e travesso e olhos azuis saltados. Fred Johnson era da idade de Bill, e Walter tampouco gostou dele, embora fosse um rapazinho charmoso de cachos fulvos e olhos negros. Opal, a irmã dele de nove anos de idade, também tinha cachos e olhos negros... olhos negros ardilosos. Ela estava com o braço ao redor de Cora Parker, que tinha oito anos e cabelos loiros claros, e ambas encaravam Walter com condescendência. Se não fosse por Alice Parker, era muito possível que Walter tivesse dado meia-volta e saído correndo.

Alice tinha sete anos e uma cabeça repleta de adoráveis cachos dourados; Alice tinha os olhos tão azuis e claros como as violetas no Vale; Alice tinha as bochechas rosadas, com covinhas; Alice usava um vestidinho amarelo com babados o qual parecia um botão-de-ouro dançante; Alice sorriu para ele como se o conhecesse a vida inteira; Alice era uma amiga.

Fred iniciou a conversa.

– Olá, filho – disse com petulância.

Walter sentiu o desdém e retraiu-se.

– Eu me chamo Walter – disse distintamente.

Fred virou-se para os outros, fingindo assombro. Ele iria mostrar o que era bom para aquele garoto do campo!

– Ele disse que o nome dele é Walter – disse ao Bill em tom zombeteiro.

– Ele disse que o nome dele é Walter – Bill disse para Opal.

– Ele disse que o nome dele é Walter – Opal disse para Andy, que se divertia.

– Ele disse que o nome dele é Walter – Andy disse para Cora.

– Ele disse que o nome dele é Walter – Cora riu para Alice.

Alice não disse nada, apenas olhou com admiração para Walter, e aquele olhar permitiu que ele suportasse a situação enquanto os outros cantavam em coro "ele disse que o nome dele é Walter", antes de explodirem em gargalhadas sarcásticas.

"Como eles devem estar se divertindo!", pensou a senhora Parker complacentemente enquanto costurava.

– Ouvi a mãe dizer que você acredita em fadas – disse Andy, encarando-o com malícia.

Walter o encarou de volta. Ele não iria se abater diante de Alice.

– Fadas são reais – disse, resoluto.

– Não são – disse Andy.

– São – disse Walter.

– Ele disse que fadas são reais – disse Andy para Fred.

– Ele disse que fadas são reais – disse Fred para o Bill, e todos repetiram a performance.

Foi uma tortura para Walter, que nunca tinha sido alvo de zombarias e não sabia como suportaria. Ele mordeu os lábios para conter as lágrimas, pois não podia chorar na frente da Alice.

– Quer levar um beliscão? – ameaçou Andy, que havia decidido que Walter era maricas e que seria divertido provocá-lo.

– Porco, cale-se! – ordenou Alice de uma maneira terrível, muito terrível, e ao mesmo tempo calma, doce e gentil. Havia algo no tom dela que nem mesmo Andy ousava enfrentar.

– É óbvio que eu só estava brincando – murmurou, envergonhado.

Os ventos começaram a soprar a favor de Walter, e todos jogaram pega-pega no pomar sem grandes problemas, mas, quando o bando entrou correndo para jantar, Walter foi acometido novamente pela saudade de casa. Foi tão intenso que, por um instante de pavor, ele achou que iria chorar na frente de todo mundo, até mesmo de Alice, que tocou sutilmente o braço dele quando se sentaram à mesa, e o pequeno gesto amigável o ajudou a se controlar. Porém, ele simplesmente não conseguia comer. A senhora Parker, cujos métodos eram dignos de nota, não se preocupou com isso e concluiu confortavelmente que o apetite do menino estaria melhor na manhã seguinte. Os outros estavam ocupados demais comendo e conversando para repararem nele.

Walter se perguntou por que a família inteira gritava tanto uns com os outros, sem saber que eles ainda não tinham tido tempo de abandonar tal hábito após a morte recente de uma avó muito surda, sensível e idosa. O barulho fazia a cabeça dele doer. Ah, em casa eles também deviam estar jantando. A mamãe sorria na cabeceira da mesa, enquanto o papai brincava com as gêmeas; Susan colocava creme na caneca de leite do Shirley, e Nan dava pedacinhos de comida para o Camarão às escondidas. Até a tia Mary Maria, como parte do círculo familiar, de repente parecia irradiar doçura e tranquilidade. Quem teria soado o gongo chinês para o jantar? Era a semana dele, e Jem estava fora. Se ao menos ele encontrasse um lugar para chorar! Pelo visto, não havia nenhum lugar em Lowbridge para se entregar às lágrimas; além disso, Alice estava ali, então Walter tomou um copo cheio de água gelada de uma só vez e descobriu que isso ajudava.

– O nosso gato tem ataques – disse Andy subitamente, chutando-o por baixo da mesa.

— O nosso também — disse Walter. O Camarão tinha tido dois, e ele não iria deixar que os gatos de Lowbridge levassem a melhor sobre os de Ingleside.

— Aposto que o nosso gato tem mais ataques do que o seu — provocou Andy.

— Aposto que não — retrucou Walter.

— Já chega, não vamos discutir por causa de gatos — disse a senhora Parker, que precisava de uma noite de silêncio para escrever um artigo sobre "crianças incompreendidas". — Agora, vão brincar. Daqui a pouco é hora de dormir.

Hora de dormir! Walter de súbito lembrou-se de que iria passar a noite inteira ali, muitas noites, duas semanas de noites, que horrível. Ele foi para o pomar com os punhos cerrados e encontrou Bill e Andy em uma luta furiosa na grama, aos chutes e gritos.

— Você me deu a maçã com verme, Bill Parker! Eu vou ensinar você a nunca mais fazer isso! Vou morder e arrancar suas orelhas!

Brigas desse tipo eram ocorrências rotineiras naquela casa. A senhora Parker defendia que isso não fazia mal aos garotos, alegando que assim eles extravasavam as diabruras e depois se tornavam bons amigos. Só que Walter nunca tinha visto alguém brigar e ficou horrorizado. Fred os incentivava, Opal e Cora riam, mas havia lágrimas nos olhos de Alice. Walter não conseguia suportar; ele se enfiou entre os dois combatentes quando eles se afastaram por um instante para recobrar o fôlego antes de continuar.

— Parem de brigar — disse Walter. — Vocês estão assustando a Alice.

Bill e Andy o encararam com espanto por um instante, até que perceberam o lado cômico daquele bebê interrompendo a briga deles. Ambos desataram a rir, e Bill deu tapinhas nas costas de Walter.

— Esse tem brio, garotos — disse. — E vai ser um homem de verdade algum dia, se deixá-lo crescer. Tome aqui esta maçã, que não tem bicho.

Alice secou as lágrimas das bochechas róseas e olhou com tanta admiração para Walter que Fred ficou incomodado. É claro que ela era apenas um bebê, mas mesmo um bebê não devia olhar daquele jeito para outros garotos quando ele, Fred Johnson de Montreal, estava ali. Ele tinha que tomar uma atitude, contudo tinha ouvido uma conversa entre o tio Dick e a tia Jen, que estivera ao telefone com alguém.

– Sua mãe está muito doente – contou para Walter.

– Ela não está! – gritou Walter.

– Está, sim. Eu ouvi a tia Jen contar para o tio Dick. – Fred ouvira a tia dizer "Anne Blythe está doente" e achou divertido acrescentar o "muito". – Ela provavelmente já vai ter morrido quando você voltar.

Walter olhou ao redor com uma expressão atormentada. Outra vez Alice ficou do lado dele, e o resto ficou do lado de Fred. Eles sentiam que havia algo com aquela criança morena e bela e sentiam também um ímpeto de atormentá-lo.

– Se ela está doente, meu pai vai curá-la – disse Walter.

Ele iria curá-la, tinha que curá-la!

– Temo que isso seja impossível – disse Fred, fazendo uma cara triste e dando uma piscadela para o Andy.

– Nada é impossível para o papai – insistiu lealmente Walter.

– Bem, Russ Carter foi para Charlottetown só por um dia no verão passado e, quando voltou, a mãe dele estava mortinha da silva – disse Bill.

– E enterrada – disse Andy, tentando dar um toque dramático extra, fosse verdade ou não. – O Russ ficou muito irritado por ter perdido o funeral, e funerais são muito divertidos.

– Eu nunca fui a um funeral – disse Opal com tristeza.

– Bem, você ainda terá muitas oportunidades – disse Andy. – Só que nem o papai conseguiu manter a senhora Carter viva, e ele é um médico muito melhor do que o seu pai.

– Ele não é...

– É, sim, e é muito mais bonito...

– Ele não é...

– Algo sempre acontece quando você fica longe de casa – disse Opal. – O que você sentiria se chegasse lá e descobrisse que Ingleside pegou fogo?

– Se a sua mãe morrer, provavelmente todos os filhos dela serão separados – disse Cora com animação. – Talvez você venha morar aqui.

– Sim, por favor – disse Alice docemente.

– Ah, o pai dele iria querer ficar com ele – disse Bill. – E logo se casaria de novo, mas talvez o pai dele morra também. Ouvi o papai dizer que o doutor Blythe estava se matando de tanto trabalhar. Olhem só para a cara dele, você tem olhos de menina, filho... olhos de menina.

– Ah, calem a boca – disse Opal, cansada da brincadeira. – Vocês não estão enganando-o, ele sabe que é só provocação. Vamos até o parque assistir ao jogo de *baseball*. Walter e Alice podem ficar aqui, não podemos andar por aí com essas crianças atrás da gente o tempo todo.

Walter não se importou quando os outros se foram e tampouco Alice, pelo visto. Eles se sentaram em um tronco de árvore e olharam um para o outro com timidez e simpatia.

– Eu vou ensinar você como jogar pedrinhas – disse Alice. – E vou lhe emprestar o meu canguru de pelúcia.

Na hora de dormir, Walter foi posto no pequeno quarto do corredor, sozinho. Atenciosa, a senhora Parker deixou uma vela e um edredom quente para ele, pois as noites de julho estavam frias como só as noites de verão em uma província marítima podem ser, e parecia até que ia gear.

No entanto, Walter não conseguiu dormir, nem abraçado com o canguru de pelúcia da Alice. Ah, se ao menos ele estivesse no próprio quarto, onde a janela maior tinha vista para Glen, e a menor, com o seu próprio telhado minúsculo, para o pinheiro-da-escócia! A mãe viria e leria poesia para ele com sua voz adorável...

– Sou um menino grande, não vou chorar... não vo-o-ou... – As lágrimas verteram por conta própria. Para que serviam os cangurus de pelúcia? Parecia que haviam passado anos desde que saíra de casa.

Então, as outras crianças voltaram do parque e foram para o quarto, onde se amontaram sobre a cama para comer maçãs.

– Você estava chorando, bebezinho – zombou Andy. – Você não passa de uma menininha! Gracinha da mamãe!

– Dá uma mordida, filho – disse Bill, oferecendo uma maçã meio comida. – E anime-se. Eu não ficaria surpreso se a sua mãe melhorasse, se ela tem uma boa constituição, é óbvio. O papai disse que a senhora Stephen Flagg teria morrido há anos se não tivesse uma forte constituição. A da sua mãe é boa?

– É claro que sim – disse Walter. Ele não fazia a mínima ideia do que era uma constituição, mas, se senhora Stephen Flagg tinha uma, a mãe dele também tinha.

– A senhora Ab Sawyer morreu na semana passada, e a mãe do Sam Clark morreu na semana anterior – disse Andy.

– Elas morreram de noite – disse Cora. – A mamãe disse que a maioria das pessoas morre de noite. Espero que não seja o meu caso. Imagine ir para o céu de camisola!

– Crianças! Já para a cama de vocês – chamou a senhora Parker.

Os meninos se foram, não sem antes fingirem sufocar o Walter com uma toalha. Afinal, eles gostavam do garoto, porém Walter segurou a mão da Opal antes de a menina sair.

– Opal, é verdade que a minha mãe está doente? – sussurrou ele, suplicante. Ele não suportaria ser deixado sozinho com aquele medo.

Opal era uma "criança de bom coração", como a senhora Parker dissera, só que ela não resistiu à emoção de dar más notícias.

– Ela está. Foi o que tia Jen me disse e que não era para contar para você, mas acho que você precisa saber, pois talvez ela tenha câncer.

– Todo mundo precisa morrer, Opal? – Era uma ideia nova e espantosa para Walter, que nunca havia pensado na morte antes.

– É claro, bobinho. Só que as pessoas não morrem de verdade, elas vão para o céu – explicou Opal alegremente.

– Nem todo mundo – disse Andy, que escutava atrás da porta.
– E o céu fica mais longe que Charlottetown? – perguntou Walter.
Opal deu uma gargalhada.
– Como você é esquisito! O céu fica a milhões de quilômetros daqui, mas vou dizer o que você pode fazer: rezar, pois rezar é bom. Uma vez eu rezei depois de perder uma moeda de dez centavos e encontrei uma de vinte e cinco. É por isso que eu sei.
– Opal Johnson, você ouviu o que eu disse? E apague a vela do quarto do Walter. Tenho medo de incêndios – disse a senhora Parker do outro quarto. – Ele já deveria estar dormindo há muito tempo.
Opal assoprou a vela e saiu. A tia Jen era boazinha, mas quando ficava brava...! Andy enfiou a cabeça pela porta para desejar boa-noite.
– Os pássaros do papel de parede vão ganhar vida e arrancar os seus olhos – cochichou.
Por fim, todos foram realmente dormir, sentindo que um dia perfeito havia terminado, que Walter Blythe não era um mau garoto e que todos iriam se divertir provocando-o no dia seguinte.
"Queridas criaturinhas", pensou a sentimental senhora Parker.
Um silêncio incomum tomou conta da casa dos Parkers, e, a dez quilômetros dali, em Ingleside, a pequena Bertha Marilla Blythe piscava seus olhos redondos cor de avelã para os rostos felizes que a cercavam e para o mundo ao qual fora trazida, na noite de julho mais fria que as províncias marítimas enfrentaram em oitenta e sete anos!

CAPÍTULO 9

Para Walter, sozinho na escuridão, ainda era impossível dormir. Ele nunca tinha dormido sozinho antes em sua curta vida e havia sempre a presença quentinha e reconfortante de Jem ou Ken ao lado dele. O pequeno cômodo começou a iluminar-se vagamente conforme o luar pálido adentrava pela janela, o que era quase pior do que a escuridão. Uma foto na parede aos pés da cama parecia rir dele. As fotos sempre ficavam sob o luar, e era possível ver coisas de que nem suspeitávamos sob a luz do dia. As cortinas longas de renda pareciam mulheres esguias que choravam, uma de cada lado da janela. Havia barulhos pela casa, rangidos, suspiros, sussurros. E se os pássaros do papel de parede estivessem vivos, preparando-se para arrancar os olhos dele? Um medo intenso apoderou-se subitamente de Walter, e então um ainda maior baniu todos os outros. A mamãe estava doente, ele tinha que acreditar, já que Opal disse que era verdade e talvez estivesse morrendo! Ela não estaria viva quando ele voltasse. Walter viu Ingleside sem a mãe!

De repente, Walter soube que não suportaria, precisava ir para casa. Imediatamente! Naquela mesma hora. Ele tinha que ver a mãe antes que ela morresse. Foi o que a tia Mary Maria quis dizer, ela sabia que a mamãe estava prestes a falecer. Seria inútil acordar alguém e pedir para ser levado para casa, pois não o levariam e ririam dele. Era uma estrada terrivelmente longa, então ele teria de andar a noite toda.

Sem fazer barulho, ele saiu da cama, vestiu as roupas e saiu do quarto levando os sapatos nas mãos, porém ele não sabia onde a senhora Parker havia guardado seu gorro, mas isso não importava. Ele não podia fazer nenhum ruído, tinha que escapar e encontrar a mãe. Era uma pena não poder se despedir de Alice; ela teria que entender. Walter atravessou o corredor e começou a descer as escadas, degrau por degrau, segurando o fôlego. A escada não tinha fim? Os móveis pareciam escutar... Ah!

Walter derrubou um dos sapatos! Ele rolou escada abaixo pesadamente, batendo com força em cada degrau, deslizou pelo corredor e chocou-se contra a porta da frente com o que pareceu ser um estrondo ensurdecedor para o garoto.

Walter agarrou-se com desespero ao corrimão. Todo mundo devia ter escutado, eles viriam correndo e não deixariam que ele fosse para casa. Um soluço angustiado ficou preso na garganta dele.

Horas pareceram se passar antes de Walter ousar acreditar que ninguém havia acordado, antes de ousar a continuar a descer as escadas cuidadosamente. Por fim, terminou, pegou o sapato e virou devagar a maçaneta da porta. Os Parkers nunca trancavam as portas; a senhora Parker dizia que não tinham nada de valor para roubarem, exceto as crianças, e ninguém as queria.

Walter estava do lado de fora, e a porta fechou-se atrás dele. Vestiu os sapatos e avançou na direção da rua. A casa ficava nos arrabaldes da vila, e logo ele alcançou a estrada. Um momento de pânico o acometeu. A preocupação de ser pego havia passado, e todos os antigos medos do escuro e da solidão voltaram. Walter nunca se aventurara sozinho pela noite antes; ele estava com medo do mundo. O mundo era tão gigantesco, e ele era tão terrivelmente pequeno, e até o vento frio e cortante que soprava do leste parecia querer levá-lo de volta.

A mamãe ia morrer! Walter respirou fundo e avançou. Caminhou e caminhou sem parar, lutando corajosamente contra os medos. A noite estava iluminada, mas nada era familiar. Certa vez, em que saiu com o papai, Walter achou que nunca tinha visto nada mais lindo do que a estrada banhada pelo luar, cruzada pelas sombras das árvores. Só que agora as sombras estavam tão negras e intensas que poderiam até saltar sobre ele. Os campos se tornaram desconhecidos, as árvores já não eram mais amigáveis, pois elas pareciam vigiá-lo, amontoando-se na frente e atrás dele. Dois olhos resplandecentes o vigiavam de uma vala, e um gato de tamanho inacreditável atravessou correndo a estrada. Era um gato? Ou...? A noite estava fria. Walter tremia por baixo da blusa fina. Ele não se importaria com o frio se conseguisse parar de ter medo de tudo, das sombras, dos sons furtivos e das coisas inomináveis que podiam estar espreitando nos trechos de mata pelos quais passava, então imaginou como seria não ter medo de nada, como Jem.

– Eu vou fingir que não estou com medo – disse em voz alta. Então estremeceu ao ouvir a própria voz perder-se na vastidão da noite.

Ainda assim, Walter prosseguia, pois ele não tinha escolha, não quando a mamãe estava morrendo. Em dado momento, ele caiu e ralou feio o joelho em uma pedra. Em outro, ele ouviu uma charrete se aproximar e se escondeu atrás de uma árvore até ela passar, temendo que o doutor Parker tivesse descoberto sua fuga e estivesse atrás dele. Ele também se deteve em puro terror ao deparar-se com um bicho preto e peludo parado na beira da estrada. Ele não podia passar, mas passou; era um cachorro enorme, mas era mesmo um cachorro? O importante era que deixara o animal para trás. Walter decidiu correr apenas se ele o perseguisse. Com uma olhada aflita por cima do ombro, viu que ele tinha se levantado e seguia na direção oposta. O menino levou a mão ao rosto e percebeu que estava coberto de suor.

Uma estrela cruzou o céu diante dele, espalhando centelhas. Walter ouvira a velha tia Kitty dizer que uma estrela cadente era sinal de que alguém havia morrido. Seria a mamãe? Suas pernas começavam a demonstrar que não aguentariam mais um passo; contudo, diante daquele pensamento, ele seguiu em frente. Walter estava com tanto frio que quase não sentia mais medo. Será que algum dia chegaria em casa? Horas e horas deviam ter passado desde que ele saíra de Lowbridge.

Fazia três horas. Ele havia fugido da casa dos Parkers às onze, e agora eram duas da manhã. Quando Walter descobriu-se na estrada que levava até Glen, suspirou de alívio. Ao atravessar a vila, as casas adormecidas pareciam remotas e distantes; elas tinham se esquecido dele. Uma vaca subitamente mugiu para Walter por cima de uma cerca e, ao lembrar-se de que o senhor Joe Reese tinha um touro selvagem, ele saiu correndo em pânico colina acima até chegar ao portão de Ingleside. Ele estava em casa... ah, ele estava em casa!

No entanto, ele se deteve, tremendo, tomado por um sentimento terrível de desolação. Esperava ver as luzes acolhedoras e amigáveis do lar. Só que não havia nenhuma luz em Ingleside!

Na verdade havia uma luz, que ele não conseguiu ver, que vinha do quarto dos fundos, onde a enfermeira dormia com o berço do bebê ao lado da cama. Para todos os efeitos, Ingleside estava escura como uma casa abandonada, e isso partiu o coração de Walter. Ele nunca tinha visto ou imaginado Ingleside sob a escuridão da noite.

Significava que a mamãe estava morta!

Walter avançou aos tropeços pela entrada, passando pela sombra lúgubre da casa sob o jardim, até a porta da frente. Estava trancada. Ele bateu de mansinho, já que não alcançava o batedor, mas não houve resposta; ele tampouco esperava por uma. Ouviu atentamente. Não havia nem sinal dos vivos na casa. Ele sabia que a mãe estava morta e que todos tinham ido embora.

A essa altura, Walter estava com muito frio e exausto demais para chorar, de modo que foi até o celeiro e subiu a escada até o monte de feno. Nem medo sentia mais, porém ele só queria um lugar para proteger-se do vento e deitar-se até de manhã. Talvez alguém voltasse depois do enterro da mamãe.

Um gatinho listrado e magricela que alguém havia dado de presente para o doutor ronronou ao aproximar-se dele, com um cheiro agradável de trevos. Walter o abraçou, contente, pois o filhote estava quente e vivo. Só que ele podia ouvir os ratos pequenos correndo pelo chão e não quis ficar parado. A lua o observava através da janela cheia de teias de aranha, uma lua distante, fria e insensível que não oferecia conforto. Uma luz ao longe, em uma casa do vilarejo, era uma companhia melhor e, enquanto aquela luz brilhasse, o menino suportaria tudo.

Walter não conseguia dormir. O joelho doía demais, e ele estava com muito frio e com uma sensação engraçada no estômago. Talvez estivesse morrendo também. Ele torceu para que fosse verdade, já que todo mundo que ele conhecia tinha morrido ou ido embora. As noites não terminavam nunca? As outras noites sempre terminaram, no entanto, talvez aquela não terminasse. Ele se lembrou de uma história horrível envolvendo o capitão Jack Flagg, de Harbour Mouth, que disse que não iria deixar o sol nascer algum dia desses em que acordasse muito irritado, então ele deve ter acordado realmente irritado dessa vez.

A luz em Glen se apagou e ele não conseguiu suportar, mas, no momento em que o grito de débil desespero deixou os lábios dele, Walter percebeu que já era dia.

CAPÍTULO 10

Walter desceu as escadas e saiu. Ingleside estava banhada pela luz atemporal da alvorada. O céu sobre as bétulas do Vale exibia um suave resplendor prateado e róseo. Talvez ele pudesse entrar pela porta lateral, pois Susan às vezes a deixava aberta.

A porta lateral estava destrancada. Com um soluço de gratidão, Walter entrou em casa. Ainda estava escuro ali dentro, e ele subiu as escadas com cuidado. Ele iria deitar na cama, a própria cama, e, se ninguém voltasse, ele iria morrer e ir para o céu encontrar-se com a mamãe. Então Walter lembrou-se de que Opal dissera que o céu ficava a milhões de quilômetros de distância. Na nova onda de desalento que o engolfou, ele se descuidou e pisou com força no rabo do Camarão, que dormia na curva da escada. O grito de agonia do bicho ressoou pela casa.

Susan, que havia acabado de pegar no sono, foi acordada de súbito pelo som medonho. Ela fora dormir à meia-noite, exausta após a tarde e a noite de grande tensão, para a qual a Mary Maria Blythe contribuíra ao reclamar de uma "pontada nas costas" no pior momento. Ela precisou de uma garrafa de água quente e de uma massagem com linimento, que terminou com um pano úmido sobre os olhos porque "uma das dores de cabeça dela" estava começando.

Susan acordara às três com a estranha sensação de que alguém precisava dela com urgência. Ela se levantara e fora nas pontas dos pés até a porta do quarto da senhora Blythe, mas estava tudo em silêncio e era possível ouvir a respiração regular de Anne. Susan fez uma ronda na casa e voltou para a cama, convencida de que aquela estranha sensação era apenas o resquício de um pesadelo. Porém, pelo resto da vida Susan acreditou que tinha tido algo de que sempre zombara, aquilo que a Abby Flagg, que "era chegada" no espiritismo, chamava de "experiência psíquica".

– O Walter me chamou e eu ouvi – declarou.

Susan levantou-se mais uma vez, crente de que Ingleside estava realmente assombrada naquela noite. Vestia somente uma camisola de flanela, que encolhera após repetidas lavagens e revelava os tornozelos ossudos. Entretanto, ela era a visão mais linda do mundo para a criaturinha pálida e trêmula que a encarava com olhos acinzentados e frenéticos do patamar da escada.

– Walter Blythe!

Com dois passos, Susan envolveu Walter com os braços fortes e acolhedores.

– Susan, a mamãe morreu? – perguntou Walter.

Em poucos instantes, tudo mudou. Walter descobriu-se na cama quentinha e confortável dele, satisfeito. Susan acendera a lareira e lhe trouxera uma caneca de leite quente, uma fatia dourada de torrada e um prato repleto dos seus biscoitos favoritos de "cara de macaco". Em seguida, ela o acomodara na cama com uma garrafa de água quente aos pés. Era uma sensação tão boa saber que alguém estava cuidando dele, que alguém lhe queria, que ele era importante para alguém.

– Tem certeza que a mamãe não morreu, Susan?

– Sua mãe está dormindo profundamente, meu cordeirinho, e está muito bem e feliz.
– Ela não está doente? A Opal disse que...
– Bem, cordeirinho, ela não estava se sentindo muito bem ontem, mas já passou. Além do mais, ela não correu risco de morrer desta vez. Depois que você dormir um pouco, poderá ver a ela e mais alguém. Ah, se eu colocar as mãos naqueles diabinhos de Lowbridge! Não acredito que você veio andando de Lowbridge. Dez quilômetros! Em uma noite dessas!
– Eu estava muito agoniado, Susan – disse Walter seriamente. No entanto, agora tudo havia terminado, pois ele estava a salvo e feliz, estava em casa, ele estava...
Ele estava dormindo.
Era quase meio-dia quando ele acordou, deparando-se com os raios de sol que entravam pela janela, e se sobressaltou ao ver a mamãe. Ele começara a achar que tinha sido um tolo e que talvez a mamãe fosse ficar brava por ele ter fugido de Lowbridge. No entanto, ela apenas colocou o braço ao redor dele e o puxou para mais perto. Susan contara toda a história para ela, e agora Anne tinha algumas coisas para dizer a Jen Parker.
– Ah, mamãe, você não vai morrer e ainda me ama, não é verdade?
– Querido, não tenho a menor intenção de morrer e eu o amo tanto que chega a doer. E pensar que você veio andando lá de Lowbridge de noite!
– E de estômago vazio. – Susan estremeceu. – É um milagre ele estar vivo para contar. Milagres ainda existem, não há dúvida.
– Que garoto mais corajoso – riu o pai, entrando no quarto com Shirley no colo. Ele deu palmadinhas na cabeça de Walter, que segurou a mão dele com força. Não havia ninguém no mundo como o papai. Ainda assim, ninguém jamais deveria saber o quanto ele ficara assustado.

— Não vou precisar mais ficar longe de casa, não é mesmo, mamãe?

— Não se você não quiser — prometeu ela.

— Eu nunca... — começou Walter e então parou. Afinal, ele não se importaria de ver Alice novamente.

— Veja, cordeirinho — disse Susan, trazendo uma jovenzinha rosada, de vestido e gorro brancos, em um cesto.

Walter olhou. Um bebê! Um bebê gorducho, com a cabeça coberta de cachinhos sedosos e mãos minúsculas e vivazes.

— Não é bela? — disse Susan, orgulhosa. — Veja esses cílios... Nunca vi cílios tão longos em um neném... E as orelhinhas lindas? Mas é a primeira vez que reparo.

Walter hesitou.

— Ela é uma doçura, Susan, ah esses dedinhos do pé adoráveis! Mas ela não é muito pequena?

Susan riu.

— Três quilos e meio não são pouca coisa, cordeirinho, e ela já começou a reparar nas coisas. Essa criança não tinha nem uma hora de vida quando levantou a cabeça e olhou para o doutor. Nunca tinha visto isso na vida.

— Ela vai ter cabelos ruivos — disse o doutor em um tom satisfeito. — Cabelos de um vermelho dourado encantador como os da mãe.

— E olhos acinzentados como os do pai — disse Anne, em júbilo.

— Não sei por que nenhum de nós pode ter cabelos amarelos — disse Walter, sonhador, pensando na Alice.

— Cabelo amarelo! Como os Andrews! — disse Susan, com desprezo desmedido.

— Ela parece tão adulta quando dorme — cantarolou a enfermeira. — Nunca vi um bebê apertar os olhos assim quando dorme.

— Ela é um milagre. Todos os bebês são maravilhosos, Gilbert, mas ela é o mais doce de todos.

— Que Deus a ouça — disse a tia Mary Maria, fungando o nariz. — Sabe, outros bebês já vieram para este mundo antes dela, Annie.

— O nosso nunca esteve neste mundo, tia Mary Maria — disse Gilbert, orgulhoso. — Susan, posso beijá-la, só uma vez, por favor?

— É claro que pode — disse Susan, olhando para a tia Mary Maria, que deixava o quarto. — E agora vou fazer uma torta para o jantar. A Mary Maria Blythe fez uma ontem à tarde. Gostaria que pudesse vê-la, querida senhora. Parece algo que o gato trouxe para dentro de casa. Comi o máximo que pude para não a desperdiçar, mas não permitirei que o doutor coma uma torta daquelas enquanto eu tiver saúde e forças, não tenha dúvida.

— Não é todo mundo que tem o seu talento com bolos e doces — disse Anne.

— Mamãe — disse Walter, depois que Susan saiu e fechou a porta, satisfeita. — Acho que somos uma família muito boa, não acha?

"Uma família muito boa", refletiu Anne com alegria ao deitar-se na cama, com o bebê ao lado. Logo ela estaria com todos eles novamente, ágil como antes, ensinando-os, confortando-os. Eles a procurariam com suas pequenas alegrias e tristezas, as esperanças que floresciam, os novos medos, os problemas sem importância que pareciam tão grandes para eles e as decepções que pareciam tão amargas. E a tia Mary Maria não teria motivos para comentar, como Anne a ouvira dizer dois dias atrás: "Você parece terrivelmente cansado, Gilbert. Ninguém cuida de você?".

No andar de baixo, a tia Mary Maria balançava a cabeça com desânimo, dizendo:

— Sei que todos os bebês nascem com as pernas torcidas, Susan, mas as pernas daquela criança são torcidas demais. É evidente que não devemos dizer nada para a pobre Annie. Tome cuidado para não dizer nada a ela, Susan.

Susan, pela primeira vez, estava sem palavras.

CAPÍTULO 11

Ao fim de agosto, Anne já tinha voltado a ser ela mesma, à espera de um outono feliz. A pequena Bertha Marilla ficava mais linda a cada dia e era o centro das atenções dos irmãos e irmãs amorosos.

– Achei que bebês chorassem o tempo todo – disse Jem, extasiado, enquanto os dedinhos minúsculos se agarravam ao dele. – Foi o que a Bertie Shakespeare Drew me contou.

– Não duvido que os bebês dos Drews gritem o tempo inteiro – disse Susan. – Por saberem que pertencem à família Drew, presumo, mas a Bertha Marilla é um bebê de Ingleside, querido Jem.

– Gostaria de ter nascido em Ingleside, Susan – disse Jem melancolicamente. Ele sempre lamentou não ter nascido ali, e Diana jogava isso na cara dele algumas vezes.

– Não acha a vida aqui um tanto tediosa? – perguntara uma antiga colega de classe da Queen's para Anne em outro dia, em tom condescendente.

Tediosa! Anne quase riu na cara da visita. Ingleside, tediosa! Como isso seria possível com um delicioso bebê que tinha uma maravilha nova para mostrar todos os dias? Com as visitas de Diana, da pequena Elizabeth e de Rebecca Dew para planejar; com Gilbert tratando da senhora Sam Ellison, de Upper Glen, cuja doença só outras três pessoas no mundo já tinham tido; com o Walter, que começava a ir à escola; com a Nan, que bebeu uma garrafa de perfume inteira da penteadeira da mãe, todos acharam que isso a mataria, mas nada aconteceu; com a gata preta desconhecida, que tivera nada menos que dez filhotes na varanda dos fundos; com Shirley, que se trancou no banheiro e não sabia como destrancar a porta; com o Camarão, que se enroscou em um pedaço de papel caça-moscas; com a tia Mary Maria, que colocou fogo nas cortinas do quarto no meio da madrugada enquanto perambulava com uma vela e acordou a casa inteira com gritos apavorantes. A vida ali, tediosa?

A tia Mary Maria continuava em Ingleside. Ocasionalmente ela dizia, pateticamente: "Avisem quando vocês tiverem se cansado de mim; estou acostumada a cuidar de mim mesma". Só havia uma resposta para aquilo, e é claro que Gilbert sempre a dizia, ainda que não com a mesma sinceridade de antes. Até a lealdade à família de Gilbert estava começando a falhar, pois ele começava a perceber, impotente ("o que é típico de um homem", como criticaria a senhorita Cornelia), que a tia Mary Maria estava se tornando um problema em sua casa. Ele se atrevera a sugerir sutilmente, certo dia, o quanto as casas se deterioravam quando ficavam tempo demais sem seus moradores. A tia concordou, comentando calmamente que estava pensando em vender a casa em Charlottetown.

– Não é uma má ideia – encorajou Gilbert. – Sei de uma casinha muito bonita que está à venda na cidade. Um amigo meu vai para a Califórnia... É muito parecida com aquela de que você gostou tanto, onde a senhora Sarah Newman vive...

– Onde ela mora sozinha – suspirou a tia Mary Maria.

– Ela gosta disso – disse Anne, esperançosa.

– Há algo de errado com alguém que gosta de morar sozinho, Annie – disse a tia Mary Maria.

Susan reprimiu um gemido com dificuldade.

Diana veio passar uma semana em setembro. A pequena Elizabeth também veio; a pequena Elizabeth, não, mas a alta, esguia e bela Elizabeth, que ainda tinha os cabelos dourados e o sorriso melancólico. O pai dela estava voltando para o escritório em Paris e ela ia com ele para cuidar da casa. Anne e ela fizeram longas caminhadas pela orla célebre do velho porto, voltando para casa sob as estrelas silenciosas e vigilantes do outono. Elas relembraram a vida em Windy Poplars e refizeram os passos no mapa da Terra das Fadas, que Elizabeth pretendia guardar para sempre.

– Eu o penduro na parede aonde quer que eu vá – disse.

Um dia, um vento soprou pelo jardim de Ingleside, o primeiro vento do outono. Naquela tarde, a rosa do ocaso parecia um tanto austera. De repente, o verão havia envelhecido, e chegara a nova estação.

– É cedo demais para o outono – disse a tia Mary Maria em um tom que implicava que o outono a insultara.

Foi um outono lindo, afinal, graças aos ventos deliciosos que vinham do golfo azul escuro e ao esplendor das luas da colheita. Havia ásteres líricos no Vale, o riso das crianças no pomar repleto de maçãs, noites serenas nos pastos das colinas de Upper Glen e nuvens prateadas nos céus que os pássaros cruzavam. Conforme os dias ficavam mais curtos, uma leve névoa cinzenta se estendia pelas dunas e pelo porto.

Quando as folhas começaram a cair, Rebecca Dew cumpriu a promessa de anos e veio visitar Ingleside. Era para passar uma semana, mas por insistência de todos, acabou ficando duas, e ninguém fez tanta questão quanto Susan. As duas descobriram à primeira vista que eram almas amigas, talvez por ambas amarem Anne ou talvez por ambas odiarem a tia Mary Maria.

Uma noite, na cozinha, enquanto a chuva caía sobre as folhas mortas e o vento gemia por entre os beirais e as esquinas de Ingleside, Susan desabafou todos os seus pesares para a compreensiva Rebecca Dew. O doutor e a esposa tinham saído para fazer uma visita, as crianças estavam aninhadas em suas camas e felizmente a tia Mary Maria estava fora do caminho por causa de uma dor de cabeça. "É como se uma barra de ferro estivesse esmagando o meu cérebro", reclamou.

– Qualquer pessoa que coma tantas cavalinhas fritas como aquela mulher comeu no jantar merece uma dor de cabeça – comentou Rebecca Dew, colocando os pés confortavelmente dentro do forno para aquecê-los. – Não nego que também me fartei, pois tenho que admitir que nunca conheci alguém que fritasse peixes como você, senhorita Baker, mas eu não repeti três vezes.

– Querida senhorita Dew – disse Susan com sinceridade, deixando a costura de lado e olhando suplicantemente para os olhinhos negros de Rebecca –, você só conheceu uma parte da personalidade da Mary Maria Blythe no tempo em que esteve aqui. Você não viu nem a metade... Não, nem um quarto do que ela é capaz. Querida senhorita Dew, sinto que posso confiar em você. Posso abrir o meu coração contigo, em caráter estritamente confidencial?

– Pode, senhorita Baker.

– Aquela mulher chegou aqui em junho, e eu acho que pretende passar o resto da vida aqui. Todos nesta casa a detestam, até o doutor está cansado dela, apesar de disfarçar muito bem. Só que ele é muito apegado à família e diz que a prima do pai dele não pode se sentir indesejada nesta casa. Eu implorei – disse Susan, em um tom que parecia implicar que ela o fizera de joelhos –, eu implorei para que a senhora do doutor batesse o pé e dissesse que a Mary Maria Blythe deveria ir embora, mas ela tem o coração muito bondoso. Dessa forma, estamos perdidos, senhorita Dew, completamente perdidos.

– Quem dera eu pudesse fazer alguma coisa – disse a Rebecca Dew, que também tinha sido alvo de alguns comentários da tia Mary Maria. – Sei muito bem que não devemos violar as convenções da hospitalidade, senhorita Baker, mas posso garantir que eu diria tudo na cara dela.

— Eu poderia fazer alguma coisa se não conhecesse o meu lugar, senhorita Dew. Nunca me esqueço de que não sou a senhora da casa. Às vezes, digo solenemente para mim mesma: "Susan Baker, por acaso você é um capacho?". No entanto, você sabe que minhas mãos estão atadas, não posso abandonar a senhora do doutor e não devo criar mais problemas brigando com Mary Maria Blythe. Assim, continuarei me empenhando para cumprir com os meus deveres, mas eu seria capaz de morrer com alegria pelo doutor ou pela esposa dele – disse com seriedade. – Éramos uma família tão feliz antes da chegada daquela mulher, senhorita Dew. Só que ela está tornando a nossa vida miserável e, como não sou uma profetisa, não sei dizer qual será o fim disso. Aliás, eu sei, sim, vamos todos parar no hospício. Não é uma coisa ou outra, senhorita Dew, são centenas delas, mas é possível suportar um mosquito, agora imagine milhões deles!

Rebecca Dew imaginou, balançando a cabeça com pesar.

— Ela passa o tempo todo dizendo para a senhora do doutor como deveria gerenciar a casa e que roupas deveria vestir. Está sempre me vigiando e fala que nunca viu crianças tão briguentas. Minha querida senhorita Dew, você viu com os próprios olhos que as nossas crianças nunca brigam... bem, quase nunca...

— Estão entre as crianças mais admiráveis que já vi, senhorita Baker.

— Ela é bisbilhoteira e enxerida...

— Eu também a surpreendi fazendo isso, senhorita Baker.

— Ofende-se e fica magoada por qualquer motivo, nunca o bastante para ir embora. Ela só fica sentada em um canto, com uma expressão solitária e de abandono, até que a pobre senhora fica sem saber o que fazer, pois nada lhe agrada. Se uma janela está aberta, ela reclama da friagem. Se estão todas fechadas, ela comenta que um pouco de ar fresco é bom de vez em quando. Não suporta cebola, nem mesmo o cheiro delas, e diz que fica enjoada. Por isso, a senhora do doutor falou para não usarmos mais. Se gostar de cebolas é algo comum – disse Susan, com ênfase –, todos somos fãs declarados aqui em Ingleside.

— Também gosto muito de cebolas – admitiu a Rebecca Dew.

— Ela não suporta gatos, diz que eles lhe dão calafrios. E não faz diferença alguma se estejam por perto ou não: só de saber que há um na casa já é suficiente. Por isso, o coitado do Camarão raramente ousa dar as caras por aqui. Eu mesma nunca gostei de gatos, senhorita Dew, mas defendo o direito deles de balançar o próprio rabo. E ainda fala: "Susan, não se esqueça de que não posso comer ovos, por favor", ou "Susan, quantas vezes já disse que não posso comer torradas frias?", ou "Susan, algumas pessoas podem beber chá requentado, mas eu não pertenço a essa classe afortunada". Chá requentado, senhorita Dew! Como se eu fosse oferecer chá requentado a alguém!

— Ninguém jamais pensaria isso de você, senhorita Baker.

— Se uma pergunta não pode ser feita, ela a fará. Tem ciúmes porque o doutor conta as coisas para a esposa antes de contar para ela e sempre quer saber o que se passa na vida dos pacientes dele. E nada o deixa mais irritado do que isso, senhorita Dew, pois um médico precisa saber controlar a língua, como você mesma sabe. E os ataques que tem por causa do fogo! "Susan Baker, espero que nunca acenda um fogo com óleo de carvão nem deixe panos sujos de óleo por aí, pois eles podem entrar em combustão em menos de uma hora. Como se sentiria ao ver a casa pegando fogo, Susan, sabendo que a culpa é sua?" Querida senhorita Dew, como eu ri disso! Foi na noite em que ela colocou fogo nas cortinas. Os gritos dela ainda ecoam nos meus ouvidos, e justo quando o doutor tinha conseguido dormir, depois de duas noites em claro! O que me deixa mais furiosa, senhorita Dew, é que, antes de ir a qualquer lugar, ela vai até a despensa e conta os ovos. Eu preciso de toda a minha educação para não dizer: "Por que não conta as colheres, também?" É claro que as crianças a odeiam. A senhora do doutor está farta de tentar impedir que demonstrem esse sentimento. Ela chegou a dar um tapa em Nan um dia, quando o doutor e a senhora estavam ausentes... um tapa! Só porque a Nan a chamou de senhora Matusalém, depois de ter ouvido o levado do Ken Ford dizer isso.

– Eu teria dado um tapa nela – disse Rebecca Dew, com violência.

– Eu disse que daria um tabefe nela se voltasse a fazer isso. "Ocasionalmente damos umas palmadas no traseiro aqui em Ingleside", eu expliquei, "mas nunca os estapeamos, então é melhor não se esquecer disso". Ela ficou carrancuda e ofendida por uma semana, mas pelo menos nunca mais encostou um dedo nas crianças, e ela adora quando os pais as castigam. "Se eu fosse a sua mãe..." disse para o pequeno Jem uma noite dessas. "Ah não, você não será a mãe de ninguém", respondeu o pobre garoto, que foi provocado, absolutamente. O doutor o mandou para a cama sem jantar, senhorita Dew, e quem você acha que se encarregou de levar um pouco para ele às escondidas, mais tarde?

– Ah, quem será? – riu Rebecca Dew, entrando na brincadeira.

– Você teria ficado de coração partido se tivesse ouvido a oração dele naquela noite, saída inteiramente da mente dele: "Ó Deus, perdoe-me por ter sido impertinente com a tia Mary Maria e, ó Deus, ajude-me a ser sempre educado com a tia Mary Maria". Meus olhos se encheram de lágrimas, coitadinho. Não tolero impertinência dos jovens para com os mais velhos, querida senhorita Dew, contudo tenho de admitir que, quando Bertie Shakespeare Drew cuspiu uma bolinha de papel nela, que errou o nariz dela por poucos centímetros, eu o esperei no portão e o presenteei com um saquinho de rosquinhas. É óbvio que não contei o motivo. Ele ficou extasiado, pois rosquinhas não crescem em árvores, senhorita Dew, e a senhora Bruxa nunca faz nada do tipo. Eu não contaria isso a nenhuma alma viva além de você, e o doutor e a esposa nem imaginam, do contrário teriam posto um fim nisso, mas Nan e Di batizaram a velha boneca de porcelana com a cabeça trincada em homenagem à tia Mary Maria e, sempre que a tia as repreende, elas a afogam no barril de chuva... a boneca, digo. Já nos divertimos muito com isso, eu garanto, e você não acreditaria no que aquela mulher fez certa noite, senhorita Dew.

– Vindo dela, acredito em qualquer coisa, senhorita Baker.

– Ela não quis comer nada no jantar porque estava magoada com alguma coisa, só que, antes de ir para a cama, ela foi até a despensa e comeu todo o almoço que eu tinha preparado para o pobre doutor, até a última migalha. Espero que não pense que sou uma herege, querida senhorita Dew, mas não consigo entender como Deus não se cansa de algumas pessoas.

– Você não pode perder o senso de humor, senhorita Baker – disse Rebecca Dew com firmeza.

– Ah, estou ciente de que há um lado cômico em ver alguém ser atormentado, mas a questão é a seguinte: será que a pessoa entende o que está acontecendo? Sinto muito tê-la incomodado com tudo isso, querida senhorita Dew, mas estou muito aliviada. Não posso contar essas coisas para a senhora do doutor e ultimamente venho sentindo que, se não encontrasse com quem conversar, acabaria explodindo.

– Conheço muito bem essa sensação, senhorita Baker.

– E agora, querida senhorita Dew – disse Susan, levantando-se de súbito –, que tal uma xícara de chá antes de dormir? E uma coxa de frango fria, senhorita Dew?

– Nunca neguei que, por mais que não devamos nos esquecer do que é mais sagrado na vida – disse a Rebecca Dew, tirando os pés bem-assados do forno –, a boa comida, em moderação, é uma das mais agradáveis.

CAPÍTULO 12

Gilbert foi passar duas semanas na Nova Escócia, caçando. Nem Anne conseguiu persuadi-lo a tirar um mês de férias. Novembro chegou em Ingleside, e as colinas escuras, com fileiras de abetos ainda mais escuros, pareciam tristes nos anoiteceres adiantados. Não obstante, Ingleside florescia com a luz da lareira e as risadas, ainda que os ventos do Atlântico cantassem sobre pesares.

– Por que o vento não está feliz, mamãe? – perguntou Walter, certa noite.

– Ele está lamentando todas as tristezas do mundo desde o início dos tempos – respondeu Anne.

– Ele está gemendo porque o ar está úmido demais – fungou a tia Mary Maria. – E as minhas costas estão me matando.

Em alguns dias, o vento atravessava alegremente o bosque de bordos cinzentos e, em outros, não havia vento algum, apenas a suave luz do sol de verão, as sombras quietas das árvores nuas do jardim e a plenitude gélida do entardecer.

– Vejam aquela estrela alva acima dos choupos-da-lombardia, naquele canto – disse Anne. – Toda vez que vejo algo assim, fico feliz por simplesmente estar viva.

– Você diz coisas tão engraçadas, Annie. Estrelas são bem comuns na Ilha do Príncipe Edward – disse a tia Mary Maria, que pensou: "Estrelas, ora essa! Como se ninguém jamais tivesse visto uma estrela! Annie não está ciente do terrível desperdício que ocorre na cozinha todos os dias? Ela não sabe que Susan Baker abusa dos ovos e que cozinha com muita banha de porco quando poderia usar apenas um pouco? Ou ela não se importa? Pobre Gilbert! Não é à toa que precisa trabalhar tanto!

Novembro foi embora com tons cinzas e marrons e, em uma manhã, Jem gritou de empolgação ao ver que tudo estava coberto pela brancura mágica da neve.

– Ah, mamãe, logo será Natal e o Papai Noel virá!

– Você ainda acredita no Papai Noel? – perguntou a tia Mary Maria.

Anne olhou alarmada para Gilbert, que disse com seriedade:

– Queremos que as crianças mantenham a pureza da Terra das Fadas até quando puderem, titia.

Por sorte, Jem não prestou atenção na tia Mary Maria. Ele e Walter estavam ansiosos demais para desbravarem o novo mundo criado pela doçura do inverno. Anne sempre detestou ver a beleza da neve intocada ser maculada por pegadas, só que isso era inevitável, e ainda havia beleza de sobra ao entardecer, quando o oeste se incendiava por sobre os vales embranquecidos nas colinas púrpura e Anne se sentava diante do fogo produzido pela madeira do bordo na sala de estar. "A luz da lareira era sempre tão adorável", pensou Anne. Ela fazia truques e coisas inesperadas, e partes do cômodo surgiam e desapareciam. Sombras espreitavam. Lá fora, a cena refletia-se no jardim através da grande janela descoberta, mas a tia Mary Maria parecia estar sentada absolutamente ereta. Ela nunca se permitia "relaxar" debaixo do pinheiro-da-escócia.

Gilbert estava jogado no sofá, tentando "relaxar" e esquecer que havia perdido um paciente para a pneumonia naquele dia. A pequena Rilla, em seu cesto, tentava comer as mãozinhas rosadas, e até o

Camarão, com as patinhas brancas encolhidas debaixo do corpo, ousava ronronar no tapete da lareira, para o desagrado da tia Mary Maria.

– Por falar em gatos – disse a tia Mary Maria em tom patético, embora ninguém estivesse falando de gatos –, por acaso todos os gatos de Glen nos visitam à noite? Não consigo entender como conseguiram dormir com aquela algazarra da noite passada. Obviamente, por meu quarto ficar nos fundos, eu tenho a cortesia de um concerto gratuito.

Antes que alguém pudesse responder, Susan entrou, avisando que havia encontrado a senhora Marshall Elliott na loja do Carter Flagg e que ela viria fazer uma visita assim que terminasse as compras. Susan não contou que a senhora Elliott perguntou, preocupada: "Aconteceu alguma coisa com a senhora Blythe, Susan? Ela parecia tão abatida e fatigada na igreja, no domingo passado, nunca a tinha visto assim antes". E Susan respondeu: "O que aconteceu foi que a senhora Blythe teve um ataque horrível de tia Mary Maria. E o médico não consegue enxergar isso, pois ele adora o chão em que a tia pisa". "Não é típico de um homem?", disse a senhora Elliott.

– Que bom – disse Anne, levantando-se para acender uma luz. – Faz muito tempo que não vejo a senhorita Cornelia. Agora ficaremos sabendo das últimas novidades.

– De todas as novidades! – disse Gilbert secamente.

– Aquela mulher é uma fofoqueira maldosa, com certeza – afirmou a tia Mary Maria.

Talvez pela primeira vez na vida, Susan saiu em defesa da senhorita Cornelia.

– Ela não é, senhorita Blythe, e Susan Baker não permitirá que ela seja caluniada assim. Maldosa, até parece! Senhorita Blythe, já ouviu o sujo falar do mal lavado?

– Susan... Susan... – implorou Anne.

– Perdoe-me, querida senhora. Admito que esqueci o meu lugar, mas algumas coisas são imperdoáveis.

Então, ela bateu a porta como poucas vezes ouviu-se em Ingleside.

– Viu só, Annie? – exclamou a tia Mary Maria. – Enquanto você estiver disposta a negligenciar uma atitude dessas vinda de um empregado, não há o que se possa fazer.

Gilbert levantou-se e foi para a biblioteca, onde um homem cansado talvez pudesse conseguir um pouco de paz. A tia Mary Maria, que não gostava da senhorita Cornelia, foi para a cama. Assim, a senhorita Cornelia encontrou Anne sozinha quando chegou, reclinada com desânimo sobre o cesto do bebê. Cornelia não começou a descarregar todas as fofocas, como era de costume. Em vez disso, depois de deixar o xale de lado, ela sentou-se ao lado de Anne e segurou a mão da amiga.

– Anne, querida, o que foi? Sei que há algo de errado. Aquele poço de felicidade da Mary Maria a está torturando muito?

Anne tentou sorrir.

– Ah, senhorita Cornelia, sei que é tolice importar-me tanto com isso, mas esse foi um daqueles dias em que parece impossível suportá-la. Ela está simplesmente envenenando a nossa vida aqui...

– Por que não a manda embora?

– Ah, não podemos, senhorita Cornelia. Pelo menos eu não posso, e Gilbert não faria isso. Ele diz que jamais conseguiria se olhar no espelho se expulsasse alguém do próprio sangue.

– Bobagem! – disse eloquentemente a senhorita Cornelia. – Ela tem dinheiro suficiente e uma casa boa. Dizer que é melhor voltar para lá seria expulsá-la?

– Eu sei, mas Gilbert não se dá conta de tudo. Ele está sempre fora, e realmente essas coisas parecem tão insignificantes que chego a me sentir envergonhada...

– Eu sei, querida. Só que essas coisas insignificantes são terrivelmente grandes, mas é óbvio que um homem não entenderia. Sei de uma mulher em Charlottetown que a conhece muito bem. Ela diz que a

Mary Maria Blythe nunca teve um amigo na vida e que o nome dela deveria ser Praga, e não Blythe. O que você precisa, querida, é de coragem suficiente para dizer que não vai aturá-la.

– Sinto como se estivesse em um sonho, onde eu tento correr e só consigo arrastar os pés – disse Anne, desgostosa. – Se fosse só de vez em quando, mas acontece todos os dias. As horas das refeições são perfeitos *shows* de horrores, e Gilbert disse que já não pode nem destrinchar uma ave sossegado.

– Isso ele percebeu – desdenhou a senhorita Cornelia.

– Não conseguimos ter nenhuma conversa de verdade durante as refeições porque com certeza ela nos interromperá com algo desagradável. Ela corrige o comportamento das crianças continuamente e sempre as repreende na frente das visitas. Costumávamos ter refeições tão agradáveis... e agora! Ela não gosta de risadas, e você sabe como gostamos de rir. Alguém está sempre fazendo uma piada, ou pelo menos era assim, mas ela não deixa nada passar. Hoje, ela disse: "Gilbert, não fique de cara fechada. Você e Annie brigaram?". Só porque estávamos quietos. Você sabe que Gilbert sempre fica um pouco deprimido quando perde um paciente que considera que poderia ter vivido. Em seguida ela nos deu um sermão sobre como isso era tolice e nos avisou para apaziguarmos nossa ira antes do pôr do sol[6]. Ah, nós rimos disso depois, mas na hora...! Susan e ela não se dão bem, e não podemos deixar Susan murmurar coisas que são o reverso da polidez. Ela fez mais do que murmurar quando a tia Mary Maria disse que nunca conhecera um mentiroso como Walter, pois ela o ouvira contar a Di uma longa história sobre seu encontro com o homem da lua e sobre a conversa que tiveram. Tia Mary Maria queria lavar a boca dele com sabão. Ela e Susan travaram uma verdadeira batalha naquela ocasião, e ela está enchendo a mente das crianças com todo tipo de ideias absurdas. Disse para Nan

---

6   Referência ao Novo Testamento, Efésios 4:26. (N. T.)

que uma criança morreu durante o sono depois de ter sido malcriada, e agora a menina está com medo de dormir. Disse para Di que, se ela fosse sempre uma boa menina, os pais a amariam tanto quanto amam Nan, mesmo que não tivesse cabelos ruivos. Gilbert ficou realmente irritado quando ouviu aquilo e falou duramente com a tia. Não pude evitar de ter esperanças de que ficasse ofendida e partisse, apesar de que eu odiaria que alguém fosse embora da minha casa por se sentir ofendido, mas ela simplesmente o encarou com os olhos cheios de lágrimas e disse que não teve más intenções. Que sempre ouvira que gêmeos nunca eram tratados igualmente, que achava que nós favorecíamos Nan e que a pobre da Di sentia a diferença! Ela chorou a noite inteira por causa disso, e Gilbert achou que tinha sido rude e acabou desculpando-se.

– Não me surpreende! – disse a senhorita Cornelia.

– Ah, eu não deveria falar assim, senhorita Cornelia. Quando conto as minhas bênçãos, sinto-me muito mesquinha ao me importar com essas coisas, mesmo que elas tirem um pouco do encanto da vida. E a tia não é sempre odiosa; em certas ocasiões, é muito afável...

– Não me diga! – disse a senhorita Cornelia sarcasticamente.

– Sim, e bondosa. Ela me ouviu dizer que queria um conjunto de chá da tarde, foi até Toronto e comprou um para mim, por correio! Ah, senhorita Cornelia, é tão feio!

Anne deu uma risada que terminou em um soluço e, em seguida, riu novamente.

– Não falemos mais dela, pois a situação não parece tão ruim agora que coloquei tudo para fora, como uma criança. Veja a pequenina Rilla, senhorita Cornelia. Os cílios dela não são encantadores quando está dormindo? Agora, que tal batermos um bom papo?

Anne já tinha voltado a ser ela mesma quando a senhorita Cornelia se foi. No entanto, ela sentou-se pensativamente diante da lareira por algum tempo. Não contara tudo para a senhorita Cornelia e nunca havia contado nada daquilo para Gilbert. Eram tantas miudezas...

"Tão miúdas que não posso reclamar delas", pensou Anne. "Ainda assim, são as miudezas que abrem buracos na trama da vida, como traças, arruinando-a."

"A tia Mary Maria e a mania de agir como anfitriã, convidando visitas sem avisar ninguém até a última hora, fazendo-me sentir como se não pertencesse à minha própria casa. A tia Mary Maria, que muda os móveis de lugar quando não estou: 'Espero que não se importe, Annie, acho que precisamos mais da mesa aqui do que na biblioteca'. A curiosidade infantil e insaciável da tia Mary Maria e as perguntas indiscretas sobre tudo, entrando no meu quarto sem bater, sempre desconfiada do cheiro de fumaça e afofando as almofadas que eu arrumei. A tia Mary Maria insinuando que eu fofoco demais com Susan e implicando com as crianças, temos que ficar em cima delas o tempo todo para que se comportem, mas nem sempre é possível."

– Tia Malía veia e feia – disse Shirley distintamente em um dia horrível. Gilbert levantou-se para lhe dar umas palmadas, porém Susan interveio com uma grandiosidade ultrajada e o impediu.

"Estamos sendo intimidados", pensou Anne. "Esta casa está começando a funcionar em torno da pergunta 'será que a tia Mary Maria vai gostar?'. Não queremos admitir, mas é verdade. Qualquer coisa para que ela não verta suas lágrimas nobres por aí. Isso não pode continuar assim."

Então Anne lembrou-se do que a senhorita Cornelia dissera, que a Mary Maria Blythe nunca tinha tido um amigo na vida. Que terrível! Rica em amizades, Anne sentiu uma súbita compaixão por aquela mulher que nunca tivera uma sequer e que tinha pela frente apenas uma velhice solitária e desassossegada, em que ninguém a procuraria em busca de refúgio ou bálsamo, esperança e ajuda, carinho e amor. É claro que eles poderiam ter paciência com ela, pois aqueles aborrecimentos eram superficiais, no fim das contas. Eles não envenenavam as profundas nascentes da vida.

Anne de Ingleside

– Acabo de ter um forte ataque de comiseração por mim mesma, foi só isso – disse Anne, erguendo Rilla do cesto e desfrutando da carícia da bochechinha acetinada contra a sua. – Já passou, e agora estou profundamente envergonhada.

CAPÍTULO 13

– Parece que não temos mais invernos como os de antigamente, não é mesmo, mamãe? – disse Walter melancolicamente.

A neve de novembro havia derretido há muito tempo e, durante todo o mês de dezembro, Glen St. Mary foi uma terra escura e austera, bordeada pelo golfo cinzento com seus picos de espuma branca. Foram poucos os dias ensolarados em que o porto reluziu entre os braços dourados das colinas, e os demais dias tinham sido sombrios e gélidos. Os habitantes de Ingleside esperaram em vão por um Natal branco, mas os preparativos continuaram a todo vapor e, conforme a última semana se aproximava, a casa ficava repleta de mistérios, segredos, sussurros e aromas deliciosos. Na véspera do Natal, tudo estava pronto; o pinheiro que Walter e Jem haviam trazido do Vale encontrava-se em um canto da sala; as portas e as janelas estavam enfeitadas com guirlandas enormes e verdes, presas com imensos laços de fita vermelha; ramos verdes entrelaçados adornavam os corrimãos, e a despensa de Susan estava quase transbordando. Então, ao fim da tarde, quando todos já haviam se resignado com um Natal verde e sem graça, alguém olhou pela janela e viu flocos grandes como plumas caindo aos montes do céu.

– Neve! Neve!! Neve!!! – gritou Jem. – Teremos um Natal branco afinal de contas, mamãe!

As crianças de Ingleside foram para a cama felizes. Foi gostoso aninhar-se na cama quentinha e confortável e ouvir a tempestade uivar do lado de fora através da noite gris. Anne e a Susan dedicaram-se a decorar a árvore de natal, "agindo como duas crianças", pensou a tia Mary Maria com desdém. Ela não aprovava velas na árvore, "pois podem causar um incêndio". Ela não aprovava bolas coloridas, "pois os gêmeos podem comê-las", porém ninguém prestava atenção nela. Eles tinham aprendido que essa era única condição que tornava viável a vida com a tia Mary Maria.

– Pronto! – exclamou Anne ao colocar a grande estrela prateada no topo do orgulhoso pinheirinho. – Ah, não está lindo, Susan? Não é ótimo podermos ser crianças novamente no Natal sem sermos julgados? Estou tão feliz que esteja nevando... Só espero que a tempestade não dure a noite inteira.

– Vai chover o dia inteiro amanhã – afirmou categoricamente a tia Mary Maria. – Sinto nas minhas pobres costas.

Anne abriu a porta da frente e espiou lá fora. O mundo estava perdido em meio ao turbilhão branco da tempestade de neve. A neve acumulada deixava os painéis da janela acinzentados. O pinheiro-da-escócia era um imenso fantasma coberto por um lençol.

– Não parece muito promissor – admitiu Anne com desânimo.

– Deus ainda manda no clima, querida senhora, e não a senhorita Mary Maria Blythe – disse Susan por cima do ombro.

– Espero que não haja nenhuma emergência – disse Anne, virando-se.

Susan deu uma última olhada na escuridão antes de trancar a noite tempestuosa para fora.

– Não invente de dar à luz nesta noite – advertiu severamente na direção de Upper Glen, onde a senhora George Dew esperava o quarto filho.

Apesar da dor nas costas da tia Mary Maria, a tempestade se dissipou no meio da noite, e a manhã preencheu o vale secreto entre as colinas com o vinho tinto da alvorada invernal. O pequeno bando havia levantado cedo e aguardava com ansiedade e de olhos atentos.

– O Papai Noel conseguiu atravessar a tempestade, mamãe?

– Não. Ele ficou doente e nem tentou – disse a tia Mary Maria, que estava de bom humor e sentindo-se engraçada, na opinião dela.

– É claro que ele conseguiu – disse Susan antes que os olhos deles ficassem marejados. – E, depois que tomarem o café da manhã, vocês verão o que ele fez com a árvore de natal.

Depois do café, o papai desapareceu misteriosamente, mas ninguém percebeu, porque todos estavam focados na árvore. Uma árvore vivaz, repleta de bolas douradas e prateadas, iluminada por velas na sala escura, rodeada por pacotes de todas as cores presos com fitas adoráveis. Então o Papai Noel apareceu, maravilhoso em suas vestes escarlate e brancas, com uma barba longa e branca e uma barriga grande e cômica. Susan tinha colocado três almofadas debaixo da casaca de veludo que Anne costurara para Gilbert. Shirley gritou de terror de início, porém recusou-se a ser levado da sala. O Papai Noel entregou os presentes para cada pessoa com um gracejo; sua voz era estranhamente familiar, mesmo sob a máscara. A ponta da barba dele acabou pegando fogo por causa de uma vela, e a tia Mary Maria sentiu uma leve satisfação com o incidente, ainda que não o suficiente para refrear um suspiro melancólico.

– Ah, o Natal já não é mais como era na minha infância. – Ela olhou com reprovação para o presente que a pequena Elizabeth havia enviado para Anne de Paris: uma linda estatueta de bronze de Artêmis com seu arco de prata.

– Quem é essa desavergonhada? – inquiriu com severidade.

– A deusa Diana – disse Anne, trocando um sorriso com Gilbert.

– Ah, uma pagã! Bem, então é diferente, suponho. Entretanto, se eu fosse você, Annie, não a deixaria onde as crianças possam vê-la, e às vezes acho que não existe mais decência no mundo. Minha avó não usava menos que três anáguas, no inverno e no verão – concluiu a tia Mary Maria, com a deliciosa inconsequência que caracterizava tantos de seus comentários.

A tia Mary Maria havia tricotado luvas compridas para todas as crianças de um tom horrível de magenta, assim como um suéter para Anne. Gilbert ganhou uma gravata biliosa, e Susan, uma anágua de flanela vermelha. Até ela considerava anáguas fora de moda, mas agradeceu à tia Mary Maria.

"Algum asilo fará melhor uso disso", pensou. "Três anáguas, vejam só! Orgulho-me de ser uma mulher decente, e eu gostei da figura com o arco de prata. Mesmo estando um tanto despida, se fosse minha, eu não sei se a esconderia. Agora eu preciso ver o recheio do peru, e, sem cebola, não deve estar lá grande coisa."

Ingleside estava repleta de felicidade naquele dia, uma felicidade plena e antiquada, apesar da tia Mary Maria, que certamente não gostava de ver as pessoas muito felizes.

– Só carne branca, por favor. (James, tome a sopa sem fazer barulho.) Ah, você não sabe destrinchar uma ave como o seu pai, Gilbert. Ele dava a cada pessoa a parte de que elas mais gostavam. (Gêmeas, os mais velhos gostariam de ter a chance de conversar um pouco. Quando eu era pequena, as crianças deviam ser vistas, e não ouvidas.) Não, obrigada, Gilbert, nada de salada para mim, pois eu não como nada cru. Sim, Annie, eu aceito um pouco de pudim. Tortas de carne moída são indigestas demais.

– As tortas de carne moída da Susan são poemas, assim como as tortas de maçã são canções – disse o doutor. – Anne, minha menina, eu gostaria de um pedaço de cada.

– Você gosta de ser chamada de "menina" na sua idade, Annie? Walter, você ainda não comeu todo o seu pão com manteiga, Muitas crianças pobres adorariam ter o que comer. James, querido, não suporto que funguem o nariz; assoe-o de uma vez.

Mesmo assim, foi um Natal alegre e prazeroso. A tia Mary Maria nos abrandou um pouco depois do jantar, dizendo quase graciosamente que os presentes que recebeu eram muito bons, e até suportou o Camarão com um ar paciente de martírio que fez com que todos se sentissem um pouco culpados por amá-lo.
– Acho que os pequenos se divertiram bastante – disse Anne alegremente naquela noite, enquanto observava o padrão das árvores contra as colinas brancas e o céu do entardecer. Já as crianças estavam ocupadas em jogar migalhas no jardim. O vento suspirava suavemente entre os galhos, salpicando neve fina sobre o jardim com a promessa de mais tempestade para o dia seguinte. Todavia, Ingleside teve um ótimo dia.
– Suponho que sim – concordou a tia Mary Maria. – Eles fizeram bastante barulho, com certeza. Já o tanto que comeram... ah, bem, só se é jovem uma vez, e eu acho que você tem óleo de rícino suficiente em casa.

CAPÍTULO 14

Foi um inverno que Susan chamou de "instável". As altas e baixas de temperatura deixaram os beirais de Ingleside decorados com fantásticos babados de gelo. As crianças alimentaram sete pássaros gaios-azuis que visitaram regularmente o pomar para as refeições; eles deixavam que Jem os pegasse, mas voavam quando os outros tentavam. Durante janeiro e fevereiro, Anne ficou acordada até tarde enquanto devorava catálogos de sementes. Os ventos de março rodopiaram sobre as dunas, os portos e as colinas. Segundo Susan, os coelhos estavam botando ovos de páscoa.

– Você não acha março um mês "imocionante", mamãe? – exclamou Jem, que era irmão de todos os ventos que sopravam.

Eles poderiam ter sido poupados de toda a "emoção" da vez em que Jem cortou a mão em um prego enferrujado e passou alguns dias sofríveis, enquanto a tia Mary Maria contava todas as histórias que sabia sobre envenenamento sanguíneo. Depois que tudo passou, Anne refletiu que isso era o que se podia esperar de um filho pequeno que estava sempre fazendo experimentos.

E logo chegou abril! Trouxe consigo o riso das chuvas de abril, o sussurro das chuvas de abril, o gotejar, a extensão, a pressão, a intensidade, a dança e o estardalhaço das chuvas de abril. "Ah, mamãe, o mundo lavou o rosto direitinho, não é mesmo?", exclamou Di, na manhã em que o sol voltou a aparecer.

Flores pálidas em forma de estrelas brilhavam sobre os campos enevoados, e pequenos salgueiros cresciam nos pântanos. Até os menores galhos nas árvores pareciam ter perdido a rigidez vítrea do inverno, tornando-se moles e lânguidos. O primeiro tordo que apareceu foi um evento; o Vale voltou a ser um lugar repleto de vida selvagem; Jem trouxe para a sua mãe as primeiras flores de maio, para o ultraje da tia Mary Maria, convencida de que tinha de ter ganhado as flores; Susan começou a faxina nas prateleiras do sótão, e Anne, que não teve sequer um minuto para si mesma durante o inverno, entrou no espírito da primavera e literalmente passou o tempo no jardim, enquanto o Camarão mostrava toda a empolgação esgueirando-se por entre os canteiros.

– Você se importa mais com aquele jardim do que com o próprio marido, Annie – disse a tia Mary Maria.

– Meu jardim é tão bom para mim – respondeu Anne distraidamente. Então, ao perceber as possíveis implicações de seu comentário, começou a rir.

– Você fala umas coisas muito peculiares, Annie. Sei que não insinuou que o Gilbert não a trata bem, mas e se um estranho a escutasse?

– Querida tia Mary Maria – disse Anne alegremente –, eu não me responsabilizo pelas coisas que digo nesta época do ano, todo mundo aqui em casa sabe disso, e sempre fico um pouco maluca na primavera. Só que é uma loucura divina. Você consegue ver aquela névoa sobre as colinas, dançando como bruxas? E os narcisos? É a primeira vez que temos narcisos tão lindos assim em Ingleside.

– Não gosto de narcisos. São ostentosos demais – disse a tia Mary Maria, envolvendo-se no xale e entrando em casa para proteger as costas.

– Sabe aquelas íris que você queria plantar naquele canto do jardim com sombras, querida senhora? – disse Susan, em tom confidencioso.

– Ela as plantou nesta tarde quando você estava fora, na parte mais ensolarada do quintal.

– Ah, Susan! E não podemos mudá-las de lugar, senão ela ficará magoada!

– Se você me permitir, querida senhora...

– Não, não, Susan, vamos deixá-las onde estão, por enquanto. Ela chorou quando comentei que ela não deveria ter podado o buquê-de-noiva antes que florescesse, lembra-se?

– Esnobando os nossos narcisos, querida senhora, que são famosos em todo o porto...

– Merecidamente. Olhe só para eles, rindo de você por se importar com a tia Mary Maria. Susan, as capuchinhas estão finalmente nascendo naquele canto. É tão bom quando algo que já tínhamos perdido a esperança de fato acontece! Vou fazer um pequeno jardim de rosas no canto ao sudoeste; só o termo "jardim de rosas" me deixa arrepiada! Já viu um céu tão anil como esse, Susan? Se prestar muita atenção à noite, você conseguirá ouvir os riachos da região fofocando. Estou com vontade de dormir no Vale nesta noite, com um travesseiro de violetas silvestres.

– Seria muito úmido – disse Susan pacientemente. A senhora do doutor sempre ficava assim na primavera, e logo passaria.

– Susan, quero uma festa de aniversário na semana que vem – disse Anne, como se tentasse convencê-la.

– Bem, e por que não? – perguntou Susan. Ninguém da família fazia aniversário na última semana de maio, mas, se a esposa do doutor queria uma, por que se privar?

– Por causa da tia Mary Maria – continuou Anne, determinada a acabar de uma vez com a pior parte. – O aniversário dela é na semana que vem. Gilbert me disse que ela fará cinquenta e cinco anos, e estive pensando...

– A senhora quer mesmo fazer uma festa para aquela...

– Conte até cem, Susan... conte até cem, querida. Isso a faria feliz, e o que ela tem na vida, afinal?

– A culpa disso é toda dela...
– Talvez. No entanto, eu realmente quero fazer isso por ela.
– Querida senhora – disse Susan com seriedade –, você é muito bondosa comigo e me dá uma semana de férias sempre que eu preciso. Talvez seja melhor eu tirar folga na semana que vem! Vou pedir para a minha sobrinha Gladys vir ajudar na casa, e a senhorita Mary Maria Blythe pode ter uma dúzia de festas de aniversário se quiser.
– Se é assim que você se sente, Susan, vou desistir da ideia, é claro – disse Anne lentamente.
– Querida senhora, aquela mulher se impôs na sua casa e pretende ficar aqui eternamente. Ela a deixou preocupada, irritou o doutor e tornou a vida das crianças miserável. Não digo nada sobre mim mesma porque que direito tenho eu? Ela repreendeu e reclamou e insinuou e choramingou, e agora você quer organizar uma festa de aniversário para ela! Bem, tudo que digo é, se é o que você realmente deseja, então é o que faremos!
– Susan, você é um amor!
Planos e mais planos foram feitos. Susan, após render-se, estava determinada a honrar Ingleside e fazer uma festa que nem mesmo a Mary Maria Blythe encontraria motivos para criticar.
– Estou pensando em fazer um grande almoço, Susan. Assim, o doutor e eu teremos tempo de sobra para ir ao concerto em Lowbridge. Manteremos em segredo para surpreendê-la, e ela não deve saber de nada até o último minuto. Vou convidar todas as pessoas de Glen de quem ela gosta...
– E quem seriam elas, querida senhora?
– Bem, todas que ela tolera: a prima dela de Lowbridge, Adella Carey, e algumas pessoas da cidade. Teremos um grande bolo de ameixas com cinquenta e cinco velas...
– Que eu terei de fazer, obviamente...
– Susan, você sabe que o seu bolo de frutas é o melhor da Ilha...

– Eu sei que farei o que a senhora quiser.

A semana seguinte foi repleta de mistério. Cochichos permeavam o ar em Ingleside. Todos haviam jurado não contar nada à tia Mary Maria, porém Anne e Susan não contavam com as fofocas. Na véspera da festa, a tia Mary Maria voltou para casa após uma visita a Glen e as encontrou um tanto fatigadas na sala mal iluminada.

– No escuro, Annie? Não entendo como alguém gosta de se sentar no escuro. Fico deprimida.

– Não está escuro. É a hora do crepúsculo, quando a luz e a escuridão se apaixonam e excedem lindamente seus limites... – disse Anne, mais para si mesma do que para os outros.

– Suponho que você saiba o que quer dizer, Annie. Então, você vai dar uma festa amanhã?

Anne endireitou-se de súbito. Susan, que já estava sentada ereta, não conseguiu endireitar-se ainda mais.

– Por quê?... Por quê?... Tia...

– Eu sempre tenho que descobrir as coisas através dos outros – disse a tia Mary Maria, aparentemente mais desapontada do que zangada.

– Nós queríamos que fosse uma surpresa, tia...

– Não sei por que você quer dar uma festa nessa época do ano, em que não se pode confiar no clima, Annie.

Anne suspirou aliviada. Evidentemente, a tia Mary Maria sabia apenas sobre a festa, não que tinha conexão com ela.

– Eu queria que fosse antes que as flores da primavera murchassem, tia Mary Maria.

– Então eu usarei o meu vestido de tafetá granada. Suponho, Annie, que, se eu não tivesse ouvido falar disso na vila, eu teria sido pega de surpresa por seus amigos em um vestido de algodão.

– Ah, não, tia. Nós a avisaríamos a tempo, é claro...

– Bem, se quer o meu conselho, Annie, e às vezes sou obrigada a achar que não, eu diria para não ser tão misteriosa sobre as coisas no futuro. Aliás, você sabia que estão dizendo na vila que foi Jem quem jogou uma pedra na janela da igreja metodista?

– Não foi ele – disse Anne com calma. – Ele me disse que não foi ele.

– Tem certeza, querida Annie, que ele não mentiu?

A "querida Annie" falou pausadamente.

– Absoluta, tia Mary Maria. O Jem nunca me contou uma mentira na vida.

– Bem, achei que você deveria saber o que estão dizendo.

A tia Mary Maria saiu com sua elegância usual, evitando ostensivamente o Camarão, que estava deitado de costas no chão, suplicando que alguém acariciasse sua barriga.

Susan e Anne suspiraram profundamente.

– Acho que vou dormir, Susan. E espero que tudo corra bem amanhã. Não estou gostando daquela nuvem preta sobre o porto.

– Vai dar tudo certo, querida senhora – assegurou Susan. – É o que diz o almanaque.

O almanaque de Susan, que previa o clima do ano inteiro, acertava com uma frequência suficiente para manter sua credibilidade.

– Deixe a porta lateral destrancada para o doutor, Susan. Ele pode chegar tarde da cidade. Foi buscar as cinquenta e cinco rosas, pois ouvi a tia Mary Maria dizer que as únicas flores de que gosta são as rosas amarelas.

Meia hora depois, durante sua leitura diária de um capítulo da Bíblia, Susan deparou-se com o seguinte versículo: "Não ponhas muito os pés na casa do teu próximo, para que não se enfade de ti e passe a te odiar"[7]. Ela colocou um raminho de abrótano para marcar a página. "Até naqueles dias", refletiu.

Anne e Susan levantaram cedo, com o intuito de concluir alguns preparativos finais antes que a tia Mary Maria acordasse. Anne gostava

---

7   Referência ao Antigo Testamento, Provérbios 25:17. (N. T.)

de acordar cedo e aproveitar aquela meia hora mística que precedia o nascer do sol, em que o mundo ainda pertencia às fadas e aos deuses antigos. Ela adorara o pálido rosa e o dourado do céu atrás do pináculo da igreja, o brilho translúcido da alvorada espalhando-se pelas dunas e as espirais de fumaça violeta subindo dos telhados da vila.

– É como se tivéssemos mandado fazer o dia sob medida, querida senhora – disse Susan complacentemente, conforme salpicava coco ralado sobre um bolo com cobertura de creme de laranja. Depois do café da manhã, vou experimentar fazer esses novos bolinhos de manteiga e telefonarei a cada meia hora para certificar-me de que Carter Flagg não se esqueça do sorvete, e ainda sobrará tempo para esfregar os degraus da varanda.

– Isso é mesmo necessário, Susan?

– Querida senhora, você convidou a senhora Marshall Elliott, não? Ela não subirá aqueles degraus se não estiverem impecáveis. Você pode cuidar da decoração? Não nasci com o dom de fazer arranjos de flores.

– Quatro bolos! Nossa! – disse Jem.

– Quando nós damos uma festa – disse Susan com orgulho –, nós damos uma festa.

Os convidados chegaram na hora certa e foram recebidos pela tia Mary Maria, em seu vestido de tafetá granada, e por Anne, que usava o vestido de *voile* bege. Anne pensou em vestir o de musselina branca, uma vez que o clima estava agradável como um dia de verão, mas mudou de ideia.

– Muito sensato da sua parte – comentou a tia Mary Maria. Como sempre digo, a cor branca é para os jovens.

Tudo correu conforme o planejado. A mesa estava exuberante com os pratos deliciosos de Anne e a beleza exótica das íris brancas e púrpura. Os bolinhos de manteiga de Susan causaram uma sensação, diferentes de tudo que já tinha sido visto em Glen; a sopa cremosa dela era a última palavra em sopas; a salada de frango fora feita com os "verdadeiros frangos" de Ingleside; o atrapalhado do Carter Flagg levou o sorvete no momento exato. Por fim entrou Susan, carregando o bolo de aniversário com suas cinquenta e cinco velas acesas como se fosse a cabeça de João Batista em uma bandeja e o colocou diante da tia Mary Maria.

Anne, que por fora sorria como uma serena anfitriã, sentia-se muito incomodada. Por mais que tudo parecesse dentro dos conformes, ela estava com uma crescente sensação de que algo tinha dado terrivelmente errado, pois estivera muito ocupada recebendo os convidados para perceber a mudança na expressão da tia Mary Maria quando a senhora Marshall Elliott cordialmente lhe desejou muitos anos de vida. Quando todos estavam reunidos ao redor da mesa, Anne percebeu que a tia não parecia nem um pouco contente. Ela estava pálida, não podia ser de raiva! E não disse nenhuma palavra durante a refeição, a não ser por respostas curtas. Tomou apenas três colheradas de sopa e comeu três garfadas da salada. Quanto ao sorvete, era como se não existisse.

Quando Susan colocou o bolo com as velas tremeluzentes diante dela, a tia Mary Maria engoliu em seco audivelmente, o que não foi capaz de conter o soluço, a acabou produzindo um ruído sufocado.

– Tia, não está se sentindo bem? – perguntou Anne.

A tia Mary Maria a encarou friamente.

– Muito bem, Annie. Notavelmente bem, aliás, para uma pessoa de idade avançada como eu.

Nesse momento auspicioso, as gêmeas surgiram carregando uma cesta com cinquenta e cinco rosas amarelas e, em meio ao silêncio gélido, entregaram-na à tia Mary Maria balbuciando parabéns e desejos de felicidade. Um coro de admiração ergueu-se da mesa, mas a aniversariante não juntou-se a ele.

– As gêmeas assoprarão as velas para você, tia – disse Anne, nervosa.
– Depois disso, você pode cortar o bolo?

– Dado que não estou senil ainda, acho que eu consigo assoprar as velas sozinha.

A tia Mary Maria então as assoprou de forma lenta e deliberada. Da mesma forma, ela cortou o bolo e, em seguida, ela colocou a faca sobre a mesa.

– Agora, peço que me perdoem, Annie. Uma mulher da minha idade precisa descansar depois de tanta emoção.

A saia de tafetá da tia Mary Maria se afastou com um farfalhar, a cesta de rosas caiu com um baque, o clique claque dos saltos dela ecoaram pelas escadas, e a porta do quarto bateu com um estrondo distante.

Os convidados, aturdidos, comeram suas fatias de bolo com todo o apetite que conseguiram reunir, em um silêncio tenso que foi quebrado somente por um ato de desespero da senhora Amos Martin, ao contar uma história sobre um doutor da Nova Escócia que matou vários pacientes ao injetar germes de difteria neles. Os outros, sentindo que a história não era de bom gosto, não apoiaram a tentativa risível de "animar as coisas" e foram embora na primeira oportunidade educada.

Preocupada, Anne correu até o quarto da tia Mary Maria.

– Tia, qual é o problema?

– Era mesmo necessário anunciar a minha idade em público, Annie? E convidar a Adella Carey, para descobrir quantos anos tenho, pois ela tenta descobrir há anos!

– Tia, nós queríamos...

– Não sei o que você pretendia, Annie, porém, sei muito bem que há alguma coisa por trás disso. Ah, posso até ler a sua mente, querida Annie, mas não vou tentar fuçar nela. Vou deixar isso entre você e a sua consciência.

– Tia Mary Maria, minha única intenção era de que você tivesse um aniversário feliz. Sinto muitíssimo se...

A tia Mary Maria levou o lenço aos olhos e sorriu sofregamente.

– É claro que eu a perdoo, Annie. Contudo, você deve compreender que, depois dessa tentativa deliberada de ferir meus sentimentos, não posso ficar aqui nem mais um minuto.

– Tia, não vá embora...

A tia Mary Maria ergueu a mão magra e nodosa.

– Não falemos mais do assunto, Annie. Quero paz, somente paz. "Um espírito deprimido, quem o levantará"?[8]

Anne foi ao concerto com Gilbert naquela noite, mas não se pode dizer que o aproveitou, e ele enfrentou a situação de maneira "típica dos homens", como a senhorita Cornelia teria dito.

– Lembro que a idade sempre foi um assunto delicado para ela. O papai costumava provocá-la, e isso fugiu da minha memória. Porém, se ela for embora, não tente impedi-la... – A lealdade à família o impediu de acrescentar "já era hora!".

– Ela não vai embora. Que azar, querida senhora – disse Susan, incredulamente.

Entretanto, pela primeira vez, Susan se equivocou. A tia Mary Maria foi embora no dia seguinte, perdoando a todos com suas palavras de despedida.

– Não culpe Annie, Gilbert – disse magnanimamente. – Eu a absolvo de todos os insultos intencionais. Nunca me importei por guardarem segredos de mim, embora a minha mente seja sensível. Apesar de tudo, sempre gostei da Annie... – disse com o ar de quem confessava uma fraqueza. – Já a Susan Baker é outra história. Minhas últimas palavras a você, Gilbert: ponha a Susan Baker no devido lugar e não a tire de lá.

Ninguém acreditou de início em tanta sorte. Então eles despertaram para o fato de que a tia Mary Maria fora realmente embora. Agora eles poderiam voltar a rir sem ferir os sentimentos de ninguém; abrir todas as janelas sem que alguém reclamasse; fazer uma refeição sem uma pessoa dizendo que a comida preferida de alguém causa câncer no estômago.

---

8   Referência ao Antigo Testamento, Provérbios 18:14. (N. T.)

"Jamais me despedi de uma visita com tanta alegria", pensou Anne, sentindo-se um pouco culpada. "É bom voltar a ser dona de mim mesma."

Camarão aprumou-se meticulosamente, sentindo que finalmente podia se divertir um pouco. A primeira peônia desabrochou no jardim.

– O mundo está cheio de poesia, não é mesmo, mamãe? – observou o pequeno Walter.

– Vai ser um mês de junho muito bonito – previu Susan. – É o que diz o almanaque. Haverá alguns casamentos e provavelmente dois funerais. Não é estranho poder respirar livremente de novo? Quando penso que fiz tudo que estava em minhas mãos para impedir que você desse aquela festa, querida senhora, percebo que a Providência Divina realmente existe. E você não acha que hoje o doutor adoraria um pouco de cebola para acompanhar o filé?

CAPÍTULO 15

– Senti-me na obrigação de vir aqui, querida – disse a senhorita Cornelia – e explicar o que disse ao telefone. Foi tudo um engano, eu sinto muito, e a prima Sarah não morreu, afinal de contas.

Anne, suprimindo um sorriso, ofereceu uma cadeira à senhorita Cornelia na varanda. Susan tirou os olhos da gola de crochê que estava preparando para a sobrinha, Gladys, e murmurou educadamente:

– Boa noite, senhora Marshall Elliott.

– Nesta manhã, chegou a notícia do hospital de que ela tinha falecido ontem à noite, e eu achei que precisava informar vocês, já que ela era paciente do doutor, mas foi outra Sarah Chase. A prima Sarah está com vida e provavelmente continuará assim, graças a Deus. Aqui está muito agradável e fresco, Anne, e sempre digo que, se há uma brisa em algum lugar, este lugar é Ingleside.

– Susan e eu estávamos desfrutando do charme da noite estrelada – disse Anne. Ela deixou de lado o vestido de musselina rosa com bordado de casinhas de abelha que estava fazendo para Nan e juntou as mãos sobre os joelhos. Uma desculpa para ficar ociosa por alguns instantes era bem-vinda. Susan e ela não tinham muitos desses momentos naqueles dias.

A lua estava prestes a nascer, e seu prelúdio era ainda mais adorável do que o fato consumado. Lírios-tigre eram como "vivas chamas"[9] ao longo da trilha do jardim, e o aroma das madressilvas era traduzido nas asas do vento sonhador.

— Veja as ondas de papoulas que cresceram junto ao muro do jardim, senhorita Cornelia. Susan e eu estamos muito orgulhosas delas neste ano, ainda que não tenhamos feito absolutamente nada. Walter derrubou um pacote de sementes ali por acidente na primavera, e este foi o resultado. Todos os anos nós temos alguma surpresa do tipo.

— Tenho um apreço especial por papoulas — disse a senhorita Cornelia —, por mais que não durem muito.

— Só vivem por um dia — admitiu Anne —, mas com que soberania, com que suntuosidade o vivem! Não é melhor do que ser uma zínia feia e sem graça que dura praticamente para sempre? Não temos zínias aqui em Ingleside, são as únicas flores que não são bem-vindas aqui, e Susan nem mesmo fala delas.

— Estão assassinando alguém no Vale? — perguntou a senhorita Cornelia. De fato, o som que vinha de lá indicava que alguém estava sendo queimado na fogueira, mas Anne e Susan já estavam acostumadas.

— Persis e Kenneth passaram o dia aqui e coroaram a visita com um delicioso banquete no Vale. Quanto à senhora Chase, Gilbert foi até a cidade descobrir a verdade sobre ela. Fico feliz por ela estar bem. Os outros médicos não concordaram com o diagnóstico de Gilbert, e ele ficou um pouco preocupado.

— Antes de ir ao hospital, Sarah nos avisou para não a enterrar antes de ter certeza de que ela estava morta — disse a senhorita Cornelia,

---

9   Referência ao poema *O Tigre* (na tradução de José Paulo Paes), do poeta inglês William Blake (1757-1827). (N. T.)

abanando-se majestosamente enquanto se perguntava o que a esposa do doutor fazia para estar sempre tão fresca. – Sabe, nós sempre tivemos a leve suspeita de que o marido dela foi enterrado vivo. Ele parecia tão cheio de vida... Só que ninguém pensou nisso antes que fosse tarde demais. Ele era irmão do Richard Chase, que comprou a fazenda que era dos Moorsides, e se mudou para cá na primavera. É muito bem-apessoado, disse que veio para o interior em busca de paz, porque em Lowbridge ele passava o tempo todo desviando de viúvas... – "E de solteironas", a senhorita Cornelia decidiu não dizer, em respeito aos sentimentos de Susan.

– Eu conheci a filha dela, Stella, que participa do coral. Nós nos tornamos amigas.

– Stella é uma garota doce, uma das poucas que ainda ficam ruborizadas de decoro. Sempre gostei dela. A mãe dela e eu éramos grandes amigas. Pobre Lisette!

– Ela morreu jovem?

– Sim, quando a Stella tinha apenas oito anos. Richard criou a menina sozinho. Ele é um herege! Diz que as mulheres são importantes somente do ponto de vista biológico, o que quer que isso signifique. Sempre vem com umas conversas desse tipo.

– Ao que parece, ele fez um bom trabalho na criação da filha – disse Anne, que considerava Stella Chase uma das garotas mais charmosas que já havia conhecido.

– Ah, Stella jamais seria uma garota mal-educada, e não estou negando que Richard tenha coisas demais com que se preocupar, mas ele detesta garotos e nunca deixou que a pobre Stella tivesse um namorado sequer! Todos os jovens que tentaram cortejá-la ele aterrorizou com o sarcasmo. Ele é a criatura mais sarcástica que você já conheceu. A Stella não sabe lidar com ele, a mãe dela também não conseguia. Elas simplesmente não sabiam como. Ele funciona ao revés, e nenhuma das duas se deu conta disso.

– Achei que Stella era muito devota ao pai.

– Ah, ela é. Adora o pai, e ele é o homem mais simpático do mundo quando as coisas saem do jeito dele. No entanto, deveria ser mais sensato em relação ao casamento da filha, pois deve saber que não vai viver para sempre. Se bem que, pela forma como fala, é de se pensar que esse é o propósito dele. É claro que ainda não é um velho; ele se casou muito jovem, mas aquela família tem histórico de derrames. E o que Stella fará depois que ele se for? Definhar, eu presumo.

Susan desviou a atenção da rosa intricada de crochê que bordava com ponto irlandês para dizer decididamente:

– Não acho certo que os velhos atrapalhem a vida dos jovens desse jeito.

– Talvez se Stella gostasse de alguém, as objeções do pai não pesariam tanto.

– É aí que você se engana, Anne, querida. Stella nunca se casaria com alguém que o pai não aprova. E posso citar outra vida que vai ser arruinada, que é a do sobrinho do Marshall, Alden Churchill, pois Mary decidiu que ele não se casará enquanto ela puder evitar, e ela é ainda mais teimosa do que Richard. Se fosse um cata-vento, ela apontaria para o norte quando o vento soprasse para o sul. A propriedade é dela até que ele se case, então passará para o nome dele. Por isso, sempre que ele se interessa por uma garota, ela tenta atrapalhar de alguma maneira.

– Será que é tudo culpa dela, senhora Marshall Elliott? – inquiriu Susan secamente. – Algumas pessoas acham que Alden é muito volúvel. Há quem o chame de paquerador.

– Alden é bonito, e as garotas correm atrás dele – retrucou a senhorita Cornelia. – Não o culpo por enrolá-las por um tempo antes de abandoná-las, depois de ter-lhes dado uma lição. Contudo, já houve uma ou duas garotas adoráveis de quem ele gostou de verdade, e a Mary atrapalhou tudo. Foi ela mesma que me contou. Disse que consultou a

Bíblia (ela sempre "consulta a Bíblia") e que todo verso que aparece é um aviso contra o casamento de Alden. Não tenho paciência com ela e essas bobagens. Por que ela não pode frequentar a igreja e ser uma criatura decente como todos em Four Winds? Não, ela teve que inventar uma religião só dela, que consiste em "consultar a Bíblia". No outono passado, quando o cavalo valioso dela adoeceu, que vale quatrocentos dólares, em vez de mandá-lo para o veterinário em Lowbridge, ela "consultou a Bíblia" e encontrou o seguinte versículo: "o Senhor o deu, e o Senhor o levou: bendito seja o nome do Senhor"[10]. Assim, ela não chamou o veterinário, e o cavalo morreu. Que estranho usar esse verso de tal maneira, querida Anne, pois chega a ser um desrespeito. Eu falei isso na cara dela, mas a única resposta que tive foi um olhar furioso. Ela também não quer que instalem o telefone. "Acha mesmo que vou falar em uma caixa na parede?", diz ela quando tocam no assunto.

A senhorita Cornelia fez uma pausa, quase sem fôlego. As excentricidades da cunhada sempre a exasperavam.

– Alden não é nem um pouco como a mãe – disse Anne.

– Alden é como o pai dele. Nunca houve um homem melhor. Os Elliotts nunca compreenderam por que ele se casou com Mary, por mais contentes que tenham ficado por ela ter se casado tão bem. Ela foi uma garota magricela e sempre teve uns parafusos a menos. Também sempre teve muito dinheiro, é claro. A tia deixou tudo para ela, todavia não foi por causa disso que George Churchill se apaixonou. Não sei como Alden aguenta os caprichos da mãe, mas é um bom filho.

– Sabe o que acabou de me ocorrer, senhorita Cornelia? – disse Anne com um sorriso travesso. – Não seria ótimo se Alden e Stella se apaixonassem um pelo outro?

– É improvável e não daria em nada se realmente acontecesse. Mary faria um escândalo, e Richard faria a vontade dela. De qualquer forma,

---

10 Referência ao Antigo Testamento, Jó 1:21. (N. T.)

Stella não faz o tipo dele. Alden gosta de garotas risonhas e animadas. E ele tampouco faz o tipo de Stella. Ouvi dizer que o novo ministro de Lowbridge está de olho nela.

– Ele não é um pouco anêmico e míope? – perguntou Anne.

– E tem olhos saltados – disse Susan. – Devem ficar horríveis quando ele tenta parecer sentimental.

– Pelo menos ele é presbiteriano – disse a senhorita Cornelia, como se isso compensasse muitas coisas. – Bem, tenho que ir embora. Descobri que, se fico muito tempo no sereno, minha nevralgia ataca.

– Eu a acompanho até o portão.

– Você sempre pareceu uma rainha nesse vestido, querida – admirou-se a senhorita Cornelia, irrelevantemente.

Anne encontrou Owen e Leslie Ford no portão e os convidou para se sentarem na varanda. Susan havia entrado para levar limonada para o doutor, que acabara de chegar em casa, e as crianças voltaram em bando do Vale, exaustas e felizes.

– Vocês estavam fazendo um barulho medonho quando cheguei – disse o doutor. – Todo o porto deve ter ouvido vocês.

Persis Ford, balançando os cachos cor de mel, mostrou a língua para ele, mas ela era uma das favoritas do "tio Gil".

– Estávamos imitando dervixes, então é claro que precisávamos uivar – explicou Kenneth.

– Olhe o estado da sua blusa – disse Leslie com severidade.

– Caí na torta de lama da Di – disse Kenneth, com evidente satisfação. Ele detestava as blusas engomadas e impecáveis que a mãe o obrigava a usar quando vinha para Glen.

– Mamãezinha – disse Jem –, posso costurar aquelas penas velhas de avestruz que estão no sótão nas minhas calças para fazer um rabo? Nós vamos brincar de circo amanhã, e eu quero ser o avestruz. Vamos ter também um elefante.

– Sabia que custa seiscentos dólares por ano para alimentar um elefante? – disse Gilbert solenemente.

– Um elefante imaginário não custa nada – explicou Jem em tom paciente.

Anne riu.

– Não precisamos ser econômicos na nossa imaginação, graças a Deus.

Walter não disse nada, porém ele estava um pouco cansado e ficou bem contente ao sentar-se ao lado da mãe e descansar a cabeça no ombro dela. Leslie Ford olhou para ele e pensou que ele tinha ares de um gênio, o olhar distante de alguém que vinha de outro lugar. A Terra não era o seu hábitat.

Todos estavam muito felizes naquela hora dourada daquele dia dourado; o sino da igreja do outro lado do porto badalou ternamente ao longe; a lua criava padrões sobre a água; as dunas refletiam a luz prateada e nebulosa e havia um leve aroma de menta no ar e o perfume doce de rosas escondidas em algum lugar. Anne, olhando sonhadoramente para o gramado com olhos que, mesmo depois de seis filhos, ainda eram muito jovens, pensou que não havia nada neste mundo tão esbelto e mágico como um jovem choupo-da-lombardia ao luar.

Então ela voltou a ponderar sobre Stella Chase e Alden Churchill, até que Gilbert perguntou o que ela estava pensando.

– Estou pensando seriamente em experimentar ser uma casamenteira – disse Anne.

Gilbert olhou para os outros com um gesto cômico de desolação.

– Eu temia que isso fosse voltar a acontecer. Fiz o melhor que pude, mas não se pode corrigir uma casamenteira nata. Ela tem uma verdadeira paixão. O número de casais que ela já formou é incrível, e eu não conseguiria dormir se tivesse tanta responsabilidade na minha consciência.

– Todos estão felizes – protestou Anne. – Sou realmente uma adepta. Pense em todos os casais que já juntei ou fui acusada de juntar: Theodora Dix e Ludovic Speed, Stephen Clark e Prissie Gardner, Janet Sweet e

John Douglas, o professor Carter e Esme Taylor, Nora e Jim e Dovie e Jarvis...
— Ah, eu admito. Essa minha esposa, Owen, nunca perde as esperanças. Para ela, abrolhos podem dar figos[11] a qualquer momento. Suponho que ela continuará tentando casar as pessoas até crescer.
— Acho que ela ajudou mais um casal — disse Owen, sorrindo em direção à esposa.
— Eu não — disse Anne prontamente. — A culpa é do Gilbert. Fiz de tudo para persuadi-lo a não fazer a operação em George Moore. Nem me fale das noites insones... E às vezes eu acordo suando frio por ter sonhado que o convenci.
— Bem, dizem que só mulheres felizes é que são casamenteiras, então ponto para mim — disse Gilbert complacentemente. — Quais são as vítimas que você tem em mente agora, Anne?
Anne apenas sorriu para ele. Formar casais era algo que exigia sutileza e discrição, e há coisas que não se conta nem para o próprio marido.

---

11 Referência ao Novo Testamento, Mateus 7:16. (N. T.)

CAPÍTULO 16

Anne passou horas acordada naquela e nas noites seguintes, pensando em Alden e Stella. Ela sentia que Stella ansiava muito por casar-se, ter uma casa, ter filhos. Ela implorara certa vez para dar banho em Rilla: "É tão gostoso dar banho nesse corpinho rechonchudo...". E, em outra ocasião, timidamente: "É tão bom ver esses bracinhos macinhos e adoráveis esticados na nossa direção, senhora Blythe. Bebês são maravilhosos, não são? Seria uma lástima se um pai ranzinza impedisse essas esperanças secretas de florescerem".

Seria um casamento ideal, mas como se concretizaria, se todos os envolvidos eram obstinadamente contrários a ele? A teimosia e a contrariedade não eram exclusivas dos pais. Anne suspeitava de que tanto Alden como Stella também tinham participação nisso, o que exigia uma técnica completamente diferente da dos casos anteriores. Bem a tempo, Anne lembrou-se do pai de Dovie.

Anne ergueu o queixo e pôs mãos à obra. A partir daquele momento, Alden e Stella estavam praticamente casados.

Não havia tempo a perder. Alden, que morava em Harbour Head e frequentava uma igreja anglicana do outro lado do porto, não conhecia

Stella Chase ainda e talvez nunca a tivesse visto. Havia meses que parecia interessado em ninguém, mas podia se interessar a qualquer momento. A senhora Janet Swift, de Upper Glen, recebera a visita de uma sobrinha muito linda, e Alden sempre ia atrás das garotas novas. Assim, o primeiro passo era fazer Alden e Stella se encontrar. Anne quebrou a cabeça e não conseguiu pensar em nada mais original do que dar uma festa e convidar os dois. Ela não gostou nem um pouco da ideia, pois estava muito quente para uma festa. E os jovens de Four Winds eram tão bagunceiros! Anne sabia que Susan não consentiria uma festa sem antes limpar a casa praticamente do sótão ao porão. E o calor da estação estava incomodando-a, mas uma boa causa exigia sacrifícios. Jen Pringle, bacharela em Artes, escrevera avisando que viria finalmente fazer a tão prometida visita, e essa seria uma ótima desculpa para uma festa. A sorte parecia estar do lado dela, e Jen veio, os convites foram enviados, Susan faxinou Ingleside e, junto com Anne, as duas prepararam toda a comida no pico da onda de calor.

Anne estava consideravelmente cansada na noite antes da festa, e o calor estava inclemente. Jem estava de cama, com um ataque do que Anne secretamente suspeitava que fosse apendicite, ainda que Gilbert achasse que fosse uma mera dor de barriga causada por maçãs ainda verdes. E o Camarão quase foi escaldado vivo quando Jen Pringle, ao tentar ajudar Susan, derrubou uma panela de água quente do fogão sobre o bichano. Cada osso do corpo dela doía, a cabeça doía, os pés doíam, os olhos doíam. Jen tinha ido ver o farol com um grupo de jovens, dizendo a Anne que ia direto para a cama; em vez disso, ela sentou-se na varanda em meio à umidade posterior às chuvas daquela tarde e conversou com Alden Churchill, que aparecera para pegar os medicamentos para a bronquite da mãe e não fizera questão de entrar. Anne achou que era uma oportunidade divina, pois ela queria muito falar com ele. Os dois eram bons amigos, já que Alden vinha com frequência buscar os remédios da mãe.

Alden sentou-se no degrau da varanda com a cabeça descoberta apoiada na coluna. Era um rapaz muito bonito, como Anne sempre achara: alto, com ombros largos, um rosto alvo como mármore que nunca ficava queimado de sol, olhos azuis vívidos e cabelos negros curtos. Era dono de uma voz risonha e de uma atitude cortês e deferente que as mulheres de todas as idades gostavam. Tinha estudado três anos na Queen's e chegou a cogitar ir para Redmond, o que a mãe não permitiu por motivos bíblicos, assim ele se contentou em ficar na fazenda. Alden contara para Anne que gostava de trabalhar na terra, pois era um serviço sem patrão, independente e ao ar livre. Ele tinha o tino para ganhar dinheiro da mãe e a personalidade envolvente do pai. Não era à toa que o rapaz era considerado um prêmio matrimonial.

– Alden, gostaria de pedir um favor – disse Anne. – Você o faria?

– Claro, senhora Blythe – respondeu, de coração. – É só falar, e você sabe que eu faria qualquer coisa por você.

Alden gostava muito da senhora Blythe e realmente estava disposto a mover montanhas por ela.

– Receio que será entediante... – disse Anne, em tom de preocupação. – Gostaria que você cuidasse para que Stella Chase se divirta na festa de amanhã. Tenho muito medo de que ela não desfrute da noite. Ela ainda não conhece muitos jovens por aqui. A maioria é mais nova do que ela, os garotos, pelo menos. Convide-a para dançar e certifique-se de que ela não seja deixada de lado, pois quero que ela aproveite bastante.

– Ah, darei o meu melhor – disse Alden prontamente.

– Mas você não pode se apaixonar por ela – avisou Anne, rindo discretamente.

– Tenha dó, senhora Blythe. Por que não?

– Bem – disse em tom confidencial –, acho que o senhor Paxton de Lowbridge está interessado nela.

– Aquele almofadinha metido? – explodiu Alden inesperadamente.

Anne explicou em um tom sutil de repreensão.

– Ora, Alden, ouvi dizer que ele é um rapaz muito distinto. Esse é o único tipo de homem que o pai da Stella tolera, sabe?

– É mesmo? – disse Alden, voltando a mostrar indiferença.

– Sim, e não sei nem se ele lhe agradaria. Ouvi dizer que o senhor Chase acha que ninguém é bom o suficiente para a filha dele. Receio que um simples fazendeiro não teria a mínima chance. Por isso, não quero que arranje problemas para si ao cair de amores por uma garota que não pode ter.

– Ah, obrigado. Que tipo de garota ela é? É bonita?

– Bem, admito que ela não é uma beldade. Gosto muito da Stella, apesar de ser um tanto pálida e retraída. Não é muito forte, mas ouvi dizer que o senhor Paxton tem dinheiro. Creio que eles formariam um par ideal e não quero que ninguém o estrague.

– Por que você não convidou o senhor Paxton para a sua festinha e pediu a ele que divertisse essa tal de Stella? – quis saber Alden, com certa truculência.

– Você sabe que um ministro não viria a uma festa, Alden. Agora, não seja rabugento e certifique-se de que Stella se divirta.

– Ah, vou fazer com que se divirta loucamente. Boa noite, senhora Blythe.

Alden foi embora abruptamente. Sozinha, Anne riu.

"Agora, se eu conheço alguma coisa sobre a natureza humana, aquele garoto vai tentar mostrar ao mundo que pode ter Stella a qualquer custo. Ele mordeu a minha isca sobre o ministro. Entretanto, receio que essa dor de cabeça não vai me deixar dormir."

Ela teve uma noite ruim, agravada pelo que Susan chamou de "um torcicolo no pescoço", e na manhã seguinte estava se sentindo tão brilhante quanto uma flanela cinza; à noite, no entanto, ela foi a mais alegre e cordial das anfitriãs. A festa foi um sucesso, e todos se divertiram muito. Stella com certeza aproveitou a noite, pois Alden se dedicou à tarefa com um zelo que ultrapassou os bons costumes, pensou Anne.

Ele levou Stella para um canto escuro da varanda após o jantar, onde ficaram por uma hora inteira, o que era um pouco excessivo para um primeiro encontro, mas, no geral, Anne ficou satisfeita ao refletir sobre a festa na manhã seguinte. É verdade que o tapete da sala de jantar tinha sido praticamente arruinado por duas tigelas de sorvete e um prato de bolo que foram derrubados; os castiçais de cristal da avó de Gilbert foram reduzidos a caquinhos; alguém tinha virado um balde com água da chuva no quarto de visitas, que se infiltrou e formou uma mancha horrível no teto da biblioteca; metade das borlas do sofá Chesterfield tinham sido arrancadas; aparentemente alguma pessoa grande e pesada havia se sentado na samambaia de Boston, o orgulho do coração da Susan. Do outro lado da equação estava o fato de que, a menos que todos os sinais estivessem errados, Alden havia se apaixonado por Stella. Anne considerou o saldo positivo.

As fofocas locais nas semanas seguintes confirmaram as suspeitas. Tornava-se cada vez mais evidente que Alden fora fisgado, mas e Stella? Anne não acreditava que Stella era o tipo de garota que se jogava facilmente nos braços de um homem. Ela havia puxado a "contrariedade" do pai, o que nela se manifestava como uma charmosa independência.

A sorte outra vez estava do lado da preocupada casamenteira. As duas se sentaram para conversar na varanda em um fim de tarde, quando a jovem fora até Ingleside para ver as esporinhas do jardim. Stella Chase era uma criatura pálida, esguia e um tanto tímida, porém incrivelmente doce. Anne refletiu que eram os cílios dela que criavam essa aura, dado que não era realmente bonita. Eram incrivelmente longos e causavam frisson nos corações masculinos quando subiam e desciam. Tinha modos distintos que faziam com que ela parecesse mais velha do que seus vinte e quatro anos e um nariz que nos próximos anos se tornaria decididamente aquilino.

– Tenho ouvido coisas a seu respeito, Stella – disse Anne, sacudindo o indicador na direção dela. – E eu não sei se gosto delas. Perdoe-me a indiscrição, mas tenho minhas dúvidas se Alden Churchill é o rapaz certo para você.

Stella a encarou com surpresa.

– Achei que gostasse do Alden, senhora Blythe.

– E gosto. Só que ele tem a reputação de ser muito inconstante. Ouvi dizer que nenhuma garota consegue segurá-lo. Muitas já tentaram e falharam. Eu detestaria vê-la arrasada se ele mudasse de ideia.

– Acho que está enganada sobre o Alden, senhora Blythe – disse Stella lentamente.

– Espero que sim, Stella. Agora, se você fosse diferente, se fosse enérgica e alegre, como Eileen Swift...

– Ah, bem... Tenho que ir para casa – disse Stella distraidamente. – O papai está sozinho.

Quando ela se foi, Anne riu novamente.

– Aposto que Stella foi embora jurando em segredo que vai mostrar aos amigos linguarudos que pode segurar Alden e que nenhuma Eileen Swift vai colocar as garras nele. Foi o que pude notar na forma sutil com que inclinou a cabeça para cima e no súbito rubor. Os jovens já estão encaminhados, porém temo que os mais velhos serão mais difíceis de convencer.

CAPÍTULO 17

A sorte de Anne continuou. A Sociedade Assistencial das Damas pediu que ela visitasse a senhora George Churchill para pedir sua contribuição anual. A senhora George raramente ia à igreja e não fazia parte da Sociedade, todavia "tinha fé nas missões" e sempre fazia uma contribuição generosa. As pessoas gostavam tão pouco de fazer isso que os membros se revezavam, e este ano era a vez de Anne.

Em uma noite, ela caminhou pela trilha repleta de margaridas que cruzava o topo de uma colina doce e agradável e levava até a estrada onde a fazenda Churchill ficava, a cerca de um quilômetro e meio de Glen. Era uma estrada um tanto sem graça, com cercas que pareciam cobras cinzentas ao longo de pequenas encostas íngremes, mas que também tinha casas iluminadas, um riacho, o cheiro dos campos de feno que se estendiam até o mar e jardins. Anne parou em cada um deles durante o trajeto. Seu interesse por jardins era perene. Gilbert costumava dizer que Anne comprava todo e qualquer livro que tivesse a palavra "jardim" no título.

Um barco singrava indolentemente as águas do porto; ao longe, uma embarcação aguardava o vento. A pulsação de Anne sempre acelerava ao observar um navio que se afastava da costa. Ela compreendia o que o capitão Franklin Drew disse certa vez, enquanto embarcava em seu navio no cais: "Deus, como sinto pena das pessoas que deixamos em terra firme!".

A mansão Churchill, com o gradeado escuro ao redor do teto com mansarda, olhava para o porto e as dunas lá embaixo. A senhora Churchill a recebeu com educação, sem muito entusiasmo, e a acompanhou até uma sala tenebrosa e esplêndida, cujas paredes escuras forradas pelo papel de parede marrom exibiam inúmeros retratos dos membros falecidos das famílias Churchill e Elliott. A senhora Churchill sentou-se em um sofá felpudo verde, cruzou as mãos longas e magras e encarou firmemente a visitante.

Mary Churchill era alta, macilenta e austera. Tinha um queixo proeminente, olhos azuis penetrantes e uma boca larga de lábios frisados. Nunca desperdiçava palavras e nunca fofocava. Anne teve dificuldade para abordar o motivo da visita com naturalidade, mas conseguiu por intermédio do novo ministro do outro lado do porto, de quem a senhora Churchill não gostava.

– Ele não é um homem espiritualizado – disse com frieza a senhora Churchill.

– Dizem que os sermões dele são notáveis – disse Anne.

– Eu ouvi um deles e não quero ouvir mais nenhum. Minha alma buscava acolhimento, mas teve que aguentar uma palestra. Ele acredita que o reino dos céus pode ser alcançado por meio do cérebro. Não é assim.

– Por falar em ministros... O novo de Lowbridge é muito sagaz. Acho que está interessado em uma jovem amiga minha, a Stella Chase. Segundo as fofocas, eles vão acabar juntos.

– Quer dizer que vão se casar? – disse a senhora Churchill.

Anne sentiu o tom de reprimenda, mas refletiu que teria de engolir coisas do tipo se pretendia falar de assuntos que não eram da conta dela.

– Acho que seria um belo matrimônio, senhora Churchill. Stella é especialmente apta para ser a esposa de um ministro da igreja. Eu adverti Alden para não tentar estragar as coisas.

– Por quê? – perguntou a senhora Churchill, sem perder um segundo.

– Bem... na verdade... sabe... receio que Alden não tem a mínima chance. O senhor Chase acha que ninguém é bom o suficiente para Stella. Os amigos de Alden detestariam vê-lo descartado como uma luva velha. Ele é um rapaz muito bom.

– Meu filho nunca foi descartado por uma garota – disse a senhora Churchill, comprimindo os lábios finos. – É sempre o contrário. Ele enxerga a verdade por trás dos cachos e dos risinhos, dos trejeitos e dos rubores. Meu filho pode se casar com a mulher que escolher, senhora Blythe... Qualquer mulher.

– Ahn? – disse a língua de Anne. Contudo, o tom dela falou: "É evidente que sou educada demais para discordar, mas isso não muda a minha opinião". A senhora Churchill compreendeu, e seu rosto pálido e enrugado corou sutilmente ao deixar o cômodo para buscar a contribuição para a Sociedade de Melhorias.

– A vista daqui é maravilhosa – disse Anne, quando a senhora Churchill a levou até a porta.

Ela lançou um olhar de reprovação para o golfo.

– Se você sentisse o vento do leste no inverno, senhora Blythe, não acharia a vista tão bonita. A noite está fresca hoje. Você não tem medo de passar frio com um vestido tão fino? Ele é muito bonito, aliás. Você ainda é jovem o bastante para se preocupar com vestimentas e vaidades. Não tenho mais interesse em coisas tão transitórias.

Anne sentiu-se muito satisfeita com a entrevista enquanto voltava para casa na penumbra verde do entardecer.

– É óbvio que não se pode contar com a senhora Churchill – falou para um bando de estorninhos reunido em uma pequena clareira na floresta –, mas acho que a deixei um pouco consternada. Percebi que ela não gosta que as pessoas pensem que Alden pode ser rejeitado. Bem, já fiz tudo que estava em meu poder, com exceção do senhor Chase; e não vejo o que posso fazer, visto que não o conheço. Pergunto-me se ele faz alguma ideia de que Alden e Stella estão se conhecendo. E agora, o que farei com o senhor Chase?

Era realmente impressionante como as coisas estavam se ajeitando sozinhas. Certa noite, a senhorita Cornelia pediu que Anne a acompanhasse até a casa dos Chases.

– Vou pedir ao Richard Chase uma contribuição para o novo fogão da cozinha da igreja. Você poderia vir comigo, querida, só para me dar apoio moral? Odeio ficar a sós com ele.

Elas encontraram o senhor Chase sentado nos degraus da entrada. Com as longas pernas e o nariz comprido, ele parecia um grou meditativo. Os poucos fios de cabelos lustrosos estavam penteados sobre a careca, e seus pequenos olhos cinzentos cintilaram ao vê-las. Ele refletia que, se aquela que vinha com a velha Cornelia era a esposa do doutor, ela possuía uma ótima silhueta. Já a prima Cornelia, de terceiro grau, era demasiadamente robusta e dona do intelecto de um gafanhoto, porém não era um bicho arisco se fosse acariciada do jeito certo.

Ele as convidou cordialmente para irem até a biblioteca pequena, onde a senhorita Cornelia sentou-se em uma cadeira, fazendo um grunhido breve.

– Esta noite está terrivelmente quente. Receio que teremos uma tempestade. Misericórdia, Richard, aquele gato está imenso!

Richard Chase tinha um familiar na forma de um gato amarelo de tamanho anormal, que subiu no colo dele. O senhor Chase o acariciou ternamente.

– Thomas, o Poeta, ensina ao mundo o que é ser um gato – disse. – Não é mesmo, Thomas? Olhe para a sua tia Cornelia, Poeta. Observe a maneira funesta como ela nos encara, com aqueles olhos criados para expressar somente bondade e afeição.

– Não se atreva a me chamar de tia dessa besta! – protestou a senhora Elliott. – Uma piada é uma piada, mas você já está indo longe demais.

– Não é melhor ser a tia do Poeta do que a tia do Neddy Churchill? – perguntou Richard Chase, em tom queixoso. – Neddy é um glutão e um beberrão, não é? Já ouvi você recitar o catálogo dos pecados dele. Não prefere ser a tia de um gato honrado como Thomas, com um histórico impecável no que diz respeito ao uísque e às gatas?

– O coitado do Ned é um ser humano – retrucou a senhorita Cornelia. – Não gosto de gatos. É o único defeito que encontro em Alden Churchill. Tem uma estranha predileção pelos felinos. Só Deus sabe de onde ele tirou isso... O pai e a mãe dele detestam gatos.

– Deve ser um jovem muito sensato!

– Sensato! Bem, até que é bastante sensato, exceto pela paixão por gatos e pelo evolucionismo. Outra coisa que ele não herdou da mãe.

– Sabe, senhora Elliott – disse Richard Chase solenemente –, também tenho uma admiração secreta pelo evolucionismo.

– Você já me disse isso antes. Bem, acredite no que quiser, Dick Chase... Isso é típico dos homens. Graças a Deus, ninguém jamais conseguiria me fazer acreditar que eu descendo de um macaco.

– Confesso que não vejo semelhança alguma. Você é uma mulher muito formosa. Não vejo nenhum traço símio em sua fisionomia rósea, serena e eminentemente graciosa. Ainda assim, a sua tataravó de milhões de anos atrás pulava de galho em galho pelo rabo. A ciência prova isso, Cornelia... queira você ou não.

– Pois não quero. Não vou discutir com você sobre isso ou qualquer outro assunto. Tenho minha religião, e não há nenhum ancestral símio nela. Aliás, Richard, Stella não me parece muito bem neste verão.

– Ela sofre muito com o calor. Vai ficar melhor quando o clima estiver mais fresco.

– Espero que sim. Lisette recuperou-se de todos os verões, menos do último, Richard... Não se esqueça disso. Stella tem o físico da mãe. Ainda bem que provavelmente não vai se casar.

– Por que ela provavelmente não se casará? Pergunto por curiosidade, Cornelia... por pura curiosidade. Acho o raciocínio feminino intensamente interessante. Com base em quais premissas ou dados você chegou à conclusão, à sua deleitosa maneira de improviso, de que Stella provavelmente não vai se casar?

– Em resumo, Richard, ela não é do tipo de garota que é muito popular com os rapazes. Ela é uma garota afável e doce, mas não encanta os homens.

– Ela já teve admiradores. Já gastei muito com a compra e a manutenção de espingardas e buldogues.

– Eles admiravam o dinheiro dela, imagino. Todos foram facilmente desencorajados, não foram? Uma amostra do seu sarcasmo foi suficiente para afugentá-los. Se realmente a desejassem, eles não teriam se acovardado diante disso ou dos seus buldogues imaginários. Richard, é melhor admitir que Stella não é do tipo que atrai pretendentes interessantes. Lisette também não era, você sabe disso. Ela nunca teve um namorado antes de você aparecer.

– Mas a espera não valeu a pena? Lisette era uma jovem muito sábia. Você não gostaria que eu desse a minha filha para qualquer Tom, Dick ou Harry, não é mesmo? A minha estrela, que, apesar dos seus comentários depreciativos, está destinada a brilhar nos palácios dos reis?

– Não temos reis no Canadá – retrucou a senhorita Cornelia. – Não estou dizendo que Stella não é uma garota adorável. Só estou dizendo que, aparentemente, os homens não enxergam isso e, considerando a constituição dela, talvez seja melhor assim. O que também é bom para você, que não conseguiria viver sem ela... ou então viraria um bebê indefeso. Bem, prometa que fará uma boa contribuição para o fogão da igreja, e então iremos embora. Sei que você está morrendo de vontade de voltar para o livro que estava lendo.

– Que clarividente mais admirável! Que tesouro de parente você é! Admito... estou mesmo. E ninguém além de você teria notado ou tido a bondade de poupar a minha vida. Quanto lhe devo?

– Você pode doar cinco dólares.

– Nunca discuto com uma dama. Cinco dólares, então. Ah, já vai? Essa mulher única jamais perde tempo. Uma vez alcançado seu objetivo, ela se retira. Não se fazem mais mulheres assim. Boa noite, pérola que a família da minha esposa me trouxe.

Durante toda a visita, Anne não abriu a boca. E por que deveria, com a senhora Elliott fazendo todo o trabalho sozinha, tão astuta e inconscientemente? Quando Richard Chase despediu-se delas, inclinou-se para a frente e confidenciou:

– Você tem os tornozelos mais belos que já vi, senhora Blythe, e já vi muitos no meu tempo.

– Ele não é asqueroso? – arfou a senhorita Cornelia no caminho de volta. – Sempre diz ultrajes desse tipo para as mulheres. Não lhe dê importância, querida Anne.

Anne não deu. Ela havia simpatizado com Richard Chase.

– Creio que ele não gosta da ideia de que Stella não é popular com os homens – refletiu ela –, ainda que os avós deles tenham sido macacos. Acho que ele também gostaria de provar que as más línguas estão erradas. Bem, fiz tudo que pude. Fiz Alden e Stella se interessar um pelo outro; e, cá entre nós, senhorita Cornelia, acho que fizemos a senhora Churchill e o senhor Chase pensar melhor na ideia do romance entre os dois. Agora eu só preciso ter paciência e ver o que acontece.

Um mês depois, Stella Chase foi até Ingleside e sentou-se novamente com Anne nos degraus da varanda, torcendo, como sempre acontecia, para ser como a senhora Blythe algum dia, com aquele ar maduro: – a aura de uma mulher que viveu intensa e graciosamente.

A noite fresca e nublada era a sequência de um dia cinzento e amarelado do início de setembro. Era entremeada pelo gemido suave do mar.

"O mar está infeliz nesta noite", diria Walter quando ouvisse aquele som.

Stella estava quieta, perdida em pensamentos. Então, abruptamente ela olhou para a magia das estrelas tecidas na noite púrpura e disse:

– Senhora Blythe, quero contar uma coisa.

– Sim, querida?

– Estou comprometida com Alden Churchill – disse Stella, aflita. – Desde o Natal passado. Contamos para o papai e para a senhora Churchill logo de início, mas mantivemos segredo de todos pelo doce prazer de ter um segredo desses. Não queríamos compartilhá-lo com o mundo. Porém, vamos no casar no mês que vem.

Anne fez uma ótima imitação de uma mulher transformada em pedra. Stella ainda admirava as estrelas e não viu a expressão da senhora Blythe. Ela prosseguiu, agora mais calma:

– Alden e eu nos conhecemos em uma festa em Lowbridge no mês passado. Nós... nos apaixonamos à primeira vista. Ele disse que sempre sonhara comigo... que sempre procurara por mim. Ele disse para si mesmo "eis a minha esposa" quando me viu entrar pela porta. E... eu senti o mesmo. Ah, estamos tão felizes, senhora Blythe!

Anne não disse nada, várias vezes.

– A única sombra na minha felicidade é a sua atitude em relação ao assunto. Por que não tenta reconsiderá-lo, senhora Blythe? Você tem sido uma amiga tão boa desde que cheguei a Glen St. Mary... como uma irmã mais velha. E eu me sinto mal por saber que você é contra o meu casamento.

Havia o som das lágrimas na voz de Stella. Anne recobrou a habilidade da fala.

– Minha querida, tudo o que quero é que seja feliz. Eu gosto do Alden... É um rapaz esplêndido. Mas tem a reputação de ser paquerador.

– Mas ele não é. Alden estava só procurando pela garota certa, compreende, senhora Blythe? E ele não conseguia encontrá-la.

– Como o seu pai reagiu?

– Ah, o papai está muito contente. Ele gostou do Alden logo de cara. Os dois discutem por horas sobre evolução. Ele disse que estava esperando o homem certo aparecer para permitir que eu me casasse.

Sinto-me muito mal por deixá-lo, mas ele diz que os pombinhos jovens têm o direito de ter um ninho próprio. A prima Delia Chase virá cuidar da casa para ele, e o papai gosta muito dela.

– E a mãe do Alden?

– Ela também está contente. Quando Alden contou-lhe no Natal passado, ela abriu a Bíblia, e o primeiro verso que apareceu foi: "O homem deixará pai e mãe e se unirá à sua mulher"[12]. Disse que então viu com clareza o que precisava fazer e concordou com o casamento de imediato. Ela vai morar em uma casinha que tem em Lowbridge.

– Fico feliz que não terá mais de viver com aquele sofá verde felpudo – disse Anne.

– O sofá? Ah, sim, a mobília é muito antiquada, não? A mamãe vai levá-la para a nova casa, e Alden comprará móveis novos. Como pode ver, estamos todos felizes, senhora Blythe. Você pode nos dar a sua bênção?

Anne inclinou-se para a frente e deu um beijo na bochecha macia e fria de Stella.

– Estou muito contente por você. Que Deus abençoe os dias vindouros, minha querida.

Quando Stella se foi, Anne correu para o quarto para ficar sozinha por alguns instantes. Uma lua cínica e torta surgia por detrás das nuvens sujas, ao leste, e os campos pareciam piscar com malícia para ela.

Ela repassou os acontecimentos das últimas semanas. O tapete da sala de estar, duas relíquias de família e o teto da biblioteca tinham sido destruídos; ela tentara manipular a senhora Churchill como uma marionete, que provavelmente rira da cara dela o tempo todo.

– Quem foi feito de tolo, no fim das contas? – perguntou Anne para a lua. – Sei o que Gilbert vai dizer. Todo esse trabalho só para casar duas pessoas que já estavam comprometidas uma com a outra! Já chega de bancar a casamenteira. Nunca mais levantarei um dedo para promover

---

12   Referência ao Antigo Testamento, Gênesis 2:24. (N. T.)

um casamento, nem que o mundo dependa disso! Bem, há um consolo... A carta de Jen Pringle que chegou hoje, contando que ela vai se casar com Lewis Stedman, que ela conheceu na minha festa. Os castiçais de cristal não foram sacrificados em vão. Garotos... Garotos! Vocês precisam mesmo fazer esses barulhos infernais?

– Somos corujas... Nós temos que piar – proclamou Jem entre os arbustos, no escuro. Ele sabia que estava fazendo um ótimo trabalho. Jem podia imitar a voz de qualquer animal da floresta. Walter já não era tão bom e, no mesmo instante, deixou de ser uma coruja e transformou-se em um garotinho chateado, em busca de conforto.

– Mamãe, eu achava que os grilos cantassem... Mas a senhora Carter Flagg disse que não, que eles fazem aquele barulho esfregando a perna uma na outra. É verdade, mamãe?

– É algo do tipo... Não tenho certeza de todo o processo. É o jeito deles de cantar, entende?

– Não gosto disso. Nunca mais vou querer ouvi-los cantar novamente.

– Ah, vai sim. Você se esquecerá das patas traseiras deles e pensará somente no coro mágico ecoando por todos os prados e colinas outonais. Já é hora de dormir, filhinho.

– Mamãe, você pode contar uma história de arrepiar? E pode ficar do meu lado até eu cair no sono?

– Para o que mais servem as mães, querido?

CAPÍTULO 18

– "Então a Morsa resolveu que era hora de pensar em... ter um cachorro"[13] – disse Gilbert.

Ingleside não tinha um cachorro desde que o velho Rex fora envenenado. Mas crianças deveriam ter um cão, e o doutor decidiu lhes dar um. Ele estava tão ocupado naquele outono que adiou a ocasião várias e várias vezes; finalmente, depois de passar uma tarde de novembro com um colega de escola, Jem voltou para casa com um cachorro... um cãozinho amarelado com duas orelhas eretas e atrevidas.

– Foi Joe Reese que me deu, mãe. O nome dele é Gyp. O rabo dele não é uma gracinha? Posso ficar com ele, mãe?

– Qual é a raça dele, querido? – perguntou Anne, hesitante.

– Acho que... são várias – disse Jem. – Isso o torna mais interessante, não? É mais bacana do que se fosse uma só. Por favor, mãe.

– Ah, se o seu pai disser que sim...

Gilbert disse "sim", e Jem começou a entreter-se com o animal de estimação. Todos em Ingleside receberam Gyp de braços abertos na

---

13   Referência à obra *Alice Através do Espelho*, escrita pelo autor britânico Lewis Carroll (1832-1898). (N. T.)

família, com exceção do Camarão, que expressou sua opinião sem rodeios. Até Susan gostou dele, e, quando ela fiava na roca em dias chuvosos no sótão, o animalzinho lhe fazia companhia na ausência do dono, caçando ratos imaginários nos cantos e soltando gritos de terror sempre que se aproximava demais da roda menor. A roca raramente era usada. Os Morgans a deixaram quando se mudaram da casa, e ela ficava em um canto escuro como uma velhinha encurvada. Ninguém compreendia o medo de Gyp. Ele não se importava com a roda maior e inclusive sentava-se próximo enquanto Susan a fazia girar com a manivela; também corria de um lado para o outro enquanto ela caminhava pelo sótão, torcendo entre os dedos o longo fio de lã. Susan admitiu que um cão podia ser uma ótima companhia e achava muito ardiloso o truque dele de deitar-se de costas e agitar as patas dianteiras quando queria um osso. Ela ficou tão brava quanto Jem quando Bertie Shakespeare comentou com desdém: "Vocês chamam isso de cachorro?".

– Chamamos, sim – disse Susan com uma calma ameaçadora. – Talvez você queira chamá-lo de hipopótamo. – Bertie foi embora naquele dia sem provar a receita maravilhosa que Susan chamava de "torta de maçã crocante" que sempre preparava para os meninos e seus amigos. Ela não estava por perto quando Mac Reese perguntou: "Foi o mar que trouxe isso?", mas Jem foi capaz de defender o cachorro por conta própria, e, quando Nat Flagg disse que as patas do Gypsy eram longas demais para o tamanho dele, Jem respondeu que as pernas de um cachorro tinham de ser grandes o suficiente para alcançar o chão. Natty não era muito inteligente, e essa constatação o deixou desconcertado.

Novembro mostrou-se mesquinho com os raios de sol naquele ano: ventos cortantes sopravam por entre os galhos nus e prateados do pomar, e o Vale estava quase sempre encoberto pelo nevoeiro, que não era uma névoa graciosa e etérea, mas, sim, o que o papai chamava de "uma neblina úmida, densa, escura e deprimente". As crianças de Ingleside tiveram que passar boa parte do tempo livre no sótão; ainda assim, fizeram amizade com dois perdizes que iam todas as tardes até uma velha macieira no pomar, e cinco dos maravilhosos gaios-azuis continuavam fiéis, piando alegremente enquanto comiam o que a trupe colocava para eles. Eram aves vorazes e mesquinhas, que mantinham os outros pássaros afastados.

O inverno chegou com o mês de dezembro, e nevou incessantemente por três meses. Os campos ao redor da casa eram campinas ininterruptas prateadas, cercas e postas usavam capas longas, as janelas esbranquiçadas exibiam desenhos feitos por fadas, e as luzes de Ingleside resplandeciam através dos crepúsculos cinzentos, dando boas-vindas aos viajantes. Susan teve a impressão de que nunca havia tido tantos nascimentos em um inverno como naquele e, quando deixava "a refeição do doutor" na despensa noite após noite, ela ponderava com preocupação que seria um milagre se ele chegasse até a primavera naquele ritmo.

– O nono bebê da família Drew! Como se já não existissem Drews demais neste mundo!

– Creio que a senhora Drew o receberá como recebemos a Rilla, Susan.

– Você tem sempre que fazer uma piada, querida senhora.

Na biblioteca ou na cozinha grande, as crianças planejavam as brincadeiras de verão no Vale enquanto tempestades rugiam lá fora ou nuvens brancas e fofas encobriam as estrelas congeladas. Com ventos fortes ou amenos, havia sempre o fogo da lareira em Ingleside, o conforto e o abrigo contra o mau tempo, alegria e camas para as criaturinhas cansadas.

O Natal veio e foi embora naquele ano sem a sombra da tia Mary Maria. Havia trilhas de coelhos para serem seguidas na neve, imensos campos onde era possível apostar corrida com a sua sombra, colinas reluzentes para deslizar de trenó e novos patins para serem estreados sobre o lago no mundo gelado e nacarado dos entardeceres invernais. E também sempre havia um cachorro amarelo com orelhas pretas para correr junto com as crianças ou recebê-las com latidos animados, para dormir aos pés da cama de noite, para acompanhá-las enquanto aprendiam a soletrar, para sentar-se perto da mesa durante as refeições e lembrá-las da presença dele com a patinha.

– Mamãe querida, não sei como conseguia viver sem o Gyp. Ele sabe falar... de verdade... com os olhos, sabe?

Então... uma tragédia! Um dia, Gyp parecia um pouco apático. Não queria comer, mesmo quando Susan o tentou com o seu osso favorito. No dia seguinte, mandaram vir o veterinário de Lowbridge, que balançou a cabeça. Não havia como ter certeza... O cachorro podia ter comido algo venenoso na floresta... Era possível que se recuperasse, ou não. O cãozinho ficou deitado e imóvel, sem reagir à presença de ninguém além de Jem; quase no final, ele tentou abanar o rabo quando o menino o tocou.

– Mamãe, seria errado rezar pelo Gyp?

– Claro que não, querido. Sempre podemos rezar pelas coisas que amamos. Porém... temo que o Gyppy esteja muito doente.

– Ele não pode morrer!

Gyp morreu na manhã seguinte. Era a primeira vez que a morte entrava no mundo de Jem. Ninguém jamais se esquece da experiência de perder alguém que se ama, mesmo que seja "apenas um cachorrinho". Ninguém na casa enlutada usou tal expressão, nem mesmo Susan, que secou um nariz muito vermelho e murmurou:

– Nunca havia me afeiçoado a um cachorro antes... E nunca mais farei isso novamente. Dói demais.

Susan não conhecia o poema de Kipling sobre a tolice que era entregar o coração a um cachorro só para vê-lo ser destroçado; se conhecesse, apesar do desprezo pela poesia, ela teria admitido pela primeira vez que um poeta tinha razão.

A noite foi difícil para o pobre Jem. A mãe e o pai tiveram que sair. Walter havia adormecido depois de tanto chorar, e ele estava sozinho... Sem nem mesmo um cachorro com quem conversar. Os tenros olhos castanhos cheios de confiança que sempre o observaram tinham se apagado com a morte.

– Querido Deus – rezou Jem –, por favor, tome conta do meu cachorrinho que morreu hoje. Ele tem duas orelhas pretas. Não deixe que ele sinta a minha falta...

Jem enterrou o rosto na coberta para abafar um soluço. Quando ele apagasse a luz, a noite escura o observaria pela janela, e Gyp não estaria ali. A manhã fria de inverno viria, e Gyp não estaria ali. Os dias se sucederiam por anos e anos, e Gyp não estaria ali. Ele não conseguiria suportar.

Um braço tenro o envolveu, e ele se sentiu acalentado por um abraço. Ah, ainda havia amor no mundo, mesmo que o Gyppy tivesse morrido.

– Mãe, vai ser sempre assim?

– Nem sempre. – Anne não disse que logo ele iria esquecer, que em breve Gyppy seria apenas uma linda recordação. – Nem sempre, pequeno Jem. A dor vai passar com o tempo... Da mesma forma que a sua mão sarou, apesar de ter doído muito no início.

– O papai disse que iria arranjar outro cachorro. Mas eu não tenho que ter outro, tenho? Não quero outro cachorro, mamãe... Nunca mais.

– Eu sei, querido.

A mamãe sabia de tudo. Ninguém tinha uma mãe como ela. Ele queria fazer algo por ela... E, de repente, deu-se conta do que poderia fazer. Ele iria conseguir um daqueles colares de pérolas da loja do senhor Flagg. Ele a ouvira dizer que adoraria ter um colar de pérolas, e o papai dissera: "Quando o nosso barco chegar, eu comprarei um para você, minha menina".

Havia muito em que se pensar. Ele tinha uma mesada, mas ela era destinada para outras coisas necessárias, e colares de pérolas não estavam entre os itens do orçamento. Além disso, ele queria ganhar o dinheiro por conta própria. Assim, seria um verdadeiro presente. O aniversário da mamãe era em março, dali a seis semanas. E o colar custava cerca de cinquenta centavos!

CAPÍTULO 19

Não era fácil ganhar dinheiro em Glen, mas Jem estava resoluto. Ele fez piões com carretéis antigos para os garotos da escola por dois centavos cada. Vendeu três valiosos dentes de leite por três centavos. Vendeu seu pedaço de torta crocante de maçã todos os sábados para Bertie Shakespeare Drew. Todas as noites, ele colocava o que ganhava no porquinho de latão que Nan havia lhe dado de Natal, um belo porquinho reluzente com uma fenda nas costas para as moedas. Quando chegasse a cinquenta moedas, o cofrinho se abriria sozinho; bastava torcer o rabo para resgatar o tesouro. Por fim, ele vendeu a coleção de ovos de aves para Mac Reese por oito centavos. Era a melhor coleção de Glen, e doeu um pouco se desfazer dela; todavia o aniversário se aproximava, e ele tinha que conseguir o dinheiro. Assim que Mac lhe pagou, Jem colocou os oito centavos no cofrinho e o contemplou, exultante.

– Torça o rabo e veja se ele realmente vai se abrir – disse Mac, que não acreditava. Porém, Jem se recusou; ele não iria abri-lo enquanto não estivesse pronto para comprar o colar.

A Sociedade Assistencial se reuniu em Ingleside na tarde seguinte, e nunca alguém se esqueceu disso. Bem no meio da oração da senhora

Norman Taylor, que era conhecida por se orgulhar muito de suas preces, um garotinho aflito entrou correndo na sala.

– Meu porquinho de latão sumiu, mamãe... Meu porquinho de latão sumiu!

Anne o tirou às pressas da sala, no entanto a senhora Norman sempre o culpou por ter arruinado sua oração, especialmente porque ela queria impressionar a esposa de um ministro que estava de visita. Longos anos se passaram até ela perdoar Jem ou aceitar o pai dele como médico. Depois que as damas foram embora, Ingleside foi virada do avesso em busca do porquinho, em vão. Jem, entre o sermão que havia levado e a angústia pela perda, só conseguia se lembrar da última vez em que o vira. Quando telefonaram para Mac Reese, ele disse que o viu pela última vez sobre a escrivaninha do Jem.

– Susan, você não acha que o Mac Reese...

– Não, querida senhora, estou segura de que não. Os Reeses têm lá os seus defeitos... São terrivelmente apegados ao dinheiro, mas o ganham com honestidade. Onde aquele bendito porquinho pode estar?

– Talvez os ratos o tenham comido? – disse Di. Jem riu da ideia, mas ficou preocupado. Era óbvio que ratos não podiam comer um porquinho de latão com cinquenta moedas de cobre dentro. Ou podiam?

– Não, não, querido. Seu cofrinho vai aparecer.

Ele não apareceu antes de Jem ir para a escola no dia seguinte. As notícias da perda chegaram antes dele na escola, e muitas coisas foram ditas, não exatamente reconfortantes. No recreio, Sissy Flagg aproximou-se para ajudá-lo. Sissy Flagg gostava de Jem, e Jem gostava dela, apesar (ou talvez por causa) dos fartos cachos loiros e dos grandes olhos marrons. Mesmo aos oito anos, é possível ter problemas com o sexo oposto.

– Eu sei quem pegou o seu porquinho.

– Quem?

– Eu direi se você for meu parceiro no jogo de adivinhação.

A contragosto, Jem concordou. Tudo para ter de volta o porquinho! Sofreu em agonia sentado ao lado da triunfante Sissy durante a brincadeira, e, quando o sinal tocou, ele exigiu sua recompensa.

— Alice Palmer disse que o Willy Drew contou a ela que o Bob Russell falou que o Fred Elliott sabe onde está o seu porquinho. Pergunte para o Fred.

— Isso é trapaça! — gritou Jem. — Trapaça!

Sissy riu com arrogância. Ela não se importava. Jem Blythe finalmente teve de se sentar com ela.

Jem procurou Fred Elliott, que de início disse que não sabia e que não queria saber do cofrinho. O menino entrou em desespero. Fred era três anos mais velho e um notório valentão. De repente, Jem teve uma inspiração. Ele apontou o indicador para o rosto grande e vermelho do Fred Elliott.

— Você é um transubstanciacionista — disse distintamente.

— Não me insulte, jovem Blythe.

— Isso é mais do que um insulto. É uma palavra de hodu[14]. Se eu a disser mais uma vez e apontar o dedo para você... assim... terá uma semana de azar. Talvez os seus dedos dos pés caiam. Vou contar até dez e, se não me contar antes que termine, vou amaldiçoar você.

Fred não acreditou. Contudo, a corrida de patins era naquela noite, e ele não queria correr riscos. Além disso, eram os dedos dos pés dele. No seis, ele se rendeu.

— Tudo bem... Tudo bem. Não canse a mandíbula repetindo aquela palavra. O Mac sabe onde está o seu porquinho... Foi o que ele disse.

Mac não estava na escola, mas, quando Anne ouviu a história do Jem, telefonou para a mãe dele. A senhora Reese apareceu pouco tempo depois, ruborizada e pedindo desculpas.

— Mac não pegou o porquinho, senhora Blythe. Ele só queria ver se o cofrinho abria, e, quando Jem saiu do quarto, ele torceu o rabo.

---

14   Forma de magia popular norte-africana, que junta três vertentes tradicionais de cura, folclore e magia. (N.E.)

O porquinho se partiu em dois pedaços, e ele não conseguiu juntar as metades e fechá-lo novamente. Aí ele colocou as duas partes e o dinheiro em uma das botas do Jem dentro do armário. Ele não deveria ter tocado no cofrinho... O pai já lhe deu uma boa surra... Mas ele não o roubou, senhora Blythe.

– Que palavra você disse para Fred Elliott, querido Jem? – perguntou Susan, após terem encontrado o porquinho desmontado e contado o dinheiro.

– Transubstanciacionista – disse Jem com orgulho. – Walter a descobriu na semana passada... Você sabe que ele gosta de palavras grandes, Susan. E... E aprendemos como pronunciá-la. Nós a repetimos vinte e uma vezes antes de dormir para nos lembrarmos dela.

Depois que o colar foi comprado e escondido na terceira caixa de cima para baixo no armário de Susan, que mantivera o plano em segredo o tempo todo, Jem tinha a sensação de que o aniversário não chegaria nunca. Ele se vangloriava da ignorância da mãe. Ela nem desconfiava do que estava escondido na gaveta do armário da Susan. Ela nem desconfiava do que iria ganhar de presente. E, enquanto cantava "Eu vi um barco navegando, navegando no mar, e ah! Ele vinha cheio de coisas lindas para me presentear" para ninar as gêmeas, ela nem desconfiava de que coisa o barco lhe traria.

Gilbert teve uma gripe forte no início de março que quase se transformou em uma pneumonia. Ingleside viveu alguns dias de agonia. Anne continuou fazendo o que sempre fazia: resolvendo problemas, dando consolo, checando se os filhos estavam cobertos no meio da noite; entretanto, as crianças sentiam falta da risada dela.

– O que acontecerá com o mundo se o papai morrer? – sussurrou Walter, com os lábios lívidos.

– Ele não vai morrer, querido. Ele já está fora de perigo.

Anne imaginou o que o seu pequeno mundo, que incluía Four Winds, Glen e Harbour Head, faria se... se... se alguma coisa acontecesse com Gilbert. Todos passaram a depender tanto dele. Os habitantes de Upper Glen em especial pareciam acreditar que ele era capaz de ressuscitar os mortos e que não o fazia unicamente para não contrariar a vontade do Todo-Poderoso. Diziam que já tinha feito isso... O velho tio Archibald MacGregor jurou solenemente a Susan que Samuel Hewett estava mortinho da silva quando o doutor Blythe o trouxe de volta. Fosse como fosse, quando os vivos se deparavam com o rosto esguio e moreno e os olhos castanhos e amigáveis de Gilbert ao lado da cama e ouviam-no falar com jovialidade "ora, você não tem nada", bem, eles acreditavam até que se tornasse realidade. Quanto aos homônimos, ele tinha mais do que podiam contar. Todo o distrito de Four Winds estava apinhado de jovens Gilberts. Havia inclusive uma Gilbertine pequenina.

Então o papai se recuperou, e a mamãe voltou a sorrir, e... por fim, a véspera do aniversário dela chegou.

– Se você for para a cama cedo, pequeno Jem, a manhã chegará mais rápido – garantiu Susan.

Jem tentou, sem êxito. Walter adormeceu prontamente, enquanto Jem revirava na cama. Ele estava com medo de dormir. E se ele acordasse depois de todos já terem dado seus presentes para a mamãe? Ele queria ser o primeiríssimo. Por que ele não pediu para Susan o acordar, só por garantia? Ela havia saído para fazer uma visita, mas ele pediria assim que ela chegasse. Se conseguisse ouvi-la! Bem, era melhor deitar no sofá da sala, assim ele não deixaria de ouvi-la.

Jem desceu as escadas sem fazer barulho e aninhou-se no sofá. Ele conseguia ver Glen dali. As grandes árvores, que eram tão misteriosas à noite, estendiam os braços ao redor de Ingleside. Ele ouviu todos os sons noturnos: o ranger de uma tábua, alguém se virando na cama, os carvões crepitando na lareira, um ratinho correndo dentro do armário de porcelana. Quando Susan chegaria? Se ao menos Gyp estivesse ali com ele... o amado Gyppy. Ele havia se esquecido de Gyppy?

Não exatamente. Agora não doía mais tanto pensar nele. Ele pensava em outras coisas em boa parte do tempo. "Descanse em paz, querido cachorrinho." Talvez algum dia ele tivesse outro cachorro, afinal. Seria bacana ter um cachorro com ele ali naquele momento... Ou o Camarão. Mas o gato não estava em lugar algum. Bicho egoísta! Só pensava nos próprios interesses!

Ainda não havia nem sinal de Susan na estrada interminável que cortava a paisagem enluarada que durante o dia era o vilarejo familiar de Glen. Bem, ele precisava imaginar alguma coisa para passar o tempo. Algum dia ele viajaria até Baffin Land e viveria com os esquimós. Algum dia ele navegaria por mares longínquos e prepararia um tubarão para a ceia de natal, como o capitão Jim. Ele participaria de uma expedição ao Congo em busca de gorilas. Ele seria um mergulhador e vagaria por corredores cristalinos e radiantes no fundo do mar. Ele pediria ao tio Davy para ensiná-lo a espirrar o leite da teta da vaca direto na boca do gato da próxima vez que fosse para Avonlea. O tio Davy era tão bom nisso! Susan queria que ele fosse ministro da igreja. Um ministro faria o bem para muitas pessoas, mas um pirata não se divertiria mais? E se o soldadinho de madeira pulasse da cornija da lareira e disparasse a arma? E se as cadeiras começassem a caminhar pela sala? E se o tapete de tigre ganhasse vida? E se os ursos de mentiria que Walter e ele inventavam quando era criancinhas realmente existissem? De repente, Jem sentiu-se assustado. Ele raramente se esquecia da diferença entre a fantasia e a realidade de dia, mas as coisas eram diferentes durante a noite interminável. Tique-taque fazia o relógio... Tique-taque... E, para cada tique, havia um urso sentado em um dos degraus da escada. A escada estava simplesmente abarrotada de ursos. Eles ficariam ali até o amanhecer, tagarelando indistintamente.

E se Deus se esquecesse de fazer o sol nascer? A ideia era tão terrível que Jem enterrou o rosto na colcha para fugir dela, e foi ali que Susan o encontrou dormindo ao chegar com a alvorada alaranjada do inverno.

– Pequeno Jem!

Jem acordou e sentou-se, bocejando. Tinha sido uma noite atarefada para a geada prateada, e o bosque parecia a Terra das Fadas. Uma colina distante foi tocada por um facho de luz carmesim. Todos os campos ao redor de Glen ganharam tons róseos adoráveis. Era a manhã do aniversário da mamãe.

– Estava esperando você, Susan... Para pedir que me chamasse... Mas você nunca chegou...

– Fui visitar John Warren, porque a tia dele faleceu, e me pediram para ficar e velar o corpo – explicou. – Não imaginei que você iria tentar pegar pneumonia no minuto em que eu virasse as costas. Vá já para a cama, e eu o chamarei quando ouvir sua mãe acordar.

– Susan, como se faz para caçar um tubarão? – quis saber Jem antes de subir.

– Não se caça tubarão – respondeu Susan.

A mãe estava acordada quando ele foi até o quarto, penteando os longos cabelos brilhosos diante do espelho. A expressão em seus olhos ao ver o colar!

– Jem! Para mim?

– Agora você não terá que esperar o barco do papai voltar – disse Jem com indiferença. O que era aquele brilho esverdeado na mão da mamãe? Um anel... presente do papai. Sim, muito bem, mas anéis eram comuns... Até a Sissy Flagg tinha um. Agora, um colar de pérolas...

– Um colar é um belo presente de aniversário – disse ela.

CAPÍTULO 20

Quando Anne e Gilbert foram jantar com amigos em Charlottetown no fim de março, Anne colocou o novo vestido verde-claro com adornos prateados na gola e nas mangas, o novo anel esmeralda de Gilbert e o colar de Jem.

– Eu não tenho uma esposa linda, Jem? – perguntou o papai com orgulho.

Jem achava que a mãe era lindíssima e que o vestido dela era muito amável. Que graciosas ficam as pérolas no pescoço alvo dela! Ele gostava de ver a mãe toda arrumada e gostava ainda mais quando o vestido era esplêndido. Aquele a transformava em uma estranha; ela não era mais a mamãe.

Susan mandou Jem até a vila depois do almoço, e, enquanto ele esperava na loja do senhor Flagg, com medo de que Sissy aparecesse e fosse amigável demais, como fazia às vezes, foi que a verdade lhe atingiu como um golpe... O golpe devastador da desilusão, que é tão terrível para uma criança por ser tão inesperado e aparentemente tão inevitável.

Duas garotas estavam diante da vitrine da loja do senhor Carter Flagg onde ficavam os colares, os braceletes e as presilhas de cabelo.

– Aqueles colares de pérolas não são lindos? – disse Abbie Russell.

– Até parecem verdadeiros – disse Leona Reese.

Elas passaram por ele, sem perceber o que haviam feito para o pequeno garoto sentado no barril de pregos. Jem continuou ali por um tempo, incapaz de se mover.

– Qual é o problema, filho? – inquiriu o senhor Flagg. – Você parece bastante preocupado.

Jem o encarou com um olhar trágico. A boca dele estava estranhamente seca.

– Por favor, senhor Flagg... Aqueles... colares... são de pérolas de verdade, não são?

O senhor Flagg riu.

– Não, Jem. Temo que não seja possível comprar pérolas verdadeiras por cinquenta centavos, sabe? Um colar de pérolas legítimo custaria centenas de dólares. Estas são apenas contas em forma de pérola... E são muito boas, pelo preço. Eu as comprei em um leilão de falência. É por isso que as vendo tão barato. Geralmente, cada colar custa um dólar. Só tenho um sobrando. Eles vendem como pães quentes.

Jem desceu do barril e foi embora, esquecendo-se do pedido de Susan. Percorreu o caminho congelado para casa sem se dar conta. Acima dele havia um céu escuro de inverno; o clima estava com "cara de que ia nevar", como dizia Susan, e criava finas camadas de gelo sobre as poças. O porto parecia sombrio e hostil entre os bancos de areia. Antes de Jem chegar em casa, uma nevasca as pintou de branco. Ele desejou que nevasse, e nevasse, até que fosse enterrado e todo o mundo ficasse soterrado. Não existia justiça no mundo.

Jem estava de coração partido. E ai de quem zombasse da dor dele ao menosprezar a sua causa! Ele havia presenteado a mãe com o que ambos achavam que era um colar de pérolas. Mas, na verdade, era uma mera imitação. O que ela diria, o que sentiria quando descobrisse? Pois é claro que ela deveria ficar sabendo. Jem não podia continuar "enganando-a". Ela precisava saber que as pérolas eram falsas. Pobre mamãe! Ficara tão contente... Ele tinha visto o orgulho brilhar nos olhos dela ao beijá-lo e agradecer-lhe.

Jem entrou pela porta lateral e foi direto para a cama, onde Walter dormia profundamente. Só que ele não conseguiu dormir. E ainda estava acordado quando a mãe chegou em casa e foi ver se Walter e ele estavam cobertos.

– Jem, querido, acordado a essa hora? Está se sentindo mal?

– Não, mas estou me sentindo muito infeliz aqui, mamãe – disse Jem, colocando a mão sobre o estômago, onde acreditava ficar o coração.

– Qual é o problema, querido?

– Eu... preciso contar uma coisa, mãe. Você ficará terrivelmente desapontada! Não tive a intenção de magoá-la, mãe. De verdade.

– Sei que não foi a sua intenção, querido. O que foi? Não precisa ter medo.

– Ah, mamãezinha, aquelas pérolas não são pérolas... Achei que fossem... Achei mesmo...

Os olhos de Jem se encheram de lágrimas. Ele não conseguiu continuar sua fala.

Se Anne queria sorrir, não havia sinal disso na expressão dela. Shirley havia batido a cabeça naquele dia, Nan torcera o tornozelo, Di estava sem voz por causa do frio. Anne deu beijos, fez curativos e os acalmou; mas aquilo era diferente... Aquilo exigia toda a sabedoria secreta das mães.

– Filho, eu não sabia que você achava que eram pérolas reais. Eu sabia que não eram... Pelo menos no sentido literal. Elas são o presente mais verdadeiro que alguém já me deu, pois são prova de todo o seu amor, trabalho e sacrifício. E isso as torna mais preciosas do que todas as pedras preciosas que mergulhadores já buscaram no fundo do mar para rainhas. Eu não trocaria minhas lindas contas pelo colar que, li ontem à noite, um milionário deu à noiva no valor de meio milhão.

Isso mostra o quanto o seu presente vale para mim, meu queridinho. Sente-se melhor agora?

Jem ficou tão feliz que se sentiu envergonhado disso. Ele temia que ser tão feliz assim fosse coisa de criancinha.

– Ah, a vida voltou a ser tolerável – disse com cautela.

As lágrimas desapareceram de seus olhos cintilantes. Estava tudo bem agora. A mamãe o abraçou. A mamãe gostava do colar, e nada mais importava. Algum dia ele lhe daria um que custaria um milhão inteiro. Por enquanto, ele estava cansado. A cama dele estava quentinha e aconchegante. A mamãe cheirava a rosas, e ele não odiava mais Leona Reese.

– Mamãe, você fica uma doçura nesse vestido – disse, sonolento.
– Tão doce e pura... Pura como o chocolate.

Anne sorriu ao abraçá-lo e lembrou-se de uma tolice que havia lido em um jornal médico naquele dia, assinada pelo doutor V. Z. Tomachowsky: "Não se deve beijar um filho pequeno, para evitar o complexo de Jocasta". Ela riu, mas também ficou um pouco irritada. Pobre, pobre homem! É claro que se tratava de um homem. Uma mulher jamais teria escrito algo tão estúpido e vil.

CAPÍTULO 21

Abril chegou de mansinho naquele ano, gracioso, com sol e ventos suaves por alguns dias; então uma tempestade de neve vinda do nordeste cobriu o mundo com um cobertor branco novamente.

– Neve em abril é abominável – disse Anne. – Como levar um tapa quando se espera um beijo.

Ingleside ficou adornada por pingentes de gelo por duas longas semanas; os dias eram cortantes, e as noites, gélidas. Logo a neve desapareceu de má vontade, e, quando veio a notícia de que o primeiro tordo foi visto no Vale, Ingleside ousou acreditar que o milagre da primavera estava mesmo prestes a acontecer.

– Ah, mamãe, estou sentindo o cheiro da primavera – exclamou Nan, deleitada com o ar fresco. – Mamãe, essa estação não é uma época empolgante?

A primavera tentava dar os primeiros passos naquele dia, como um bebê aprendendo a andar. Os tons invernais das árvores e dos campos começavam a ser substituídos por traços verdes, e Jem mais uma vez trouxe as primeiras flores da estação. No entanto, uma senhora enorme de gorda, sentada sofregamente em uma das cadeiras baixas de Ingleside, suspirou e disse com tristeza que as primaveras não eram mais como as da infância dela.

– Não acha que a mudança talvez tenha acontecido em nós, e não nas primaveras, senhora Mitchell? – sorriu Anne.

– Talvez. Sei que eu mudei, e como sei. Acho que ninguém que olha para mim agora é capaz de acreditar que já fui a garota mais bonita da região.

Anne refletiu que era verdade. Os cabelos finos, secos e acinzentados por baixo da touca frisada e o longo "véu de viúva" apresentavam fios grisalhos; os olhos azuis e inexpressivos pareciam cansados e vazios, e chamar o queixo dela de duplo era praticamente caridade. Não obstante, a senhora Anthony Mitchell estava se sentindo muito satisfeita, pois ninguém em Four Winds vestia-se melhor do que ela. O volumoso vestido preto tinha frisos até os joelhos. Naqueles dias, as mulheres ficavam de luto com a intensidade de um ato de vingança.

Anne foi poupada da necessidade de dizer qualquer coisa, já que a senhora Mitchell não lhe deu chance.

– Meu reservatório de água ficou seco nesta semana. Há um vazamento... Então, vim até a vila para ver se o Raymond Russell pode consertá-lo. E aí pensei: "Agora que estou aqui, vou até Ingleside para pedir à senhora Blythe que escreva um *albituário* para o Anthony".

– Um obituário? – perguntou Anne, sem expressão.

– Sim... Aquelas coisas que se publicam nos jornais sobre as pessoas mortas, sabe? – explicou a senhora Anthony. – Quero que o Anthony tenha um bom de verdade... Algo extraordinário. Você escreve, não é mesmo?

– Escrevo contos ocasionalmente – admitiu Anne. – Mas uma mãe ocupada não tem tempo para isso. Já tive sonhos maravilhosos; agora, receio que jamais serei uma autora de renome, senhora Mitchell. E nunca escrevi um obituário na vida.

– Ah, não deve ser tão difícil assim. O velho tio Charlie Bates escreve a maioria deles em Lower Glen, só que ele não é nem um pouco poético, e já me decidi que quero um poema para Anthony. Ele sempre gostou tanto de poesia! Eu estava naquela palestra que você deu sobre bandagens no Instituto de Glen, na semana passada, e disse para mim mesma que uma pessoa com facilidade com as palavras certamente é capaz de escrever um *albituário* bem poético. Você vai escrevê-lo para mim, não vai, senhora Blythe? Anthony teria gostado. Ele sempre a admirou. Certa vez, ele disse que, quando você chega a algum lugar, a sua presença faz as outras mulheres parecer "comuns e medíocres". Com frequência falava poeticamente, mas com boas intenções. Venho lendo vários *albituários*... Tenho uma pasta cheia deles. E acho que o Anthony não teria gostado de nenhum. Ele costumava rir tanto deles! E já está na hora de fazer um, pois ele morreu dois meses atrás. Morreu lentamente, mas sem dor. O começo da primavera é uma época inconveniente para se morrer, senhora Blythe, e eu fiz o melhor que pude. Suponho que o tio Charlie vai ficar louco de raiva se eu escolher outra pessoa para escrever o *albituário* do Anthony, mas não me importo. O tio Charlie tem um fluxo de palavras maravilhoso, mas Anthony e ele nunca se deram muito bem, e por isso não vou permitir que ele escreva o *albituário* de Anthony. Fui a esposa de Anthony, uma esposa fiel e amorosa por trinta e cinco anos... trinta e cinco anos, senhora Blythe... – disse ela, como se tivesse medo de que Anne achasse que foram apenas trinta e quatro anos. – E estou determinada a fazer um *albituário* do qual ele teria gostado mesmo que isso me custe uma perna. Foi o que a minha filha Seraphine disse. Ela é casada e mora em Lowbridge, sabe? É um belo nome, não acha? Inspirei-me em uma lápide. Anthony não gostou. Ele queria chamá-la de Judith, em homenagem à mãe dele. Aí eu disse que era um nome solene demais, e ele cedeu sem causar problemas. Ele não era de discutir. Embora só a chamasse de Seraph... Do que eu estava falando?

– Sua filha disse...

– Ah, sim, a Seraphine disse: "Mãe, não importa o que você faça ou deixe de fazer, contanto que o papai tenha um bom *albituário*".

Os dois eram muito próximos, ainda que ele pegasse no pé dela de vez em quando, da mesma forma que fazia comigo. Então, você vai escrevê--lo para mim, senhora Blythe?

– Eu não conheço muito sobre o seu marido, senhora Mitchell.

– Ah, posso contar tudo sobre ele... A menos que queira saber a cor dos olhos do Anthony. Sabe, senhora Blythe, quando Seraphine e eu estávamos conversando depois do funeral, eu não soube dizer a cor dos olhos dele, mesmo depois de trinta e cinco anos de casados. Sei que eram suaves e sonhadores. Ele lançava olhares tão sedutores quando estava me cortejando... E teve que se esforçar muito para me conquistar, senhora Blythe. Passou anos louco por mim. Eu era muito arrogante naquela época e pretendia escolher com cuidado. Minha vida daria uma história muito emocionante, senhora Blythe. Ah, bem, esses dias pertencem ao passado. Eu tinha mais pretendentes do que imagina. Eles iam e vinham, mas o Anthony persistia. Ele também era muito bonito... Tão magro e charmoso. Nunca gostei de homens gordos. E ele estava acima de mim socialmente, isso eu não posso negar. "Casar-se com um Mitchell é uma ótima oportunidade para um Plummer subir na vida", disse minha mãe. Eu era uma Plummer, senhora Blythe. Filha de John A. Plummer. E ele fazia elogios tão românticos! Uma vez me disse que eu tinha o charme etéreo do luar. Entendi que era algo bonito, embora eu ainda não saiba o que "etéreo" quer dizer. Pensei em procurar no dicionário, mas nunca o fiz. Bem, de qualquer forma, no fim das contas, dei a minha palavra de honra de que me casaria com ele. Quer dizer... eu disse que o aceitaria. Gostaria que tivesse me visto em meu vestido de noiva, senhora Blythe. Todos disseram que eu parecia um retrato. Magérrima, com os cabelos dourados, e que pele! Ah, como o tempo faz estragos na gente. Você ainda não sabe o que é isso, senhora Blythe. Você ainda é muito linda, além de ser uma mulher com educação superior. Ah, bem, nem todas as mulheres podem ser inteligentes. Algumas de nós precisam se dedicar à cozinha.

Seu vestido é realmente lindo, senhora Blythe. Reparei que você nunca usa preto... E está certa! Ainda terá oportunidades para isso. Adie até quando não houver outro remédio, é o meu conselho. Bem, onde eu estava?

– Você estava tentando contar algo sobre o senhor Mitchell.

– Ah, sim. Bem, nós nos casamos. Um grande cometa atravessou o céu naquela noite... Eu me lembro de vê-lo a caminho para casa. É uma pena você não ter visto aquele cometa, senhora Blythe. Foi simplesmente lindo. Será que não conseguiria colocar isso no *albituário*?

– Seria... um tanto complicado...

– Bem – a senhora Mitchell abandonou a ideia sobre o cometa com um suspiro –, faça o melhor que puder. Ele não teve uma vida muito interessante. Ficou bêbado uma única vez... Disse que só queria saber como era a sensação. E tinha uma mente muito curiosa. É claro que não dá para colocar isso em um *albituário*. Nada de extraordinário aconteceu na vida dele. Não estou me queixando, mas a verdade é que ele era um tanto acomodado e indolente. Podia ficar sentado por uma hora olhando um arbusto de rosas. Ah, como gostava de flores. Ele detestava ter que podar os botões-de-ouro. Não se importava em perder a colheita de trigo, contanto que sempre houvesse dálias e varas-de-ouro. E árvores... O pomar dele... Eu sempre dizia que ele se importava mais com as árvores do que comigo, só para provocá-lo. Tratava-as como se fossem gente. Muitas vezes ele disse: "Acho que vou lá fora conversar um pouco com a minha fazenda". Quando ficamos velhos, eu quis que ele vendesse a propriedade e que nos mudássemos para Lowbridge, já que não temos filhos homens, só que ele falou: "Não posso vender minha fazenda... Não posso vender o meu coração". Os homens não são engraçados? Pouco antes de morrer, ele teve a súbita vontade de comer ensopado de galinha. "Do jeito que você faz", disse. Ele sempre gostou da minha comida, modéstia à parte. A única coisa de que não gostava era a minha salada de alface com nozes. Dizia que não combinavam. O problema era que não tínhamos uma galinha para matar – estavam todas botando ovos – e não podíamos nos livrar do único galo que nos restava. Ah, como eu gosto de ver os galos marchar de um lado para o outro. Não há nada mais bonito do que um belo galo, não acha, senhora Blythe? Bem, onde eu estava?

– Você dizia que o seu marido queria um ensopado de galinha.

– Ah, sim. E até hoje eu lamento por não ter feito. Acordo no meio da noite pensando nisso. Eu não sabia que ele ia morrer, senhora Blythe. Ele não reclamava e sempre dizia que estava se sentindo melhor. Perguntou sobre tudo, até o último instante. Se soubesse que iria morrer, eu teria matado uma galinha para ele, com ou sem ovos.

A senhora Mitchell removeu a luva de renda preta surrada e secou as lágrimas com um lenço cujo barrado negro tinha cerca de cinco centímetros.

– Ele teria gostado – soluçou. – Chegou ao fim da vida com os próprios dentes. Bem, de qualquer forma... – Ela dobrou o lenço e vestiu as luvas. – Ele tinha sessenta e cinco e já estava próximo da idade limite. E agora tenho outra placa funerária. Mary Martha Plummer e eu começamos a colecioná-las ao mesmo tempo, mas logo ela me ultrapassou... Ela perdeu muito parentes, sem contar os três filhos. Ninguém tem mais placas funerárias do que ela na região. O meu primo, Thomas Bates, foi enterrado na semana passada, e pedi a placa à esposa dele, só que a placa foi enterrada junto com o caixão. Disse ainda que colecionar placas funerárias era um vestígio da barbárie. Ela era da família Hampson, e eles sempre foram estranhos. Bem, onde eu estava?

Anne honestamente não saberia dizer. As placas funerárias a deixaram perplexa.

– Ah, enfim, o pobre Anthony morreu. "Estou partindo feliz e em paz", foi tudo que ele disse, sorrindo até o último momento... Para o teto, não para mim ou Seraphine. Fiquei tão contente por ele estar feliz naquele momento. Houve momentos em que pensei que ele não era realmente feliz, senhora Blythe... Ele era terrivelmente impressionável e sensível. No entanto, tinha um ar muito nobre e sublime no caixão. Tivemos um grande funeral. Foi um dia lindo. Ele foi enterrado com um monte de flores. Eu desmaiei no final, mas fora isso saiu tudo às mil maravilhas. O Anthony foi sepultado em Lower Glen, apesar de toda a família dele ter sido enterrada em Lowbridge. Ele escolheu o próprio túmulo muito tempo atrás. Ele queria estar perto da fazenda, onde pudesse ouvir o mar e os ventos nas árvores. Há árvores nos três lados daquele cemitério, sabe? Também gostei do lugar. É bem tranquilo, e dá para plantar gerânios ao redor do túmulo. Ele foi um homem bom. E provavelmente está no céu agora, então não precisa se preocupar com isso. Creio que deva ser uma tarefa árdua escrever o *albituário* de alguém que você não sabe onde está. Posso contar com você, senhora Blythe?

Anne assentiu, suspeitando que a senhora Mitchell fosse permanecer ali e falar até que ela concordasse. Com um suspiro de alívio, a senhora Mitchell levantou-se da cadeira.

– Tenho que ir andando. Creio que uma ninhada de perus vai sair dos ovos ainda hoje. Gostei muito do nosso papo e gostaria de poder ficar mais. Ser uma viúva é muito solitário. Um homem pode não ser lá grande coisa, mas faz falta quando parte.

Anne a acompanhou educadamente até o portão. As crianças corriam atrás de passarinhos no gramado, onde narcisos despontavam por toda a parte.

– Sua casa é um primor... um verdadeiro primor, senhora Blythe. Sempre quis uma casa grande. Porém, somos só Seraphine e eu... E de onde eu tiraria o dinheiro? O Anthony não queria nem pensar no assunto. Ele era apegado demais àquela casa antiga. Pretendo vender a casa, se conseguir uma boa oferta, e me mudar para Lowbridge ou Mowbray Narrows, a que for melhor para uma viúva. O seguro do Anthony vai ser de grande ajuda. Diga o que quiser, mas é melhor aguentar os pesares com a barriga cheia do que vazia. Você descobrirá quando for uma viúva. E espero que isso ainda demore bastante. Como vai o doutor? Muita gente ficou doente no inverno, então ele deve estar satisfeito. Ah, que família linda você tem! Três garotas! Essa fase é ótima; espere só até chegarem à idade em que só pensam em garotos. Não que a Seraphine tenha me dado muito trabalho. Ela era calma como o pai... E teimosa como ele. Quando se apaixonou pelo John Whitaker, nada que eu pudesse dizer faria com que mudasse de ideia. Aquela é uma sorva? Por que não a plantou diante da porta da frente? É uma árvore boa para afugentar as fadas.

– E por que eu afugentaria as fadas, senhora Mitchell?

– Agora você está falando igual ao Anthony. Foi uma brincadeira. É claro que não acredito em fadas... Mas, se existirem, ouvi dizer que são muito traquinas. Bem, adeus, senhora Blythe. Virei na semana que vem buscar o *albituário*.

CAPÍTULO 22

– Foi você quem pediu por essa, querida senhora – disse Susan, que ouvira boa parte da conversa enquanto polia a prataria na despensa.

– Não é mesmo? A verdade é que eu realmente quero escrever esse "albituário". Gostei do Anthony Mitchell... Do pouco que conheci dele... E tenho certeza de que ele reviraria no túmulo se o obituário dele fosse um desses comuns que o *Daily Enterprise* publica. O Anthony tinha um senso de humor incomum.

– Anthony Mitchell foi um rapaz excelente, querida senhora. Ainda que um pouco sonhador, diziam. Não era determinado o suficiente para os padrões de Bessy Plummer, mas era trabalhador e não devia para ninguém. É claro que se casou com a garota que menos o merecia. E, embora Bessy Plummer pareça uma caricatura agora, ela era uma verdadeira beldade quando jovem. Algumas de nós, querida senhora – concluiu Susan com um suspiro –, não podem contar nem com esse tipo de recordação.

– Mamãe – disse Walter –, as bocas-de-leão estão crescendo aos montes na varanda de trás. E um par de tordos está fazendo ninho no peitoril da janela da despensa. Você vai deixar, não é mesmo? Você não vai abrir a janela e afugentá-los, não é?

    Anne vira Anthony Mitchell duas ou três vezes, ainda que a casinha cinza entre o bosque de abetos e a praia, com o grande salgueiro que avultava sobre ela como um grande guarda-chuva, ficasse em Lower Glen, onde o médico de Mowbray Narrows atendia a maioria da população. Gilbert tinha comprado feno dele algumas vezes e, em uma das ocasiões, ele o levou para conhecer o jardim de Anne e descobriu que ambos falavam a mesma língua. Ela simpatizara com ele, com seu rosto magro, amigável e de traços marcantes, os olhos valentes e vivazes de um castanho com tons dourados, que nunca hesitavam ou foram enganados... Exceto uma vez, decerto, quando a beleza vazia e passageira de Bessy Plummer o fez cair em um casamento insensato. Contanto que pudesse trabalhar na terra e no jardim, ele era contente como uma pradaria ao sol. Os cabelos negros eram salpicados de fios grisalhos, e um espírito sereno revelava-se em seus sorrisos raros e doces. Seus velhos campos lhe proveram alimento e satisfação, a alegria da conquista e do conforto nas horas de pesar. Anne ficou feliz por ele estar enterrado próximo a eles. Anthony pode "ter partido feliz", mas também viveu com felicidade. O médico de Mowbray Narrows contou que, quando deu a notícia de que não havia mais esperanças de recuperação, Anthony sorriu e respondeu: "Bem, a vida pode ser um tanto monótona agora que estou velho. A morte vai ser uma grande mudança. Estou realmente curioso, doutor". Até a senhora Mitchell, em meio ao falatório absurdo, revelara certas coisas do verdadeiro Anthony. Anne escreveu *O túmulo do Ancião* algumas noites depois, sentada diante da janela do quarto, e o releu com satisfação.

Anne de Ingleside

Cave-o onde o vento possa soprar
Entre os ramos dos pinheiros vagar
E o murmúrio do mar
Os prados do oriente possa cruzar
E os pingos de chuva possam cantar
Gentilmente para o embalar

Cave-o onde os viçosos prados
Estendem-se por todos os lados
Campos por ele abertos e semeados
Encostas relvadas voltadas para o poente
Pomares onde florescem e ficam carregadas
Árvores por ele plantadas antigamente

Cave-o onde o brilho estelar
Esteja sempre a o guardar
E a glória do amanhecer possa raiar
Suntuosamente sobre seu lar
Onde a relva úmida pelo ar
Abriga ternamente seu sonhar

Tudo isso lhe foi querido
Durante o tempo bem vivido
Que estejam sempre presentes
Agraciando seu descanso jacente
E que o murmúrio do oceano
Seja eternamente seu acalanto

– Acho que Anthony Mitchell teria gostado – disse Anne, abrindo a janela para inclinar-se para a primavera. Pequenos rolinhos enrugados de alface já surgiam na horta das crianças; o entardecer lançava suas cores suaves por detrás do pomar de bordo; as risadas doces das crianças ecoavam no Vale.

– A primavera é tão adorável que eu detesto ter que ir dormir e perder um segundo dela – disse Anne.

A senhora Mitchell veio buscar o "albituário" em um fim de tarde da semana seguinte. Anne o leu para ela com orgulho secreto; contudo, a expressão da ouvinte não foi de satisfação plena.

– Isso é o que eu chamo de espirituoso. Você usa as palavras tão bem! Mas... Mas... Você não disse nada sobre ele estar no céu. Tem dúvidas de que ele foi para lá?

– Tenho tanta certeza que nem preciso mencionar, senhora Mitchell.

– Bem, algumas pessoas podem ficar em dúvida. E você também não mencionou a idade dele... E as flores. Ora, não dava nem para contar as coroas ao redor do caixão dele! Flores já são poéticas por si só, é o que eu acho!

– Desculpe-me...

– Ah, a culpa não é sua... de forma alguma. Você fez o seu melhor, e ficou lindo. Quanto eu lhe devo?

– Ora... Nada, senhora Mitchell. Nem cogitei a hipótese de cobrar.

– Bem, imaginei que você diria isso, então trouxe uma garrafa do meu vinho de dente-de-leão. Ele alivia o incômodo quando se está com problemas de gases. Pensei em trazer também uma garrafa do chá de ervas, só que fiquei com medo de o doutor não aprovar. Se quiser e achar que pode contrabandear um pouco sem que ele perceba, é só me avisar.

– Não, não, obrigada – respondeu Anne secamente. Ela ainda não tinha se recuperado do "espirituoso".

– Como queira. Será um prazer. Não vou precisar mais de medicamentos nesta primavera. Quando morreu Malachi Plummer, que era meu primo de segundo grau, pedi à viúva dele as três garrafas de medicamento que haviam sobrado... Eles as compravam aos montes. Ela ia jogá-las fora, e eu sou o tipo de pessoa que é incapaz de desperdiçar qualquer coisa. Não consegui carregar mais do que uma garrafa, e então pedi para o nosso empregado trazer as outras duas. "Ainda que não faça bem algum, tampouco fará mal", eu lhe disse. Não vou dizer que não estou aliviada por você não ter cobrado nada pelo *albituário*, pois meus recursos estão escassos no momento. Funerais são muito custosos, embora a funerária do D. B. Martin seja a mais barata da região. Ainda nem paguei pelas minhas roupas pretas. Só me sentirei verdadeiramente de luto quando as tiver quitado. Ainda bem que não precisei comprar uma touca nova. Esta foi a que eu fiz para o funeral da mamãe, dez anos trás. Por sorte fico bem de preto, não é mesmo? Se visse a viúva do Malachi Plummer, com a cara que tem! Bem, tenho que ir. E muito obrigada, senhora Blythe, mesmo que... Enfim, tenho certeza de que fez o melhor que pôde, e é um poema adorável.

– Não quer ficar e jantar conosco? – perguntou Anne. – Susan e eu estamos sozinhas... O doutor não está em casa, e as crianças estão fazendo o primeiro piquenique vespertino delas no Vale.

– Não vejo por que não – disse a senhora Anthony, voltando a sentar-se na cadeira. – Vou adorar ficar um pouco mais. Não sei por que demoramos tanto para descansar quando ficamos velhos. Além disso – acrescentou com sorriso sonhador de beatitude no rosto corado –, isso é cheiro de cherivia frita?

Anne quase se arrependeu do convite quando viu o *Daily Enterprise* da semana seguinte. Lá estava *O Túmulo do Ancião* na coluna do obituário... Com cinco versos em vez dos quatro originais! E o quinto era o seguinte:

Marido maravilhoso, companheiro e leal
A ele o Senhor jamais fez outro igual
Marido maravilhoso, gentil e honorável,
Querido Anthony, você foi inigualável

– !!! – disse Ingleside.

– Espero que não tenha se importado com o outro verso que incluí – disse a senhora Mitchell na reunião seguinte do Instituto. – Eu só queria elogiar Anthony um pouco mais... Foi o meu sobrinho que escreveu, Johnny Plummer. Ele sentou-se e escreveu os versos em um piscar de olhos. Johnny é como você... Não parece inteligente, mas sabe ser poético. Puxou à mãe. Ela era da família Wickford. Os Plummers não têm um pingo de lirismo no espírito, nem uma gota.

– É uma pena você não ter pedido primeiramente a ele para escrever o "albituário" do senhor Mitchell – disse Anne com frieza.

– Não é mesmo? Eu não sabia que ele escrevia poemas e também já tinha ido falar com você. Foi quando a mãe dele me mostrou um poema sobre um esquilo que havia se afogado em um balde de xarope de bordo, de autoria dele... Muito comovente. E o seu também era muito bom, senhora Blythe. A combinação dos dois criou algo realmente único, não acha?

– Eu acho – disse Anne.

CAPÍTULO 23

As crianças de Ingleside não tinham sorte com animais de estimação. O filhotinho de cachorro de pelos frisados e pretos desapareceu do nada uma semana depois que o papai o trouxera de Charlottetown. Nunca mais alguém o viu ou ouviu falar dele e, apesar dos rumores sobre um marinheiro de Harbour Head que foi visto embarcando com um cachorrinho preto, o destino do filhote virou um dos mistérios mais sombrios das crônicas de Ingleside. Walter ficou mais triste do que Jem, que ainda não tinha se recuperado por completo da morte de Gyp e que nunca mais iria se permitir amar um cachorro intensamente. Então o Tiger Tom, que morava no celeiro e não tinha permissão de entrar na casa por causa de sua propensão ao furto, mas que ganhava carinho de todos os moradores, foi encontrado morto e foi enterrado com pompa e circunstância no Vale. Por fim, o coelho de Jem, Bun, que ele comprara de Joe Russell por 25 centavos, adoeceu e morreu. Talvez sua morte tenha sido acelerada pelo remédio que o próprio garoto administrou, talvez não. Ele o fizera por recomendação do Joe, e Joe devia saber o que estava falando. Para Jem, entretanto, era como se ele tivesse assassinado Bun.

– Há alguma maldição em Ingleside? – perguntou ele sombriamente quando Bun foi sepultado ao lado de Tiger Tom. Walter escreveu um epitáfio, e ele, Jem e as gêmeas usaram fitas pretas amarradas nos braços por uma semana, para o horror de Susan, que achou aquilo um sacrilégio. Ela aprovou menos ainda os dois sapos que Walter trouxe para o porão. Ela colocou um deles para fora de noite, só que não conseguiu encontrar outro, e Walter passou a noite acordado e preocupado.

– Talvez sejam marido e mulher – pensou. – Talvez estejam se sentindo terrivelmente solitários e infelizes, agora que estão separados. Foi o menor que a Susan enxotou, que eu imagino que seja a mulher, e talvez ela esteja aterrorizada, sozinha naquele quintal grande sem ninguém para protegê-la... como uma viúva.

Walter não suportava pensar nos dilemas da viúva, e por isso foi até o porão para caçar o sapo esposo. Porém, tudo que conseguiu foi derrubar uma pilha de latas vazias de Susan com um estardalhaço capaz de despertar os mortos. Todavia a única que acordou foi Susan, que desceu correndo com uma vela, com a chama bruxuleante projetando sombras esquisitas no rosto esquelético dela.

– Walter Blythe, o que você está fazendo?

– Susan, tenho que encontrar aquele sapo – disse desesperadamente. – Pense em como você se sentiria sem o seu marido, se tivesse um.

– Do que você está falando? – quis saber Susan, compreensivelmente confusa.

Foi nesse momento que o sapo esposo, que evidentemente se dera por vencido quando Susan apareceu, pulou de trás do barril de pepinos em conserva. Walter o encurralou e o jogou pela janela, torcendo para que ele reencontrasse a suposta amada e que vivessem felizes para sempre.

– Você sabe que não deveria ter trazido essas criaturas para dentro do porão – disse Susan, severamente. – Como eles viveriam?

– É claro que eu ia caçar insetos para eles – disse Walter, com seriedade. – Eu queria estudá-los.

– Criaturas insuportáveis – murmurou Susan, seguindo o indignado jovem Blythe pelas escadas. E não estava se referindo aos sapos.

Eles tiveram mais sorte com o tordo. O passarinho, um pouco maior que um filhote, foi encontrado no degrau da porta, depois de uma noite de tempestade com ventos fortes em junho. Tinha as costas acinzentadas, o peito repleto de pintas e olhos claros, e logo de cara parecia ter total confiança nos habitantes de Ingleside, inclusive no Camarão, que nunca tentava importuná-lo, nem mesmo quando o Tordo Ousado aterrissou com um pulinho insolente no prato dele e se serviu. De início eles o alimentavam com minhocas; tinha tanto apetite que Shirley passava boa parte do tempo procurando-as na terra. Ele as armazenava em latas e as deixava pela casa, para o nojo da Susan. Mas ela teria aturado muito mais que isso pelo Tordo Ousado, que pousava destemidamente em seu dedo calejado e cantava bem pertinho de seu rosto. Susan afeiçoou-se bastante ao pássaro e achou que valia a pena mencionar em uma carta para Rebecca Dew que o peito dele estava ganhando um lindo tom de ferrugem.

"Imploro que não pense que meu intelecto está enfraquecendo, querida senhora Dew", escreveu. "Suponho que seja tolice gostar tanto de um passarinho, mas o coração humano tem as suas fraquezas. Ele não vive encarcerado como um canário, que é algo que eu jamais aceitaria, querida senhora Dew. Voa livremente pela casa e o jardim, e dorme em um arco na plataforma de estudo do Walter na macieira do lado de fora da janela de Rilla. Ele saiu voando certa vez que o levaram até o Vale, mas acabou voltando ao noitecer, para a alegria de todos – incluindo a minha, devo admitir."

O vale não era mais "o Vale". Walter começou a achar que um lugar tão gostoso merecia um nome à altura de suas possibilidades românticas.

Eles tiveram que brincar no sótão em uma tarde chuvosa, até que o sol saiu e inundou Glen com o seu esplendor.

– Ah, vejam o "aco-ílis" da noite! – exclamou Rilla, que sempre balbuciava de um jeito encantador.

Era o arco-íris mais magnífico que já tinham visto. Uma das extremidades parecia apoiar-se no pináculo da igreja presbiteriana, enquanto o outro mergulhava no canto repleto de juncos do lago localizado na outra extremidade do vale. Foi então que Walter o batizou de Vale do Arco-Íris.

O Vale do Arco-Íris tornou-se um mundo particular para as crianças de Ingleside. Brisas suaves o atravessavam incessantemente, e a canção dos pássaros ecoava do amanhecer até o escurecer. Bétulas brancas e cintilantes povoavam o local, e de uma delas em específico, a Dama de Branco, Walter fingia que uma pequena dríade saía todas as noites para conversar com eles. Um bordo e um abeto, crescendo tão próximos que seus troncos se entrelaçaram, ele chamou de "As Árvores Enamoradas"; Walter pendurou sinos de trenó ao redor deles, que produziam sons mágicos e etéreos sob o vento. Um dragão guardava a ponte de pedra que eles haviam construído sobre o córrego. As árvores que se encontravam sobre ela podiam ser infiéis de tez morena, e o musgo verde-escuro que crescia na margem da água eram finos tapetes da Samarcanda. Robin Hood e seu bando espreitavam por todos os lados; três espíritos da água habitavam no córrego; a velha casa abandonada dos Barclays, ao final de Glen, com seu dique oculto pela grama alta e o jardim tomado pela alcaravia, foi facilmente transformada em um castelo sitiado. A espada do Cruzado há muito estava enferrujada, mas a faca de manteiga de Ingleside era uma lâmina forjada na Terra das Fadas, e, sempre que a tampa da assadeira sumia, Susan sabia que ela estava fazendo as vezes de escudo para um cavaleiro de armadura reluzente em uma ousada ventura no Vale do Arco-Íris.

Às vezes, brincavam de pirata para agradar Jem, que, aos dez anos, começava a gostar de um toque de sanguinolência em suas brincadeiras; Walter sempre resistia a caminhar pela prancha, que Jem achava que era a melhor parte da brincadeira. Algumas vezes ele se perguntava se Walter tinha a valentia necessária para ser um bucaneiro, ainda que abafasse a dúvida por lealdade e já tivesse se metido em mais de uma batalha bem-sucedida com os garotos da escola que chamavam Walter de "Blythe maricas"... até descobrirem que isso implicava uma briga com Jem, dono de uma desconcertante habilidade com os punhos.

Jem agora tinha permissão para ir comprar peixes em Harbour Mouth pela tarde. Era uma tarefa que o encantava, pois significava que ele poderia ir até a cabana do capitão Malachi Russell, que ficava em uma campina próxima ao porto, e escutar as histórias dele e dos amigos, que um dia foram jovens e destemidos marujos. Cada um deles tinha um caso para contar. O velho Oliver Reese, que era suspeito de ter sido um pirata de verdade na juventude, fora feito prisioneiro por um rei canibal. Sam Elliott estava presente no terremoto de São Francisco. "William, o Valente" Macdougall tivera uma briga feroz com um tubarão. Andy Baker enfrentara um tornado no mar. Além disso, Andy afirmava ser capaz de cuspir mais longe do que qualquer homem de Four Winds. O capitão Malachi, com o nariz curvado, o maxilar protuberante e os grossos bigodes grisalhos, era o favorito de Jem. Ele fora capitão de um bergantim ainda aos dezessete anos e viajara até Buenos Aires com um carregamento de madeira. Tinha uma âncora tatuada em cada bochecha e um maravilhoso relógio antigo de dar corda. Quando estava de bom humor, ele deixava Jem dar corda nele; quando estava de muito bom humor, levava o menino para pescar bacalhau e catar mexilhões na maré baixa; e, quando estava de ótimo humor, mostrava a Jem os modelos de barcos que havia entalhado. O menino achava as réplicas a quinta-essência da aventura. Entre elas, havia um barco *viking*, com uma vela quadrada e listrada e um temível dragão na proa; uma caravela do Colombo, o *Mayflower*[15]; uma embarcação dissoluta chamada *O Holandês Voador*[16] e uma série de lindos bergantins, escunas, barcas, veleiros e balsas.

– Você me ensina a esculpir barcos como esses, capitão Malachi? – implorou Jem.

O capitão balançou a cabeça e cuspiu reflexivamente no porto.

– Não é algo que se possa ensinar, filho. Você teria que passar trinta ou quarenta anos navegando pelos mares e talvez então entendesse o suficiente dos barcos para poder reproduzi-los... É preciso entendê-los e amá-los. Os barcos são como as mulheres, filho... Precisam ser amadas e compreendidas, do contrário não revelarão seus segredos. E, mesmo quando acha que conhece um barco da proa à popa, de dentro para fora, é possível que ele ainda esteja guardando o coração a sete chaves. Seria capaz de voar para longe se o deixasse escapar. Nunca consegui entalhar certo barco no qual naveguei, por mais que já tenha tentado. Como era difícil e teimoso! E houve uma mulher... Mas já é hora de fechar a matraca. Tenho que montar uma miniatura dentro de uma garrafa, e vou lhe mostrar o segredo de como fazê-lo, filho.

Jem não ouviu mais nada sobre "mulheres" e tampouco se importou, pois ele não se interessava por elas, com exceção da mãe e de Susan. Elas não eram "mulheres". Eram a mãe e a Susan.

Quando Gyp morreu, Jem achou que nunca mais desejaria outro cachorro; só que o tempo é capaz de fazer maravilhas, e agora o menino começava a se interessar novamente por ter outro. Um filhote não era um cão de verdade... Era apenas um incidente. Jem tinha uma procissão de cachorros desfilando pelas paredes do seu cantinho no sótão, onde guardava a coleção de curiosidades do capitão Jim... Cães recortados de revistas: um mastim imponente, um alegre buldogue, um bassê

---

15 Navio que, no ano de 1620, trouxe os primeiros peregrinos da Inglaterra para o Novo Mundo. (N. T.)
16 Famoso navio fantasma, cuja lenda remonta ao século XVII. (N. T.)

que parecia ter sido esticado como elástico, um *poodle* tosado com um enfeite na ponta do rabo, um fox terrier, um galgo-russo (Jem se perguntou se os galgos-russos comiam alguma coisa), um empertigado lulu-da-pomerânia, um dálmata cheio de pintas, um *spaniel* de olhos comoventes. Todos de raça; ainda assim, faltava algo neles na opinião de Jem... Ele só não sabia o quê.

O anúncio saiu no *Daily Enterprise*: "Cachorro à venda. Tratar com Roddy Crawford, em Harbour Head". E nada mais. Jem não saberia dizer por que o anúncio ficou na cabeça dele ou por que sentia que havia certa melancolia em sua brevidade. Ele descobriu, por meio de Craig Russell, quem era Roddy Crawford.

– O pai do Roddy morreu um mês atrás, e ele vai morar com a tia na cidade. A mãe dele morreu anos atrás. Jake Millison comprou a fazenda deles, e a casa será derrubada. Talvez a tia não queira o cachorro. O animal não é lá grande coisa, mas o Roddy sempre o adorou.

– Quanto será que ele quer pelo cachorro? Eu só tenho um dólar – disse Jem.

– Acho que o que ele mais quer é um bom lar para o cão – disse Craig. – Mas o seu pai lhe daria o resto do dinheiro, não?

– Sim. Só que eu quero comprar um cachorro com o meu próprio dinheiro. Assim, terei a sensação de que ele é meu de verdade.

Craig deu de ombros. As crianças de Ingleside eram engraçadas. Que diferença faria quem pagasse por um velho cachorro?

Naquela tarde, o papai levou Jem até a antiga fazenda dos Crawfords, onde encontraram Roddy e seu cão. Roddy tinha a mesma idade que Jem. Era um garoto pálido, com cabelos lisos de um castanho avermelhado e sardas; o cachorro tinha orelhas marrons macias, nariz e rabo marrons, e o mais lindo par de olhos castanhos claros que já se viu em um cão. No instante em que Jem viu o cachorro, com a lista branca que descia pela testa, partindo-se em duas entre os olhos e emoldurando o focinho, ele soube que precisava tê-lo.

– Você quer vender o seu cachorro? – perguntou com avidez.

– Não quero vendê-lo – respondeu Roddy, apaticamente. – Mas sou obrigado, já que Jake falou que vai afogá-lo se eu não o fizer. Ele disse que a tia Vinnie não quer um cachorro.

– E quanto você quer por ele? – perguntou Jem a Roddy, temendo um preço proibitivo.

Roddy engoliu em seco. Ele estendeu o cachorro.

– Pode levá-lo – disse com a voz rouca. – Não vou vendê-lo... Não consigo. Não há dinheiro no mundo que pague pelo Bruno. Se você lhe der um bom lar... E for gentil...

– Ah, é claro que serei gentil com ele – disse Jem, entusiasmado. – Só que você precisa ficar com o meu dólar. Não vou sentir que ele é meu se não aceitá-lo. Não levarei o cachorro se não ficar com o dinheiro.

Quase à força, ele colocou o dinheiro na mão relutante de Roddy e segurou Bruno junto ao peito. O cachorrinho olhou para o dono. Jem não conseguia ver os olhos dele, só os do outro garoto.

– Se gosta tanto dele assim...

– Eu o adoro, mas não posso ficar com ele – retrucou Roddy. – Já vieram cinco pessoas atrás dele hoje, e não deixei que ninguém o levasse... Jake ficou furioso, mas não me importo. Nenhuma delas era a pessoa certa. Já você... Quero que fique com ele, e tire-o da minha frente o quanto antes!

Jem obedeceu. O cachorrinho tremia nos braços dele, todavia não protestou. O menino o levou no colo até Ingleside.

– Pai, como Adão sabia que um cachorro era um cachorro?

– Porque um cachorro não poderia ser outra coisa que não um cachorro – sorriu o pai. – Não concorda?

Jem estava animado demais para dormir naquela noite. Ele nunca vira um cachorro de que gostasse tanto como o Bruno. Não foi à toa que Roddy detestou se despedir dele. Eles seriam amigos. Ele precisava lembrar-se de avisar a mãe para pedir ao açougueiro que mandasse alguns ossos.

– Eu amo tudo e todos no mundo – disse Jem. – Querido Deus, abençoe cada gato e cada cão no mundo, especialmente Bruno.

Jem adormeceu rápido. Talvez o cachorrinho deitado nos pés da cama com o focinho entre as patinhas estendidas também estivesse dormindo; talvez não.

CAPÍTULO 24

O Tordo Ousado deixou de alimentar-se exclusivamente de minhocas e passou a comer arroz, milho, alface e sementes de nastúrcio. Havia crescido muito. O "grande tordo" de Ingleside estava ficando famoso nas redondezas. Seu peito ganhara um lindo tom de vermelho. Ele empoleirava-se no ombro de Susan e lhe assistia tricotar. Voava para receber Anne quando ela se ausentava, dando saltinhos pela casa, e pousava na janela de Walter todas as manhãs, em busca de migalhas. Tomava seu banho diário em uma bacia no quintal, no canto próximo às roseiras silvestres, e fazia um tremendo escândalo quando a encontrava vazia. O doutor alegou que ele espalhava penas e gravetos por toda a biblioteca, no entanto ninguém fez coro à reclamação, e ele acabou rendendo-se quando o Tordo Ousado pousou intrepidamente na mão dele para comer uma semente de flor. O Tordo Ousado encantava a todos... exceto Jem, talvez, que havia entregado o coração a Bruno e estava lentamente aprendendo uma amarga lição: você pode comprar um cachorro, mas não o amor dele.

Jem não suspeitou de nada no início. É claro que Bruno iria sentir saudade do antigo lar por um tempo, mas isso logo passaria. O menino descobriu que não era bem assim. Bruno era o cachorrinho mais obediente do mundo; ele fazia exatamente o que mandavam, e até Susan admitiu que não havia um animal mais bem-comportado. Porém, não havia vida nele. Quando Jem o levava para passear, os olhos de Bruno se iluminavam, o rabo começava a balançar e ele corria com animação. Só que em pouco tempo o brilho nos olhos desaparecia, e ele caminhava ao lado de Jem, com a cabeça baixa. Todos eram bondosos com ele. Os ossos mais apetitosos estavam à disposição dele, e nenhuma objeção foi feita quando passou a dormir todas as noites aos pés da cama de Jem. Ainda assim, Bruno continuou distante, inacessível... um estranho. Às vezes, Jem acordava e estendia a mão para acariciar o corpinho robusto; Bruno nunca lambia a mão dele ou abanava o rabo em resposta. Ele permitia carinho, só não reagia a ele.

O garoto cerrou os dentes. James Matthew Blythe era dono de grande determinação e não ia ser derrotado por um cachorro. O cachorro que ele comprara com o dinheiro honesto que economizara arduamente da mesada. Bruno teria que superar a saudade do Roddy, teria que parar com aquele olhar patético de criatura perdida, teria que aprender a amá-lo.

Jem tinha que defender Bruno, pois os outros garotos da escola, suspeitando que ele amava o cachorro, tentavam provocá-lo.

– Seu cachorro tem pulgas! Pulgas enormes! – provocou Perry Reese. Jem teve que lhe dar uma boa surra para que retirasse o que tinha falado e dissesse que o Bruno não tinha uma pulga sequer.

– Meu cachorrinho tem ataques de fúria uma vez por semana – gabou-se Rob Russell. Aposto que o seu nunca teve um na vida. Se eu tivesse um cachorro desses, eu o colocaria no moedor de carnes.

– Eu já tive um cachorro assim – disse Mike Drew –, mas nós o afogamos.

– Meu cachorro é terrível – disse Sam Warren com orgulho. – Ele mata as galinhas e mastiga todas as roupas do varal. Aposto que o seu cachorro não tem nem forças para isso.

Jem admitiu para si mesmo com tristeza que Bruno não tinha. E quase desejou que tivesse. E doeu quando Watty Flagg gritou: "Seu cachorro é um bom cachorro... Ele nunca late aos domingos", pois o Bruno nunca latia.

Apesar de tudo, ele era um cãozinho adorável.

– Bruno, por que você não me ama? – Jem quase soluçou. – Não há nada que eu não faria por você... Poderíamos nos divertir tanto!

Ele não iria admitir a derrota para ninguém.

Jem voltou para casa às pressas de Harbour Mouth em um fim de tarde porque uma tempestade se aproximava. O oceano murmurava que estava chegando. O tempo estava com um ar sinistro. Ao entrar correndo em Ingleside, ele ouviu o ribombar de um trovão.

– Onde está Bruno? – gritou.

Era a primeira vez que ele tinha saído sem o Bruno. Ele achou que a caminhada até Harbour Mouth seria muito penosa para o animalzinho. Jem não admitiria, mas uma caminhada tão longa com um cachorro cujo coração não lhe pertencia também seria penosa para ele.

Ninguém sabia onde Bruno estava. Ele não tinha sido visto desde que Jem saíra depois de comer. Ele procurou por toda a parte e não o encontrou. A chuva caía a cântaros, o mundo se afogava em relâmpagos. Será que Bruno estava lá fora, no escuro... perdido? Bruno tinha medo de tempestades de raio. As únicas vezes em que ele pareceu se aproximar em espírito de Jem foram quando ele se aproximou do menino enquanto o céu desabava.

Jem estava tão preocupado com Bruno que, quando a tormenta passou, Gilbert disse:

— Tenho que ir até a vila ver como Roy Westcott está. Pode vir também se quiser. Nós podemos passar na velha fazenda dos Crawfords na volta. Suspeito que o Bruno tenha voltado para lá.

— Dez quilômetros? Ele nunca faria isso! — disse Jem.

Mas fez. Quando chegaram à velha e escura casa abandonada dos Crawfords, uma criaturinha trêmula e encharcada estava encolhida no degrau da porta, encarando-os com olhos cansados e insatisfeitos. Ele não fez objeção quando Jem o pegou nos braços e o carregou até a charrete pela grama que chegava à altura dos joelhos.

Jem estava feliz. A Lua parecia correr no céu conforme as nuvens passavam por ela! Como era delicioso o cheiro dos bosques úmidos ao longo da estrada! Que mundo maravilhoso!

— Acho que agora o Bruno será feliz em Ingleside, papai.

— Talvez — foi tudo que o pai disse. Ele detestava jogar água fria na animação do filho, todavia suspeitava que o coração do cachorrinho havia enfim se partido após perder o lar.

Bruno nunca fora de comer muito. Porém, depois daquela noite, passou a comer menos e menos. Até que chegou o dia em que não quis comer mais nada. Então, o veterinário foi chamado e não encontrou nada de errado nele.

— Deparei-me em minha vida com um cachorro que morreu de pesar, e acho que é o mesmo caso deste — disse ao doutor em particular.

Ele deixou um "tônico" que o Bruno tomou obedientemente antes de voltar a se deitar com o focinho entre as patas, com um olhar vago. Jem observou-o por um bom tempo, com as mãos nos bolsos; em seguida, foi até a biblioteca falar com o pai.

Gilbert foi até a cidade no dia seguinte, fez algumas perguntas e trouxe Roddy Crawford até Ingleside. Quando Bruno ouviu os passos de Roddy nos degraus da varanda, ergueu a cabeça e as orelhas e lançou o corpinho fraco por cima do tapete e disparou em direção ao garoto alvo e de olhos castanhos.

– Querida senhora – disse Susan em um tom surpreso naquela noite –, aquele cachorro estava chorando... de verdade. Lágrimas chegaram a escorrer pelo focinho dele. Não a culpo por não acreditar nisso. Eu também não acreditaria caso não tivesse visto com os meus próprios olhos.

Roddy abraçou Bruno com força e encarou Jem com um misto de afronta e súplica.

– Sei que você o comprou... Mas ele pertence a mim. Jake mentiu para mim. A tia Vinnie disse que não se importa nem um pouco em ter um cachorro, e eu achei que não deveria pedi-lo de volta. Aqui está o seu dólar. Não gastei nem um centavo dele... Não tive coragem.

Só por um instante, Jem hesitou. Então, ele viu os olhos de Bruno. "Como pude fazer isso?", pensou, com nojo de si mesmo. E pegou o dólar.

Roddy sorriu repentinamente. O sorriso alterou completamente a fisionomia tristonha do garoto, que só foi capaz de dizer, com um grunhido:

– Obrigado.

Roddy dormiu na mesma cama que Jem naquela noite, com Bruno completamente empanturrado estendido entre os dois. Antes de se deitarem, Roddy ajoelhou-se para fazer as orações, e o cachorrinho sentou-se sobre as patas traseiras ao lado dele e colocou as da frente sobre a cama. Ali estava Bruno, um cão que rezava... fazendo uma prece de agradecimento, tendo recuperado a alegria de viver.

Bruno comeu avidamente toda a comida que Roddy lhe deu, sem tirar os olhos do menino, e acompanhou euforicamente os garotos até Glen.

– Nunca vi um cachorro tão animado – declarou Susan.

No dia seguinte, depois que Roddy e Bruno foram embora, Jem ficou sentado por um bom tempo nos degraus da porta lateral enquanto anoitecia. Ele se recusou a ir com Walter caçar tesouros dos piratas no Vale. Jem não estava se sentindo destemido e aventureiro. Ele sequer olhou para o Camarão, agachado entre os arbustos de menta, balançando o rabo como um feroz leão da montanha prestes a atacar. Que direito tinham os gatos de serem felizes em Ingleside, quando os cachorros tinham o coração destroçado?

Jem acabou sendo rude com Rilla, que chegou estendendo o elefantinho azul de veludo. Elefantes de veludo, quando Bruno tinha ido embora! E Nan foi tratada da mesma forma ao aproximar-se e sugerir que sussurrassem o que pensavam de Deus.

– Acha mesmo que não estou culpando Deus por *isso*? – disse severamente. – Você não tem nem um pingo de bom senso, Nan Blythe.

Nan ficou chateada e afastou-se, sem fazer a menor ideia do que o irmão queria dizer. Jem olhou com uma cara feia para as brasas incandescentes do pôr do sol. Cachorros latiam por todo o vilarejo. Os Jenkins, descendo a estrada, chamavam o deles, revezando-se. Todo mundo, até os Jenkins, podia ter um cão. Todo mundo menos ele. A vida revelava-se diante dele como um deserto sem cachorros.

Anne aproximou-se e sentou no degrau de baixo, com cuidado para não o encarar. Jem sentiu a compaixão dela.

– Mamãezinha – disse com a voz embargada. – Por que Bruno não me ama, se eu o amo tanto? Eu sou... Você acha que sou o tipo de garoto de quem os cachorros não gostam?

– Não, querido. Lembre-se de como Gyp o amava. Acontece que Bruno dedicava todo o amor a uma só pessoa. Alguns cachorros são assim... pertencem a um só dono.

– Pelo menos, Bruno e Roddy estão felizes – disse Jem com um sorriso de satisfação, inclinando-se para beijar os cabelos ondulados e macios da mãe. – Só que eu nunca mais quero outro cachorro.

Anne achou que aquilo iria passar; ele falara a mesma coisa quando Gyppy morreu. Porém, não foi o que aconteceu. O sentimento havia se encravado na alma do menino. Ingleside teve outros cachorros... Cães que pertenciam somente à família e eram muito bonitos, com quem ele brincava junto com as outras crianças. Mas não houve um "cachorro do Jem" até certo "cãozinho da segunda-feira" conquistar o coração dele e o amar com uma devoção maior do que o amor que tinha por Bruno. Uma devoção que entraria para a história de Glen. Isso só iria acontecer dali a um longo ano, entretanto, e foi um garotinho muito solitário que se deitou para dormir naquela noite.

"Queria ser uma menina", pensou, revoltado. "Para poder chorar o quanto quisesse!"

CAPÍTULO 25

Nan e Di começaram a ir para a escola na última semana de agosto.

– De noite nós já saberemos tudo? – perguntou Di solenemente na primeira manhã.

No início de setembro, Anne e Susan já tinham se acostumado e até sentiam prazer em ver as duas criaturinhas sair de casa saltitando todas as manhãs, tão minúsculas, despreocupadas e arrumadas, imaginando que ir para a escola fosse uma grande aventura. Sempre levavam uma maçã na cesta para a professora e usavam vestidos de algodão nas cores azul e rosa, de estampa xadrez e com babados. Como não se pareciam nem um pouco uma com a outra, elas nunca se vestiam de maneira idêntica. Diana não podia usar rosa por causa dos cabelos ruivos, mas Nan podia, e ela era a mais linda das gêmeas de Ingleside. Seus olhos e cabelos eram castanhos, e tinha uma pele adorável da qual se orgulhava muito, mesmo aos sete anos. Havia um toque das estrelas do céu nela. Nan andava com a cabeça ereta, com o pequeno queixo atrevido em evidência, e já era considerava "metida" pelos outros.

– Ela imita todos os trejeitos e poses da mãe – disse a senhora Alec Davies. – Também já apresenta o mesmo ar e a graça dela, se quer saber.

Não era só na aparência que as gêmeas eram dessemelhantes. Di, apesar da semelhança física com relação à mãe, havia puxado a disposição e as qualidades do pai. Ela já demonstrava ter o espírito prático, o bom senso e o humor brilhante dele. Por exemplo, ela se divertiu muitíssimo naquele verão fazendo barganhas com Deus, que funcionavam da seguinte maneira: "Se você fizer isso, eu farei aquilo".

Todas as crianças de Ingleside começaram a vida com o clássico "Com Deus me deito...", depois passaram para o "Pai-Nosso", e então foram encorajadas a criar as próprias preces, na língua que quisessem. Era difícil dizer o que levou Nan a pensar que Deus realizaria seus desejos por meio de promessas de bom comportamento e demonstrações de força moral. Talvez uma certa professora linda e jovem da escola dominical fosse indiretamente responsável, graças às frequentes advertências de que Deus não faria isso ou aquilo se as crianças não fossem comportadas. Era fácil virar essa noção de cabeça para baixo e chegar à conclusão de que, se você fizer isso ou aquilo, terá o direito de esperar que Deus faça as suas vontades. A primeira "barganha" de Nan na primavera foi tão bem-sucedida que compensou alguns fracassos, e a menina continuou durante todo o verão. Ninguém sabia disso, nem mesmo Di. Nan se agarrava ao segredo e rezava em momentos e lugares diversos, e não apenas à noite. Di não aprovava tal atitude.

– Não use o nome de Deus em tudo – disse ela a Nan severamente.
– Vai acabar tornando-o comum.

Anne, ao ouvir isso, corrigiu-a:
– Deus está em tudo, querida. Ele é o amigo que está sempre por perto para nos dar força e coragem. Nan está certa em rezar para Ele quando quiser. – No entanto, se soubesse a verdade por trás da devoção da filha, Anne teria ficado horrorizada.

Nan disse em uma noite de maio:
– Se fizer o meu dente crescer antes da festa da Amy Taylor na semana que vem, querido Deus, tomarei sem fazer careta a dose de óleo de rícino que Susan nos dá.

No dia seguinte, surgiu o dente, cuja ausência deixara uma lacuna feia por tempo demais na linda boca de Nan e que até o dia da festa já estava completamente formado. Que sinais mais claros a menina poderia querer? Nan manteve a promessa, e Susan admirou-se cada vez que lhe administrou o óleo de rícino. Ela o tomava sem fazer cara feia ou reclamar, embora às vezes desejasse ter fixado um tempo limite... três ou quatro meses, digamos.

Deus nem sempre respondia. Mas, quando ela pediu um botão especial para a sua coleção (colecionar botões havia se tornado uma epidemia entre as garotas de Glen), garantindo a Ele que nunca mais faria birra quando Susan lhe colocasse o prato lascado, o botão surgiu no dia seguinte, quando Susan encontrou um vestido antigo no sótão. Era um lindo botão vermelho com minúsculos diamantes, ou que pareciam ser diamantes para Nan. A menina causou inveja em todas as outras com o adereço elegante, e, quando Di recusou o prato lascado naquela noite, Nan disse com virtuosismo:

– Eu fico com ele, Susan. Depois de hoje, sempre o usarei.

Susan comentou que aquela era uma atitude angelicamente altruísta, o que fez com que a menina ganhasse ares presunçosos. Ela conseguiu um dia esplêndido para o piquenique da escola dominical, quando todos haviam previsto chuva na noite anterior, ao prometer que escovaria os dentes todas as manhãs sem que mandassem. O anel perdido foi recuperado mediante a condição de que ela mantivesse as unhas meticulosamente limpas; e, quando Walter lhe deu o quadrinho de um anjo voando que Nan há muito cobiçava, ela comeu a carne com a gordura no jantar da mesma noite sem reclamar.

Contudo, quando ela pediu a Deus que seu ursinho de pelúcia surrado e remendado voltasse a ser jovem, prometendo que manteria a escrivaninha sempre arrumada, um obstáculo surgiu no caminho. O ursinho nunca rejuvenescia, ainda que Nan ansiasse pelo milagre todas as manhãs, desejando que Deus se apressasse. Por fim, resignou-se com a idade dele. Ela não gostou do novo ursinho que o papai lhe trouxe e, ainda que tivesse algumas dúvidas na pequena consciência, decidiu que não precisava se esforçar tanto para manter a escrivaninha arrumada. Sua fé retornou depois de rezar para que o olho do gatinho de porcelana fosse restaurado. Ele reapareceu na manhã seguinte, levemente torto, dando ao gato um aspecto estrábico. Susan o encontrara enquanto varria e o colara de volta no lugar – só que Nan não descobriu a verdade e com alegria cumpriu a promessa de dar catorze voltas engatinhando ao redor do celeiro. A menina não parou para considerar qual seria o benefício disso para Deus ou qualquer outra pessoa. Ela detestou fazer isso. Os garotos sempre queriam que Di e ela fingissem ser algum tipo de animal... E talvez houvesse uma vaga noção naquela mente que ainda desabrochava de que a penitência pudesse agradar o Ser misterioso que decidia o que dava certo ou não. Ela passou aquele verão realizando várias façanhas estranhas, fazendo com que Susan se perguntasse de onde as crianças tiravam essas ideias.

– Querida senhora, por que você acha que Nan percorre a sala duas vezes todos os dias sem tocar o chão?

– Sem pisar no chão? Como ela faz isso, Susan?

– Pulando de uma mobília para outra, incluindo o guarda-fogo. Ontem ela tropeçou nele e caiu de cabeça no balde de carvão. Querida senhora, acha que ela precisa de uma dose de vermífugo?

O ano entrou para as crônicas de Ingleside como aquele em que o papai quase teve pneumonia e aquele em que a mamãe teve. Uma noite, Anne, que já estava com uma gripe horrível, foi com Gilbert a uma festa em Charlottetown, com um vestido novo que lhe caía muito bem e o colar de pérolas do Jem. Estava tão linda que todos os filhos, que foram se despedir dela, pensaram que era maravilhoso ter uma mãe de quem se orgulhavam tanto.

– Que anágua mais vistosa – suspirou Nan. – Vou ter anáguas de tafetá como essa quando eu crescer, mamãe?

– Duvido que as meninas usarão anáguas quando você crescer – disse o papai. – Tenho que dar o braço a torcer e admitir que esse vestido é deslumbrante, mesmo não aprovando as lantejoulas. Agora, não tente me seduzir, mulher. Já lhe disse todos os elogios da noite. Lembre-se do que lemos no *Jornal Médico* hoje... "A vida não é mais do que química orgânica bem equilibrada", e que isso a ajude a manter a humildade e a modéstia. Lantejoulas, ora essa! E anáguas de tafetá! Somos meras "concatenações fortuitas de átomos". É o que diz o grande doutor Von Bemburg.

– Não me fale desse horrível doutor Von Bemburg. Ele deve ter um caso crônico de indigestão. Ele pode até ser uma concatenação de átomos, mas eu não sou.

Alguns dias depois, Anne era uma "concatenação de átomos" muito enferma, e Gilbert, uma muito aflita. Susan andava de um lado para o outro, fatigada; a enfermeira entrava e saía com uma expressão preocupada, e uma sombra indefinível de repente encobriu Ingleside. As crianças não ficaram sabendo da seriedade da doença da mãe; nem mesmo Jem a compreendeu inteiramente. Porém, todos sentiram o frio e o medo que pairavam no ar e ficaram apreensivos e tristes. Pela primeira vez, não houve risos no pomar nem brincadeiras no Vale. O pior de tudo era que não tinham permissão para ver a mamãe. Ela não os recebeu com sorrisos quando voltaram para casa; ela não lhes deu beijos de boa-noite; ela não os aplacou, compreendeu ou consolou; ela não riu das piadas com eles. Ninguém ria como a mamãe. Foi muito pior do que quando ela se ausentava, pois então eles sabiam que ela voltaria... Agora eles não sabiam... nada. Ninguém lhes contava nada. Eles eram apenas deixados de lado.

Nan voltou da escola muito pálida por causa de algo que Amy Taylor dissera.

– Susan, a mamãe... A mamãe não... Ela não vai morrer, não é mesmo?

- É claro que não - disse Susan, com demasiada rapidez e veemência. As mãos dela tremiam enquanto serviam um copo de leite para Nan. - Quem disse isso?
- Amy. Ela disse... Ah, Susan, ela disse que a mamãe daria um cadáver muito bonito!
- Não dê ouvidos a ela, meu amor. Todos os Taylors são linguarudos. Sua querida mãe está muito enferma, mas ela vai melhorar, eu garanto. Você não sabe que é o seu pai quem está cuidando dela?
- Deus não permitiria que a mamãe morresse, não é verdade, Susan? - perguntou Walter, com os lábios lívidos, encarando Susan com uma intensidade que dificultava proferir suas mentiras reconfortantes. Ela estava morrendo de medo de que fossem mentiras. Estava terrivelmente apavorada. A enfermeira havia balançado a cabeça naquela tarde. O doutor se recusara a descer para jantar.
- Suponho que Deus saiba o que está fazendo - murmurou Susan enquanto lavava os pratos do jantar, quebrando três deles. Pela primeira vez em sua vida simples e honesta, ela duvidava disso.

Nan andava pela casa com tristeza. O papai estava sentado à mesa da biblioteca, com a cabeça entre as mãos. Quando a enfermeira entrou, a menina a entreouviu dizendo que achava que a crise ocorreria naquela noite.
- O que é uma crise? - perguntou Nan para Di.
- Acho que é de onde sai uma borboleta - disse Di com cautela.
- Vamos perguntar para Jem.

Ele sabia do que se tratava e contou às irmãs antes de subir e trancar-se no quarto. Walter havia desaparecido. Ele estava deitado sob a Dama de Branco no Vale do Arco-Íris, e Susan havia levado Shirley e Rilla para dormir. Nan saiu sozinha do quarto e sentou-se nos degraus da escada. Atrás dela, um silêncio terrível e incomum reinava na casa. Diante dela, Glen transbordava com a luz do sol vespertina, mas a longa estrada vermelha estava opaca por causa da poeira, e a grama nos campos ao redor do porto estava queimada por causa da seca. Não chovia há semanas, e as flores do jardim estavam murchas... as flores que a mãe amava.

Nan refletia profundamente. Aquele era o momento perfeito para barganhar com Deus. O que ela prometeria se em troca Ele curasse a mamãe? Tinha que ser alguma coisa tremenda, alguma coisa que valesse a pena para Ele. Ela lembrou-se de algo que Dicky Drew dissera para Stanley Reese na escola um dia: "Desafio você a andar pelo cemitério de noite". Como alguém conseguia sequer cogitar a ideia? Nan tinha um pavor do cemitério que nenhuma alma em Ingleside suspeitava. Amy Taylor disse certa vez que lá estava cheio de gente morta e que "elas nem sempre ficavam mortas", acrescentou com ar misterioso. Nan mal conseguia passar na frente dele em plena luz do dia.

Ao longe, as árvores em uma colina dourada tocavam o céu. Nan com frequência imaginava que, se conseguisse chegar até o topo, também conseguiria tocar o céu. Deus vivia do outro lado dela... Talvez Ele a ouvisse melhor lá de cima. Só que ela não podia chegar até aquela colina. Assim, ela teria que dar o melhor de si ali, em Ingleside.

Nan juntou as mãozinhas queimadas de sol e ergueu o rosto manchado pelas lágrimas.

– Querido Deus – sussurrou –, se Você fizer a mamãe melhorar, eu andarei pelo cemitério depois que escurecer. Ah, Deus amado, por favor, por favor. Se a curar, prometo não incomodá-Lo durante muito, muito tempo.

CAPÍTULO 26

Foi a vida, e não a morte, que visitou Ingleside na hora mais fantasmagórica da noite. Até as crianças, finalmente adormecidas, devem ter sentido que a sombra foi embora tão silenciosa e sutilmente como havia chegado. Quando despertaram, apesar do dia escurecido pela chuva bem-vinda, tinham nos olhos a luz do sol. Não foi necessário que uma Susan dez anos mais jovem desse a boa notícia. A crise havia passado, e a mãe ia viver.

Era sábado, e não havia escola. Eles não podiam sair, por mais que amassem brincar na chuva. O aguaceiro estava forte demais, e tiveram que ficar quietinhos dentro de casa. Ainda assim, nunca haviam se sentido tão felizes. O papai, há quase uma semana sem dormir, jogara-se na cama do quarto de visitas para um longo descanso. Não sem antes dar um telefonema de longa distância para uma certa casa de Avonlea, onde duas senhoras tremiam cada vez que o telefone tocava.

Susan, que ultimamente não estava com cabeça para fazer sobremesas, preparou um suflê de laranja para o almoço, prometeu um rocambole com geleia para o jantar e assou duas fornadas de biscoitos de caramelo. O Tordo Ousado chilreava por toda parte. As próprias cadeiras pareciam querer dançar. As flores do jardim erguiam os rostos bravamente conforme a terra recebia a chuva. E Nan, em meio a toda essa felicidade, tentava encarar as consequências de sua barganha com Deus.

Ela não tinha intenção de voltar atrás, todavia continuava adiando-a na esperança de conseguir um pouco mais de coragem. Só de pensar, o "sangue dela gelava", como a Amy Taylor gostava tanto de falar. Susan sabia que tinha algo de errado com a criança e administrou uma dose de óleo de rícino, sem nenhuma melhora. Nan a tomou tranquilamente e não pôde evitar de pensar que Susan lhe dava o xarope com uma frequência muito maior do que antes da barganha. E o que era o óleo de rícino se comparado a um passeio noturno no cemitério? Nan simplesmente não sabia como faria isso. Mas era o seu dever.

A mamãe ainda estava tão fraca que ninguém tinha permissão para vê-la por muito tempo. Ela estava tão pálida e magra! Seria porque ela, Nan, não estava cumprindo a promessa?

– Ela precisa de tempo – disse Susan.

Nan imaginou como seria possível dar tempo a alguém. No entanto, ela sabia por que a mamãe não estava melhorando mais rápido. A menina cerrou os dentes pequeninos e perolados. O dia seguinte seria sábado novamente, e ela iria cumprir o que prometera.

Choveu outra vez toda a manhã, e Nan não pôde deixar de ter uma sensação de alívio. Se fosse chover à noite, ninguém, nem mesmo Deus, poderia esperar que ela perambulasse pelo cemitério. Ao meio-dia a chuva já tinha parado, e uma névoa surgiu do porto e envolveu Glen, encobrindo Ingleside com sua mágica etérea. Ainda assim, Nan não perdeu as esperanças. Se o nevoeiro persistisse, ela tampouco poderia sair de casa. Entretanto, um vento forte surgiu na hora do jantar e desmanchou a paisagem onírica da neblina.

– Não haverá lua nesta noite – disse Susan.

– Ah, Susan, você não pode fazer uma lua? – exclamou Nan desesperadamente. Se ela precisava mesmo andar pelo cemitério, tinha que ser sob o luar.

– Bendita seja, criança. Ninguém pode fazer uma Lua. Eu quis dizer que vai ser uma noite nublada, e não poderemos ver a Lua. E que diferença fará para você se houver Lua ou não?

Nan não podia explicar, o que deixou Susan mais preocupada do que nunca. Alguma coisa devia estar afligindo aquela menina... Ela agiu de forma estranha a semana inteira. Não comeu quase nada e estava desanimada. Será que estava preocupada com a mãe? Não era necessário... A querida senhora estava se recuperando bem.

Sim, só que Nan sabia que a mãe logo voltaria a ficar doente se ela não cumprisse a promessa. Ao anoitecer, as nuvens se foram, e a lua saiu. Uma lua muito estranha, imensa, vermelho-sangue. Nan nunca tinha visto algo assim e ficou aterrorizada. Ela quase preferiu a escuridão total.

As gêmeas foram para a cama às oito, e Nan teve que esperar até a irmã dormir. Di não estava com pressa. Ela estava se sentindo muito triste e desiludida para adormecer de imediato. A melhor amiga dela, Elsie Palmer, tinha voltado da escola com outra garota, e agora Di acreditava que a vida havia praticamente acabado. Já eram nove horas quando Nan sentiu-se segura para descer de mansinho da cama; seus dedos tremiam tanto que ela quase não conseguiu lidar com os botões. Em seguida ela desceu as escadas e saiu pela porta lateral enquanto Susan preparava o pão na cozinha e refletia, satisfeita, que todos sob seus cuidados estavam dormindo em segurança, exceto o pobre doutor, que tinha sido chamado às pressas por uma família de Harbour Mouth porque um bebê engolira uma tachinha.

Nan saiu de casa e foi em direção ao Vale do Arco-Íris. Ela precisava pegar o atalho através do Vale e subir a colina. A menina sabia que a visão de uma das gêmeas de Ingleside atravessando a Vila causaria estranhamento, e que alguém provavelmente insistiria em levá-la para casa. Como estava fria a noite do fim de setembro! O Vale do Arco-Íris não era tão acolhedor à noite quanto era de dia. A lua diminuíra consideravelmente e não estava mais vermelha, mas ainda lançava sombras negras sinistras. Nan sempre teve muito medo de sombras. Eram passos que ela ouvia em meio à escuridão das samambaias murchas junto ao córrego?

Nan ergueu a cabeça e empinou o queixo.

– Não tenho medo – disse em voz alta, com valentia. – Só estou com uma sensação estranha no estômago. Estou sendo uma heroína.

A ideia agradável de estar sendo uma heroína a impeliu colina acima. Então, uma sombra estranha cobriu o mundo: uma nuvem passava diante da lua. E Nan pensou no Pássaro. Amy Taylor lhe contara uma história assustadora sobre um Grande Pássaro Negro que caçava pela noite e nos levava embora. Será que aquela era a sombra do Pássaro? A mamãe dissera que o tal Grande Pássaro Negro não existia.

– Não acho que a mamãe contaria uma mentira – disse ela. E continuou até chegar à cerca. De um lado estava a estrada e, do outro, o cemitério. Nan parou para recobrar o fôlego.

Outra sombra passou pela lua. Ao redor dela havia uma terra estranha, umbrosa e desconhecida.

– Ah, o mundo é grande demais! – Nan estremeceu, encolhendo-se contra a cerca. Como ela queria estar em Ingleside! Porém... – Deus está de olho em mim – disse a criaturinha de sete anos antes de pular a cerca.

Quando caiu do outro lado, ela ralou o joelho e rasgou o vestido. Um espinho afiado perfurou seu chinelo quando se levantou, cortando o pé dela. Mas, mesmo mancando, Nan atravessou a estrada e chegou até o portão do cemitério.

As sombras dos pinheiros encobriam o extremo leste do velho cemitério. De um lado, havia a igreja metodista e, do outro, a casa do presbítero, escura e silenciosa na ausência do ministro. A lua surgiu subitamente por detrás da nuvem, e o cemitério ficou repleto de sombras... Sombras que se mexiam e dançavam... Sombras que lhe agarrariam se cometesse algum descuido. Um jornal que alguém havia descartado voou pela estrada como uma bruxa velha e, embora ela soubesse o que era de verdade, ele ainda fazia parte da natureza enigmática da noite. O vento sussurrava entre as árvores. De repente, uma folha comprida do salgueiro que ficava ao lado do portão roçou na bochecha dela, como um toque fantasmagórico. Por um instante a menina ficou paralisada e então colocou a mão no trinco do portão.

E se um longo braço saísse de uma das covas e a arrastasse para dentro da terra?

Nan deu meia-volta. Ela agora tinha certeza de que, com ou sem promessa, jamais poderia entrar em um cemitério de noite. Um gemido sinistro soou perto dela de súbito. Era só a vaca velha que pertencia à senhora Baker que pastava ao longo da estrada, surgindo detrás de alguns abetos. Só que Nan não esperou para ver o que era. Tomada por um pânico incontrolável, ela desceu a colina, atravessou a vila e correu pela estrada até Ingleside. Quando chegou ao portão, ela caiu de bruços no que Rilla chamava de "poça diama". Mas ali estava o lar dela, com as janelas iluminadas, e alguns instantes depois ela entrou na cozinha de Susan, coberta de lama, com os pés molhados e um machucado.

– Senhor amado! – disse Susan, surpresa.

– Não consegui entrar no cemitério, Susan... Não consegui! – arfou Nan.

Susan não fez perguntas de início. Ela tirou as roupas molhadas da menina aflita, vestiu-a com a camisola e a levou para a cama. Depois, desceu para buscar um "lanchinho" para ela. Independentemente do que tinha acontecido, ela não podia ir dormir de estômago vazio.

Nan comeu e bebericou um copo de leite. Como era bom estar novamente sã e salva na cama quentinha, no quarto iluminado! Contudo, ela não podia contar nada para Susan.

– É um segredo entre mim e Deus.

Susan foi dormir jurando que seria uma nova mulher quando a querida senhora estivesse de pé novamente.

– Já não posso mais com eles – suspirou, impotente.

Agora, a mãe certamente iria morrer. Nan acordou com essa terrível convicção. Ela não conseguiu cumprir a promessa e não podia esperar que Deus o fizesse. A semana seguinte foi muito angustiante para a garota. Ela não via graça em nada, nem mesmo em assistir a Susan fiar na roca, algo que achava fascinante. Ela jamais conseguiria rir novamente. Não importava o que fizesse: ela deu para Shirley o cachorro de pelúcia estofado com serragem cujas orelhas Ken Ford havia arrancado e ela amava ainda mais do que o velho ursinho (Nan sempre gostou mais das coisas antigas), pois o irmão sempre quis tê-lo; e deu para Rilla a estimada casinha de conchas que o capitão Malachi havia trazido das Índias Ocidentais, na esperança de que isso satisfizesse Deus. Temendo que não fosse suficiente, ela deu o novo gatinho para Amy Taylor porque a amiga o queria muito, e, quando ele continuou voltando para casa, Nan percebeu que Deus ainda não estava contente. Somente a excursão ao cemitério o satisfaria, e a pobre Nan sabia que não era capaz. Ela era uma covarde e uma trapaceira. Jem havia lhe dito que só trapaceiros tentavam fugir das promessas.

Anne teve permissão para sentar-se na cama. Ela estava quase completamente recuperada e logo voltaria a cuidar da casa, a ler livros, a recostar-se comodamente sobre os travesseiros, a comer o que quisesse, a sentar-se diante da lareira, a trabalhar no jardim, a receber amigos, a ouvir todas as fofocas, a desfrutar dos dias cintilantes como pedras preciosas no colar do ano, a ser novamente parte do espetáculo colorido da vida.

O jantar estava delicioso. O pernil de carneiro recheado da Susan estava no ponto. Era maravilhoso sentir fome novamente. Ela olhou para todas as coisas que amava no quarto. O cômodo precisava de cortinas novas, de algum tom claro entre o verde e o dourado, e os novos armários para toalhas do banheiro não podiam esperar mais. Então ela olhou para a janela. Havia algo mágico no ar. Era possível ter um vislumbre do porto azul ente os bordos; a bétula chorona do jardim era uma cascata de ouro. Vastos jardins celestiais se arqueavam sobre a opulência outonal da terra, uma terra de cores inacreditáveis, branda claridade e sombras alongadas. O Tordo Ousado pendurava-se insanamente no topo de um pinheiro; as crianças riam enquanto colhiam maçãs no pomar. O riso voltara para Ingleside.

"A vida é mais do que 'química orgânica bem equilibrada'", pensou Anne com alegria.

Com os olhos e o nariz vermelhos de tanto chorar, Nan entrou no quarto.

– Mamãe, preciso contar uma coisa... Não consigo mais esconder. Mamãe, eu enganei Deus.

Anne voltou a comover-se com o toque macio da mãozinha de uma criança... uma criança que buscava ajuda e consolo para seus pequenos problemas. Ela ouviu enquanto Nan contava toda a história entre soluços, tentando manter uma expressão séria. Anne sempre conseguiu manter a seriedade quando ela era necessária, não importava o quanto risse do assunto com Gilbert posteriormente. Ela sabia que a preocupação de Nan era real e aterradora para a menina; e também percebeu que a teologia da filha carecia de atenção.

– Querida, você está terrivelmente enganada. Deus não faz acordos. Ele dá sem pedir nada em troca, exceto o nosso amor. Quando você pede alguma coisa para mim ou para o papai, nós não fazemos acordos. E Deus é muito, muito mais generoso do que nós. Ele sabe bem mais do que nós o que é melhor.

– E Ele... Ele não vai fazer você morrer porque não cumpri a minha promessa, mamãe?

– Certamente não, querida.

– Mamãe, se estou enganada a respeito de Deus, tenho que manter a promessa que fiz? Eu dei a minha palavra, sabe? O papai disse que devemos sempre cumprir o que prometemos. Não será uma desonra para toda a vida?

– Quando eu estiver melhor, querida, nós iremos até lá de noite, e eu ficarei no portão... Assim, acho que você não terá medo algum. Isso aliviará a sua pobre consciência. E prometa que não fará mais nenhuma barganha absurda com Deus.

– Prometo – disse Nan, com uma intensa sensação de arrependimento de estar abrindo mão de algo que, mesmo com todos os inconvenientes, fora muito bom e emocionante. Ainda assim, os olhos dela voltaram a brilhar, e sua voz recobrou um pouco da antiga vivacidade.

– Vou lavar o meu rosto e voltarei aqui para beijar você, mamãe. E apanharei todas as bocas-de-leão que encontrar. As coisas têm sido horríveis sem você, mamãe.

– Ah, Susan, que mundo é este! Que mundo mais lindo, interessante e maravilhoso! Não acha? – disse Anne, quando a empregada lhe trouxe o jantar.

– Atrevo-me a dizer que é bastante tolerável – admitiu Susan, pensando na bela fornada de tortas que acabara de deixar na despensa.

CAPÍTULO 27

Outubro foi um mês muito feliz em Ingleside naquele ano, com dias repletos de agitação, canções e assovios. A mamãe estava de pé outra vez e se recusava a continuar sendo tratada como uma convalescente; ela fazia planos para o jardim, ria – Jem sempre achou que a mamãe tinha uma risada linda e alegre – e respondia a inúmeras perguntas: "Mamãe, qual é a distância daqui até o pôr do sol?"; "Mamãe, por que não é possível recolher o luar?"; "Mamãe, as almas dos mortos realmente voltam para a terra no Halloween?"; "Mamãe, o que causa a causa?"; "Mamãe, você não preferiria ser morta por uma cascavel em vez de um tigre, já que o tigre acabaria devorando você?"; "Mamãe, o que é uma prole?"; "Mamãe, uma viúva é mesmo uma mulher que realizou seu grande sonho? Foi o que o Wally Taylor disse"; "Mamãe, o que os filhotes de passarinho fazem quando chove bastante?"; "Mamãe, nós somos mesmo uma família fantasiosa demais?".

A última veio de Jem, que descobrira na escola que a senhora Alec Davies havia dito aquilo. Ele não gostava de senhora Alec Davies, pois, quando ela o encontrava junto da mãe ou do pai, invariavelmente apontava o longo dedo para ele e perguntava: "O Jemmy é um bom garoto na escola?". Jemmy! Talvez eles fossem um pouco fantasiosos. Certamente foi o que Susan pensou quando descobriu as tábuas que formam o caminho até o celeiro decoradas com tinta carmesim. "Precisamos para a nossa batalha de mentirinha", explicara Jem. "Elas representam manchas de sangue."

À noite uma fileira de gansos selvagens podia ser vista cruzando a lua baixa e vermelha. Quando os via, Jem desejava secretamente voar para longe com eles, para costas desconhecidas, onde ele caçaria macacos, leopardos, papagaios, coisas do tipo, e explorar o mar do Caribe.

Alguns termos, como "mar do Caribe", eram irresistivelmente atraentes para o menino. "Segredos do mar" era outro. Ficar preso no abraço mortal de um píton e enfrentar um rinoceronte ferido eram pensamentos rotineiros para Jem. E a própria palavra "dragão" o deixava arrepiado. Sua figura favorita, que estava grudada na parede aos pés da cama, era a de um cavaleiro de armadura montado em um robusto cavalo branco que empinava as patas dianteiras enquanto seu dono cravava uma lança em um dragão, cuja longa cauda que ondulava no ar terminava em uma forquilha. Uma dama em um vestido rosa estava ajoelhada plácida e graciosamente no fundo, com as mãos unidas. Era indubitável que aquela dama se parecia muito com Maybelle Reese, por quem os meninos de nove anos já duelavam na escola de Glen. Até Susan percebeu a semelhança e provocou Jem, que corou furiosamente. Mas o dragão era um tanto decepcionante... Parecia tão pequeno e insignificante perto do imenso cavalo branco... Aparentemente, derrotá-lo não exigia muita valentia. Os dragões dos quais ele resgatava Maybelle em sonhos secretos eram muito mais "dragonescos". Na segunda-feira passada, ele a resgatara do velho ganso de Sarah Palmer. Porventura (ah, "porventura" soava tão bem!) ela notara o ar nobre com o qual ele agarrara a criatura sibilante pelo pescoço tortuoso e arremessara por cima da cerca. No entanto, um ganso não era tão romântico quanto um dragão.

Foi um outubro ventoso, de ventos suaves que ronronavam no Vale e de ventanias que chacoalhavam as copas dos bordos, ventos que rugiam pela costa e se abaixavam quando se aproximavam dos rochedos, para então saltarem. As noites, com a Lua do Caçador sonolenta e vermelha, eram suficientemente frescas para que fosse agradável pensar em uma cama quentinha; os arbustos de mirtilo ganharam um tom escarlate; as samambaias mortas exibiam um rico marrom-avermelhado; as folhas de sumagre ardiam atrás do celeiro; aqui e ali surgiam trechos de pastos verdejantes nos campos secos das lavouras de Upper Glen; e havia crisântemos dourados e carmim junto aos abetos em um canto do jardim. Esquilos conversavam alegremente por todas as partes, e grilos violinistas que tocavam nos bailes das fadas em mil colinas. Havia maçãs para serem colhidas e cenouras para serem desenterradas. Às vezes os meninos iam pegar mariscos com o capitão Malachi quando as misteriosas "marés" permitiam... Marés que vinham acariciar a terra, mas que retornavam para as profundezas do oceano. Havia um cheiro das fogueiras de folhas mortas por toda Glen, montanhas de abóboras grandes e amarelas no celeiro, e Susan assou as primeiras tortas de *cranberry*.

Risadas ecoavam em Ingleside do amanhecer ao anoitecer. Mesmo quando as crianças mais velhas estavam na escola, Shirley e Rilla já estavam grandes o suficiente para manter a tradição do riso. Até Gilbert riu mais que o usual naquele outono. "Eu gosto de um pai que dá risada", refletiu Jem. O doutor Bronson, de Mowbray Narrows, nunca ria. Diziam que havia ganhado toda a clientela graças ao ar de sabedoria; porém, o papai tinha mais clientes, e as pessoas tinham que estar muito enfermas para não rirem de uma das piadas dele.

Anne se ocupava do jardim em todos os dias quentes, sorvendo as cores como se fossem vinho, onde os últimos raios de sol caíam sobre bordos vermelhos, deleitando-se com a melancolia da beleza passageira. Em uma tarde cinzenta, ela e Jem plantaram todos os bulbos de tulipas, que ressurgiriam em tons de rosa, escarlate, púrpura e dourado em junho.

– Não é ótimo preparar-se para a primavera, quando sabemos que teremos de enfrentar o inverno, Jem?

– É ótimo tornar o jardim mais bonito – disse Jem. – Susan disse que Deus é quem cuida da beleza do mundo, mas nós podemos ajudá-lo um pouco, não é mesmo, mamãe?

– Sempre... Sempre, Jem. Ele compartilha conosco este privilégio.

Entretanto, nada é inteiramente perfeito. Os moradores de Ingleside estavam preocupados com o Tordo Ousado. Eles foram informados de que, quando os outros tordos fossem embora, ele talvez quisesse partir também.

– Mantenha-o dentro de casa até que todos tenham partido e a neve venha – aconselhou o capitão Malachi. – Ele acabará se esquecendo disso e ficará bem até a primavera.

Assim, o Tordo Ousado virou uma espécie de prisioneiro. Tornou-se muito inquieto. Voava a esmo pela casa, sentava-se no parapeito da janela e observava melancolicamente os colegas que se preparavam para seguir o sabe-se lá que misterioso chamado. Perdeu o apetite, e nem minhocas e as melhores nozes de Susan o apeteciam. As crianças lhe explicaram todos os perigos que poderia encontrar: frio, fome, inimizades, tempestades, noites escuras, gatos. Só que o pássaro havia ouvido o chamado, e todo o seu ser ansiava por responder a ele.

Susan foi a última a concordar. Ela ficou muito chateada por vários dias. Por fim, disse:

– Deixe-o ir. É contra a natureza prendê-lo.

Eles o libertaram no último dia de outubro, depois de um mês de cárcere. As crianças lhe deram beijos de despedida com lágrimas nos olhos. Ele voou para longe alegremente e retornou na manhã seguinte ao pote com migalhas de Susan, onde esticou as asas antes do longo voo.

— Talvez ele volte para nós na primavera, querida — disse Anne para a chorosa Rilla. Mas a menina estava inconsolável.

— Vai demorar muito — soluçou.

Anne sorriu e suspirou. As estações que pareciam tão longas para a pequena Rilla começavam a passar rápido demais para ela. Outro verão chegou ao fim, anunciado pelo dourado eterno das copas dos choupos-da-lombardia. Em pouco tempo, em muito pouco tempo, as crianças de Ingleside não seriam mais crianças. Todavia ainda seriam suas. Ela os receberia quando voltassem à noite. Elas encheriam a vida de maravilhas e deleite. Ela as amaria, e as incentivaria, e as repreenderia um pouco. Pois de vez em quando eram muito travessas, embora não merecessem ser chamadas pela senhora Alec Davies de "os diabinhos de Ingleside", na ocasião em que descobriu que Bertie Shakespeare Drew tinha sofrido uma leve queimadura enquanto fingia ser um índio pele-vermelha queimado na fogueira durante uma brincadeira no Vale do Arco-Íris. Jem e Walter levaram mais tempo do que haviam previsto para desamarrá-lo. Eles também foram chamuscados, mas ninguém teve pena deles.

Novembro foi um mês triste naquele ano. Um mês de ventos do leste e nevoeiros. Em alguns dias, não era possível enxergar nada além da fria névoa pairando sobre o mar escuro. As últimas folhas caíram dos álamos tremelicantes. O jardim parecia morto, desprovido de sua personalidade e de todas as cores... Com exceção do canteiro de aspargos, que continuava uma intrincada selva dourada. Walter teve de abandonar seu local de estudos no pomar e aprender as lições dentro de casa. Chovia... e chovia... e chovia.

— O mundo nunca mais vai secar? — exasperou-se Di.

Então houve uma semana impregnada pela magia do sol do verão, e nas noites de frio cortante a mamãe acendia a grelha e Susan preparava batatas assadas para acompanhar o jantar.

A grande lareira era o centro da casa naquelas noites. Era o ponto alto do dia quando todos se reuniam ao redor dela depois de comerem. Anne costurava e planejava roupas de inverno... "Um vestido vermelho para Nan, já que ela quer tanto um"... E às vezes pensava em Hannah, que todo ano tricotava um casaquinho para o pequeno Samuel. As mães nunca mudaram ao longo dos séculos e formavam uma grande irmandade de amor e devoção, tanto as que eram reconhecidas quanto as que foram esquecidas.

Susan tomava as lições das crianças, e depois elas podiam se divertir o quanto quisessem. Walter, imerso em seu mundo de imaginação e lindos sonhos, só pensava em escrever uma carta do esquilo que morava no Vale do Arco-Íris para o esquilo que vivia atrás do celeiro. Susan fingia rir delas quando ele as lia, mas secretamente fazia cópias que mandava para Rebecca Dew.

"Acho que são muito interessantes, querida senhorita Dew, embora eu imagine que vá considerá-las um tanto triviais. Nesse caso, sei que perdoará esta velha de coração mole pelo incômodo. Ele é considerado muito inteligente na escola, e pelo menos essas cartas não são poesias. Devo acrescentar também que ele tirou 99 no exame de aritmética da semana passada, e ninguém entendeu por que não lhe deram cem. Talvez eu não deva dizer isso, querida senhorita Dew, mas acredito que o menino está destinado a grandes feitos. Talvez não estejamos vivas para vê-lo ser ministro do Canadá, quiçá."

O Camarão tomava banho de sol, e a gatinha de Nan, Amentilho, que parecia uma dama muito delicada e elegante vestida de preto e cinza, escalava as pernas de todo mundo com impaciência. "Dois gatos e marcas de ratos na despensa", foi a crítica de Susan. As crianças falavam sobre suas aventuras juntas, e o lamento distante do mar chegava pela fria noite de outono.

Às vezes a senhorita Cornelia aparecia para uma visita rápida enquanto o marido debatia na loja do senhor Carter Flagg. As crianças aguçavam os ouvidos, pois a senhorita Cornelia sempre tinha as fofocas mais recentes, e elas ficam sabendo de coisas interessantíssimas sobre as pessoas. Seria muito divertido ir à igreja no próximo domingo e olhar para as ditas cujas, todas arrumadas e compostas, e saborear o que haviam descoberto sobre elas.

– Ah, que aconchegante está aqui dentro, querida Anne. A noite vai ser muito gelada. Logo começará a nevar. O doutor saiu?

– Sim. Tive muita pena ao vê-lo sair... Telefonaram de Harbour Head avisando que a senhora Brooker Shaw queria vê-lo com urgência – disse Anne, enquanto Susan removia rápida e sutilmente do tapete da lareira uma imensa espinha de peixe que o Camarão havia trazido, rezando para que a senhorita Cornelia não tivesse notado.

– Ela está tão doente quanto eu – disse Susan com sarcasmo. – Ouvi dizer que arranjou uma nova camisola de renda e com certeza quer que o doutor a veja. Uma camisola de renda!

– A filha dela trouxe de Boston. Ela chegou na sexta-feira, com quatro baús – disse a senhorita Cornelia. – Lembro-me de quando ela foi para os Estados Unidos, levando uma mala Gladstone velha e quebrada com coisas saindo pelos cantos. Ela estava se sentindo terrivelmente mal depois de ter sido abandonada por Phil Turner. Ela tentou esconder, só que todo mundo sabia. Agora está de volta para "cuidar da mãe", segundo diz. Ela vai tentar flertar com o doutor, querida Anne, estou alertando você. Mas suponho que ele não dará atenção a ela, mesmo sendo um homem. E você não é como a esposa do doutor Bronson, de Mowbray Narrows. Ela tem muito ciúme das pacientes do marido, ouvi dizer.

– E das enfermeiras – disse Susan.

– Bem, algumas daquelas enfermeiras são bonitas demais para a função – disse a senhorita Cornelia. – Veja o caso da Janie Arthur: está intercalando um caso e outro, tentando evitar que os dois rapazes descubram a situação.

— Apesar de linda, não é mais uma jovenzinha — disse Susan austeramente. — E seria melhor para ela escolher um dos dois e se casar. A tia Eudora, por exemplo... Dizia que só pretendia se casar depois que se cansasse de paquerar, e vejam no que deu. Ela ainda tenta flertar com todo homem que encontra, embora já tenha quarenta e cinco anos. É o que acontece quando isso se transforma em um hábito. Querida senhora, sabe o que ela disse quando a prima Fanny se casou? "Você está ficando com as minhas sobras." Soube que elas brigaram feio e que nunca mais se falaram.

— A língua tem poder sobre a vida e sobre a morte[17] — murmurou Anne distraidamente.

— Sábias palavras, querida. Por falar nisso, gostaria que o senhor Stanley fosse um pouco mais criterioso com os sermões. Ele ofendeu Wallace Young, que agora pretende deixar a igreja. Estão dizendo que o sermão do último domingo foi para ele.

— Se um ministro faz um sermão que atinge o coração de um indivíduo em particular, todos presumem que foi direcionado para aquela pessoa — disse Anne. — Por mais que a carapuça sirva, não quer dizer que tenha sido feita para ele.

— Faz sentido — aprovou Susan. — E não simpatizo com Wallace Young. Três anos atrás, ele deixou que pintassem anúncios nas vacas dele. É muita ganância, na minha opinião.

— David, o irmão dele, vai finalmente se casar — disse a senhorita Cornelia. — Faz muito tempo que pondera o que é mais barato: casar-se ou contratar uma empregada. "Dá para manter uma casa sem uma mulher, só que é difícil, Cornelia", ele me disse depois que a mãe morreu. Tive a impressão de que estava insinuando alguma coisa, e não o encorajei. Por fim, vai se casar com Jessie King.

— Jessie King! Achei que ele estava cortejando Mary North.

17　Referência ao Antigo Testamento, Provérbios 18:21. (N. T.)

– Ele disse que não ia se casar com uma mulher que come repolho. Porém, corre um boato por aí que ele a pediu em casamento e ela o rechaçou. E dizem que Jessie King falou que preferia um homem mais bonito, mas que ele daria para o gasto. Bem, para algumas pessoas, qualquer porto é conveniente em uma tempestade.

– Senhora Marshall Elliott, acredito que as pessoas por essas bandas não dizem nem metade das coisas que supostamente falam – retrucou Susan. – Na minha opinião, Jessie King será uma esposa muito melhor do que ele realmente merece... Ainda que, no aspecto físico, eu deva admitir que ele pareça algo que a maré alta largou na praia.

– Sabia que Alden e Stella tiveram uma filha? – perguntou Anne.

– Sim. Espero que Stella seja um pouco mais sensata com a filha do que Lisette foi com ela. Você acredita, querida Anne, que Lisette chorou porque o bebê da prima dela, Dora, andou antes que Stella?

– Nós, mães, somos muito tolas – sorriu Anne. – Lembro-me de que fiquei ultrajada quando o pequeno Bob Taylor, que tem a mesma idade de Jem, ganhou três dentinhos antes que Jem tivesse um.

– Bob Taylor teve que operar as amídalas – disse a senhorita Cornelia.

– Por que nós nunca tivemos operações, mamãe? – exigiram saber Walter e Di, em tom injuriado. Então eles engancharam os dedos e fizeram um pedido. Com frequência diziam a mesma coisa juntos.

– Nós pensamos e sentimos o mesmo sobre tudo – tentou explicar Di, com sinceridade.

– Nunca me esquecerei do casamento de Elsie Taylor – relembrou a senhorita Cornelia. – A melhor amiga dela, Maisie Millison, estava encarregada de tocar a marcha nupcial. Ela tocou a marcha fúnebre no lugar. É claro que alega até hoje que cometeu o erro porque estava muito emocionada, mas as pessoas pensam diferente. Ela queria o Mac Moorside, um malandro charmoso com uma senhora lábia, sempre dizendo às mulheres o que queriam ouvir. Fez da vida de Elsie um tormento. Ah, querida Anne, eles partiram para a Terra do Silêncio muito tempo atrás. Maisie está casada com Harley Russell há anos, e todo mundo esqueceu que ele a pediu em casamento esperando que dissesse "não", só que ela disse "sim". O próprio Harley se esqueceu disso... Típico de um homem. Ele acha que tem a melhor esposa do mundo e se congratula por ter tido a esperteza de conquistá-la.

– Por que ele a pediu em casamento se esperava um "não"? Parece-me muito estranho... – disse Susan, imediatamente acrescentando com uma esmagadora humildade: – É claro que eu não sei nada dessas coisas.

– Foi o pai dele que mandou. Ele não queria, mas achou que não correria nenhum risco... Aí vem o doutor.

Quando Gilbert chegou, um punhado de neve entrou com ele. Depois de pendurar o casaco, sentou-se com satisfação ao lado da fogueira.

– Não esperava chegar tão tarde...

– Sem dúvida, a nova camisola de renda é muito atraente – disse Anne, com um sorrisinho travesso para a senhorita Cornelia.

– Do que você está falando? Suponho que seja alguma piada feminina que esteja além do alcance da minha masculinidade grosseira. Fui até Upper Glen para visitar Walter Cooper.

– É um mistério como aquele homem continua vivo – disse a senhorita Cornelia.

– Não tenho paciência com ele – sorriu Gilbert. – Ele já deveria ter morrido há muito tempo. Um ano atrás eu lhe dei dois meses de vida, e vejam só como ele está arruinando a minha reputação.

– Se conhecesse a família Cooper como eu, não arriscaria previsões. Não sabe que o avô dele voltou à vida depois que já haviam aberto a sepultura e comprado o caixão? A funerária não aceitou a devolução. No entanto, acredito que Walter Cooper está se divertindo muito ensaiando o próprio funeral... É típico dos homens. Bem, Marshall já chegou... E este pote de peras em conserva é para você, querida Anne.

Todos acompanharam a senhorita Cornelia até a porta. Os olhos acinzentados de Walter espiaram a noite escura.

– Queria saber onde está o Tordo Ousado e se ele sente a nossa falta – disse com melancolia. Talvez o pássaro tivesse ido para aquele misterioso lugar que a senhora Elliott sempre chamava de Terra do Silêncio.

– Ele está em um lugar banhado pelo sol ao sul – disse Anne. – Ele voltará na primavera, não tenho dúvida, que será daqui a cinco meses. Meus amores, vocês já deveriam estar na cama.

– Susan, você gostaria de ter um bebê? – perguntou Di na despensa.

– Sei onde pode conseguir um... novinho em folha.

– Ah é, onde?

– Na casa da Amy. Ela disse que foram os anjos que o trouxeram, e ela acha que eles deveriam ter pensado melhor. Eles já têm oito crianças, sem contar a nova. Ouvi você dizer ontem que se sente muito solitária vendo a Rilla crescer tão depressa... que agora não teria mais nenhum bebê. Tenho certeza de que a senhora Taylor lhe daria o dela.

– As coisas que as crianças falam! Os Taylors são de ter famílias grandes. O pai do Andrew Taylor nunca sabia dizer quantos filhos tinha... Sempre precisava parar e fazer as contas. Por enquanto, não estou à procura de um novo bebê.

– Susan, a Amy Taylor disse que você é uma solteirona. Isso é verdade?

– É o destino que a divina providência reservou para mim – disse Susan sem hesitar.

– Você gosta de ser uma solteirona?

– Estaria mentindo se dissesse que sim, meu bem. Mas aprendi que isso tem as suas vantagens – acrescentou, lembrando-se da sina de algumas esposas que conhecia. – Agora, leve esta torta de maçã para o seu pai, e eu levarei o chá. O coitado deve estar desmaiando de fome.

– Mamãe, nós temos a casa mais encantadora do mundo, não é? – afirmou Walter conforme subia as escadas, sonolento. – Só que... você não acha que ela ficaria ainda melhor se tivéssemos alguns fantasmas?

– Fantasmas?

– Sim. A casa de Jerry Palmer é cheia de fantasmas. Ele viu um... Uma mulher alta vestida de branco, com uma mão esquelética. Eu contei para Susan, e ela disse que era invenção dele ou então que ele estava doente do estômago.

– Susan está certa. Quanto a Ingleside, só pessoas felizes moraram aqui... Por isso, ela não tem propensão a ter fantasmas. Agora, faça as suas orações e vá dormir.

– Mamãe, acho que me comportei mal na noite passada. Eu disse: "O pão nosso de cada dia nos dai amanhã", em vez de "hoje". Acha que Deus vai se importar?

CAPÍTULO 28

O Tordo Ousado voltou quando Ingleside e o Vale do Arco-Íris ardiam com as chamadas verdejantes e evasivas da primavera e trouxe consigo a esposa. Os dois construíram um ninho na macieira de Walter. O Tordo Ousado voltou aos hábitos antigos, contudo sua esposa era mais tímida ou menos aventureira e nunca deixava alguém se aproximar. Susan achou que o retorno do Tordo Ousado era um verdadeiro milagre e escreveu para Rebecca Dew contando o ocorrido naquela mesma noite.

O foco dos pequenos dramas do dia a dia de Ingleside mudava de tempos em tempos. Eles passaram o inverno sem nenhum acontecimento fora do comum, e em junho foi a vez de Di ter uma aventura.

Uma garota nova entrou na classe dela. Quando a professora perguntou seu nome, ela respondeu "eu meu chamo Jenny Penny" como se dissesse "sou a rainha Elizabeth" ou "sou Helena de Troia". No instante em que falou, todos sentiram que não conhecer Jenny Penny os tornava um ninguém, e não ser alvo da condescendência de Jenny Penny significava que você não existia. Pelo menos foi o que Diana Blythe sentiu, mesmo que não pudesse tê-lo expressado com essas mesmas palavras.

Anne de Ingleside

Jenny Penny tinha nove anos, enquanto Di estava com oito, e já no primeiro dia aproximou-se das garotas de dez e onze anos. Elas descobriram que não podiam esnobá-la ou ignorá-la. Jenny não era bonita, mas sua aparência era marcante. Todos paravam para reparar melhor. Tinha um rosto redondo, de pele delicada, com uma nuvem de cabelos negros e macios sem brilho e enormes olhos azuis com um emaranhado de longos cílios. Quando lentamente erguia os cílios e cravava os olhos desdenhosos em alguém, a sensação era a de ser um verme que deveria agradecer por não ser pisoteado. Era preferível ser desprezado por ela a ser respeitado por qualquer outra pessoa, e ser escolhido como confidente temporário de Jenny Penny era uma honra quase excessiva, pois as confidências dela eram impressionantes. Era evidente que os membros da família Penny não eram pessoas comuns. Ao que parecia, a tia dela possuía um maravilhoso colar de ouro e granada que fora presenteado por um tio milionário. Uma das primas tinha um anel de diamante que custava mil dólares, e outra prima havia ganhado um concurso de elocução entre mil e setecentos competidores. Outra tia era uma missionária que trabalhava entre os leopardos na Índia. Em suma, pelo menos por um tempo, as garotas da escola de Glen aceitaram Jenny Penny pelo preço que ela se dava, admiravam-na com um misto de inveja e falavam tanto dela à mesa do jantar que os pais finalmente foram obrigados a prestar atenção.

– Quem é essa garota pela qual Di parece estar tão fascinada, Susan? – perguntou Anne uma noite, depois que a filha contou sobre a "mansão" em que Jenny vivia, com beirais adornados por tiras de madeira branca em forma de renda, cinco janelas salientes, um maravilhoso arvoredo de bétulas nos fundos e uma lareira de mármore vermelho na sala. – Nunca ouvi o nome Penny em Four Winds. Você sabe alguma coisa sobre eles?

— É a nova família que se mudou para a velha fazenda dos Conways, querida senhora. Ouvi dizer que o senhor Penny é um carpinteiro que não conseguia viver da carpintaria, pois estava sempre muito ocupado, pelo que entendi, tentando provar que Deus não existe. Ele, então, decidiu tentar ser fazendeiro. Pelo que sei, são pessoas peculiares. Os mais novos fazem o que dá na telha. É por isso que essa Jenny vai à escola de Glen. Eles estão mais próximos da escola de Mowbray Narrows, onde estudam as outras crianças da família, só que Jenny decidiu que queria frequentar a de Glen. Como metade da fazenda dos Conways fica nesse distrito, o senhor Penny paga taxas para ambas as escolas, o que lhe dá direito de mandar os filhos para as duas se quiser. Parece que essa Penny é sobrinha dele, e não filha, entretanto. Os pais dela faleceram. Dizem que foi George Andrew Penny quem levou as ovelhas para o porão da igreja batista de Mowbray Narrows. Não digo que não sejam respeitáveis, mas são tão desmazelados, querida senhora... E a casa está de cabeça para baixo! E, se me permite opinar, você não deveria permitir que Diana se misture com aqueles selvagens.

— Não posso impedir que Diana fale com Jenny na escola, Susan. Não tenho nada contra aquela criança, embora tenha certeza de que ela aumenta um tanto as histórias e as aventuras que conta sobre os parentes. Acho que todo esse encanto por Jenny Penny passará logo, e Di nunca mais falará dela.

Porém, eles continuaram a ouvir sobre ela. Jenny falou para Di que gostava mais dela do que de todas as outras garotas da escola. Di, sentindo como se tivesse sido reconhecida por uma rainha, passou a adorá-la. Tornaram-se inseparáveis no recreio; escreviam bilhetes uma para a outra durante o fim de semana; davam e ganhavam goma de mascar; trocavam botões e se ajudavam nas tarefas. Finalmente, Jenny convidou Di para ir à casa dela depois da escola e passar a noite.

A mãe respondeu-lhe com um "não" retumbante, e Di chorou copiosamente.

– Você deixou que eu dormisse na casa de Persis Ford – soluçou.

– Isso é... diferente – disse Anne, de maneira um tanto vaga. Ela não queria fazer Di chorar, mas tudo o que tinha ouvido falar da família Penny a fizera perceber que eles não eram boa companhia para as crianças de Ingleside e que o fascínio que Jenny evidentemente exercia em Diana era consideravelmente preocupante.

– Não vejo nenhuma diferença – chorou Di. – Jenny é uma dama assim como Persis! Ela nunca precisa comprar goma de mascar. Ela tem uma prima que sabe todas as regras de etiqueta, e Jenny aprendeu tudo com ela. Disse que nós não sabemos o que é etiqueta. E já viveu aventuras incríveis.

– Quem disse isso? – quis saber Susan.

– Ela mesma. Os pais dela não são endinheirados, mas têm parentes muito ricos e distintos. Um tio dela é juiz, e um primo da mãe dela é capitão do maior navio do mundo. Jenny o batizou quando foi lançado. Nós não temos um tio que é juiz ou uma tia missionária que cuida dos leopardos.

– Leprosos, querida, não leopardos.

– A Jenny disse leopardos. Acho que ela está certa, já que é a tia dela. E tem tanta coisa que eu quero ver na casa dela... O papel de parede do seu quarto é cheio de papagaios. E tem um monte de corujas empalhadas na sala de estar. E eles têm um tapete com o desenho de uma casa pendurado no corredor e cortinas com estampa de rosas. E uma casinha de verdade para brincar, que o tio dela construiu. E a vó dela mora com eles, e é a pessoa mais velha do mundo. Talvez eu nunca mais tenha a chance de conhecer alguém que nasceu antes do dilúvio.

– A avó tem quase cem anos, me contaram – disse Susan –, de forma que a Jenny estava exagerando quando disse que ela nasceu antes do dilúvio. Sabe-se lá que doenças você pegaria se fosse àquele lugar.

– Faz muito tempo que já tiveram tudo que poderiam pegar – protestou Di. – Jenny falou que eles tiveram caxumba, sarampo, coqueluche e escarlatina, tudo no mesmo ano.

– Aposto que foi só varíola, se muito – murmurou Susan. – Que bando de gente mais azarada!

– A Jenny teve que tirar as amídalas. Isso não é contagioso, é? Ela teve uma prima que morreu quando operou das amídalas... Sangrou até a morte antes de recobrar a consciência. Então é provável que aconteça o mesmo com ela, se for algo de família. Ela é delicada... Desmaiou três vezes nessa semana. Mas está bem preparada. E é em parte por isso que ela quer tanto que eu passe a noite lá, para que eu tenha algo para recordar quando ela falecer. Por favor, mamãe. Deixarei em casa o meu chapéu novo com fitas, se deixar.

Só que a mamãe foi irredutível, e Di recorreu ao travesseiro para consolar suas lágrimas. Nan não teve compaixão por ela... A menina não suportava Jenny Penny.

– Não sei o que deu naquela criança – disse Anne, preocupada. – Ela nunca se comportou assim. Aquela Jenny parece tê-la enfeitiçado.

– Você está certa em não permitir que ela vá àquele lugar tão abaixo dela, querida senhora.

– Ah, Susan, não quero que ela sinta que está "acima" de outras pessoas. Mas temos que impor limites. Não é tanto por causa da Jenny, acho que ela é inofensiva, apesar do hábito de exagerar as coisas, mas ouvi dizer que os garotos são realmente terríveis. A professora de Mowbray Narrows não tem mais paciência com eles.

– Eles a "comprimem" assim na sua casa? – perguntou Jenny com petulância quando Di avisou que não poderia ir. – Eu não deixaria que me tratassem assim. Sou espirituosa demais. Durmo fora de casa sempre que tenho vontade. Suponho que você nunca nem sonhou com isso.

Di olhou pensativamente para aquela menina misteriosa que "com frequência dormia fora de casa". Que incrível!

– Você não me culpa por não poder ir à sua casa, não é mesmo? Você sabe que eu quero ir?

– Claro que não a culpo. Algumas garotas não aceitariam isso, é claro, mas suponho que você simplesmente não consegue evitar. Nós poderíamos nos divertir tanto! Tinha planejado uma pescaria à luz do luar no riacho dos fundos. Fazemos isso sempre. Já peguei uma truta deste tamanho. E temos uns porquinhos adoráveis, um potro novo bem mansinho e uma ninhada de filhotinhos de cachorro. Bom, vou ter que convidar Sadie Taylor, então. Os pais dela a deixam viver em paz.

– Meus pais são muito bons para mim – protestou Di lealmente. – E o meu pai é o melhor médico da Ilha do Príncipe Edward. É o que todos dizem.

– Você se sente superior por ter um pai e uma mãe, e eu não – disse Jenny com frieza. – Ora, o meu pai tem asas e usa uma coroa de ouro. Porém, eu não saio por aí me vangloriando disso, não é mesmo? Di, não quero brigar com você, mas detesto ouvir qualquer pessoa se gabar dos pais. Não está de acordo com a etiqueta de bons modos. E eu decidi ser uma dama. Quando a Persis Ford de que você tanto fala vier para Four Winds neste verão, não vou socializar com ela. A mãe dela é meio estranha, segundo minha tia Lina. Ela foi casada com um homem que morreu e voltou à vida.

– Ah, não foi bem assim, Jenny. Eu sei... a mamãe me explicou. A tia Leslie...

– Não quero ouvir sobre ela. Seja o que for, é melhor não falarmos disso, Di. O recreio acabou.

– Você vai mesmo convidar Sadie? – perguntou Di, com os olhos arregalados de angústia.

– Bem, não agora. Quero esperar um pouco. Vou lhe dar mais uma chance. Mas será a última.

Alguns dias depois, Jenny Penny procurou a Di no recreio.

– Ouvi o Jem dizer que os seus pais viajaram ontem e que só voltarão amanhã à noite.
– Sim, eles foram até Avonlea para visitar a tia Marilla.
– É a sua chance.
– Minha chance?
– De passar a noite em casa.
– Ah, Jenny... não posso.
– Claro que pode. Não seja tonta. Eles jamais saberão.
– Susan não deixaria...
– Você não precisa pedir para ela. É só ir para a minha casa depois da escola. Nan pode avisar onde você vai estar, assim ela não ficará preocupada. E ela não contará para os seus pais quando voltarem, por medo de que a culpem.

Di foi dominada pela agonia da indecisão. Ela sabia perfeitamente que não deveria ir, só que a tentação era irresistível. Jenny focou todas as forças de seu olhar extraordinário em Di.

– É a sua última chance – disse dramaticamente. – Não posso continuar socializando com alguém que se acha bom demais para visitar a minha casa. Se não vier, nós nos separaremos para sempre.

Isso decidiu tudo. Di, ainda dominada pela fascinação por Jenny Penny, não suportou a ideia de se separarem para sempre. Nan voltou para casa naquela tarde e avisou Susan de que Di tinha ido passar a noite na casa de Jenny Penny.

Se Susan estivesse ativa como sempre, ela teria ido até a casa da família Penny e trazido-a de volta. No entanto, ela havia torcido o tornozelo naquela manhã e, embora ainda conseguisse preparar as refeições das crianças, não seria capaz de andar quase dois quilômetros pela estrada de Base Line. Na casa da família Penny não havia telefone, e Jem e Walter recusaram-se prontamente a ir. Eles tinham sido convidados para jantar no farol, e ninguém iria devorar Di na casa da Jenny. Susan teve que se resignar ao inevitável.

Di e Jenny atravessaram os campos para ir embora, um trajeto de menos de meio quilômetro. Di, apesar da consciência pesada, estava feliz. Elas passaram por tantos lugares bonitos: pequenas baías repletas de samambaias, onde rondavam os elfos, em meio aos bosques de um verde intenso; um vale de vento farfalhantes, onde os botões-de-ouro chegavam à altura dos joelhos; um caminho que serpenteava sob os bordos jovens; um riacho que era como uma fita colorida por flores; um pasto ensolarado repleto de morangos. Di, descobrindo como o mundo podia ser deslumbrante, desejou que Jenny não falasse tanto. Na escola aquilo não incomodava, mas, ali, Di não tinha certeza se queria ouvir sobre a vez em que Jenny se envenenou... acidentalmente, é claro... ao tomar o remédio errado. Jenny contava a agonia do ocorrido em detalhes, só que foi vaga ao explicar como não morreu. Disse que "perdera a consciência" e que o médico conseguiu arrancá-la das garras da morte.

– Nunca mais fui a mesma, desde então. Di Blythe, o que você tanto olha? Não acho que você estava me ouvindo.

– Ah, estava sim – disse ela, sentindo-se culpada. – Creio que você teve uma vida maravilhosa, Jenny. Agora, olhe só a paisagem.

– Paisagem? O que é uma paisagem?

– Ora essa... É algo que se admira. Isso... – disse, apontando para o panorama dos prados e a colina envolta em nuvens diante delas, com o safira do mar despontando entre as colinas.

Jenny fungou desdenhosamente.

– É só um monte de árvores velhas e vacas. Já vi uma centena de vezes. Você é muito peculiar às vezes, Di Blythe. Não quero ferir seus sentimentos, mas, às vezes, acho que você não é muito normal. Enfim, suponho que seja algo inevitável. Dizem que a sua mãe também é meio delirante. Bem, essa é a nossa casa.

Di olhou para a casa de Penny e vivenciou o primeiro choque de decepção. Aquela era a "mansão" da qual falara? Era grande, absolutamente, e tinha cinco janelas projetadas para fora, todavia precisava urgentemente de pintura nova e faltava boa parte dos "adornos de madeira". A varanda estava em péssimas condições, e o que fora um dia um lindo vitral semicircular em cima da porta agora encontrava-se quebrado. As cortinas estavam tortas, havia vários painéis de papel-pardo, e o lindo "arvoredo de bétulas" consistia em algumas árvores velhas, finas e tortuosas. Os celeiros caíam aos pedaços, o quintal estava repleto de maquinário antigo e enferrujado, e o jardim era uma verdadeira selva de ervas daninhas. Di nunca vira um lugar como aquele, e pela primeira vez lhe ocorreu se todas as histórias da Jenny eram verdadeiras. Será que era possível alguém ter escapado tanto da morte, mesmo em nove anos, como ela dizia?

Por dentro, não era muito melhor. A sala pela qual Jenny a fez passar estava empoeirada e cheirava mal. O teto estava desbotado e repleto de rachaduras. A famosa lareira era apenas pintada, até Di conseguia notar, e adornada por um horrível xale japonês, preso por uma fileira de xícaras bigodeiras[18]. As cortinas de renda velhas eram de uma cor horrível e estavam repletas de buracos. As persianas eram de papel azul, amassado e com rasgos, com o desenho de um grande vaso repleto de rosas. Quanto à sala, que supostamente era cheia de corujas empalhadas, continha uma pequena cristaleira em um canto com três pássaros desgrenhados, um deles sem os dois olhos. Para Di, acostumada com a beleza e a dignidade de Ingleside, a sala parecia saída de um pesadelo. O curioso, contudo, era que Jenny não parecia ciente das discrepâncias entre suas descrições e a realidade. Di cogitou a hipótese de ter sonhado que Jenny lhe contara tudo aquilo.

As coisas não eram tão ruins nos fundos. A casinha que o senhor Penny construíra entre algumas árvores em um canto parecia uma casa real em miniatura e era muito interessante, e os porquinhos e o novo potro eram mesmo adoráveis. Quanto à ninhada de cachorrinhos,

---

18 Xícaras de origem do século XIX com uma borda semicircular e vazada na parte interior, com o intuito de deixar o líquido passar enquanto protege o lábio superior da pessoa. (N. T.)

eram tão peludos e graciosos que poderiam pertencer à família Vere de Vere[19]. Um deles era especialmente fofo, com longas orelhas marrons e uma mancha branca na testa, uma língua rosa pequenina e patinhas brancas. Di ficou amargamente desapontada quando descobriu que todos já estavam prometidos.

– Mesmo que não estivessem, não sei se poderíamos lhe dar um – disse Jenny. – O tio é muito criterioso para onde ele manda seus cachorros. Ouvimos dizer que nenhum cão fica muito tempo em Ingleside. Vocês devem ter algo incomum. O tio disse que os cachorros conseguem ver coisas que nós não podemos.

– Tenho certeza de que não temos nada de ruim – exclamou Di.

– Bem, espero que não. O seu pai é cruel com a sua mãe?

– Não, é claro que não!

– Bem, ouvi dizer que ele bate nela até ela gritar. É claro que não acreditei. Não são horríveis as mentiras que as pessoas contam? Enfim, sempre gostei de você, Di, e sempre estarei do seu lado.

Di teve a impressão de que deveria sentir-se grata, mas não foi o que aconteceu. Ela começou a sentir-se muito deslocada, e muito do *glamour* que Jenny imbuíra em seus contos havia desaparecido. Ela não sentiu a mesma empolgação de antes ao ouvir como ela quase se afogara ao cair em uma represa. Ela não acreditou... Jenny simplesmente imaginava aquelas coisas. E provavelmente também tinha imaginado o tio milionário, o anel de um milhão de dólares e a missionárias e os leopardos. O ânimo de Di murchou como um balão.

Ainda havia a avó. A avó provavelmente era real. Quando Di e Jenny voltaram para casa, a tia Lina, uma senhora de farto busto e bochechas vermelhas com um vestido de algodão estampado não muito limpo, disse que a avó queria ver a visitante.

---

19 Referência ao poema *Lady Clara Vere de Vere*, do poeta britânico Alfred Tennyson (1850-1892), sobre uma dama pertencente a uma família de aristocratas. (N. T.)

– A vovó está confinada na cama – explicou Jenny. – Sempre levamos as visitas para conhecê-la. Ela fica brava se não fazemos isso.

– Não se esqueça de perguntar da dor nas costas – avisou a tia Lina. – Ela odeia quando as pessoas não se lembram das costas dela.

– E do tio John – disse Jenny. – Não se esqueça de perguntar como vai o tio John.

– Quem é o tio John? – perguntou Di.

– Um filho dela que morreu cinquenta anos atrás – explicou a tia Lina. – Ficou doente por anos antes de morrer, e a vovó meio que se acostumou com as pessoas perguntando dele. Ela sente falta disso.

À porta do quarto da avó, Di subitamente retrocedeu. De repente, ela sentiu um medo terrível daquela senhora incrivelmente idosa.

– Qual é o problema? – exigiu Jenny. – Ninguém vai morder você!

– Ela... Ela realmente nasceu antes do dilúvio, Jenny?

– Claro que não. Quem disse isso? Ela fará cem anos se viver até o próximo aniversário, no entanto. Venha!

Di entrou, com cautela. Em um quarto pequeno e bagunçado, a avó estava deitada em uma cama enorme. Seu rosto, inacreditavelmente enrugado, parecia o de um macaco velho. Ela olhou para Di com um par de olhos fundos e avermelhados e disse com afronta:

– Não me encare. Quem é você?

– Esta aqui é Diana Blythe, vovó – respondeu Jenny... uma Jenny muito obediente.

– Rá! Que nome mais ressoante. Disseram-me que a sua irmã é muito orgulhosa.

– Nan não é orgulhosa – exclamou Di, com um lampejo de caráter. Será que Jenny tinha falado mal de Nan?

– Que atrevida você, não? Não fui criada para responder para os mais velhos. Ela é orgulhosa. Pessoas que andam com o nariz empinado, como a jovem Jenny me contou, são orgulhosas. Que petulância! Não me contradiga.

A avó parecia tão brava que Di prontamente perguntou sobre as costas dela.

– Quem disse que eu tenho costas? Que presunção! Minhas costas são problema meu. Venha aqui... Aproxime-se da minha cama!

Di aproximou-se, desejando estar a mil quilômetros de distância. O que aquela velha intratável iria fazer com ela?

A avó agarrou-se à beirada da cama e colocou a mão que parecia uma garra nos cabelos de Di.

– Tem uma cor que lembra a de uma cenoura, mas é muito macio. Que lindo vestido! Levante-o e me mostre a sua anágua.

Di obedeceu, grata por estar usando a anágua branca com o bordado de renda que Susan fez. Não obstante, que tipo de família era aquela, que obrigava você a mostrar sua anágua?

– Sempre julgo uma garota pelas anáguas – disse a idosa. – A sua passa. Agora, a calcinha.

Di não ousou recusar. Ela ergueu as anáguas.

– Rá! Também é de renda. Que extravagância. E você nunca perguntou do John!

– Como ele está? – arfou Di.

– Como ele está, disse a descarada. Ele poderia estar morto se dependesse da sua consideração. Diga-me, é verdade que a sua mãe tem um dedal de ouro... de ouro maciço?

– É verdade, sim. O papai deu de presente de aniversário para ela no ano passado.

– Bem, eu jamais teria acreditado. Foi o que a jovem Jenny me contou, mas não dá para acreditar em uma palavra do que ela diz. Um dedal de ouro maciço! Nunca tinha ouvido falar disso. Bem, é melhor vocês irem comer. Isso nunca sai de moda. Jenny, erga os calções. Uma das pernas está aparecendo por baixo do vestido. Tenhamos um pouco de decência.

– Meus calções não estão aparecendo! – disse Jenny, indignada.

– Calções para a família Penny e calcinhas para os Blythes. É a distinção entre vocês, e sempre será. Não me contradiga.

A família Penny inteira estava reunida para o jantar na grande cozinha. Di não conhecia nenhum dos outros além da tia Lina, e, ao olhar ao redor da mesa, ela compreendeu por que a mamãe e Susan não queriam que ela fosse até aquela casa. A toalha de mesa estava rasgada e repleta de manchas antigas de molho. Os pratos eram uma coleção sortida. Quanto àquela família... Di nunca havia se sentado à mesa com pessoas assim e desejou estar em segurança em Ingleside. Só que agora ela teria que aguentar até o final.

O tio Ben, como Jenny o chamava, sentava-se à cabeceira da mesa. Ele tinha uma barba flamejante e uma cabeça quase calva, com cabelos grisalhos. O irmão solteiro dele, Parker, magro e com a barba por fazer, ajeitara-se em um ângulo conveniente para poder cuspir na caixa de madeira, coisa que fazia a intervalos frequentes. Os meninos, Curt, de doze anos, e George Andrew, de treze, tinham olhos celestes sem brilho e agressivos, e era possível ver a pele deles pelos buracos nas camisas surradas. A mão de Curt, que ele cortara em uma garrafa quebrada, estava enfaixada com um pano sujo de sangue. Annabel Penny, de onze anos, e "Gert" Penny, de dez, eram duas garotas muito bonitas, de olhos redondos e castanhos. "Tuppy", que tinha dois anos, tinha cachinhos lindos e bochechas rosadas, e o bebê de olhos negros e vivazes no colo da tia Lina seria adorável se estivesse limpo.

– Curt, por que não limpou as unhas se sabia que teríamos visitas? – exigiu saber Jenny. – Annabel, não fale com a boca cheia. Sou a única que tenta ensinar bons modos a esta família – explicou para Di em voz baixa.

– Cale-se – disse o tio Ben com uma voz retumbante.

– Eu não vou me calar... Você não manda em mim! – gritou Jenny.

– Não responda para o seu tio – disse a tia Lina placidamente. – Vamos, garotas, comportem-se como damas. Curt, passe as batatas para a senhorita Blythe.

– Ah, senhorita Blythe – riu Curt entredentes.

Diana ao menos teve um momento emocionante: pela primeira vez na vida, ela foi chamada de senhorita Blythe.

Por algum milagre, a comida era boa e abundante. Di, que estava faminta, teria desfrutado do jantar, embora odiasse usar uma xícara lascada, e se tivesse certeza de que ela estava limpa, e se todo mundo não tivesse brigado tanto. Brigas explodiam a todo momento: entre George Andrew e Curt, entre Curt e Annabel, entre Gert e Jen, até entre o tio Ben e a tia Lina. Os dois tiveram uma discussão horrível e fizeram acusações mordazes um para o outro. A tia Lina jogou na cara dele todos os ótimos homens com quem poderia ter se casado, e o tio Ben disse que desejava que ela tivesse se casado com qualquer um, menos ele.

"Seria horrível se meu pai e minha mãe brigassem desse jeito", pensou Di. "Ah, se ao menos eu estivesse em casa!"

– Não chupe o dedão, Tuppy.

Ela disse isso sem pensar. Eles tiveram dificuldades para fazer Rilla abandonar o hábito de chupar o dedão.

Curt ficou instantaneamente vermelho de raiva.

– Deixe-o em paz – gritou. – Ele pode chupar o dedo se quiser! Ninguém manda na gente como mandam em vocês, crianças de Ingleside. Quem você pensa que é?

– Curt, Curt! A senhorita Blythe pensará que você não tem modos – disse a tia Lina. Ela voltou a ficar calma e a sorrir, e colocou duas colheres de açúcar no chá do tio Ben. – Não dê ouvidos a ele, querida. Coma outra fatia de torta.

Di não queria outra fatia de torta. Ela só queria ir embora... No entanto, não sabia o que fazer.

– Bem – disse o tio Ben, depois de tomar o restante do chá ruidosamente direto do pires –, chega por hoje. Levantar de manhã... Trabalhar o dia inteiro... Ter três refeições e ir para a cama. Que vida!

– O papai adora as piadinhas dele – sorriu a tia Lina.

– Por falar em piadas... Hoje vi o ministro metodista na loja do senhor Flagg. Ele tentou me contradizer quando eu disse que Deus não existe. "Você fala aos domingos", eu disse. "Agora é a minha vez. Prove que Deus existe." "É você que tem a palavra", disse ele. Todos riram feito bobos. E eu achei que ele era esperto.

Deus não existe! O chão abriu-se debaixo dos pés dela. Di queria chorar.

CAPÍTULO 29

As coisas pioraram depois do jantar. Antes, pelo menos, Di e Jenny estavam sozinhas. Agora havia uma multidão. George Andrew a agarrou pelo braço e a jogou em uma poça de lama antes que ela pudesse escapar. Di nunca fora tratada assim antes. Jen e Walter a provocavam, assim como Ken Ford, mas ela nunca tinha visto garotos como aqueles.

Curt lhe ofereceu um pedaço de goma de mascar, que tinha acabado de tirar da boca, e ficou furioso quando ela recusou.

– Vou jogar um rato vivo em você! Espertalhona! Metidinha! Seu irmão é um maricas!

– Walter não é maricas! – disse Di. Ela estava aterrorizada, mas não iria permitir que Walter fosse ofendido.

– Ele é. Ele escreve poesia. Sabe o que eu faria se tivesse um irmão que escrevesse poesia? Eu o afogaria, como se fosse um filhote de gato.

– Por falar nisso, tem um monte de gatos selvagens no celeiro – disse Jen. – Vamos caçá-los.

Di simplesmente não iria caçar gatinhos com aqueles garotos e disse não.

– Temos um monte de gatinhos em casa. Temos onze – disse com orgulho.

– Não acredito! – gritou Jen. – É mentira! Ninguém tem onze gatos. Não é possível.

– Uma gata teve cinco filhotes, e a outra, seis. E não vou ao celeiro. Eu caí da parte de cima do celeiro da Amy Taylor no inverno passado. E teria morrido se não tivesse caído em um monte de palha.

– Bem, eu *tinha caído* do celeiro certa vez, se o Curt não tivesse me segurado – disse Jen, emburrada. Ninguém tinha o direito de cair do celeiro além dela. Di Blythe, tendo aventuras! Que impertinência!

– O certo é "teria" – disse Di. E, naquele momento, estava tudo acabado entre ela e Jenny.

De alguma forma, ela ainda tinha de enfrentar a noite. Eles foram para cama tarde da noite, porque ninguém naquela família dormia cedo. Às dez e meia, Jenny a levou para um quarto grande com duas camas. Annabel e Gert estavam se aprontando para se deitarem em uma delas. Di olhou para a outra. Os travesseiros estavam muito desmantelados. A colcha precisava ser lavada urgentemente. O papel de parede... o famoso papel de parede com "papagaios"... tinha manchas de umidade, e nem os papagaios se pareciam com papagaios. Sobre uma mesinha ao lado da cama havia uma jarra de granito e uma bacia de latão cheio até a metade de água suja. Ela não poderia lavar o rosto ali. Bem, pela primeira vez, ela teria que ir dormir sem lavar o rosto.

Quando Di levantou-se depois de fazer as orações, Jenny riu.

– Ora, como você é antiquada. Você parece tão engraçada e beata fazendo suas preces. Não sabia que ainda há gente que reza. Isso não serve para nada. Para que você faz isso?

– Tenho que salvar a minha alma – disse Di, citando Susan.

– Eu não tenho alma – zombou Jenny.

– Talvez, mas eu tenho.

Jenny olhou para ela. Só que o encanto nos olhos dela havia se rompido. Di jamais voltaria a sucumbir a ele.

– Você não é a garota que eu achei que fosse, Diana Blythe – disse Jenny com tristeza, como se tivesse sido traída.

Antes que Di pudesse responder, George Andrew e Curt entraram correndo no quarto. George Andrew estava usando uma máscara... uma coisa grotesca, com um nariz enorme. Di gritou.

– Não grite assim, como um porco preso em um portão – ordenou George Andrew. Você precisa nos dar um beijo de boa-noite.

– Senão, vamos trancar você naquele armário que está cheio de ratos – disse Curt.

George Andrew avançou na direção de Di, que gritou novamente e retrocedeu. Ela sabia muito bem que se tratava do garoto por trás da máscara e não teve medo; só que ela sentia que morreria se aquela máscara horrorosa se aproximasse... Ela não tinha dúvida. Quando o nariz assustador estava prestes a tocar o rosto dela, Di tropeçou em um banquinho e caiu para trás, batendo a cabeça na cama de Annabel. Por um instante ela se sentiu atordoada e permaneceu deitada de olhos fechados.

– Ela morreu... Ela morreu! – exclamou Curt e começou a chorar.

– Ah, se for verdade, você vai levar uma surra, George Andrew! – disse Annabel.

– Talvez ela esteja só fingindo – disse Curt. – Coloque uma minhoca nela. Tenho algumas nessa lata. Se for mentira, ela vai reagir.

Di ouviu tudo, todavia estava apavorada demais para abrir os olhos. (Talvez eles fossem embora e a deixassem sozinha se achassem que ela estava morta. Mas, se colocassem uma minhoca nela...)

– Espete-a com uma agulha. Se ela sangrar, quer dizer que não está morta – disse Curt.

(Ela podia suportar uma agulha, não uma minhoca.)

– Ela não morreu... Ela não pode estar morta – sussurrou Jenny. Você só lhe deu um baita susto. Se ela voltar a si, vai gritar até não poder mais, e o tio Ben virá aqui e vai nos dar a maior surra. Quem dera eu nunca tivesse convidado essa medrosa!

– Será que não podemos carregá-la até a casa dela antes de recobrar os sentidos? – sugeriu George Andrew.

(Ah, se ao menos fosse possível!)

– Não... É longe demais – disse Jenny.

– É menos de meio quilômetro, cortando caminho pelos campos. Cada um carrega um braço ou uma perna... Você, Curt, Annabel e eu.

Ninguém além de um Penny teria concebido tal ideia ou cogitado realizá-la. Entretanto, eles estavam acostumados a fazer o que desse na telha, e uma surra do chefe da casa era algo a ser evitado a todo custo. O pai não era exigente com eles até certo ponto; além disso... Boa noite!

– Se ela acordar durante o caminho, vamos sair correndo – disse George Andrew.

Não havia o menor perigo de que Di recobrasse a consciência. Ela estremeceu de alegria quando sentiu que estava sendo erguida pelos quatro. Sem fazer barulho, eles desceram as escadas, saíram da casa, cruzaram o quintal e o grande campo de trevos, atravessaram o bosque e desceram a colina. Duas vezes tiveram de colocá-la no chão para descansarem. Agora tinham certeza absoluta de que ela estava morta, e tudo o que queriam era levá-la para casa sem serem vistos. Pela primeira vez na vida, Jenny Penny rezava, para que ninguém na vila estivesse acordado. Se conseguissem levar Di Blythe até Ingleside, eles jurariam que a menina sentiu tanta saudade de casa que insistiu em ir embora. O que aconteceria depois não seria da conta deles.

Di ousou abrir os olhos assim que os ouviu tramar o plano. O mundo adormecido ao redor dela era muito diferente. Os abetos pareciam escuros e estranhos. As estrelas riam dela. ("Não gosto de um céu tão grande. Se aguentar um pouco mais, logo estarei em casa. Se descobrirem que não estou morta, eles simplesmente me deixarão aqui, e eu nunca chegarei em casa nessa escuridão.")

Assim que largaram Di na varanda de Ingleside, eles correram como loucos. Di não estava com pressa para voltar à vida, mas aventurou-se a abrir os olhos. Sim, ela estava em casa. Era quase bom demais para ser verdade. Di tinha sido uma menina muito, muito levada, e tinha certeza de que jamais faria isso de novo. Ela sentou-se, e o Camarão subiu os degraus sorrateiramente e se esfregou nela, ronronando. Di o abraçou. Que quentinho e amigável! Ela achava que não conseguiria entrar... Sabia que Susan trancava as portas quando o papai saía e não ousaria acordar Susan àquela hora. Porém, isso não importava. A noite de junho estava fria, mas ela iria se deitar no balanço junto com o Camarão, sabendo que, pertinho dela, atrás daquelas portas trancadas, estavam Susan, os garotos, Nan... e o lar dela.

Como o mundo era estranho após o escurecer! Ela era a única que estava acordada? As grandes rosas brancas ao lado dos degraus pareciam pequenos rostos humanos. O aroma de hortelã era como um amigo. Vagalumes surgiam aqui e ali no pomar. No fim das contas, ela iria poder se gabar de que havia "passado a noite inteira fora".

Contudo, não era para ser. Duas figuras atravessaram o portão e despontaram do escuro. Gilbert deu a volta pelos fundos e tentou abrir a janela da cozinha; Anne subiu os degraus da varanda e olhou atônita para a pobre criaturinha sentada ali, com o gato no colo.

– Mamãe... Ah, mamãe! – Ela estava a salvo, nos braços da mãe.

– Di, meu amor! O que aconteceu?

– Ah, mamãe, foi horrível... Estou tão arrependida! E você estava certa. E a avó é tão desagradável... Eu achei que vocês só voltariam para casa amanhã.

– O papai recebeu um telefonema de Lowbridge... Eles terão que operar a senhora Parker amanhã, e o doutor Parker quer que ele esteja lá.

Por isso nós pegamos o trem da noite e viemos caminhando da estação até aqui. Agora, conte-me...

Di já tinha terminado de contar toda a história quando Gilbert abriu a porta da frente. Ele achou que tinha feito uma entrada silenciosa, mas Susan tinha a audição de um cão de guarda no que dizia respeito à segurança de Ingleside. Ela desceu as escadas mancando, com um xale sobre a camisola. Seguiram-se exclamações e explicações, que Anne precisou interromper.

– Ninguém está culpando você, Susan. Di foi muito travessa e sabe disso, e creio que já foi punida. Sinto muito incomodá-la... Volte já para a cama. O doutor vai dar uma olhada no seu tornozelo.

– Eu não estava dormindo, querida senhora. Acha que eu conseguiria, sabendo onde aquela bendita menina estava? Mancando ou não, vou preparar uma xícara de chá para vocês dois.

– Mamãe – disse Di, deitada no próprio travesseiro branco –, o papai é cruel com você?

– Cruel? Comigo? Por que a pergunta, Di?

– Foi o que disseram os familiares da Jenny... Que ele bate em você...

– Filha, agora você já sabe quem eles são, então não preocupe a sua cabecinha com o que eles disserem. Sempre há fofocas maliciosas pairando por aí, inventadas por pessoas como eles. Nunca dê ouvidos a elas.

– Você vai me dar umas palmadas de manhã, mamãe?

– Não. Acho que você aprendeu a sua lição. Agora durma, meu bem.

"A mamãe é tão sensata", foi o último pensamento consciente de Di.

Susan, deitada tranquilamente na cama, com o tornozelo enfaixado com destreza, disse para si mesma: "Tenho que procurar o pente fino amanhã de manhã... E, quando me deparar com a distinta senhorita Jenny Penny, vou lhe dar uma sessão de limpeza de piolhos da qual jamais se esquecerá".

Jenny Penny não recebeu a limpeza prometida, pois nunca mais apareceu na escola de Glen. Ela passou a frequentar a escola de Mowbray

Narrows com as outras crianças da família, de onde chegavam rumores de suas histórias. Uma delas era sobre a Di Blythe, que morava em um "casarão" de Glen St. Mary, mas que ia sempre posar na casa dela; certa vez a menina desmaiou e Jenny Penny precisou levá-la embora nas costas, sozinha e sem ajuda, à meia-noite. Os moradores de Ingleside se ajoelharam e beijaram as mãos dela por gratidão, e o próprio doutor a levou embora na charrete guarnecida de franjas, guiada pelo famoso plantel de cavalos cinzentos. "E, se houver algo que eu possa fazer por você, senhorita Penny, por sua bondade para com minha amada filha, é só dizer. Meu próprio coração não seria suficiente para recompensá-la. Eu iria até a África equatorial para retribuir o seu feito", jurara o doutor.

CAPÍTULO 30

— Eu sei algo que você não sabe, você não sabe, você não sabe... — cantarolou Dovie Johnson enquanto se balançava na beira do cais.

Era a vez de Nan de estar sob os holofotes, de contar uma história sobre Ingleside no jogo do "você se lembra?". Até o dia da morte, Nan ficaria ruborizada ao lembrar-se disso. Ela tinha sido tão tola!

Nan estremeceu de medo ao ver Dovie equilibrar-se, por mais que aquilo também a fascinasse. Tinha certeza de que Dovie despencaria em algum momento, e aí o que ela iria fazer? Só que a amiga nunca caía. A sorte dela nunca falhava.

Tudo que Dovie fazia, ou dizia que fazia – o que talvez fossem duas coisas muito diferentes, embora Nan fosse inocente e crédula demais para perceber isso, por causa da criação em Ingleside, onde mentiras não eram contadas nem de brincadeira –, fascinava Nan. Dovie, que tinha onze anos e sempre vivera em Charlottetown, conhecia muito mais coisas do que Nan, que tinha apenas oito anos. Dovie dizia que Charlottetown era o único lugar onde as pessoas tinham certo nível de conhecimento. O que poderia saber alguém que vivia confinado em um fim-de-mundo como Glen St. Mary?

Dovie estava passando parte das férias com a tia Ella em Glen, e as duas se tornaram amigas íntimas, apesar da diferença de idade. Talvez porque Nan admirasse Dovie, que parecia quase adulta para a mais nova, com a mesma adoração que reservamos para nossos superiores... ou aqueles que assim julgamos. Dovie gostava do seu satélite humilde e devoto.

– Nan Blythe é uma boa pessoa... Ela só é meio bobinha – Dovie comentou com a tia Ella.

Os olhos zelosos de Ingleside não viam nada de errado com Dovie, mesmo que a mãe dela fosse prima dos Pyes de Avonlea, refletiu Anne, e não fizeram objeções à amizade entre as duas, ainda que Susan desconfiasse daqueles intensos olhos verdes e dos cílios loiros claros. Mas o que ela poderia fazer? Dovie tinha "modos", vestia-se bem, comportava-se como uma dama e não falava muito. Ela iria embora quando as aulas recomeçassem e certamente não demonstrara nenhum motivo para o pente fino.

Assim, Nan e Dovie passavam a maior parte do tempo livre juntas no cais, onde geralmente havia um ou outro barco com as velas arriadas. Naquele agosto, Nan quase não apareceu no Vale do Arco-Íris. As outras crianças de Ingleside não simpatizavam muito com Dovie, e o sentimento era recíproco. Pelo visto, Dovie gostava de pregar peças. Talvez fosse por isso que nenhuma das outras garotas de Glen tentasse tirá-la de Nan.

– Ah, por favor, conte para mim – implorou Nan.

Dovie apenas deu uma piscadela maliciosa e disse que Nan era jovem demais para saber, o que era enlouquecedor.

– Por favor, Dovie.

– Não posso. A tia Kate me contou em segredo, e ela já morreu. Agora sou a única pessoa do mundo que sabe disso. Prometi que não contaria a ninguém. Você acabaria contando... não conseguiria evitar.

– Não vou contar... Eu sei guardar segredo!

– Dizem que vocês de Ingleside contam tudo um para o outro. Susan arrancaria a verdade de você em pouco tempo.

– Não. Eu sei de muitas coisas que nunca contei para Susan. Segredos. Contarei os meus se você contar o seu.

– Ah, não estou interessada nos segredos de uma garotinha – disse Dovie.

Que ofensa! Nan adorava os segredinhos que guardava: as cerejeiras silvestres que havia encontrado no bosque atrás do celeiro do senhor Taylor; o sonho que teve com uma fadinha branca sobre uma vitória-régia no pântano; seu devaneio de um barco que atracava no porto ao amanhecer, arrastado por cisnes presos a correntes de prata; a história que começara a tecer sobre a bela dama que vivia na velha casa dos MacAllisters. Eram todos maravilhosos e mágicos para Nan. Depois de pensar melhor, ela ficou contente por não tê-los revelado a Dovie.

Mas o que será que Dovie sabia que ela não sabia? A curiosidade atormentava Nan como se fosse um mosquito.

No dia seguinte, Dovie voltou a referir-se ao segredo.

– Andei pensando, Nan... Talvez eu deva contar, já que é sobre você. É óbvio que a tia Kate quis dizer que eu não deveria contar a ninguém que não fosse a pessoa em questão. Ouça, se me der o seu cervo de porcelana, eu contarei o que sei sobre você.

– Ah, não posso fazer isso, Dovie. Foi presente da Susan no meu último aniversário. Ela ficaria profundamente magoada.

– Tudo bem, então. Se prefere ficar com aquele cervo velho em vez de descobrir algo importante sobre você, que seja. Não me importo. Prefiro guardar segredo. Gosto de saber de coisas que as outras garotas não sabem. Sinto-me importante. Vou olhar para você no próximo domingo na igreja e pensar: "Se ao menos soubesse o que sei sobre você, Nan Blythe..." Vai ser divertido.

– É algo bom? – quis saber Nan.

– Ah, é muito romântico... Como essas coisas que lemos nos livros. Mas, não importa. Você não está interessada, e eu sei o que sei.

Nan já estava louca de curiosidade. A vida não teria sentido se ela não desvendasse o mistério que Dovie conhecia. De súbito, ela teve uma inspiração.

– Dovie, não posso lhe dar meu cervo, mas, se você contar o que sabe sobre mim, eu lhe darei minha sombrinha vermelha.

Os olhos verdes de Dovie se iluminaram. Ela morria de inveja daquela sombrinha.

– A sombrinha vermelha nova que a sua mãe comprou na cidade, na semana passada? – barganhou a menina.

Nan assentiu com a cabeça. Sua respiração acelerou-se. Será que... Ah, será que Dovie contaria mesmo o segredo?

– A sua mãe vai deixar? – quis saber Dovie.

Nan assentiu novamente, agora com hesitação. Ela não tinha tanta certeza. Dovie pôde sentir a indecisão.

– Você terá de trazer a sombrinha aqui antes que eu conte – disse com firmeza. – Sem a sobrinha, nada de segredo.

– Trarei amanhã – Nan apressou-se em dizer. Ela precisava descobrir o que Dovie sabia sobre ela; nada mais importava.

– Bem, vou pensar nisso – respondeu, duvidosa. – Não tenha muitas esperanças. Eu não deveria contar, na verdade. Você é muito nova... Já disse isso várias vezes.

– Estou mais velha do que era ontem – implorou Nan. – Ora, vamos, Dovie, não seja má.

– Tenho o direito de não contar se eu quiser – afirmou Dovie categoricamente. – Você contaria para Anne... É sua mãe...

– Eu sei muito bem o nome da minha mãe – disse Nan, indignada. Com segredo ou sem segredo, limites eram limites. – Já falei que não vou contar para ninguém em Ingleside.

– Seria capaz de jurar?

– Jurar?

– Não banque o papagaio. É óbvio que eu perguntei se você prometeria solenemente.

– Prometo solenemente.

– Mais solenemente.

Nan não sabia como poderia ser ainda mais solene. Seu rosto exibia o ápice da concentração.

– Junte as mãos, olhe para o céu e jure pela sua vida – disse Dovie.

Nan fez o ritual.

– Traga a sombrinha amanhã, e então veremos – disse Dovie. – O que a sua mãe fazia antes de se casar, Nan?

– Ela era professora... E uma ótima professora – disse Nan.

– Bem, só perguntei por curiosidade. Minha mãe acha que foi um erro o seu pai ter se casado com ela. Ninguém sabe nada da família dela. E as garotas que poderia ter tido, disse a mamãe. Bom, tenho que ir. *Revuá*.

Nan sabia que aquilo queria dizer "até amanhã". Ela se orgulhava de ter uma amiga que falava francês. Continuou sentada no cais por um bom tempo depois que Dovie foi para casa. Gostava de ficar sentada ali, vendo os barcos de pesca ir e vir, e às vezes um navio zarpava do porto, com destino a terras distantes e fantásticas. Assim como Jem, ela com frequência desejava poder viajar para longe, cruzar o porto azul, atravessar a barreira de dunas escuras, deixar para trás o farol onde o facho de luz giratório de Four Winds se transformava em um posto avançado de mistérios... Para longe, em direção à névoa azul que era o golfo no verão... Para longe, rumo a ilhas encantadas em mares de manhãs douradas. Nan voava por todo o mundo nas asas da imaginação, sentada ali, no velho cais.

Naquela tarde, porém, ela estava muito ansiosa por causa do segredo de Dovie. Será que Dovie o revelaria mesmo? O que era? O que poderia ser? E aquelas garotas com quem o papai poderia ter se casado? Nan gostava de especular sobre essas outras garotas. Alguma delas poderia ter sido mãe dela. Aquele era um pensamento terrível. Ninguém poderia ser a mãe dela além da mamãe. Aquilo era inconcebível.

– Não acho que Dovie Johnson vai me contar o segredo – confidenciou Nan para a mãe naquela noite, na hora do beijo de boa-noite. – É claro que não poderei contar nem para você, mamãe, porque prometi que não o faria. Você não vai se importar, não é mesmo?

– De forma alguma – disse Anne, divertindo-se com a situação.

Nan levou a sombrinha quando foi até o cais no dia seguinte. "A sombrinha é minha", disse Nan para si mesma. Tinha sido um presente, e, como era dela, tinha todo o direito de fazer o que quisesse com ela. Depois de aquietar a consciência com esse sofisma, ela saiu sem ser vista. Doía abrir mão da estimada sombrinha, mas a curiosidade para descobrir o que Dovie sabia havia se tornado irresistível.

– Aqui está a sombrinha, Dovie – disse, sem alento. – Agora, conte-me o segredo.

Dovie ficou realmente surpresa. Ela não pretendia que as coisas chegassem tão longe... Não acreditou que a mãe de Nan Blythe iria permitir que ela desse a sombrinha vermelha. Dovie comprimiu os lábios.

– Não sei se esse tom de vermelho vai combinar comigo, afinal. É um pouco espalhafatoso. Acho que não vou contar.

Nan tinha um caráter forte, e Dovie não a havia subjugado ao ponto da submissão cega. Nada mexia tanto com ela quanto a injustiça.

– Um acordo é um acordo, Dovie Johnson! Você disse que contaria o segredo em troca da sombrinha. Pois aqui está ela, e você precisa manter a promessa.

– Ah, tudo bem, então – disse Dovie, em um tom entediado.

Tudo se aquietou de repente. As rajadas de vento cessaram. A água parou de gorgolejar ao redor das pilastras do cais. Nan estremeceu, extasiada. Ela finalmente descobriria o que Dovie sabia.

– Você conhece o Jimmy Thomas, de Harbour Mouth, não? O Jimmy "Seis-Dedos" Thomas?

Nan assentiu. Claro que ela conhecia o Thomas... Pelo menos, já tinha ouvido falar dele. O Thomas Seis-Dedos às vezes aparecia em Ingleside vendendo peixe. Susan dizia que nunca dava para saber se a mercadoria dele era boa. Nan não gostava da aparência dele. Ele era calvo, com um chumaço de cabelos brancos encaracolados de cada lado da cabeça e um nariz vermelho e encurvado. Mas o que será que ele tinha a ver com o assunto?

– E você conhece a Cassie Thomas? – prosseguiu Dovie.

Nan vira a Cassie Thomas uma vez, quando o Jimmy Seis-Dedos a trouxe consigo na charrete. Cassie tinha por volta da mesma idade que ela, cachos ruivos e olhos esverdeados audazes. Ela mostrara a língua para Nan.

– Bem... – Dovie respirou fundo... – Esta é a verdade: você é Cassie Thomas, e ela é Nan Blythe.

Nan encarou Dovie. Ela não fazia ideia do que ela queria dizer. Aquilo não fazia nenhum sentido.

– Eu... Como assim?

– É muito simples, eu acho – disse Dovie com um sorriso condescendente. Já que tinha sido forçada a dizer aquilo, ela iria fazer valer a pena. – Vocês duas nasceram na mesma noite. Na época, a família Thomas ainda morava em Glen. A enfermeira levou a irmã gêmea da Di até a casa dos Thomas, colocou-a no berço e levou você para a mãe da Di. Ela não se atreveu a levar a Di, senão o teria feito. Ela odiava a sua mãe, e fez isso para se vingar. E é por isso que você é na verdade Cassie Thomas e deveria estar morando em Harbour Mouth, enquanto o lugar da pobre Cass é em Ingleside, e não apanhando daquela madrasta dela. Sinto muita pena dela.

Nan acreditou em cada palavra daquela mentira absurda. Nunca alguém havia mentido para ela, e nem por um instante duvidou de Dovie. Não lhe ocorreu que qualquer pessoa, até mesmo a sua amada amiga Dovie, poderia ter inventado aquela história. Ela encarou a menina com um olhar angustiado, decepcionado.

– Como... Como a sua tia Kate descobriu? – arfou por entre os lábios secos.

– A enfermeira contou para ela no leito de morte – disse Dovie solenemente. – Suponho que estava com a consciência pesada. A tia Kate não contou para mais ninguém além de mim. Quando fui até Glen e me deparei com Cassie Thomas... Nan Blythe, digo... Dei uma boa olhada nela. Você tem olhos e cabelos castanhos. É por isso que não se parece com a Di... Gêmeos sempre são idênticos. E Cass tem o mesmo tipo de orelhas que o seu pai, pequenas e juntas da cabeça. Creio que nada possa ser feito agora. Mas às vezes penso que não é justo você viver tão bem e ser tratada como uma boneca enquanto a pobre Cass... Nan... veste trapos e não tem o que comer. E o velho Seis-Dedos bate nela quando chega em casa bêbado! Por que você está me olhando desse jeito?

A dor de Nan era maior do que ela podia suportar. Tudo estava terrivelmente claro agora. As pessoas sempre acharam engraçado o fato de Di e ela não serem nem um pouco parecidas. Então era esse o motivo.

– Odeio você por ter me contado isso, Dovie Johnson!

Dovie deu de ombros.

– Eu falei que você não iria gostar, não é mesmo? Foi você que me fez contar. Aonde você vai?

Nan, pálida e atordoada, pôs-se de pé.

– Para casa... Para contar para a mamãe – disse, inconsolável.

– Você não pode! Não se atreva! Lembre-se de que jurou não contar! – exclamou Dovie.

Nan a encarou. Era verdade que ela prometera. E a mamãe sempre dizia para nunca quebrar uma promessa.

Bom, acho que também vou embora – disse Dovie, que não estava gostando nem um pouco da aparência da outra menina.

Ela pegou a sombrinha e saiu correndo, com as pernas gorduchas e brancas destacando-se ao sol sobre o velho cais. Deixava para trás uma criança de coração partido, parada em meio às ruínas do pequeno universo. Dovie não se importava. "Sonsa" não chegava a descrever Nan; não era muito divertido enganá-la. É claro que ela contaria para a mãe assim que chegasse em casa e descobriria que tudo era uma farsa.

– Ainda bem que voltarei para casa no domingo – refletiu Dovie.

Nan permaneceu no cais pelo que parecia ter sido horas... Cega, arrasada, desesperada. Ela não era filha da mamãe! Ela era filha do Jimmy Seis-Dedos... De quem ela sempre tivera um pavor secreto, simplesmente por ter seis dedos. Nan não tinha direito de viver em Ingleside, sendo amada pela mamãe e pelo papai.

– Ah! – Foi o gemido lastimável dela. A mamãe e o papai não a amariam mais se descobrissem. Todo o amor deles iria para Cassie Thomas. Nan levou a mão à testa. – Estou zonza.

CAPÍTULO 31

– Por que não está comendo, meu anjo? – perguntou Susan durante o jantar.

– Você ficou muito tempo no sol, querida? – perguntou a mamãe, preocupada. – Está com dor de cabeça?

– Si-i-im – disse Nan. – Mas não era a cabeça dela que doía. Ela estava contando uma mentira para a mamãe? Se sim, quantas mais teria de contar? Pois Nan sabia que nunca mais conseguiria comer... Não enquanto soubesse da verdade terrível. E sabia que jamais poderia contar à mãe. Não tanto por causa da promessa... Susan não tinha dito ser melhor quebrar uma promessa ruim do que mantê-la? Era mais por causa da dor que causaria. De alguma forma, Nan sabia sem dúvida nenhuma que isso machucaria sua mãe profundamente. Mamãe não podia... não deveria... ser magoada. Nem o papai.

Ainda assim, havia Cassie Thomas. Ela não a chamaria de Nan Blythe. Nan não sabia descrever a sensação ruim de pensar na Cassie Thomas sendo chamada de Nan Blythe. Era como se estivesse sendo apagada da existência. Se ela não era Nan Blythe, ela não era ninguém! Ela se recusava a ser Cassie Thomas.

No entanto, Cassie Thomas a assombrava. Durante uma semana, Nan sentiu-se acossada por ela... Uma semana miserável em que Anne e Susan se preocuparam imensamente com a menina que não comia, não brincava e, como disse Susan, "andava amuada pelos cantos". Era porque a Dovie Johnson tinha ido embora? Nan disse que não. Nan disse que não era nada. Ela só estava cansada. O papai a examinou e prescreveu um remédio, que ela tomou sem reclamar. Não era tão ruim quanto o óleo de rícino, mas até o óleo de rícino não significava nada agora. Nada tinha importância, exceto Cassie Thomas... E a terrível dúvida que emergira da sua mente confusa e a possuíra.

A Cassie Thomas não deveria recuperar seus direitos?

Era justo que ela, Nan Blythe (Nan agarrava-se à identidade freneticamente), tivesse todas as coisas negadas a Cassie Thomas e que eram dela por direito? Não, não era justo. Ela tinha a mais desoladora certeza de que não. Nan tinha um senso de justiça muito forte. E tornava-se cada vez mais pungente o fato de que Cassie Thomas merecia saber a verdade.

Afinal, talvez ninguém fosse se importar muito. A mamãe e o papai ficariam um pouco chateados no início, é claro, mas, tão logo descobrissem que Cassie Thomas era a filha deles, todo o amor iria para ela, e Nan seria esquecida. A mamãe iria beijar Cassie Thomas e cantar para ela nos fins de tarde de verão... a música preferida de Nan:

"Eu vi um barco navegando, navegando no mar
E ah! Ele vinha cheio de coisas lindas para me presentear."

Nan e Di falavam com frequência do dia em que o barco delas viria. Agora, porém, as coisas lindas, a parte que lhe pertencia, pelo menos, seria de Cassie Thomas. A menina ficaria com o papel dela de Rainha das Fadas na peça da escola dominical e usaria a deslumbrante tiara de lantejoulas. Como Nan havia esperado por isso! Susan faria tortinhas de frutas para Cassie Thomas, e Amentilho ronronaria para ela. Cassie

Thomas brincaria com as bonecas de Nan na casinha com tapetes de musgo no bosque de bordos e dormiria na cama dela. Será que Di iria gostar? Ela chamaria Cassie Thomas de irmã?

Havia chegado o dia em que Nan soube que não iria aguentar mais. Ela precisava fazer o certo. Ela iria até Harbour Mouth e contaria aos Thomas a verdade. Eles falariam com a mamãe e o papai. Nan simplesmente não conseguiria fazer isso.

Nan sentiu-se um pouco melhor ao tomar essa decisão, mas ficou muito, muito triste. Ela tentou comer um pouco durante o jantar, pois aquela seria sua última refeição em Ingleside.

"Sempre chamarei a mamãe de mamãe", pensou Nan, desalentada. "E jamais chamarei o Jimmy Seis-Dedos de 'pai'. Direi 'senhor Thomas' com muito respeito. Com certeza ele não se importará."

Contudo, era como se algo estivesse entalado na garganta. Olhou para Susan, cujo olhar prometia o óleo de rícino. Ela mal sabia que Nan não estaria ali na hora de ir dormir. Cassie Thomas que o tomaria. Era a única coisa da qual a menina não invejava Cassie Thomas.

Nan saiu imediatamente após o jantar. Ela precisava ir antes que escurecesse, do contrário sua coragem falharia. Ela não ousara trocar o vestido de brincar de algodão xadrez, por medo de Susan ou a mamãe perguntarem o motivo. Além disso, todos os vestidos bonitos dela pertenciam a Cassie Thomas. Mas ela colocou o avental novo que Susan havia feito para ela. Era um belo avental, com as bordas onduladas e bordadas em vermelho vivo. Nan amava aquele avental. Cassie Thomas com certeza não iria ficar brava.

Ela atravessou a vila, passou pela estrada do cais e seguiu em direção ao porto. Era uma figura galante e indômita. Nan não fazia ideia de que era uma heroína. Pelo contrário, sentia muita vergonha de si mesma, pois era muito difícil fazer o que era certo e justo, e muito difícil não odiar Cassie Thomas, muito difícil não temer Jimmy Seis-Dedos, e muito difícil não dar meia-volta e correr para Ingleside.

O céu estava coberto de nuvens baixas. Uma nuvem escura pairava sobre o mar, como um imenso morcego. Relâmpagos inquietos brincavam sobre o porto e as colinas repletas de árvores. O aglomerado de casas dos pescadores em Harbour Mouth estava banhado pela luz rubra que escapava da nuvem. Poças de água aqui e ali reluziam como grandes rubis. Um navio silencioso de velas brancas atravessava as dunas escuras e enevoadas, atendendo o chamado misterioso do oceano; as gaivotas grasnavam estranhamente.

Nan não gostou do cheiro das casas dos pescadores ou dos grupos de crianças sujas que brincavam e lutavam aos berros na areia. Elas olharam com curiosidade para Nan quando ela parou para perguntar onde ficava a casa do Jimmy Seis-Dedos.

– Aquela ali – disse um garoto, apontando. – O que quer com ele?

– Obrigado – disse Nan, virando-se.

– Essas são as suas boas maneiras? – gritou uma garota. – Metida demais para responder a uma pergunta civilizada!

O garoto entrou na frente dela.

– Está vendo a casa atrás da dos Thomas? Ali mora uma serpente do mar, e eu vou trancar você nela se não me disser o que quer com Jimmy Seis-Dedos.

– Vamos, senhorita Orgulhosa – provocou uma garota maior. – Você é de Glen, e todos de lá se acham o máximo. Responda à pergunta do Bill!

– Se não tomar cuidado – disse outro garoto –, vou afogar alguns gatinhos, e é muito provável que afogue você também.

– Se tiver uma moeda, vendo para você um dente – disse uma garota de sobrancelhas pretas, sorrindo. – Arranquei um ontem.

– Não tenho nenhum dinheiro, e o seu dente não teria serventia nenhuma para mim – disse Nan, juntando um pouco de coragem. – Deixem-me em paz.

– Não fale assim comigo! – disse a garota da sobrancelha preta.

Nan começou a correr. O garoto da serpente do mar colocou o pé na frente e a derrubou. Nan caiu de bruços na areia molhada pela maré. Os outros gargalharam.

– Agora ela não vai mais andar por aí com o nariz empinado – disse a garota das sobrancelhas pretas. – E nem vai vir aqui desfilar com o avental bordado!

Então alguém exclamou:

– O barco do Blue Jack está chegando! – E todos correram. A nuvem escura estava ainda mais baixa, e todas as poças de cor rubi pareciam acinzentadas.

Nan se recompôs. Seu vestido estava ensopado, e as meias sujas; porém, ela estava livre dos torturadores. Será que aqueles seriam seus futuros colegas de brincadeiras?

Ela não deveria chorar... Não podia chorar! Subiu as tábuas de madeira tortas que levavam até a porta do Jimmy Seis-Dedos. Como todas as casas em Harbour Mouth, a do Jimmy Seis-Dedos havia sido construída sobre blocos de madeira para ficar fora do alcance de marés incomumente altas, e o espaço embaixo era um amontoado de pratos quebrados, latas vazias, armadilhas de lagostas antigas e todo tipo de lixo. A porta estava aberta, e Nan viu uma cozinha como nunca vira antes. O piso rude estava imundo, e o teto manchado e preto de fumaça. Os restos de uma refeição encontravam-se sobre uma mesa de madeira velha e vacilante, e moscas pretas e gordas amontoavam-se sobre eles. Uma mulher de cabelos grisalhos e emaranhados estava sentada em uma cadeira de balanço com um bebê gorducho... um bebê cinza de tanta sujeira.

"Minha irmã", pensou Nan.

Não havia sinal de Cassie ou de Jimmy Seis-Dedos; Nan sentiu-se agradecida pela ausência do último.

– Quem é você e o que quer? – disse a mulher grosseiramente.

Ela não a convidou, mas Nan entrou mesmo assim. Começava a chover lá fora, e um trovão fez a casa estremecer. Nan sabia que precisava dizer o que viera dizer antes de lhe faltar coragem, ou então ela sairia correndo para bem longe daquela casa horrível, daquele bebê horrível e daquelas moscas horríveis.

– Gostaria de ver Cassie, por favor – disse. – Tenho algo importante para lhe contar.

– Não me diga! – disse a mulher. – Deve ser importante, a julgar pelo seu tamanho. Bem, Cassie não está em casa. O pai dela foi até Upper Glen e a levou junto, e, com essa tempestade se aproximando, não dá para saber quando voltará. Sente-se.

Nan sentou-se em uma cadeira quebrada. Ela sabia que os habitantes de Harbour Mouth eram pobres, mas não havia imaginado algo do tipo. A senhora Tom Fitch morava em Glen e era pobre, só que a casa dela era limpa e arrumada como Ingleside. Claro, todo mundo sabia que Jimmy Seis-Dedos bebia tudo que ganhava. E aquele seria o lar dela dali em diante!

"Enfim, tentarei limpá-lo", pensou Nan, desolada. Seu coração parecia feito de chumbo. A chama do autossacrifício que a compelira havia se extinguido.

– Por que você quer conversar com Cass? – perguntou a senhora Seis-Dedos com curiosidade, limpando o rosto sujo do neném com um avental ainda mais sujo. – Se for sobre a peça da escola dominical, ela não pode ir e ponto final. Ela não tem nada para vestir. Eu pergunto a você: como eu conseguiria comprar uma roupa para ela?

– Não, não é sobre a peça – disse Nan, com seriedade. Era melhor contar à senhora Thomas a história toda. Ela iria ficar sabendo, de qualquer forma. – Vim contar a ela que... que... que ela sou eu, e eu sou ela!

Talvez ela devesse perdoar a senhora Seis-Dedos por não ter considerado aquilo muito lúcido.

– Você deve estar louca – disse ela. – O que diabos isso significa?

Nan ergueu a cabeça. O pior já tinha passado.

– Cassie e eu nascemos na mesma noite e... e... a enfermeira nos trocou porque tinha raiva da minha mãe, e... e... Cassie deveria estar vivendo em Ingleside, tendo todas as vantagens.

A última frase Nan tinha ouvido a professora da escola dominical usar e achou que daria um final digno ao seu péssimo discurso.

A senhora Seis-Dedos a encarou.

– Quem está louca, você ou eu? Isso não faz nenhum sentido. Quem disse a você essa asneira?

– Dovie Johnson.

A senhora Seis-Dedos jogou para trás a cabeça despenteada e riu. Estava suja e desarrumada, mas tinha uma risada muito bonita.

– Eu deveria saber. Passei o verão lavando as roupas para a tia dela, e aquela criança é insuportável. Como ela gosta de enganar os outros! Bem, senhorita Não-Sei-o-Seu-Nome, é melhor não acreditar nas balelas da Dovie ou vai se dar mal.

– Quer dizer então que não é verdade? – perguntou Nan, espantada.

– Muito provavelmente. Santo Deus, você deve ser muito ingênua para ter caído nessa. Cass deve ser um ano mais velha do que você. Qual é o seu nome, afinal de contas?

– Sou Nan Blythe. – Ah, que lindo! Ela era Nan Blythe!

– Nan Blythe! Uma das gêmeas de Ingleside! Ora, eu me lembro da noite em que você nasceu. Eu tinha ido até Ingleside dar um recado, na ocasião. Eu ainda não era casada com o Seis-Dedos... E quem dera não tivesse me casado... A mãe da Cass ainda era viva e saudável, e a menina estava começando a falar. Você se parece com a mãe do seu pai... Ela também estava lá naquela noite, transbordando de orgulho das netas gêmeas. Não consigo entender como você acreditou em uma bravata dessas...

– Tenho o hábito de acreditar nas pessoas – disse Nan, levantando-se com certa altivez, sentindo-se deliradamente feliz para querer afrontar a senhora Seis-Dedos.

– Bem, no mundo em que vivemos, é melhor abandonar esse hábito – disse a senhora Seis-Dedos com cinismo. – E pare de andar com crianças que gostam de enganar você. Sente-se, menina. Não pode ir para casa enquanto esse pé-d'água não parar. Está chovendo canivetes lá fora e está um breu. Ora, foi embora... Ela foi embora!

Nan já havia desaparecido no aguaceiro. Ela chegou em casa em meio à tempestade graças ao júbilo proveniente das revelações da senhora Seis-Dedos. O vento a açoitava, a chuva caía incansavelmente, e os trovões assustadores davam a impressão de que o mundo estava prestes a se partir ao meio. Apenas os clarões azulados dos raios lhe davam vislumbres da estrada. Por fim, chegou a Ingleside, exausta e pingando.

A mãe dela correu e a abraçou.

– Querida, você nos deu um susto! Onde você estava?

– Só espero que Jem e Walter não morram de pneumonia por saírem à sua procura na chuva – disse Susan, com a dureza da tensão vivida na voz.

Nan quase foi sufocada. Ela mal conseguia arfar, presa entre os braços da mãe.

– Ah, mamãe, eu sou eu... de verdade. Não sou Cassie Thomas, e nunca mais serei outra pessoa além de mim.

– A coitadinha está delirando – disse Susan. – Deve ter comido algo que não fez bem.

Anne deu um banho em Nan e a colocou na cama, e então ouviu toda a história.

– Ah, eu sou mesmo filha sua, mamãe?

– É claro, querida. Por que você achou que não fosse?

– Nunca achei que Dovie pudesse me contar uma mentira... Não a Dovie. Mamãe, como podemos acreditar em alguém? A Jen Penny contou absurdos para Di...

– Elas são apenas duas garotas, dentre todas que conhece, meu amor. Seus outros colegas nunca lhe contaram algo que não fosse verdade.

Há pessoas assim no mundo, adultos e crianças. Quando estiver um pouco mais velha, conseguirá separar melhor "o joio do trigo".

– Mamãe, eu gostaria que Walter e Jem não descobrissem que fui feita de boba.

– Eles não precisam descobrir. Di foi para Lowbridge com o papai, e os meninos só precisam saber que você foi pega pela tempestade enquanto voltava pela Harbour Road. Você foi tola em acreditar na Dovie, mas foi uma garotinha muito nobre e corajosa por ter ido oferecer a Cassie Thomas o que achava ser o direito dela. A mamãe está orgulhosa de você.

A tempestade havia terminado. A lua iluminava um mundo fresco e contente.

Mais tarde, Gilbert e Anne foram espiar os rostinhos doces que dormiam tão próximos um do outro. Diana dormia com os cantos da boquinha firmemente tesos, enquanto Nan havia adormecido com um sorriso. Gilbert tinha ouvido a história toda e ficara tão bravo que Dovie Johnson poderia considerar-se sortuda por estar a cinquenta quilômetros de distância. Anne, no entanto, estava com a consciência pesada.

– Eu deveria ter descoberto o que a estava afligindo. Só que eu estava ocupada demais com outras coisas nesta semana... Coisas que não tinham importância nenhuma comparadas com a felicidade de uma criança. E pensar no quanto a pobrezinha sofreu!

Arrependida, ela curvou-se sobre os filhos. Eles ainda eram dela... Inteiramente dela, para amá-los e protegê-los. E seriam por mais alguns anos... E depois? Anne estremeceu. Ser mãe era muito bom, mas muito assustador.

– Pergunto-me o que a vida lhes reserva – sussurrou ela.

– O que podemos fazer é torcer para que todos consigam um bom partido, como a mãe deles – provocou Gilbert.

CAPÍTULO 32

– Então, a Sociedade Assistencial das Damas fará a sessão de costura em Ingleside – disse o doutor. – Prepare a nossa melhor louça, Susan, e providencie mais vassouras para limpar os cacos de reputações depois.

Susan sorriu com a condescendência de uma mulher tolerante com falta de compreensão masculina para coisas vitais, por mais que não tivesse motivos para sorrir, não até todos os preparativos para a reunião da Sociedade Assistencial das Damas estarem prontos.

– Torta de frango – continuou a murmurar –, purê de batatas e creme de ervilhas como prato principal. E seria uma ótima oportunidade para estrear a nova toalha de mesa rendada, querida senhora. Nunca se viu algo parecido com isso em Glen, e acredito que fará sucesso. Mal posso esperar para ver a expressão da Annabel Clow quando olhar para a mesa. Você também usará a nova cesta de flores azul e prata?

– Sim, repleta de peônias e samambaias amarelo-esverdeadas do bosque de bordos. E quero que coloque três dos seus magníficos gerânios cor-de-rosa em algum lugar próximo a ela, na sala de estar, se formos ficar ali, ou na balaustrada da varanda, se o clima estiver propício para trabalharmos lá fora. O jardim nunca esteve tão bonito quanto neste verão, Susan. Se bem que eu digo isso em todos os outonos também, não?

Havia muita coisa a decidir. Quem se sentaria onde? Por exemplo, a senhora Simon Millison não podia ficar ao lado da senhora William McCreery, porque as duas nunca se falavam por causa de uma velha rixa obscura dos tempos da escola. E também havia a questão de quem convidar, pois era um privilégio da anfitriã chamar alguns convidados que não eram da Sociedade Assistencial.

– Vou convidar a senhora Best e a senhora Campbell – disse Anne.

Susan não tinha tanta certeza.

– Elas são recém-chegadas, querida senhora... – alegou, como se dissesse "elas são crocodilos".

– O doutor e eu já fomos recém-chegados, Susan.

– Mas o tio do doutor morou aqui durante anos, antes disso. Ninguém sabe nada sobre essas famílias. Enfim, a casa é sua, querida senhora, e quem sou eu para opor-me a qualquer pessoa que deseja convidar? Lembro-me de uma sessão para costura na casa da senhora Carter Flagg, muitos anos atrás, em que a senhora Flagg convidou uma mulher estranha. Ela foi com um vestido de flanela, querida senhora. Disse que não considerava uma reunião da Sociedade das Damas uma ocasião para vestir-se bem! Pelo menos não precisamos temer que isso aconteça com a senhora Campbell. Está sempre arrumada, por mais que eu não me imagine usando azul-hortênsia para ir à igreja.

Anne tampouco, mas não ousou sorrir.

– Acho que o vestido combinou perfeitamente com os cabelos grisalhos da senhora Campbell, Susan. Aliás, ela quer a sua receita de conserva de groselha com especiarias. Disse que a experimentou em um jantar na casa dos Harvest e a achou deliciosa.

– Ah, querida senhora, não é todo mundo que consegue fazer conserva de groselha com especiarias... – E o vestido azul-hortênsia não foi mais mencionado. A senhora Campbell poderia aparecer usando trajes típicos das Ilhas Fiji, se quisesse, que Susan não encontraria defeitos.

Os meses jovens haviam envelhecido, todavia o outono ainda se lembrava do verão, e aquele parecia mais um dia de junho do que de outubro. Todos os membros da Sociedade Assistencial das Damas compareceram, ansiosos para uma boa dose de fofocas e um belo jantar em Ingleside e, se possível, alguma novidade da moda, já que a esposa do doutor visitara recentemente a cidade.

Susan, sem se deixar abater pelas responsabilidades culinárias que lhe foram designadas, andava de um lado para o outro, mostrando às damas o quarto de hóspedes, tranquilizada pela certeza de que nenhuma delas possuía um avental com bordas de crochê de doze centímetros, feitos com fios de renda número cem. Susan havia ganhado o primeiro lugar na feira de Charlottetown na semana anterior com aquele trabalho em renda. Ela e Rebecca Dew tinham combinado de passar o dia juntas, e a Susan que retornou era a mulher mais orgulhosa da Ilha do Príncipe Edward.

Susan tinha total controle de suas expressões, mas seus pensamentos tinham vida própria e, às vezes, surgiam com uma pitada de malícia.

"Celia Reese está aqui, procurando alguma coisa para tirar sarro, como sempre. Bem, ela não encontrará nada na mesa do jantar, isso eu garanto. Myra Murray está usando veludo vermelho. Um pouco suntuoso demais para uma sessão de costura, na minha opinião, ainda que não negue que fique bem nela. Pelo menos não é flanela. Agatha Drew e seus óculos presos por uma correntinha, como de costume. Sarah Taylor... Pode ser a última reunião dela da Sociedade. O médico diz que o coração dela está muito fraco, mas não o espírito! A senhora Donald Reese... Graças a Deus, não trouxe consigo Mary Anna, o que não muda o fato de que ouviremos bastante a respeito dela. Jane Burr de Upper Glen. Ela não é membro da Sociedade. Bem, vou contar os talheres depois do jantar, pode ter certeza. Todos daquela família são gatunos. Candace Crawford... não tem o costume de ir às reuniões, mas uma sessão de costura é um ótimo lugar para exibir as mãos bonitas e o anel de diamantes. Emma Pollock, com a anágua aparecendo por debaixo do vestido, é óbvio. É uma bela mulher, ainda que seja avoada como todos em sua família. Tillie MacAllister não vai derrubar a geleia na toalha de mesa como fez na casa da senhora Palmer. Martha Crothers fará uma refeição decente, para variar. Uma pena o marido dela não poder ter vindo. Ouvi dizer que ele só pode comer nozes, ou algo do tipo. A senhora Baxter, esposa do presbítero... Dizem que ele finalmente conseguiu afugentar Harold Reese de perto da Mina. Harold nunca teve muita fibra, e correr atrás daquilo que desejamos não é para os fracos de coração, como diz o Livro Sagrado. Bem, temos pessoas suficientes para fazer duas colchas, e mais algumas para passar a linha na agulha."

As colchas foram estendidas na ampla varanda, onde as agulhas e as línguas trabalhavam ativamente. Anne e Susan estavam a todo vapor com os preparativos na cozinha, e Walter, que não foi à escola naquele dia por causa de uma leve dor de garganta, estava agachado embaixo dos degraus da varanda, oculto das costureiras por uma cortina de vinhas. Elas diziam coisas tão surpreendentes e misteriosas... Coisas para se ficar pensando depois e com as quais era possível tecer histórias, coisas que refletiam as cores e as sombras, as comédias e as tragédias, as alegrias e os pesares de cada clã de Four Winds.

De todas as mulheres presentes, Walter gostou mais da senhora Myra Murray, com a risada fácil e contagiante e as rugas que surgiam ao redor dos olhos ao sorrir. Era capaz de contar a mais trivial das histórias e fazê-la parecer dramática e vital; alegrava a vida aonde quer que fosse e estava muito bonita com o vestido de veludo vermelho-cereja, as ondas suaves nos cabelos pretos e as pedrinhas rubras dos pingentes dos brincos. A senhora Tom Chubb, magra como uma agulha, era a de que menos gostava. Talvez porque a ouvira referir-se a ele como "uma criança enferma" certa vez. Ele achava a senhora Allan Milgrave parecida com uma galinha cinza e que a senhora Grant Clow era idêntica a um barril com pernas. A jovem esposa do senhor David Ransome, com os cabelos cor de caramelo, era muito linda, "linda demais para um fazendeiro", Susan dissera quando Dave casou-se com ela. A jovem recém-casada, a senhora Morton MacDougall, parecia um crisântemo branco sonolento. Edith Bailey, a costureira de Glen, com os cachos grises e os olhos negros vivazes, não parecia uma "solteirona". Ele gostou da senhora Meade, a mais idosa das mulheres ali presentes, que tinha olhos gentis e tolerantes e ouvia muito mais do que falava, e não gostou da Celia Reese, com seu olhar furtivo e debochado, como se estivesse rindo de todo mundo.

Elas ainda não haviam começado a falar realmente. Estavam discutindo o clima e decidindo se costurariam desenhos de leques ou de diamantes nas colchas. Walter refletia sobre a beleza daquele dia rico, do imenso gramado com as magníficas árvores, e do mundo que parecia ter sido envolto pelos braços dourados de algum ser supremo. As folhas caíam lentamente, mas as nobres malvas-brancas ainda se destacavam contra o muro de tijolos e os álamos balançavam com o vento ao longo do caminho até o celeiro. Walter estava tão absorto nos encantos ao redor dele que a conversa das costureiras já estava acalorada quando o pronunciamento da senhora Simon Millison o fez recobrar a consciência.

– Aquela família era notória pelos funerais sensacionais. Quem estava presente no funeral do Peter Kirk jamais se esquecerá do que aconteceu.

Walter aguçou os ouvidos. Aquilo soava interessante. Só que, para a decepção do menino, a senhora Simon não contou o que tinha acontecido. Todo mundo ali provavelmente havia comparecido ao funeral ou já tinha ouvido a história.

("Então, por que todos parecem tão desconfortáveis?")

– Não há dúvida, tudo que Clara Wilson disse sobre Peter era verdade, mas o pobre homem está morto e enterrado. É melhor deixá-lo descansar em paz – disse a senhora Tom Chubb em tom de repreensão, como se alguém tivesse proposto exumá-lo.

– A Mary Anna fala coisas tão inteligentes – disse a senhora Donald Reese. – Sabem o que ela disse no outro dia, quando estávamos indo para o funeral da Margaret Hollister? "Mamãe, vai ter sorvete no funeral?"

Algumas mulheres trocaram sorrisinhos furtivos. A maioria ignorou a senhora Donald. Era a única saída quando ela enfiava Mary Anna na conversa, como sempre fazia. Qualquer demonstração de encorajamento, por menor que fosse, era suficiente para enlouquecer a todos. "Sabe o que Mary Anna disse?" era um famoso bordão em Glen.

– Por falar em funerais – disse Celia Reese –, houve um muito estranho em Mowbray Narrows quando eu era criança. Stanton Lane viajou para o Oeste, e depois de um tempo veio a notícia de que havia morrido. A família mandou o dinheiro para trazerem o corpo e, quando chegou, Wallace MacAllister, o agente funerário, aconselhou que o caixão não fosse aberto. O funeral estava indo bem até que o próprio Stanton Lane entrou pela porta, esbanjando saúde. Nunca descobriram de quem era aquele cadáver.

– O que fizeram com o corpo? – perguntou Agatha Drew.

– Ah, foi enterrado. Wallace disse que não dava para esperar mais. Só que aquilo deixou de ser um funeral, com todo mundo tão feliz com o regresso do Stanton. O senhor Dawson trocou o último hino de "Confortai-vos, Cristãos" para "Uma Surpresa Divina", mas a maioria dos presentes achou que ele deveria ter tocado o primeiro.

– Sabem o que Mary Anna disse para mim no outro dia? "Mamãe, os ministros da igreja sabem de tudo?"

– O senhor Dawson sempre perdia a cabeça diante de um imprevisto – disse Jane Burr. – Upper Glen fazia parte da paróquia dele naquela época, e eu me lembro de que certa vez ele dispensou a congregação e em seguida lembrou-se de não ter coletado o dízimo. E o que o senhor Dawson fez? Pegou o prato de coleta e foi atrás das pessoas no pátio. Um monte de gente que nunca contribuía com nada naquele dia o fez. Eles não queriam dizer não ao ministro. Mas não foi uma atitude muito digna para ele.

– A única coisa que eu tinha contra o senhor Dawson eram as orações excessivamente longas nos funerais. Eram tão exaustivas que as pessoas chegavam a ficar com inveja do morto. Ele passou dos limites no enterro da Letty Grant. Quando vi que a mãe dela estava a ponto de desmaiar, eu dei-lhe um cutucão nas costas com a sombrinha e falei que ele já tinha rezado demais.

– Ele enterrou o meu pobre Jarvis – disse a senhora George Carr, com os olhos marejados. – Ela sempre chorava ao falar do marido, embora ele tivesse morrido há vinte anos.

– O irmão dele também era ministro – disse Christine Marsh. – Ele visitou Glen quando eu era pequena e foi um dos oradores em um concerto que tivemos no *hall*. Estava muito nervoso e não parava de ajeitar a cadeira e colocá-la para trás, cada vez mais, até que caiu do palco sobre os vasos de flores e plantas colocados na base. Só dava para ver os pés dele esticados para cima. Os pés dele eram enormes.

– O funeral do Lane pode ter sido uma decepção – disse Emma Pollock –, mas pelo menos foi melhor do que não ter tido nenhum funeral. Lembram-se da confusão no enterro do senhor Cromwell?

A recordação provocou um coro de risadas.

– Vamos ouvir a história – disse a senhora Campbell. – Sou nova aqui, e as sagas das famílias são novidade para mim.

Emma não sabia o que "saga" queria dizer, mas adorava contar uma história.

– Abner Cromwell morava perto de Lowbridge, em uma das maiores fazendas do distrito, e era membro do parlamento da província. Foi um ferrenho conservador e tinha amizade com todas as figuras importantes da Ilha. Sua esposa era Julie Flagg, cuja mãe era uma Reese, e a avó, uma Clow; sendo assim, ele também tinha ligação com quase todas as famílias em Four Winds. Certo dia, saiu uma notícia no *Daily Enterprise*. O senhor Abner Cromwell havia morrido subitamente em Lowbridge, e o funeral seria às duas horas da tarde seguinte. Por algum motivo, os Cromwell não viram a notícia. E é claro que não existiam telefones rurais naquele tempo. Na manhã seguinte, Abner foi a uma convenção do partido liberal em Halifax. Às duas horas, as pessoas começaram a chegar para pegar um bom lugar, imaginando que haveria uma multidão presente, pois Abner era um sujeito muito proeminente. E realmente havia uma multidão, podem acreditar. As estradas nas redondezas ficaram repletas de charretes e carruagens por quilômetros e, às três horas, as pessoas ainda não tinham parado de chegar. A senhora Abner tentava enlouquecidamente convencer a todos de que o marido não tinha falecido. Alguns não acreditaram nela de início. Aos prantos, contou-me que algumas pessoas achavam que ela havia sumido com o corpo. E, quando se convenceram disso, começaram a agir como se ele tivesse de estar morto. Os canteiros de flores dos quais tinha tanto orgulho foram pisoteados. Além disso, parentes distantes chegaram esperando encontrar comida e cama para passarem a noite, e ela não tinha quase nada para oferecer. Julie nunca foi muito precavida, é preciso admitir. Abner chegou dois dias depois e encontrou a esposa prostrada na cama, em um estado de nervos que levou meses para superar. Durante seis meses não comeu nada... Bem, quase nada. Ela supostamente disse que não teria ficado tão abalada se tivesse havido um funeral de verdade. Mas eu nunca acreditei nisso.

– Nunca se sabe – disse a senhora William MacCreery. – As pessoas dizem coisas horríveis. Quando estão nervosas, a verdade aparece. Clarice, a irmã de Julie, cantou no coral como sempre fazia no primeiro domingo depois que o marido morreu.

– Nem mesmo o funeral do marido foi capaz de dar um jeito na Clarice – disse Agatha Drew. – Havia algo de estranho nela. Estava sempre dançando e cantando.

– Eu costumava dançar e cantar... na praia, onde ninguém podia me ouvir – disse Myra Murray.

– Ah, mas você tornou-se mais sensata desde então – disse Agatha.

– Nã-ã-ão, fiquei ainda mais tola – disse Myra Murray vagarosamente. – Tola demais para dançar na praia.

– A princípio – prosseguiu Emma, determinada a terminar a história –, acharam que a notícia tinha sido publicada como uma piada, pois Abner tinha perdido a eleição alguns dias antes. No entanto, descobriu-se que o anúncio tinha sido feito para uma tal de Amasa Cromwell, a qual vivia nos bosques do outro lado de Lowbridge, e não tinha nenhuma relação com a família de Abner. Bom, ele realmente morreu. Só que isso aconteceu um tempo depois, mas antes das pessoas o perdoarem pela decepção, se é que perdoaram.

– Bem, foi muito inconveniente percorrer toda aquela distância, em plena época da colheita, para descobrir que a viagem tinha sido em vão – disse a senhora Chubb, na defensiva.

– Em geral, as pessoas gostam de funerais – disse a senhora Donald Reese, animada. – Somos todos como crianças, eu acho. Eu levei Mary Anna ao funeral do tio dela, o Gordon, e a menina adorou. "Mamãe, podemos desenterrá-lo e voltar a enterrá-lo outra vez? Foi divertido."

Todas riram dessa vez, exceto a senhora Baxter, que ergueu o rosto fino e espetou a colcha sem dó. Nada mais era sagrado, hoje em dia. Todos debochavam de tudo. Como esposa do presbítero, ela não iria rir de nada relacionado a um funeral.

– Por falar no Abner, lembram-se do obituário que John, o irmão dele, escreveu para a esposa? – perguntou a senhora Allan Milgrave.

– Começava assim: "Deus, por motivos que apenas Ele conhece, levou a minha linda esposa e deixou a esposa feia do meu primo William". Jamais me esquecerei da confusão que isso criou!

– Como uma coisa dessas chegou a ser publicada? – perguntou a senhora Best.

– Ora, John era o editor-chefe do *Enterprise* na época. Ele venerava a esposa, Bertha Morris, e detestava a esposa do William Cromwell porque esta não queria o casamento dele com Bertha. Dizia que Bertha era volúvel.

– Mas era bonita – disse Elizabeth Kirk.

– A mulher mais linda que já vi na vida – concordou a senhora Milgrave. – A beleza está no sangue da família Morris. A inconstância também... São como o vento. Ninguém sabe como ela não mudou de ideia antes de se casar com John. Dizem que a mãe manteve o pulso firme. Bertha estava apaixonada por Fred Reese, que era um notório paquerador. "Mais vale um pássaro na mão do que dois voando", a senhora Morris disse para ela.

– Tenho ouvido esse provérbio a minha vida inteira – disse Myra Murray –, e me pergunto se é verdade. Talvez os pássaros voando pudessem cantar, e aquele na mão, não.

Ninguém sabia o que dizer, com exceção da senhora Tom Chubb.

– Você é sempre tão excêntrica, Myra.

– Sabem o que a Mary Anna disse para mim, outro dia? – perguntou a senhora Donald. – "Mamãe, o que eu farei se ninguém me pedir em casamento?"

– Nós, as solteironas, podemos responder a essa pergunta, não podemos? – perguntou Celia Reese, cutucando Edith Bailey com o cotovelo. Celia não gostava dela porque a Edith ainda era muito bonita, e ainda estava no páreo.

– Gertrude Cromwell era feia – disse a senhora Grant Clow. – Tinha o corpo reto como uma tábua. Lavava as cortinas todos os meses, enquanto a Bertha lavava as dela uma vez por ano, e olhe lá. E as persianas dela estavam sempre tortas. Gertrude dizia que sentia arrepios só de passar na frente da casa de John Cromwell. Mas John Cromwell venerava Bertha, e William apenas suportava Gertrude. Homens são estranhos. Dizem que William perdeu a hora na manhã do casamento e vestiu-se com tanta pressa que chegou à igreja com sapatos velhos e meias diferentes.

— Bem, não foi pior do que aconteceu com Oliver Random — riu a senhora George Carr. — Ele se esqueceu de encomendar um terno, e seu traje de igreja estava fora de questão, por causa dos remendos. Aí, ele pegou emprestado o terno do irmão, mas era muito curto.

— Pelo menos William e Gertrude se casaram — disse a senhora Simon. — Não foi o caso da irmã dela, Caroline. Ela e Ronny Drew brigaram por causa de qual ministro iriam escolher para a cerimônia e cancelaram o casamento. Ronny ficou tão bravo que se casou com Edna Stone antes de ter a chance de esfriar a cabeça. Caroline foi ao casamento. Ela manteve a cabeça erguida, mas parecia estar vendo a morte.

— Pelo menos Caroline controlou a língua — disse Sarah Taylor. — A Philippa Abbey, não. Quando Jim Mowbray a largou, foi ao casamento dele e passou a cerimônia dizendo os maiores amargores em alto e bom som. Eram todos anglicanos, é óbvio — concluiu Sarah Taylor, como se isso explicasse qualquer capricho.

— Ela foi mesmo à recepção usando todas as joias que o Jim lhe deu durante o noivado? — perguntou Celia Reese.

— Não, de forma alguma! Não sei de onde surgem essas histórias. Algumas pessoas parecem não fazer nada além de repetir fofocas. Ouso dizer que Jim Mowbray passou a vida desejando ter ficado com a Philippa. A esposa cuidava bem dele, mantinha-o na rédea curta... Se bem que ele sempre se divertia muito na ausência dela.

— A única vez em que eu vi Jim Mowbray foi na noite em que os besouros quase espantaram a congregação no culto de aniversário em Lowbridge — disse Christine Crawford. — E o que os insetos não fizeram,

Jim Mowbray fez. Era uma noite quente, e todas as janelas estavam abertas. Os besouros simplesmente entraram aos montes, centenas deles. Algumas mulheres ficaram histéricas quando os insetos voaram no rosto delas. A esposa do novo ministro estava sentada bem na minha frente... a senhora Peter Loring. Ela usava um grande chapéu de renda com plumas.

– O estilo de se vestir dela sempre foi considerado extravagante demais para a esposa de um ministro da igreja – interpolou a senhora Baxter.

– Deixe-me espantar aquele inseto do chapéu da esposa do pregador – ouvi Jim Mowbray sussurrar. Ele estava sentado bem atrás dela. Inclinando-se para a frente, deu um tapa no besouro e errou, acertando em cheio no chapéu, que foi arremessado e quicou pelo corredor até o altar. Jim quase teve um ataque. Quando o ministro viu o chapéu da esposa aproximando-se pelo ar, perdeu o fio da meada do sermão e, não conseguindo encontrá-lo, desistiu de continuar. O coro cantou o último hino, espantando os insetos o tempo todo. Jim recolheu o chapéu para a senhora Loring. Ele esperava que fosse ser repreendido, pois diziam que ela era muito rigorosa; porém, apenas o colocou de volta sob a bela cabeleira loira, riu e disse: "Se você não tivesse feito isso, Peter teria continuado por mais vinte minutos, e nós estaríamos à beira da loucura". É claro que foi gentileza da parte dela não ter ficado brava, no entanto as pessoas a recriminaram por ter dito aquilo sobre o marido.

– Você deve se lembrar da história do nascimento dela – disse Martha Crothers.

– Ora, como assim?

– O seu era Bessy Talbot, e ela veio do Oeste. A casa de seu pai pegou fogo certa noite, e no meio de toda a confusão Bessy nasceu, no jardim, sob as estrelas.

– Que romântico! – disse Myra Murray.

– Romântico! Na minha opinião, não é muito respeitável.

– Mas imagine nascer sob as estrelas! – disse Myra, sonhadora. – Ela deve ter sido uma filha das estrelas: cintilante, linda, corajosa, verdadeira, com uma centelha no olhar.

– Ela era tudo isso – disse Martha –, por influência das estrelas ou não. E passou por maus bocados em Lowbridge, onde todos achavam que esposa de ministro deveria ser séria e recatada. Um dos vicários a flagrou dançando ao redor do berço do filho um dia e disse a ela não ser certo regozijar-se com o filho antes de saber se este era um dos escolhidos de Deus.

– Por falar em bebês, vocês sabem o que Mary Anna perguntou outro dia? "Mamãe, as rainhas têm bebês?"

– Deve ter sido Alexander Wilson – disse a senhora Allan. – Um ranzinza por natureza. Não permitia que a família dissesse uma palavra sequer durante as refeições, segundo me contaram. Quanto às risadas... Nunca existiram na casa dele.

– Imaginem uma casa sem risadas! – disse Myra.

– Ora, seria... um sacrilégio.

– Alexander tinha acessos de raiva em que passava três dias sem falar com a esposa – continuou a senhora Allan. – Era um alívio para ela.

– Pelo menos era um homem de negócios honesto – disse com severidade a senhora Grant Clow. Diziam que Alexander era primo de quarto grau dela, e os Wilsons eram uma família muito unida. – Deixou quarenta mil dólares quando faleceu.

– Uma lástima ter de os deixar – disse Celia Reese.

– Jeffry, o irmão dele, não deixou um centavo – disse a senhora Clow. – Era o inútil da família, devo admitir. Deus sabe que esse, sim, ria à beça. Gastava tudo o que ganhava. Era amigo de todo mundo. Por fim, morreu na miséria. O que ele ganhou na vida, com toda a boêmia e a vadiagem?

– Não muito, talvez – disse Myra –, mas pense no quanto investiu nela. Estava sempre se doando, esbanjando alegria, simpatia, afabilidade, até mesmo dinheiro. Era rico em amigos, pelo menos, e Alexander nunca teve um amigo na vida.

– Os amigos do Jeff não o enterraram – retrucou a senhora Allan. – Foi o Alexander que fez isso, além de pagar por uma lápide muito boa. Custou cem dólares.

– Entretanto, quando Jeff pediu emprestado cem dólares para uma operação que poderia ter salvo a vida dele, o Alexander não recusou? – perguntou Celia Drew.

– Ora, sejamos um pouco mais caridosas – protestou a senhora Carr. – Afinal, não vivemos em um mar de rosas, e todos têm defeitos.

– Lem Anderson vai se casar com Dorothy Clark hoje – disse a senhora Millison, pensando que já passava da hora de a conversa avançar para um tema mais agradável. – E não faz nem um ano desde quando jurou que iria estourar os miolos se a Jane Elliott não se casasse com ele.

– Rapazes dizem cada coisa... – comentou a senhora Chubb. – Eles mantiveram em segredo. Faz três semanas que a notícia do noivado se espalhou. Conversei com a mãe dele na semana passada, e ela não deu nenhum indício de que haverá um casamento em breve. Não sei se simpatizo com uma mulher capaz de ser uma verdadeira esfinge.

– O que me surpreende é a Dorothy Clark ter aceitado se casar com ele – disse Agatha Drew. – Na primavera passada, achei que ela e Frank Clow iriam ficar juntos.

– Ouvi Dorothy dizer que Frank era um ótimo partido, mas não suportaria ver aquele nariz despontando dos lençóis todas as manhãs ao acordar.

A senhora Baxter estremeceu como uma solteirona e recusou-se a fazer parte das risadas.

– Vocês não deveriam dizer tais coisas diante de uma garota como Edith – disse Celia, piscando para as demais.

— Ada Clark ficou noiva? – perguntou Emma Pollock.

— Não exatamente – disse a senhora Millison. – Ainda há esperanças de que fisgará alguém em breve. Aquelas garotas sabem escolher maridos. Pauline, a irmã dela, casou-se com o melhor fazendeiro do porto.

— Pauline é linda, porém sempre viveu com a cabeça nas nuvens – disse a senhora Milgrave. – Às vezes, acho que nunca vai tomar jeito.

— Ah, vai sim – disse Myra Murray. – Algum dia terá filhos e aprenderá com eles, assim como aconteceu comigo e com você.

— Onde Lem e Dorothy vão viver? – perguntou a senhora Meade.

— Ah, Lem comprou uma fazenda em Upper Glen. Aquela propriedade que era dos Careys, sabe? Onde a pobre senhora Roger Carey assassinou o marido.

— Assassinou o marido!

— Ah, não é como se ele não merecesse, mas todos acharam que ela foi um pouco longe demais. Sim... Veneno para ervas daninhas no chá... Ou foi na sopa? Todo mundo sabia da verdade, e ninguém fez nada. O carretel, por favor, Celia.

— Quer dizer então, senhora Millison, que ela nunca foi acusada ou punida? – espantou-se a senhora Campbell.

— Bem, ninguém queria ver uma vizinha em uma situação dessas. Os Careys eram muito influentes em Upper Glen. Além disso, a mulher chegou ao limite do desespero. É claro que ninguém aprova um assassinato, mas, se alguém já chegou a merecer tal destino, essa pessoa era o Roger Carey. A senhora Roger Carey mudou-se para os Estados Unidos e casou-se novamente. Faz anos que já morreu. O segundo marido viveu mais do que ela. O caso aconteceu quando eu era criança. As pessoas diziam que o fantasma do Roger Carey vagava por aí.

— É óbvio que ninguém acredita em fantasmas nestes tempos modernos – disse a senhora Baxter.

— E por que não? – quis saber Tillie MacAllister. – Fantasmas são interessantes. Conheço um homem que era assombrado por um fantasma que ria e zombava dele. Aquilo o deixava louco. A tesoura, por favor, senhora MacDougall.

Ela teve de pedir duas vezes à recém-casada, que corou intensamente ao entregá-la. Ela ainda não estava acostumada a ser chamada de senhora MacDougall.

– A velha casa da família Truax, do outro lado do porto, foi assombrada durante anos. Ouviam-se batidas e ruídos o tempo todo... Era muito estranho – disse Christine Crawford.

– A família Truax inteira tinha problemas estomacais – disse a senhora Baxter.

– Essas coisas não acontecem com quem não acredita nelas – disse a senhora MacAllister, irritada. – Na Nova Escócia, minha irmã trabalhou em uma casa assombrada por gargalhadas.

– Que fantasma mais divertido! – disse Myra. – Não me importaria com isso.

– Provavelmente eram corujas – disse a senhora Baxter, com seu ceticismo ferrenho.

– Minha mãe via anjos no leito de morte dela – disse Agatha Drew, com um ar de triunfo queixoso.

– Anjos não são fantasmas – disse a senhora Baxter.

– Por falar em mães, como vai o seu tio Parker, Tillie? – perguntou a senhora Chubb.

– Há dias em que está melhor, mas não sabemos o que vai ser dele. Temos de tomar uma atitude... em relação às roupas de inverno, digo. Eu disse para a minha irmã que seria melhor comprarmos vestidos pretos o quanto antes, para não sermos pegas de surpresa quando chegar a hora.

– Sabem o que Mary Ann me disse outro dia? "Mamãe, vou parar de pedir para Deus deixar o meu cabelo cacheado. Faz uma semana que peço todas as noites, e Ele ainda não fez nada."

– Eu venho pedindo algo a Ele há vinte anos – disse com amargura a senhora Bruce Duncan, que ainda não havia falado ou erguido os olhos escuros da costura. Ela era conhecida pelas belas colchas. Talvez porque não permitisse que as fofocas a distraíssem de colocar cada ponto no lugar exato.

Um breve silêncio recaiu sobre o círculo. Todas podiam imaginar qual era o pedido. Mas era algo que não deveria ser discutido em uma roda de costura. A senhora Duncan não voltou a falar.

– É verdade que May Flagg e Billy Carter terminaram e ele está com uma das MacDougalls que vivem do outro lado do porto? – perguntou Martha Crothers, um tempo depois.

– Sim. Só que ninguém sabe o porquê.

– É triste como as coisas pequenas podem destruir um noivado às vezes – disse Candace Crawford. – Vejam o caso do Dick e da Lilian MacAllister. O nariz dele começou a sangrar justo no momento em que começou a se declarar para ela. Teve de ir até o riacho e ali conheceu uma garota que lhe emprestou um lenço. Acabaram apaixonados e se casaram duas semanas depois.

– Vocês ficaram sabendo o que aconteceu com Big Jim MacAllister no sábado passado, na loja do Milt Cooper, em Harbour Head? – perguntou a senhora Simon, considerando já ser a hora de alguém introduzir um tópico mais alegre do que fantasmas e términos. – Ele acostumou-se a sentar sobre o fogão durante o verão. Só que estava frio sábado à noite, e Milt acendeu o fogo. Quando o coitado do Big Jim sentou... Bem, ele queimou o...

A senhora Simon não se atreveu a dizer o que ele havia queimado, mas deu um tapinha no próprio corpo na área em questão.

– O traseiro – disse Walter com muita seriedade, enfiando a cabeça por entre as trepadeiras. Ele sinceramente achava que a senhora Simon não se lembrava da palavra.

As costureiras ficaram atônitas. O menino estivera ali o tempo todo? Todas repassaram os casos contados para certificarem-se de que nenhum fora demasiadamente inapropriado para os ouvidos da criança. Diziam que a esposa do doutor Blythe era muito rígida com o que os filhos ouviam. Antes das línguas paralisadas recobrarem a vida, Anne as chamou para jantar.

– Mais dez minutos, senhora Blythe, e teremos terminado as duas colchas – disse Elizabeth Kirk.

As colchas foram concluídas, levadas para fora, sacudidas, exibidas e admiradas.

– Pergunto-me quem dormirá debaixo delas – disse Myra Murray.

– Talvez uma mãe de primeira viagem, com o filho nos braços – disse Anne.

– Ou crianças pequenas, em uma noite fria – disse inesperadamente a senhorita Cornelia.

– Talvez um pobre idoso reumático fique mais confortável sob elas – disse a senhora Meade.

– Espero que ninguém morra nelas – disse a senhora Baxter com tristeza.

– Sabem o que Mary Anna disse antes de eu vir para cá? – disse a senhora Donald enquanto se acomodavam na sala de jantar. – "Mamãe, não se esqueça de comer tudo o que estiver no prato."

Então, todos se sentaram, comeram e beberam sob a glória de Deus, pois tinham tido uma tarde de trabalho produtiva e havia pouca malícia na maioria das presentes, afinal.

Após o jantar, todos foram embora. Jane Burr acompanhou a senhora Simon Millison até a vila.

– Tenho que me lembrar de todos os acompanhamentos para contar para a mamãe – disse Jane melancolicamente, sem notar que Susan estava contando os talheres. – Ela nunca mais saiu de casa desde que ficou acamada e adora quando eu lhe conto as coisas. O jantar vai ser um deleite para ela.

– Parecia com esses que vemos nas revistas – concordou a senhora Simon, suspirando. – Cozinho muito bem, se me permite dizer, mas não consigo arrumar uma mesa com o menor prestígio de estilo. Quanto ao jovem Walter, eu adoraria lhe dar umas boas palmadas. Que susto ele me deu!

– Suponho que Ingleside esteja repleta de reputações mortas – dizia o doutor.

– Eu não costurei – disse Anne –, sendo assim não ouvi o que elas disseram.

– Você nunca ouve, querida – disse a senhorita Cornelia, que havia ficado para ajudar Susan a dobrar as colchas. Quando você está presente nessas reuniões, elas nunca se deixam levar pelo entusiasmo, pois acham que você não aprova as fofocas.

– Depende do tipo – disse Anne.

– Bem, ninguém disse algo realmente terrível hoje. A maioria das pessoas de quem falaram está morta... ou deveria estar – disse a senhorita Cornelia, recordando a história do funeral frustrado de Abner Cromwell com um sorriso. – Só a senhora Millison que teve de contar mais uma vez a velha história do assassinato do marido de Madge Corey. Não houve nenhum indício de que ela fez isso, exceto o gato morto depois de ter tomado um pouco da sopa. O animal estava doente havia uma semana. Sabe, acho que Roger Corey morreu de apendicite. Todavia ninguém sabia o que era apendicite naquela época, evidentemente.

– E achei uma grande lástima não terem checado – disse Susan. – As colheres estão todas intactas, querida senhora, e nada aconteceu com a toalha de mesa.

– Bem, tenho que ir embora – disse a senhorita Cornelia. – Enviarei algumas costeletas quando Marshall matar o porco.

Walter estava novamente sentado nos degraus, com os olhos cheios de lágrimas. A noite havia caído. De onde ela havia caído? O menino se perguntava. Será que algum grande espírito com asas como as de um morcego a despejava sobre o mundo com uma jarra púrpura? Três abetos velhos e retorcidos pelo vento pareciam bruxas velhas e corcundas subindo a colina, com a lua nascendo ao fundo. Aquilo era um fauno de orelhas peludas, agachado nas sombras? Se abrisse o portão no muro de tijolos, agora, em vez de entrar no jardim conhecido, ele cairia em um estranho mundo habitado por lindas fadas, no qual princesas despertavam do sono encantado, onde talvez ele pudesse encontrar e seguir o Eco, como muitas vezes quis fazer? Ele não ousou falar. Tudo esvaneceria se o fizesse.

– Querido – disse a mãe ao sair na varanda –, não fique sentado aí. Está ficando frio. Lembre-se da sua garganta.

As palavras quebraram o espanto. A magia desapareceu. O jardim ainda era um lugar lindo, contudo já não era mais a Terra das Fadas. Walter levantou-se.

– Mãe, você pode me contar o que aconteceu no funeral do Peter Kirk?

Anne pensou por um instante... E então estremeceu.

– Hoje não, meu anjo. Talvez algum dia...

CAPÍTULO 33

Sozinha no quarto, pois Gilbert tinha ido visitar um paciente, Anne sentou diante da janela para desfrutar de alguns minutos de comunhão com a doçura da noite e o charme etéreo do cômodo banhado pelo luar. "Digam o que quiserem", pensou Anne, "mas há sempre algo de estranho em um quarto iluminado pela lua. A personalidade dele se altera; já não é mais tão familiar, tão humano. Torna-se distante e frio, fechado em si. É quase como se me considerasse uma intrusa".

Estava cansada depois do dia agitado, e agora tudo permanecia tão maravilhosamente quieto. As crianças estavam dormindo, e a ordem havia sido reinstaurada em Ingleside. Não havia nenhum barulho na casa, exceto as batidas rítmicas vindas da cozinha; Susan amassava o pão.

Pela janela aberta, no entanto, chegavam os sons da noite que Anne conhecia e amava tanto. Risos ecoavam do porto através do ar parado. Alguém cantava no vilarejo, e as notas fantasmagóricas soavam como uma canção ouvida há muito tempo. O luar abria caminhos prateados sobre o mar, mas Ingleside estava envolta pelas sombras. As árvores sussurravam "enigmas da antiguidade"[20], e uma coruja piava no Vale do Arco-Íris.

"Este foi um verão muito feliz", pensou Anne com uma pontada de tristeza, pois lembrou-se do que disse certa vez a tia Highland Kitty, de Upper Glen: "O mesmo verão nunca acontece duas vezes".

Nunca é totalmente o mesmo. Outros verões viriam, as crianças estariam mais velhas, e Rilla iria para a escola. "E eu não terei nenhum bebê", pensou Anne com melancolia. Jem estava com doze anos e já entrava "naquela fase", o mesmo Jem que ontem mesmo era um neném na antiga Casa dos Sonhos. Walter não parava de crescer, e naquela mesma semana ouvira Nan provocar Di por causa de um "garoto" na escola; Di corou e sacudiu os cabelos ruivos. Bem, a vida era assim mesmo. Alegrias e pesares. Esperanças e medo. E mudanças. Mudanças, sempre! Eram inevitáveis. Era preciso abrir mão do velho e abrir o coração para o novo. Aprender a amá-lo, para então deixá-lo partir. A primavera, por mais encantadora que fosse, precisava render-se ao verão, que, por sua vez, esmorecia e dava lugar ao outono. Nascimento... Casamento... E morte...

De repente, Anne lembrou-se da pergunta de Walter sobre o que tinha acontecido no funeral de Peter Kirk. Não pensava nisso há anos, todavia não havia se esquecido. Ninguém presente naquela ocasião seria capaz de esquecer, ela não tinha dúvida. Sentada ali no escuro, sob o luar, reviveu aquele dia.

Era novembro. O primeiro novembro da família em Ingleside. Depois de uma semana de dias ensolarados em pleno inverno. Os Kirks moravam em Mowbray Narrows, mas frequentavam a igreja de Glen. Além disso, Gilbert era o médico deles; por isso, ele e Anne tiveram de ir ao funeral.

---

20 Referência ao Antigo Testamento, Salmos 78:2. (N. T.)

Era um dia tranquilo, de céu claro e nublado. Os tons de marrom e violeta dominavam a paisagem de novembro, com focos esparsos de sol nas colinas onde os raios esgueiravam-se por entre as nuvens. "Kirkwynd" ficava tão próxima da costa que uma brisa salgada chegava através dos abetos melancólicos atrás da propriedade. Era uma casa grande e de aspecto próspero; entretanto, Anne achava o quarto no sótão sob o telhado em forma de L idêntico a um rosto humano longo, fino e desdenhoso.

Anne parou para conversar com um grupo de mulheres no gramado da frente, seco e sem flores. Eram todas almas boas e trabalhadoras, para quem um funeral não deixava de ser um evento emocionante e agradável.

– Esqueci de trazer um lenço – queixou-se a senhora Bryan Blake. – O que eu farei quando chorar?

– Por que você choraria? – foi a resposta ríspida da cunhada dela, Camilla Blake. Camilla não tinha paciência com mulheres muito choronas. – Peter Kirk não era seu parente, e você nunca gostou muito dele.

– Acho de bom-tom chorar em um funeral – disse a senhora Blake com imponência. – Demonstra simpatia quando um vizinho muda-se para a morada final.

– Se apenas as pessoas que gostavam de Peter chorarem no funeral, não haverá muitas lágrimas – comentou a senhora Curtis Rodd com acidez. – É a verdade. Por que ocultá-la? Ele era um velho hipócrita e, tenho certeza, não sou a única que sabe disso. Quem é aquela entrando pelo portão? Não... Não me diga que é Clara Wilson.

– É a própria – sussurrou a senhora Bryan, incrédula.

– Bem, vocês sabem que, após a morte da primeira esposa de Peter, ela disse que só voltaria a esta casa no funeral dele, e cumpriu a promessa – contou Camilla Blake. – Ela é irmã da primeira esposa de Peter... – explicou à parte para Anne, que observou com curiosidade Clara Wilson passar por elas, sem desviar os olhos cor de topázio.

Era uma mulher diminuta e magra, com um rosto trágico e cabelos pretos sob uma touca ridícula usada somente por mulheres idosas, com plumas, canutilhos e um véu na altura do nariz. Não olhou e não dirigiu a palavra a ninguém enquanto arrastava a longa e ruidosa saia preta de tafetá sobre o gramado e subia os degraus da varanda.

– Ali está Jed Clinton, parado na porta, preparando a cara que usa em funerais – disse Camilla sarcasticamente. – Evidentemente, acha que já é hora de entrarmos. Está sempre se vangloriando de que tudo sai conforme o cronograma nos funerais organizados por ele. Nunca perdoou Winnie Clow por ter desmaiado antes do sermão. Não teria sido tão ruim deixar para depois. Bem, não creio que isso acontecerá hoje. Olivia não é de desmaiar.

– Jed Clinton, o dono da funerária de Lowbridge – disse a senhora Reese. – Por que não escolheram a de Glen?

– A de Carter Flagg? Mulher de Deus, Peter e ele foram inimigos a vida inteira. Carter queria se casar com Amy Wilson, sabe.

– Muitos queriam – disse Camilla. – Ela era linda, com os cabelos ruivos acobreados e os olhos negros. Se bem que algumas pessoas achavam Clara a mais bonita das duas. É estranho ela nunca ter se casado. Finalmente o ministro chegou, junto com o reverendo Owen, de Lowbridge. Ele é primo da Olivia, é verdade. É boa pessoa, ainda que coloque muitos "ahs" nas orações. É melhor entrarmos, senão Jed terá um ataque.

Anne parou para olhar Peter Kirk antes de se sentar. Nunca gostara dele. "Ele tem um rosto cruel", pensou na primeira vez em que o viu. Lindo, sim, mas com olhos duros e gélidos que já apresentavam bolsas naquela época, e a boca de lábios finos e constritos de um avarento. Era conhecido por ser egoísta e arrogante nos negócios, apesar de sua crença na piedade e das orações devotas. "Ele superestima a própria importância", ouvira alguém dizer certa vez. Mesmo assim, no geral, fora um homem respeitado e admirado.

Era tão arrogante em morte quanto fora em vida, e algo nos longos dedos entrelaçados sobre o peito imóvel fez Anne estremecer. Imaginou-os segurando o coração de uma mulher e olhou para Olivia Kirk, sentada diante de Anne, de luto. Olivia era uma bela mulher, alta, loira, dona de grandes olhos azuis. "Nada de mulheres feias para mim", declarara Peter Kirk." Tinha também uma expressão reservada e vazia. Não havia traços aparentes de lágrimas; se bem que Olivia era uma Random, e os Randoms não eram emotivos. Pelo menos estava sentada com decoro, e nem a viúva mais inconsolável do mundo teria vestido um luto mais pesado.

O ar estava saturado pelo perfume das flores ao redor do caixão, em homenagem a Peter Kirk, o qual nunca notou a existência das flores. A loja maçônica havia mandado uma coroa de flores, a igreja encomendara outra, a Associação do Partido Conservador enviou uma terceira, os membros do conselho escolar mandaram mais uma, e o mesmo fez o Conselho dos Queijeiros. Seu único filho, que há muito tinha se afastado, não mandou nada, mas a família Kirk pagou por uma imensa âncora de rosas brancas, escrito "Enfim ao Porto" em botões vermelhos, e havia outra da própria Olivia: um grande arranjo de lírios-de-calla. Camilla Blake fez uma careta ao ver as flores, e Anne lembrou-se de que esta tinha ido até Kirkwynd logo após o segundo casamento de Peter, e que ele arremessou pela janela um vaso de lírio-de-calla trazido pela nova esposa. Disse que não queria a casa apinhada de ervas daninhas.

Aparentemente Olivia reagiu com muita calma, e nunca mais houve um lírio-de-calla em Kirkwynd. Será que Olivia... Anne olhou para o rosto plácido da senhora Kirk e afastou a suspeita. Afinal, geralmente era a floricultura que sugeria as flores.

O coro cantou o hino "A morte, como um mar estreito, divide a terra celestial da nossa". Os olhos de Anne encontraram-se com os de Camilla, e na hora soube que ambas estavam pensando como Peter Kirk se encaixaria naquela terra celestial. Anne quase pôde ouvir Camilla dizer: "Imagine ele com uma harpa e uma auréola, se for capaz".

O reverendo Owen leu um capítulo da Bíblia e fez uma oração, com muitos "ahs" e súplicas para que os corações pesarosos fossem consolados. O ministro de Glen fez um discurso considerado por alguns, em particular, lisonjeiro demais, mesmo levando em conta que algo de bom deveria ser dito sobre o morto. Chamar Peter Kirk de pai carinhoso e marido afetuoso, bom vizinho e um cristão honesto era abusar da linguagem. Camilla refugiou-se atrás do lenço, mas não para chorar. Stephen Macdonald pigarreou uma ou duas vezes. A senhora Bryan parecia ter pego um lenço emprestado com alguém, mas os olhos azuis caídos de Olivia continuavam secos.

Jed Clinton suspirou aliviado. Tudo havia saído às mil maravilhas. Outro hino, o tradicional cortejo para uma última olhada nos "despojos mortais", e outro funeral de sucesso entraria para a longa lista dele.

Houve uma agitação em um dos cantos do grande cômodo, e Clara Wilson abriu caminho por entre o labirinto de cadeiras até a mesa ao lado do caixão. Ali, virou-se para as pessoas reunidas. A touca ridícula estava levemente torta para um lado, e uma mecha de seus cabelos pretos e volumosos havia escapado, ficando pendurada sobre o ombro. Só que ninguém achava que Clara Wilson parecia ridícula. Seu rosto comprido estava ruborizado, e os olhos trágicos e vidrados flamejavam. Era uma mulher possuída. A amargura, como uma doença incurável, parecia consumir o seu ser.

– O que vocês escutaram é um monte de baboseiras. Vocês que vieram "homenageá-lo", ou saciar a curiosidade, tanto faz. Agora, vou contar a verdade sobre Peter Kirk. Não sou hipócrita... Nunca tive medo dele vivo e não terei agora morto. Ninguém jamais teve a coragem de dizer a verdade na cara dele, mas agora ela será revelada. Aqui, no funeral dele, onde foi chamado de bom marido e um vizinho gentil. Um bom marido! Ele era casado com minha irmã Amy... Minha linda irmã,

Amy. Vocês sabem como ela era doce e adorável. Ele tornou a vida dela um inferno. Peter a torturava e a humilhava, e gostava de fazer isso. Ah, ele ia regularmente à igreja e fazia preces longas, e não devia para ninguém. Porém, era um tirano e um abusador. O próprio cachorro corria quando o via chegar.

– Eu disse que ela iria se arrepender de se casar com ele – prosseguiu. – Eu a ajudei a costurar o vestido de noiva. Teria sido melhor fazer uma mortalha. A coitadinha era louca por ele na época, e em menos de uma semana de casada descobriu quem ele era. A mãe dele tinha sido praticamente uma escrava, e ele esperava que a esposa também fosse. "Não quero discussões na minha casa", ele lhe dissera. Amy não tinha forças para discutir. Seu coração estava partido. Ah, eu sei o que ela passou, pobrezinha. Ele a contrariava em tudo. Ela não podia ter um jardim de flores. Não podia ter nem um gatinho. Eu lhe dei um de presente, e ele o afogou. Era obrigada a dar satisfação de cada centavo que gastava. Vocês chegaram a vê-la com alguma roupa decente? Ele a impedia de usar o melhor chapéu, se parecesse que iria chover. A chuva não poderia estragar nenhum chapéu dela, pobre alma. Logo ela, que amava belas roupas! Peter sempre falava mal da família dela. Nunca riu na vida... Algum de vocês conhecia a risada dele? Ele sorria... Ah, sim, sempre sorria... Com calma e satisfação, enquanto cometia as maiores atrocidades. Sorriu quando contou a ela que seu bebê recém-nascido estava morto e que ela deveria morrer também se não fosse capaz de ter filhos vivos. Amy morreu dez anos depois. E fiquei feliz por ela ter escapado dele. Eu lhe disse que só voltaria a entrar nesta casa no funeral dele. Alguns de vocês aqui presentes foram testemunhas. Mantive a minha palavra, e aqui estou hoje, para contar a verdade sobre ele. É a mais pura verdade. E você sabe... – apontou de maneira impetuosa para Stephen Macdonald... – E você sabe... – o dedo comprido dardejou para Camilla Blake. – E você sabe... – Olivia Kirk não moveu um músculo. – E você sabe... – Até o ministro sentiu como se tivesse sido atravessado por aquele dedo. – Eu chorei no casamento do Peter Kirk, mas o avisei que iria rir no seu funeral. E é o que vou fazer.

Então, virou-se furiosamente e inclinou-se sobre o caixão. Injustiças acumuladas durante anos foram vingadas. Finalmente estava desabafando todo o ódio. Seu corpo inteiro vibrava de triunfo e satisfação ao olhar para o rosto frio e calado do morto. Todos aguardavam pela gargalhada vingativa. Nada aconteceu. O rosto furioso de Clara Wilson subitamente mudou, contorcendo-se, enrugando-se como o de uma criança. Clara estava... chorando.

Virou-se para a frente, com lágrimas escorrendo sobre as bochechas, com a intenção de ir embora. Foi quando Olivia Kirk levantou-se e colocou a mão no braço dela. As duas entreolharam-se por um instante. A sala foi engolida por um silêncio que parecia uma presença física.

– Obrigada, Clara Wilson – disse Olivia Kirk. Seu rosto era inescrutável como sempre, mas havia algo no tom calmo e confiante dela que deixou Anne arrepiada. Era como se um poço tivesse se aberto diante dos olhos dela. Clara Wilson odiava Peter Kirk, vivo ou morto, mas Anne sentia como se o ódio dela não fosse nada comparado ao de Olivia Kirk.

Clara saiu, aos prantos, passando por um Jed enfurecido com o funeral arruinado. O ministro, que pretendia anunciar o último hino, "Nos braços de Jesus", pensou melhor e simplesmente fez uma bênção trêmula. Jed não fez o costumeiro anúncio de que os amigos e parentes podiam agora se despedir dos "despojos". A atitude mais decente seria abaixar a tampa do caixão e enterrar Peter Kirk o quanto antes.

Anne respirou fundo enquanto descia os degraus da varanda. Como era delicioso o ar fresco ao sair daquela sala abafada e perfumada, atormentada pelo rancor de duas mulheres.

A tarde tornou-se mais fria e cinzenta. Pequenos grupos aqui e ali no gramado discutiam o assunto em voz baixa. Clara Wilson ainda podia ser vista cruzando o pasto ressequido, a caminho de casa.

– Bem, vocês já viram algo igual? – perguntou Nelson, perplexo.

— Chocante... Chocante! — disse a senhora Baxter.

— Por que ninguém as deteve? — exigiu Henry Reese.

— Porque todos vocês queriam ouvir o que Clara Wilson tinha a dizer — retrucou Camilla.

— Foi... indecoroso — disse o tio Sandy MacDougall. Ele encontrou uma palavra que lhe apetecia e a saboreou sob a língua. — Indecoroso. Em um funeral deveria haver decoro, acima de tudo... Decoro.

— Ora, a vida não é engraçada? — disse Augustus Palmer.

— Lembro-me de quando Peter e Amy começaram a se envolver — disse o velho James Porter. — Foi no mesmo inverno em que a minha esposa e eu nos comprometemos. Clara era muito formosa. E que torta de cereja ela fazia!

— Ela sempre teve a língua afiada — disse Boyce Warren. — Suspeitei de que iria jogar uma bomba quando a vi se aproximar, mas nem sonhei que chegaria a tanto. Quem poderia ter imaginado? As mulheres são muito esquisitas.

— Teremos uma história e tanto para contar pelo resto de nossa vida — disse Camilla. — Afinal, se coisas assim não acontecessem, os livros de história seriam muito chatos.

Desmoralizado, Jed chamou os responsáveis por levar o caixão até a carruagem. Quando o carro fúnebre começou a avançar pelo caminho, seguido por uma vagarosa procissão de charretes, o uivo desolador de um cachorro pôde ser ouvido do celeiro. Talvez, no fim das contas, uma criatura viva lamentasse a morte de Peter Kirk.

Stephen Macdonald aproximou-se de Anne, que esperava Gilbert. Era um homem alto com a fisionomia de um velho imperador romano, e morava em Upper Glen. Anne sempre gostou dele.

— Sinto o cheiro de neve no ar — disse. — Novembro sempre me pareceu uma época nostálgica. Não tem essa impressão, senhora Blythe?

— Sim. O ano está com saudades da primavera perdida.

– Primavera... Primavera! Senhora Blythe, estou ficando velho. Surpreendo-me imaginando que as estações já não são as mesmas. O inverno não é mais como era antes, e não reconheço o verão. E a primavera... Não há mais primaveras. É o que eu sinto quando as pessoas conhecidas não voltam mais para compartilhá-las conosco. Agora, quanto à pobre Clara Wilson... O que você achou disso tudo?

– Ah, foi de partir o coração. Tanto ódio...

– Si-i-i-im. Sabe, ela já foi apaixonada por Peter há muito tempo... Perdidamente apaixonada. Clara era a garota mais linda de Mowbray Narrows na época, com cachinhos pretos emoldurando o rosto alvo. Mas Amy era uma garota risonha e divertida. Peter largou Clara para ficar com Amy. É estranho como as pessoas são, senhora Blythe.

Havia algo sinistro na forma como o vento sacudia os abetos atrás de Kirkwynd; lá longe, uma nevasca pintava de branco uma colina onde uma fileira de choupos-da-lombardia espetava o céu cinza. Todos apressavam-se para ir embora antes que ela chegasse a Mowbray Narrows.

"Eu tenho o direito de ser feliz quando outras mulheres são tão miseráveis?", Anne perguntou-se no caminho para casa, lembrando-se dos olhos de Olivia Kirk ao agradecer Clara Wilson.

Anne afastou-se da janela. Aquilo foi há quase doze anos. Clara Wilson estava morta, e Olivia Kirk mudou-se para a costa, onde casou-se novamente. Ela era muito mais jovem que Peter.

"O tempo é mais gentil do que imaginamos", pensou Anne. "É um terrível engano cultivar mágoas por anos, guardando-as no coração como se fossem tesouros. Acho que Walter jamais deve descobrir o que aconteceu no funeral de Peter Kirk. Certamente, não é uma história para crianças."

CAPÍTULO 34

Rilla estava sentada nos degraus da varanda em Ingleside, com uma perna sobre a outra, cruzadas sobre os adoráveis joelhos gorduchos e queimados de sol, muito ocupada em ser infeliz. E, se alguém perguntasse por que uma criaturinha tão jovem estava descontente, é porque se esqueceu de como foi a própria juventude, quando as coisas mais triviais do mundo dos adultos eram as tragédias mais catastróficas. Rilla estava perdida nas profundezas do desespero porque Susan havia lhe dito que iria fazer um de seus famosos bolos para o evento social do orfanato naquela tarde, e ela estava encarregada de levá-lo até a igreja.

Não me perguntem por que Rilla sentia que preferia morrer a carregar um bolo pela vila de Glen St. Mary até a igreja presbiteriana. As crianças às vezes criam ideias absurdas em suas cabecinhas, e por algum motivo Rilla achava vergonhoso e humilhante ser vista carregando um bolo por aí. Talvez fosse porque, quando tinha somente cinco anos, viu a senhora Tillie Pake carregar um bolo na rua com todas as crianças da vila em seu encalço, zombando e rindo dela. A velha Tillie morava em Harbour Mouth e era uma velha muito suja e maltrapilha.

Anne de Ingleside

"Tillie Pake, um velha, um trapo
Roubou um bolo do prato
E deu dor de barriga no ato"

Rilla não suportaria ser comparada a Tillie Pake. A ideia de que "não dava para ser uma dama" e carregar bolos por aí se alojara na mente dela. Era por isso que estava sentada na varanda, desconsolada, sem o sorriso de sempre na boquinha onde faltava um dente da frente. Em vez da expressão de quem compreendia o que os narcisos estavam pensando ou de quem compartilhava um segredo com as rosas douradas, ela dava a impressão de quem estava arrasada para sempre. Até mesmo os grandes olhos cor de avelã que quase se fechavam quando ria pareciam atormentados, no lugar das habituais poças de ternura. "Seus olhos foram tocados pelas fadas", dissera-lhe a tia Kitty MacAllister certa vez. O pai jurara que havia nascido para encantar as pessoas e que sorrira para o doutor Parker meia hora depois de nascer. Por enquanto, Rilla podia comunicar-se melhor com os olhos do que com a língua, pois sua fala tinha um ceceio muito marcante. Mas logo superaria isso... Estava crescendo rápido. No ano passado, o pai a medira com uma roseira; naquele ano, com um arbusto de flox; logo seria com a malva-rosa, e em breve iria para a escola. Estava muito feliz e satisfeita consigo mesma antes do anúncio terrível de Susan.

– Realmente – disse Rilla para o céu com indignação –, Susan não tem um pingo de bom-senso. – Pronunciou "Sussan", mas o esplêndido céu azul a encarou de volta compreensivamente.

A mamãe e o papai tinham ido para Charlottetown naquela manhã, e todas as outras crianças estavam na escola, então Rilla e Susan eram as únicas em Ingleside. Normalmente, ficava contente nessas circunstâncias. Nunca se sentia solitária; sentada ali na varanda ou sobre a pedra coberta de musgo no Vale do Arco-Íris, na companhia de um gatinho amarelo ou dois, transformando em fantasias tudo que via: um canto do jardim que parecia uma pequena terra encantada das borboletas; os crisântemos pairando sobre o jardim; a grande nuvem fofa sozinha no céu; as abelhas sobrevoando as capuchinhas, a madressilva que se curvava para tocar os cachos avermelhados com os dedos amarelos; o vento que soprava: "para onde ele soprava?"; o Tordo Ousado, que estava de volta e saltitava altivamente no gradil da varanda, perguntando-se por que Rilla não queria brincar com ele... E ela não podia pensar em nada além do fato exasperante de que teria de carregar um bolo... um bolo... pelo vilarejo até a igreja, onde aconteceria um evento em prol dos órfãos. Tinha uma vaga noção de que o orfanato ficava em Lowbridge e as pobres criancinhas que moravam ali não tinham pais nem mães. Sentia muitíssima pena deles. Ainda assim, nem para o mais órfão dos órfãos a pequena Rilla Blythe estava disposta a ser vista em público carregando um bolo.

Talvez, se chovesse, não precisasse ir. Não parecia que ia chover, mas Rilla uniu as mãos, havia uma covinha sob cada dedinho, e disse, com toda a seriedade:

– Por favor, querido Deus, faça chover bastante. Faça chover canivetes. Senão... – Rilla pensou em outra possibilidade de salvação. – Faça o bolo da "Sussan" queimar... Até virar "sinssas".

No entanto, quando chegou a hora de comer, lá estava o bolo sobre a mesa da cozinha, triunfantemente assado, recheado e decorado. Era o bolo favorito dela. "Bolo Dourado e Prata" soava tão luxuoso... Mas achava que nunca mais iria conseguir comer uma fatia sequer.

Entretanto, aquele barulho vindo das colinas baixas do outro lado do porto não era de trovões? Talvez Deus tivesse ouvido as preces dela... Talvez houvesse um terremoto antes da hora de ir. Se o pior viesse a acontecer, será que não poderia ter uma boa dor de estômago? Não. Rilla estremeceu. Isso significaria óleo de rícino. Melhor seria um terremoto!

As outras crianças não perceberam que Rilla, sentada na cadeira adornada com o patinho branco bordado em lã no encosto, estava muito quieta. Egoístas! Se a mamãe estivesse em casa, teria reparado. A mamãe havia percebido de imediato o quão preocupada ela ficara no dia em que a foto do papai saíra no *Enterprise*. Rilla chorava copiosamente no quarto quando a mamãe entrou e descobriu que a menina achava que os jornais só publicavam fotos de assassinos. A mamãe iria gostar de ver a filha carregar um bolo em pleno vilarejo como a velha Tillie Pake?

Rilla não conseguiu comer direito, embora Susan tivesse posto o prato azul adorável com a guirlanda de botões de rosas, dado por tia Rachel Lynde em seu último aniversário e que a deixavam usar somente aos sábados. Pratos "assuis" e botões de "rossas"! Justo quando era obrigada a fazer algo tão vergonhoso! Mas os bolinhos de frutas que a Susan fez de sobremesa estavam deliciosos.

– "Sussan", Nan e Di não podem levar o bolo depois da escola? – implorou.

– Di vai para a casa de Jessie Reese depois da escola, e Nan está com um osso na perna – disse Susan, tentando ser engraçada. – Além disso, ficaria muito tarde. O comitê quer todos os bolos lá até as três horas, para que possam arrumar tudo antes de irem para casa jantar. Por que você não quer ir, fofinha? Você gosta tanto de ir ao correio.

Rilla estava um pouco gordinha. Apear disso, odiava ser chamada daquele jeito.

– Não quero que machuquem meus sentimentos – explicou, muito séria.

Susan riu. Rilla estava começando a dizer coisas que faziam a família rir. Ela não entendia por que todos riam, pois sempre falava com seriedade. Só a mamãe nunca ria; não riu nem quando descobriu que Rilla achava que o pai era um assassino.

— O evento é para angariar dinheiro para meninos e meninas desafortunados que não têm pais — explicou Susan, como se ela fosse um bebezinho que não compreendia as coisas!

— Sou quase uma órfã — disse Rilla. — Só tenho um pai e uma mãe.

Susan riu de novo. Ninguém entendeu.

— Você sabe que a sua mãe prometeu aquele bolo ao comitê, meu amor. Não tenho tempo para levá-lo até lá. Então, coloque o seu vestido xadrez azul e vá o quanto antes.

— A minha boneca está doente — disse Rilla, desesperada. — Tenho de colocá-la na cama e ficar com ela. Talvez seja amônia.

— Sua boneca ficará muito bem. Você pode ir e voltar em meia hora — foi a resposta impiedosa da Susan.

Não havia esperança. Até Deus a havia abandonado... Não havia nem um sinal de chuva. Rilla, próxima demais das lágrimas para continuar a protestar, subiu e colocou o vestido de organdi franzido e o chapéu de ir à igreja, adornado com margaridas. Se parecesse respeitável, talvez as pessoas não pensassem que era como Tillie Pake.

— Acho que meu rosto está limpo. "Fossê" poderia, por favor, checar atrás das minhas orelhas? — falou para Susan com altivez.

Teve medo de que Susan a repreendesse por ter colocado suas melhores roupas. Mas ela apenas inspecionou as orelhas da menina, entregou a cesta com o bolo e lhe disse para ter modos e não parar para conversar com todo gato que encontrasse no caminho, pelo amor de Deus.

Rilla fez uma careta de rebeldia para Gog e Magog e se foi. Susan a observou, zelosa.

"Nosso bebê já tem idade suficiente para levar um bolo até a igreja sozinha", pensou com um misto de orgulho e melancolia ao voltar para o trabalho, sem fazer a menor ideia da tortura que estava infligindo à criaturinha pela qual daria a própria vida.

Rilla não se sentia tão mortificada desde que havia dormido na igreja e caído do banco. Adorava ir até a vila. Geralmente, havia muitas coisas para se ver; só que, naquele dia, o fascinante varal de roupas da senhora Carter Flagg, com todas as colchas adoráveis, não chamou a atenção dela, assim como o novo cervo de ferro forjado que o senhor Augustus Palmer havia colocado no jardim. Era a primeira vez que passava por ali e não ansiava por um no gramado de Ingleside. Que diferença faziam os cervos de ferro forjado? O sol quente despejava-se como um rio sobre as ruas lotadas. Duas garotas passaram por ela, cochichando. Sobre ela? Imaginou o que estariam falando. Um homem que passava a encarou. Ele estaria se perguntando se aquela era mesmo a filha mais nova dos Blythes, e, minha nossa, como é linda! Mas sentiu os olhos dele atravessarem a cesta e focarem no bolo. E, quando Aninha Drew passou por ela junto com o pai, teve certeza de que a menina estava rindo dela. Aninha Drew tinha dez anos e era muito grande aos olhos de Rilla.

Havia um grupo de meninos e meninas na esquina da rua Russell. Teria que passar por eles. Era horrível a sensação de que todos a encaravam e depois se entreolhavam. Avançou, com um desespero tão petrificante que todos a acharam uma esnobe, que precisava aprender a ser mais humilde. Eles iriam dar uma lição naquela coisinha com cara de gato! Era uma convencida, como todas as garotas de Ingleside! Só porque viviam em uma casa grande!

Millie Flagg começou a imitar o jeito de caminhar de Rilla atrás dela, levantando uma nuvem de poeira ao redor das duas.

– Onde a cesta vai junto com a criança? – gritou o Drew "Pegajoso".

– O seu nariz está sujo, cara de bolacha! – disse Sarah Warren.

– Piolhinho! – zombou Beenie Bentley.

– Fique do seu lado da estrada, ou eu a obrigarei a comer um besouro – disse o grandalhão Sam Flagg, antes de voltar a roer uma cenoura crua.

– Ela está ficando vermelha – riu Mamie Taylor.

— Aposto que está levando um bolo para a igreja presbiteriana – disse Charlie Warren. – Deve estar com pouco recheio, como todos os bolos que Susan Baker faz.

O orgulho não permitia que Rilla chorasse, mas tudo tinha um limite. Afinal, aquele era um bolo de Ingleside...

— Da próxima vez que ficarem doentes, "fou" falar para o meu pai não dar nenhum remédio para "fossês" – disse, em tom de desafio.

Então seu desespero aumentou. Aquele era Kenneth Ford, virando a curva da estrada do porto? Não podia ser! Era mesmo!

Ken e Walter eram amigos, e o coraçãozinho dela achava que ele era o garoto mais bacana e lindo do mundo inteiro. Ele raramente a notava... Embora já tivesse lhe dado um patinho de chocolate. E, em um dia memorável, sentou-se ao lado dela na pedra coberta de musgo no Vale do Arco-Íris e lhe contou a história dos Três Ursos e a Casinha da Floresta. Contudo, ela estava contente admirando-o ao longe. E, agora, aquele ser maravilhoso a flagraria carregando um bolo!

— Oi, fofinha! Está muito calor, não é mesmo? Tomara que eu consiga um pedaço desse bolo hoje à noite.

Ele sabia que era um bolo! Todo mundo sabia!

Rilla havia cruzado a vila e achava que o pior já tinha passado quando o pior de fato aconteceu. Viu a professora da escola dominical, a senhorita Emy Parker, aproximar-se por uma estrada secundária. Ela ainda estava bem longe, mas Rilla a reconheceu pelo vestido: o vestido de organdi verde-claro frisado cheio de florezinhas, "o vestido de flores de cerejeira", como secretamente o chamava. A senhorita Emmy o usara no domingo passado, e a menina achou que ele era o vestido mais adorável que já tinha visto. A professora sempre usava vestidos tão deslumbrantes, às vezes com laços e babados, às vezes com detalhes em seda.

Rilla venerava a senhorita Emmy. Ela era tão bonita e elegante, com a pele alvíssima, os olhos castanhíssimos e o sorriso doce e melancólico...

Melancólico porque o homem com quem iria se casar tinha morrido, foi o que outra garota menor sussurrou para Rilla um dia. Era tão bom estar na classe da senhorita Emmy... Detestaria estar na classe da senhorita Florie Flagg... Florie Flagg era horrorosa, e Rilla não suportaria ter uma professora feia.

Quando Rilla encontrava a professora fora da classe e a senhorita Emmy sorria e conversava com ela, era um dos melhores momentos da vida. Um meneio de cabeça quando a encontrava na rua já alegrava estranhamente o coração, e, quando a senhorita Emmy convidou a classe inteira para uma festa de bolinhas de sabão, onde eles tingiram as bolhas com suco de morango, Rilla quase morreu de puro êxtase.

Entretanto, não suportaria ser vista pela professora carregando um bolo. Além disso, a senhorita Emmy estava organizando uma apresentação para o próximo concerto da escola dominical, e a menina sonhava secretamente em ser escolhida para o papel da fada: uma fada vestida de escarlate, com um pequeno chapéu verde pontudo. Todavia, suas esperanças seriam em vão se a professora a visse naquele momento.

A senhorita Emmy não podia vê-la! Rilla estava parada na pequena ponte sobre o riacho, que era bem fundo e estreito naquele trecho. Ela tirou o bolo de dentro da cesta e jogou-o onde os amieiros se encontravam sobre a água escura. O bolo atravessou os galhos e afundou com um gorgolejo. Rilla sentiu um súbito estremecimento de alívio ao virar-se para a senhorita Emmy, que trazia um grande embrulho de papel marrom.

A professora sorriu para ela por debaixo de um pequeno chapéu verde, com uma pluma laranja minúscula.

– Ah, como você está linda, professora – arfou Rilla.

A senhorita Emmy sorriu de novo. Mesmo com o coração partido – e a professora realmente acreditava que assim estava o dela –, não é mal receber um elogio sincero.

– É o novo chapéu, eu espero, querida. As plumas são charmosas. – Ela então olhou a cesta vazia... – Suponho que você já levou o seu bolo para o evento de caridade. Que pena já estar voltando, e não indo. Estou levando o meu... Um bolo de chocolate grande e cremoso...

Rilla apenas a encarou, incapaz de proferir uma palavra. A senhorita Emmy estava levando um bolo, então não deveria ser uma desgraça carregar um bolo. E Rilla... Ah, o que tinha feito? Havia jogado o incrível bolo dourado e prata de Susan no riacho... E perdera a chance de caminhar com a senhorita Emmy até a igreja, ambas levando um bolo!

Depois que a senhorita Emmy foi embora, Rilla voltou para casa com um terrível segredo. Enfurnou-se no Vale do Arco-Íris até a hora do jantar, e novamente ninguém percebeu o quão calada estava. Estava morrendo de medo de que Susan perguntasse para quem entregara o bolo, mas nenhuma pergunta embaraçosa foi feita. Depois de comer, as outras crianças foram brincar no Vale, e Rilla ficou sentada nos degraus até que o sol se pôs, pintando o céu de ouro, e luzes se acenderam no vilarejo lá embaixo. Ela sempre gostava de vê-las surgir por toda Glen, aqui e ali; só que, naquela noite, porém, não estava interessada em nada. Nunca estivera tão infeliz na vida e não sabia como conseguiria seguir vivendo. A tarde ganhou tons de púrpura, e ela ficou ainda mais triste. Um aroma delicioso de bolinhos de açúcar de bordo chegou até ela. Susan havia esperado o frescor da noite para assar. Nada obstante, bolinhos de açúcar de bordo eram pura vaidade. Deprimida, subiu as escadas e deitou-se sob a nova colcha rosa e florida da qual já tivera muito orgulho. Rilla não conseguiu dormir. O fantasma do bolo que havia afogado ainda a assombrava. A mamãe prometera aquele bolo ao comitê. O que eles pensariam da mamãe? E teria sido o bolo mais vistoso do evento! O vento forte soava tão solitário naquela noite. Parecia repreendê-la, repetindo o seguinte: "Boba... Boba... Boba".

– O que está deixando você acordada, meu amor? – disse Susan, chegando com um dos bolinhos doces.

– Ah, "Sussan", eu... Só estou cansada de ser eu mesma.

Susan parecia consternada. Pensando bem, a criança estava muito quieta durante o jantar.

"E, obviamente, o doutor saiu. Em casa de ferreiro, o espeto é de pau", pensou ela. Em voz alta, disse:

– Vou checar a sua temperatura, meu amor.

– Não, não. Fiz algo terrível, "Sussan"... O diabo me obrigou... Não, não foi ele... Fui eu mesma, eu... joguei o bolo no riacho.

– Pelo amor de Deus! – disse Susan, com assombro. – Por que fez isso?

– Fez o quê? – A mamãe tinha voltado para casa. Susan retirou-se, contente pelo fato de a senhora do doutor estar ali para lidar com a situação. Rilla contou a história aos soluços.

– Querida, não entendi. Por que você fez uma coisa tão horrível com um bolo destinado à igreja?

– Achei que estava agindo igual a "felha" Tillie Pake, mamãe. Eu "enfergonhei" você! Ah, mamãe, se me perdoar, nunca mais serei travessa... E contarei ao comitê que "fossê" mandou o bolo...

– Não se preocupe com o comitê, querida. Eles terão bolos de sobra... É sempre assim. Provavelmente ninguém notará que não mandamos nada. Não falaremos disso com mais ninguém. Mas nunca se esqueça, Bertha Marilla Blythe, que Susan ou a mamãe jamais mandariam você fazer algo vergonhoso.

A vida voltou a ser doce. O papai disse na porta do quarto: "Boa noite, gatinha", e Susan passou para dizer que iria fazer torta de frango para o jantar de amanhã.

– Com bastante recheio, "Sussan"?

– Um montão.

– E posso comer um "ofo" marrom no café da manhã? Sei que não mereço, mas...

– Pode comer até dois se quiser. Agora, coma o bolinho e vá para a cama, meu amor.

Rilla comeu o bolinho. Antes de dormir, desceu da cama e ajoelhou-se. Com muita sinceridade, disse:

– Querido Deus, por "fafor", ajude-me a ser sempre uma criança boazinha e obediente, não importa o que me peçam. E abençoe a querida senhorita Emmy e os pobres órfãos.

CAPÍTULO 35

As crianças de Ingleside brincavam juntas, andavam juntas e tinham todos os tipos de aventura juntas; além disso, cada uma tinha o próprio mundo de sonhos e fantasias. Especialmente Nan, que desde muito cedo elaborava dramas secretos envolvendo tudo que ouvia, via e lia, habitando reinos de maravilha e romance dos quais ninguém da família suspeitava. No princípio, imaginava bailes de fadas e elfos em vales mágicos, e dríades entre os galhos dos pinheiros. Ela e o grande salgueiro no portão cochichavam confidências, e a velha casa abandonada dos Baileys além do Vale do Arco-Íris eram as ruínas de uma torre assombrada. Passou semanas fazendo de conta que era a filha de um rei aprisionada em um ermo castelo solitário à beira-mar... Durante meses foi uma enfermeira em uma colônia de leprosos na Índia, ou em alguma terra "muito, muito distante". "Muito, muito distante" sempre foram palavras mágicas para Nan... Como uma linda melodia sutil em uma colina ventosa.

À medida que crescia, elaborava dramas envolvendo as pessoas reais de sua pequena vida. Especialmente as pessoas na igreja. Nan gostava de olhar para as pessoas na igreja porque todos se aprumavam com muito esmero. Era quase miraculosa a diferença de como se vestiam no resto da semana.

Os ocupantes respeitáveis e calados dos vários bancos ficariam perplexos e talvez um pouco horrorizados se soubessem as tramas que a jovem dama comportada e de olhos castanhos de Ingleside concatenava com eles. Annetta Millison, dona de sobrancelhas pretas e um bom coração, ficaria chocada em saber que Nan Blythe a romanceava como uma sequestradora de crianças, que as fervia vivas para fazer poções que a mantinha jovem para sempre. Sua imaginação era tão vívida que quase morreu de medo em certo entardecer, quando encontrou Annetta Millison em uma estrada agitada pelo sussurro dos botões-de-ouro. Foi incapaz de retribuir a saudação simpática de Annetta, a qual refletiu que Nan Blythe precisava aprender boas maneiras ou se tornaria uma jovem arrogante. A pálida esposa do senhor Rod Palmer nem sonhava que havia envenenado alguém e estava morrendo de remorso. Gordon MacAllister, do rosto solene, não fazia ideia de que havia sido amaldiçoado por uma bruxa ao nascer, impedindo-o de sorrir. Fraser Palmer, com seu bigode preto e sua vida exemplar, jamais saberia que Nan Blythe pensava ao olhar para ele: "Tenho certeza de que esse homem cometeu algum ato obscuro e desesperado. Ele parece carregar algum segredo horrível na consciência". E Archibald Fyfe sequer suspeitava que, quando o via, Nan tratava de inventar algum verso para responder a qualquer comentário que ele pudesse fazer, pois todos deveriam dirigir-se a ele somente com rimas. Ele nunca falara com ela, uma vez que tinha muito medo de crianças, mas Nan divertia-se loucamente tentando inventar uma rima no ato.

Anne de Ingleside

"Obrigada, senhor Fyfe, estou melhor agora
Como vão o senhor e a sua senhora?"

ou

"Sim, está um lindo dia,
Veja como o sol irradia."

Não há como saber o que a senhora Morton Kirk teria dito se soubesse que Nan Blythe não queria chegar nem perto da casa dela, caso fosse convidada, porque havia uma pegada vermelha no umbral da porta; e a cunhada dela, a plácida e bondosa Elizabeth Kirk, não sabia que era uma solteirona porque o amor da vida dela caíra morto no altar pouco antes da cerimônia de casamento.

Era tudo muito divertido e interessante, e Nan nunca havia se confundido entre realidade e ficção até ficar obcecada com a Dama dos Olhos Misteriosos.

É inútil tentar entender como surgem os sonhos. A própria Nan não conseguiria explicar de onde ele veio. Começou com a CASA TENEBROSA... Nan sempre a imaginava assim, com letras maiúsculas. Também gostava de criar histórias envolvendo lugares, e a CASA TENEBROSA era a única por perto, com exceção da velha casa dos Baileys, com potencial para um enredo. Nan nunca tinha visto a CASA pessoalmente e sabia apenas que estava lá, vazia desde tempos imemoriais, atrás de um grande abeto em uma estrada secundária que levava a Lowbridge. Era o que dizia Susan. Nan não sabia o que eram os tempos imemoriais, mas era uma frase interessante, que combinava com casas tenebrosas.

Nan sempre passava correndo pela estradinha que levava à CASA TENEBROSA quando ia visitar sua amiga Dora Clow. Era uma estrada longa e escura encoberta por árvores arqueadas de ambos os lados, com grama alta entre os sulcos e samambaias que chegavam à altura da cintura entre os abetos. Havia um longo ramo de bordo cinza perto do portão tombado e se parecia exatamente com um braço que se dobrava para agarrá-la. E a qualquer momento podia aproximar-se um pouquinho mais e prendê-la. Era emocionante escapar dele.

Certo dia, para seu espanto, Nan ouviu Susan dizer que Thomasine Fair havia se mudado para a CASA TENEBROSA, ou, como Susan a chamava sem um pingo de emoção, a velha casa dos MacAllisters.

– Ela não vai se importar – disse Susan. – Ela nunca vai a lugar algum, nem mesmo à igreja. Não sai de casa há anos... Mas dizem que caminha pelo jardim à noite. E pensar que chegou a tal estado... Logo ela, que era tão linda e tão paqueradora. A quantidade de corações que partiu na juventude! E olhem só para ela! Bem, que sirva de aviso.

Susan não explicou para quem era o aviso e não tocou mais no tema, pois ninguém em Ingleside tinha muito interesse em Thomasine Fair. Todavia Nan, cansada das fantasias de sempre e ansiosa por algo novo, apropriou-se da Thomasine Fair e da CASA TENEBROSA. Pouco a pouco, dia após dia, noite após noite (é possível acreditar em qualquer coisa à noite), ela arquitetou uma lenda que foi tomando dimensões irreconhecíveis, tornando-se o sonho mais doce que já tivera. Nenhuma outra história tinha sido tão fascinante e tão real quanto a da Dama dos Olhos Misteriosos. Olhos grandes, pretos e aveludados... Olhos vazios... Olhos assombrados... Repletos de remorso pelos corações que partira. Olhos cruéis... Qualquer pessoa que partia corações e não ia à igreja devia ser cruel. Pessoas cruéis eram muito interessantes. A Dama estava se isolando do mundo como penitência pelos crimes cometidos.

Seria uma princesa? Não, princesas eram raras na Ilha do Príncipe Edward. Ainda assim, era alta, esguia, reservada e dona de uma beleza gélida como a de uma princesa, com cabelos pretos e longos presos em duas tranças grossas caídas sobre os ombros e chegando até os pés.

Ela devia ter um rosto esculpido, um nariz grego elegante como o da Artêmis do Arco de Prata da mamãe, e mãos alvas e delicadas que retorcia conforme caminhava pelo jardim à noite, esperando pela alma gêmea que desdenhara e havia aprendido a amar tarde demais – percebe como a lenda foi crescendo? – enquanto arrastava pela grama as saias longas e pretas de veludo. Usaria também um espartilho dourado e grandes brincos de pérolas e passaria o resto da vida em meio a sombras e mistérios até que o verdadeiro amor viesse para libertá-la. Então, ela se arrependeria da crueldade e dos crimes de outrora e estenderia as belas mãos para ele, enfim abaixando a cabeça orgulhosa em submissão. Eles se sentariam ao lado da fonte... Havia uma fonte, para todos os efeitos. E trocariam novos votos e, em seguida, ela o seguiria "rumo às colinas longínquas, para além de seus cumes violeta", assim como fez a Princesa Adormecida no poema lido pela mamãe certa noite, poema de um velho livro de Tennyson que o papai lhe dera de presente muito, muito tempo atrás. Só que o amado da Dama dos Olhos Misteriosos lhe dava joias incomparáveis.

A CASA TENEBROSA devia ser mobiliada com luxo, é claro, com quartos e escadarias secretas, e a Dama dos Olhos Misteriosos dormiria em uma cama de madrepérola com um dossel de veludo púrpura. Ela teria a companhia de um galgo, de um monte deles... de uma matilha deles... E estaria sempre atenta... Esperando... Esperando... Esperando ouvir a música longínqua de uma harpa. Só que não seria capaz de ouvi-la enquanto fosse cruel, enquanto seu amado não viesse e a perdoasse. E assim terminava a história.

Parece uma tolice, é claro. Sonhos soam tolos quando colocados em palavras brutas e frias. Com seus dez anos, Nan nunca colocava os dela em palavras. Apenas os vivenciava. O sonho da cruel Dama dos Olhos Misteriosos tornou-se tão real quanto a vida que a cercava, apoderando-se dela. Já fazia dois anos que era parte dela. De alguma forma estranha, Nan passara a acreditar nele. Por nada no universo o teria revelado a alguém, nem para a mamãe. Era o tesouro privado da menina, seu segredo inalienável; não conseguia imaginar a vida sem ele. Preferia ficar sozinha, sonhando com a Dama dos Olhos Misteriosos, a brincar no Vale do Arco-Íris.

Anne percebeu essa tendência e começou a se preocupar. Nan estava ficando muito retraída. Gilbert queria mandá-la a Avonlea para uma visita, só que Nan, pela primeira vez, implorou para não ir. Não queria sair de casa, alegou com pesar. Para si mesma, disse que morreria se tivesse de se afastar da singular, tristonha e cativante Dama dos Olhos Misteriosos. A Dama nunca ia a lugar nenhum, era a verdade. Mas talvez fosse sair de casa algum dia, e, se Nan não estivesse em Ingleside, perderia esse momento. Como seria maravilhoso ter um vislumbre dela! Até o caminho por onde passasse se tornaria romântico para sempre. O dia em que isso acontecesse seria diferente de todos os outros. Ela faria um círculo ao redor dele no calendário. Nan havia chegado ao ponto de desejar fervorosamente vê-la, mesmo que só uma vez. Sabia muito bem que boa parte do que tinha imaginado não passava disto: imaginação. Entretanto, não tinha a menor dúvida de que Thomasine Fair era jovem e encantadora e cruel e admirável... Àquela altura, tinha certeza de ter ouvido Susan dizer tais coisas. E, enquanto fossem verdadeiras, Nan poderia continuar eternamente fantasiando sobre ela.

Nan mal pôde acreditar quando Susan disse em uma manhã:

— Preciso mandar um pacote que o seu pai trouxe da cidade ontem à noite para a Thomasine Fair, que mora na velha casa dos MacAllisters. Você pode levá-lo nesta tarde, amorzinho?

Nan prendeu a respiração. O que fazer? Será que os sonhos se tornavam mesmo realidade desse jeito? Ela conheceria a CASA TENEBROSA e a deslumbrante e cruel Dama dos Olhos Misteriosos. Iria vê-la de verdade, e talvez escutá-la falar, e talvez... Ah, que alegria! E talvez tocar a mão alva e magra dela. Quanto aos cães e à fonte, a menina sabia que os tinha apenas imaginado, mas não tinha dúvida de que a realidade seria igualmente maravilhosa.

Nan vigiou o relógio a manhã inteira, observando o tempo passar devagar... Ah, tão devagar! Quando um trovão soou ameaçadoramente e a chuva começou a cair, precisou se esforçar para conter as lágrimas.

– Não sei como Deus permitiu que chovesse hoje – sussurrou, sentindo-se revoltada.

A chuva parou em pouco tempo, e o sol voltou a brilhar. Nan estava tão empolgada que quase não conseguiu comer nada.

– Mamãe, posso ir com o meu vestido amarelo?

– Por que você quer se arrumar tanto para ir à casa de uma vizinha, filha?

Uma vizinha! Era óbvio que a mamãe não entendia... Não seria capaz de entendê-la.

– Por favor.

– Muito bem – disse Anne. O vestido amarelo ficaria curto em breve. Era melhor deixar Nan aproveitá-lo ao máximo.

As pernas de Nan tremiam ao sair com o precioso pacote em mãos. Tomou o atalho pelo Vale do Arco-Íris, subiu a colina e chegou à estrada secundária. Gotas de chuva ainda decoravam as folhas das capuchinhas como grandes pérolas. Havia um delicioso frescor no ar; as abelhas zuniam sobre os trevos brancos à beira do riacho; libélulas finas e azuis cintilavam sobre a água, as Agulhas do Diabo, como Susan as chamava; nas pastagens sobre a colina, as margaridas a observavam, balançando, acenando e rindo para ela, em meio ao frescor dourado e prateado. A vista era tão arrebatadora, e ela estava prestes a conhecer a Dama dos Olhos Misteriosos. O que a Dama lhe diria? Era seguro ir até lá? E se, depois de alguns minutos na presença dela, Nan descobrisse que cem anos haviam se passado, como na história em que ela e Walter leram na semana anterior?

CAPÍTULO 36

Nan sentiu um formigamento esquisito nas costas ao entrar na estradinha que levava até a casa. A árvore morta tinha se mexido? Não, ela escapara e estava a salvo. Rá, bruxa velha, você não conseguiu me pegar! O barro e os buracos pela trilha não eram capazes de diminuir seu entusiasmo. Mais alguns passos... A CASA TENEBROSA estava logo adiante, em meio às árvores escuras e gotejantes. Nan finalmente a veria! Sentiu um leve estremecimento, sem saber que era por causa de um medo secreto de perder seu sonho. O que era sempre, para jovens, adultos e idosos, uma catástrofe.

Passou por uma abertura entre um grupo de abetos jovens e frondosos que cobriam o final da estradinha. Seus olhos estavam fechados; ousaria abri-los? Uma onda de terror tomou conta dela por um instante e por pouco não deu meia-volta e saiu correndo. Afinal, a Dama era cruel. Quem poderia dizer do que era capaz? Podia até ser uma bruxa. Como nunca lhe ocorrera que a Dama Cruel podia ser uma bruxa?

Então, decidiu abriu os olhos.

Aquela era a CASA TENEBROSA, a mansão sombria, majestosa e com torres dos sonhos dela? Aquilo?

Tratava-se de uma casa grande que já tinha sido branca, agora apresentando um tom cinzento apagado. Aqui e ali, persianas quebradas, outrora verdes, pendiam soltas. Os degraus da entrada estavam quebrados. A maioria dos painéis do alpendre desolado que já fora envidraçado estava estilhaçada. A madeira entalhada ao redor da varanda caía aos pedaços. Ora, não passava de uma casa velha e decrépita!

Nan olhou desesperada ao redor. Não havia nenhuma fonte, nenhum jardim. Bem, nada que pudesse ser chamado de jardim. O espaço na frente da casa, cercado por estacas desgastadas, estava coberto por ervas daninhas e grama alta. Um porco magricela remexia a terra do outro lado da cerca. Bardanas cresciam ao longo da entrada. Montes desordenados de suculentas cresciam nos cantos, mas havia um arbusto esplêndido de lírios e, junto aos degraus gastos, um canteiro de bem-me-queres.

Nan aproximou-se lentamente do canteiro. A CASA TENEBROSA havia se perdido para sempre. Contudo, ainda restava a Dama dos Olhos Misteriosos. Com certeza ela era real... Tinha que ser! O que Susan havia dito sobre ela, tempos atrás?

– Deus misericordioso, você quase me matou de susto! – disse uma voz débil, ainda que amistosa.

Nan olhou para a figura que de repente levantou-se detrás do canteiro de bem-me-queres. Quem era ela? Não podia ser... Nan se recusava a acreditar que aquela era Thomasine Fair. Seria horrível demais!

"Ora", pensou Nan, aturdida pela decepção, "ela... ela é velha!"

Thomasine Fair, se aquela fosse mesmo Thomasine Fair – e agora ela sabia que se tratava dela – era realmente velha. E gorda! Parecia um colchão de plumas com um cordão amarrado no meio, com o qual a magérrima Susan sempre comparava as mulheres rotundas. Estava descalça, com um vestido verde amarelado pelo tempo e um chapéu de feltro masculino sobre os cabelos grisalhos e escassos. O rosto era redondo como a letra ó, enrugado e vermelho, com um nariz de batata. Os olhos eram de um azul-claro, cercado por grandes pés de galinha que se acentuavam quando sorria.

"Ah, minha Dama... Minha charmosa, cruel Dama dos Olhos Misteriosos, onde você está? O que aconteceu? Você não existe!"

– Quem é essa garotinha tão bonita? – perguntou Thomasine Fair.

Nan tentou recordar os bons modos.

– Eu... me chamo Nan Blythe. Vim trazer isso.

Animada, Thomasine Fair pegou o pequeno embrulho.

– Bem, estou feliz em ter meus óculos de volta! Fizeram muita falta na hora de ler os almanaques aos domingos. Você é uma das meninas da família Blythe? Que cabelo lindo! Sempre quis conhecer vocês. Ouvi dizer que a sua mamãe está educando os filhos com base na ciência. Vocês gostam disso?

– Se... gostamos... do quê? – "Ah, cruel e charmosa Dama, você não lia os almanaques aos domingos. E tampouco dizia 'mamãe'".

– Ora, ser educada com base na ciência.

– Eu gosto do jeito como somos criados – disse Nan, tentando ao máximo sorrir.

– Bem, a sua mamãe é uma mulher muito fina. Sabe como se portar. Quando a vi pela primeira vez no funeral da Libby Taylor, achei que fosse uma noiva, de tão feliz que parecia. Quando sua mãe chega a algum lugar, sempre tenho a impressão de que as pessoas ficam atentas, como se algo estivesse prestes a acontecer. As novidades da moda combinam com ela, também. A maioria de nós não fica bem com elas. Agora, entre e sente-se um pouco... Estou contente em receber uma visita. Às vezes me sinto sozinha. Não tenho condições para mandar instalar um telefone. As flores são a minha companhia... Já viu bem-me-queres mais lindos? Também tenho um gato.

Nan queria fugir para os confins do mundo, mas sentia que não podia ferir os sentimentos da idosa. Thomasine, com a anágua aparecendo por baixo do vestido, subiu os degraus quebrados e a levou para uma sala que evidentemente era a cozinha e a sala de estar juntas. O ambiente era impecável, adornado por plantas viçosas. A fragrância deleitável de pães recém-assados permeava o ar.

– Sente-se – disse Thomasine com bondade, oferecendo uma cadeira de balanço com uma alegre almofada de retalhos. Vou tirar esse lírio do caminho. Espere até eu colocar a dentadura de baixo. Eu fico engraçada sem ela, não acha? É que machuca um pouco. Pronto, agora falarei com mais clareza.

Um gato malhado, emitindo uma variedade de miados, entrou para cumprimentá-las. "Ah, os galgos não passavam de um sonho!".

– Esse gato é um ótimo caçador – disse Thomasine. – A casa está cheia de ratos. Mas pelo menos tenho um teto sobre a minha cabeça, e eu estava cansada de viver com parentes. Não me sentia dona do meu próprio espírito. Era deixada de canto como se fosse lixo. A esposa do Jim era a pior. Certa noite, reclamou porque eu estava fazendo caretas para a lua. Bem, e se eu estivesse mesmo? Por acaso a lua ficou machucada? Eu disse: "Não vou mais ser um saco de pancadas". Então, vim morar sozinha, e aqui ficarei enquanto puder usar as pernas. Agora, gostaria de comer alguma coisa? Posso fazer um sanduíche de cebola.

– Não... Obrigada.

– São ótimos para curar um resfriado. Estou com um... Percebe como minha voz está rouca? Eu coloco um pano vermelho com terebintina e gordura de ganso em volta do pescoço quando vou dormir. Não há nada melhor.

"Pano vermelho e gordura de ganso! Sem falar na terebintina!".

– Se não quer um sanduíche... Tem certeza de que não quer mesmo?... Vou ver o que tenho na lata de biscoitos.

Os biscoitos, em formato de galos e patos, eram surpreendentemente bons, do tipo que derrete na boca. A senhora Fair sorriu para Nan com os olhos cansados.

– Agora você gosta de mim? Eu realmente adoro quando as menininhas simpatizam comigo.

– Vou tentar – balbuciou Nan, pois naquele momento a odiava como só se odeia aqueles que destroem nossos sonhos.

– Tenho alguns netinhos que moram no Oeste, sabe?

"Netos!".

– Aquela é uma foto deles. Lindos, não? Aquele é o meu pobre e amado marido. Faz vinte anos que morreu.

A foto do pobre e amado marido era um grande retrato a lápis de um homem de barba e com uma grande orla de cabelos brancos ao redor da cabeça calva.

"Ah, e pensar nos amores desdenhados!".

– Foi um bom marido, apesar de ter ficado careca aos trinta – recordou a senhora Fair com saudade. – Ah, tive pretendentes à escolha quando era moça. Agora estou velha, mas me diverti bastante quando jovem. Os namoricos de domingo à noite! Os moços brigavam para ver quem ficava mais tempo sentado na sala de casa, enquanto eu mantinha a cabeça erguida como uma rainha! Meu marido era um deles, mas de início eu não tinha nada para lhe dizer. Eu gostava de rapazes mais arrojados. Por pouco não fugi com Andrew Metcalf... Mas sabia que isso me traria má sorte. Nunca fuja com um pretendente. Traz azar, e não deixe ninguém lhe dizer o contrário.

– Eu... não deixarei.

– Por fim, acabei me casando com o meu marido. A paciência dele esgotou, e me deu vinte e quatro horas para decidir se ficaria com ele ou não. Meu pai queria me casar a todo custo. Ele ficou nervoso quando Jim Hewitt afogou-se porque eu o rejeitei. Meu marido e eu fomos muito felizes depois que nos acostumamos um com o outro. Disse que eu era ideal para ele por não pensar demais. Defendia que as mulheres não foram feitas para pensar. Alegava que pensar as tornava secas e pouco naturais. Feijões assados lhe faziam muito mal, e também tinha acessos de lumbago, mas meu bálsamo de Gileade sempre lhe aliviava o mal-estar. Havia um especialista na cidade que dizia ser possível curá-lo permanentemente, mas meu marido acreditava que, uma vez caído nas mãos desses especialistas, eles nunca mais o soltavam... nunca mais. Sinto falta dele na hora de alimentar o porco. Ele gostava muito de carne de porco. Nunca comi um pedacinho sequer de *bacon*, mas penso nele. A foto diante da dele é da Rainha Vitória. Às vezes lhe digo: "Se lhe tirassem todas as rendas e joias, minha querida, duvido que seria mais bonita do que eu".

Antes de permitir que Nan partisse, ela insistiu para que levasse um saco de balas de menta, um vaso rosa de vidro em forma de sapatinho e um vidro de geleia de groselha.

– É para a sua mãe. Sempre tive boa sorte com a minha geleia de groselha. Vou visitar Ingleside algum dia. Quero ver os cachorrinhos de porcelana. Agradeça a Susan Baker pelos nabos verdes que me enviou na primavera.

"Nabos verdes!".

– Pensei em agradecer no funeral do Jacob Warren, mas ela foi embora depressa. Não gosto de ter pressa em funerais. Faz um mês que não temos nenhum. Acho entediantes os períodos sem algum funeral. Sempre há muitos em Lowbridge. Não me parece justo. Venha me visitar novamente, sim? Você tem alguma coisa... "Desfrutar de boa estima vale mais do que prata e ouro"[21], diz o Livro Sagrado, e eu acho que ele está certo.

Ela sorriu calorosamente para Nan... Seu sorriso era doce. Nele, viu a Thomasine de outros tempos. Nan retribuiu com outro

---

21 Referência ao Antigo Testamento, Provérbios 22:01. (N. T.)

sorriso. Os olhos dela ardiam. Era preciso ir embora antes que começasse a chorar.

"Que criaturinha mais comportada", pensou a velha Thomasine Fair, olhando Nan pela janela. "Não herdou o dom da mãe para conversar, o que talvez não seja tão ruim assim. A maioria das crianças de hoje acham que são espertas, quando na verdade estão sendo apenas atrevidas. A visita dela fez eu me sentir jovem outra vez."

Thomasine suspirou e saiu para terminar de podar os bem-me-queres e as bardanas.

"Graças a Deus, ainda bem que continuo flexível", refletiu.

Nan voltou para Ingleside órfã de um sonho. Um vale repleto de margaridas não conseguiria animá-la... O canto das águas a chamava em vão. Queria chegar em casa e afastar-se dos outros humanos. Duas garotas riram ao passarem por Nan. Estavam rindo dela? Como todos ririam se descobrissem! A bobinha da Nan Blythe inventou uma fábula sobre uma misteriosa rainha alva e deparou-se com uma pobre viúva e balas de menta.

"Menta!"

Nan não ia chorar. Garotas crescidas de dez anos não podem chorar. Contudo, a sensação de vazio era indescritível. Algo valioso e lindo havia se perdido... Uma fonte de alegria que acreditava que jamais voltaria a ter. Encontrou Ingleside tomada pelo aroma de biscoitos, mas não tentou pedir alguns a Susan. Não conseguiu comer nada no jantar, mesmo vendo "óleo de rícino" escrito nos olhos de Susan. Annie tinha notado a filha muito quieta desde que voltara da velha casa dos MacAllisters... Nan, que literalmente cantava do amanhecer até a hora de dormir. A caminhada longa tinha sido demais para a menina em um dia tão quente?

– Por que essa carinha aflita, querida? – perguntou em tom casual, ao entrar no quarto das gêmeas para levar toalhas limpas e encontrar Nan enrolada no assento da janela, em vez de estar caçando tigres nas selvas equatoriais com as outras crianças enquanto escurecia no Vale do Arco-Íris.

Nan não pretendia contar para ninguém como tinha sido tão tola. De alguma forma, todavia, as coisas acharam um jeito de chegar até Anne.

– Ah, mamãe, tudo na vida é uma decepção?

– Nem tudo, querida. Gostaria de me contar o que a decepcionou hoje?

– Ah, a Thomasine Fair é... É uma boa pessoa! E tem um nariz pequeno!

– Mas o que tem de tão importante no nariz dela?

Então, a menina contou tudo. Anne ouviu com sua expressão séria de costume, rezando para não gargalhar. Lembrou-se da criança que fora em Green Gables, da Floresta Assombrada e das duas garotas que ficaram aterrorizadas pelas próprias fantasias. Sabia o puro amargor que era perder um sonho.

– Você não pode levar para o coração a perda das suas fantasias, minha querida.

– Não consigo evitar – disse Nan, com desespero. – Se eu pudesse reviver a minha vida, jamais imaginaria nada. E nunca mais vou imaginar.

– Minha querida tolinha... Não diga isso. Ter imaginação é algo maravilhoso... E, como qualquer dom, é preciso dominá-lo e não permitir que ele a domine. Você leva a sua imaginação a sério demais. Ah, é maravilhoso... Conheço a sensação. Só que você precisa aprender a ficar deste lado do limite entre o real e o imaginário. Assim, o poder de escapar quando quiser para um lindo mundo só seu ajudará imensamente em momentos difíceis da vida. Sempre consigo resolver melhor um problema após uma viagem ou duas para as Ilhas Encantadas.

Nan sentiu o amor-próprio voltar graças àquelas palavras de conforto e sabedoria. A mamãe não tinha achado tolice, no fim das contas. E, sem dúvida, havia uma cruel e bela Dama dos Olhos Misteriosos em algum lugar do mundo, mesmo que não morasse em uma CASA TENEBROSA, que, pensando melhor, não era um lugar tão ruim, com os bem-me-queres alaranjados, o gato malhado amigável, os gerânios e o retrato do pobre marido. Era um lugar simpático, e talvez algum dia voltasse lá para visitar Thomasine Fair e comer mais alguns daqueles biscoitos deliciosos. Nan não odiava mais Thomasine.

– Você é uma mãe esplêndida! – suspirou, no abrigo sagrado daqueles braços adorados.

Um anoitecer violeta e cinza surgia sobre a colina. A noite de verão envolvia tudo... uma noite aveludada, de sussurros. Uma estrela surgiu acima da grande macieira. Quando a senhora Marshall Elliott chegou e a mãe teve que descer, Nan já estava feliz novamente. A mamãe havia dito que ia redecorar o quarto com um lindo papel de parede do tom dos botões-de-ouro, além de um novo baú de cedro para ela e Di guardarem suas coisas. Mas não seria apenas um baú de cedro. Seria um baú mágico para tesouros, e não poderia ser aberto a menos que certas palavras místicas fossem pronunciadas. A Bruxa das Neves poderia cochichar uma delas para Nan, a fria e adorável Bruxa das Neves. O vento poderia revelar outra, ao passar... um vento triste e lamentoso. Cedo ou tarde teria todas as palavras e abriria o baú, encontrando pérolas, rubis e diamantes em abundância. "Abundância" não era uma ótima palavra?

Ah, a velha magia não tinha desaparecido. O mundo ainda estava cheio dela.

CAPÍTULO 37

– Posso ser a sua melhor amiga neste ano? – perguntou Delilah Green, durante o recreio daquela tarde.

Delilah tinha olhos muito redondos, azuis-escuros, cachos castanhos sedosos, uma boquinha vermelha e uma voz vibrante, levemente trêmula. Diana Blythe respondeu ao charme daquela voz instantaneamente.

Era de conhecimento de todos, na escola de Glen, que Diana Blythe estava à procura de uma amiga. Durante dois anos ela e Pauline Reese foram inseparáveis, só que a família de Pauline teve de se mudar, e Diana sentia-se muito solitária. Pauline fora uma boa amiga. Ela não tinha muito do encanto místico que a agora quase esquecida Jenny Penny tinha, mas era prática, divertida e sensível. O último adjetivo viera de Susan, e era o maior elogio que conhecia. Ela aprovara com satisfação a amizade entre Pauline e Diana.

Indecisa, Diana olhou para Delilah e em seguida olhou para Laura Carr, do outro lado do parquinho, que também era nova na escola. Laura e ela haviam passado o intervalo da manhã juntas e tinham gostado muito da companhia uma da outra. Laura era uma garota comum, com sardas e cabelos cor de areia indomáveis. Ela não tinha a beleza, o brilho e o fascínio de Delilah Green.

    Delilah compreendeu o olhar de Diana, e o ressentimento surgiu na expressão dela; os olhos azuis estavam prestes a verter lágrimas.

    – Se você a ama, não pode me amar. Escolha uma das duas – disse, estendendo as mãos dramaticamente. Sua voz estava mais vibrante do que nunca, fazendo com que um arrepio descesse pelas costas da Diana. Ela segurou as mãos da Delilah, e as duas encararam-se solenemente, sentindo que o destino estava selado. Pelo menos, foi o que Diana sentiu.

    – Vai me amar para sempre, não vai? – perguntou Diana apaixonadamente.

    – Para sempre – jurou Delilah, com a mesma intensidade.

    Delilah abraçou a cintura de Diana e as duas foram juntas até o riacho. O resto da quarta série compreendeu que uma aliança havia se formado. Laura Carr suspirou discretamente. Ela havia gostado muito de Diana Blythe, mas sabia que não podia competir com Delilah.

    – Estou tão feliz por deixar que eu a ame – disse Delilah. – Sou tão carinhosa... Simplesmente não consigo evitar amar as pessoas. Por favor, seja gentil comigo, Diana. Sou uma filha da tristeza. Lançaram uma maldição em mim quando nasci. Ninguém... ninguém me ama.

    Delilah conseguiu colocar anos e anos de solidão e desamor naquele "ninguém". Diana apertou a mão dela com mais força.

    – Você nunca mais dirá isso depois de hoje, Delilah. Eu sempre a amarei.

    – Até o fim dos dias?

    – Até o fim dos dias – respondeu Diana. As duas trocaram beijos na bochecha como que em um rito. Dois meninos estavam próximos da cerca e zombaram da cena, mas quem se importava?

    – Você vai gostar muito mais de mim do que da Laura Carr – disse Delilah. – Agora que somos boas amigas, posso lhe contar o que eu jamais sonharia em contar se a tivesse escolhido. Ela é uma mentirosa. Uma grande mentirosa. Finge que é amiga na sua frente, e aí tira sarro e fala mal de você pelas costas. Uma garota que eu conheço estudou com ela na escola de Mowbray Narrows e me contou tudo. Você escapou por pouco. Sou tão diferente... Sou transparente como um cristal, Diana.

– Tenho certeza de que é. O que você quis dizer com "sou uma filha da tristeza", Delilah?

Os olhos da Delilah expandiram-se até ficarem enormes.

– Eu tenho uma madrasta – sussurrou.

– Uma madrasta?

– Quando a sua mãe morre e o seu pai se casa novamente, a nova esposa é a sua madrasta – explicou Delilah, com a voz ainda mais emocionada. – Agora você sabe de tudo, Diana. Se soubesse como sou tratada! Mas nunca reclamo. Eu sofro em silêncio.

Se Delilah realmente sofria em silêncio, era de se perguntar de onde Diana obtivera todas as informações que passou para os moradores de Ingleside nas semanas seguintes. Sentia uma intensa mistura de paixão, adoração e simpatia pela sofrida e atormentada Delilah e precisava falar dela com alguém que a ouvisse.

– Creio que essa nova paixonite vai passar logo – disse Anne. – Quem é essa Delilah, Susan? Não quero que as crianças sejam esnobes, mas, depois da nossa experiência com Jenny Penny...

– A família Green é muito respeitável, querida senhora. São conhecidos em Lowbridge. Mudaram para a velha casa dos Hunters neste verão. A senhora Green é a segunda esposa e tem dois filhos próprios. Não sei muito sobre ela, mas parece ser uma pessoa tranquila. É difícil acreditar que maltrate Delilah como conta a Di.

– Não acredite devotamente em tudo o que Delilah contar – Anne aconselhou Diana. – Ela pode ter propensão a exagerar as coisas. Lembre-se de Jenny Penny...

– Ora, mamãe, Delilah não é como Jenny Penny – disse Di, indignada. – Nem um pouco. Ela é absolutamente verdadeira. Se ao menos você a conhecesse, mamãe, veria que é incapaz de contar uma mentira. Todos da família implicam com ela por ser diferente. E é tão carinhosa! É atormentada desde que nasceu. A madrasta a odeia. É de partir o coração ouvir o sofrimento dela. Delilah sabe muito bem o que é passar fome. Mãe, eles a mandam para a cama sem jantar com frequência, e ela chora até pegar no sono. Você já chorou por estar com fome, mãe?
– Muitas vezes – respondeu Anne.
Diana encarou a mãe, sem saber o que fazer com a resposta à pergunta retórica.
– Passei muita fome antes de ir para Green Gables, no orfanato... E antes. Não gosto de falar daquela época.
– Bem, então você consegue compreender Delilah – disse Di, rearranjando sua lógica confusa. – Quando está com fome, ela simplesmente imagina coisas para comer. Ter de imaginar comida, pense nisso!
– Você e Nan também fazem isso – disse Anne à menina, mas Di não lhe deu ouvidos.
– O sofrimento dela não é apenas físico, é também espiritual. Quer ser uma missionária, mãe... Para consagrar a vida... E todos riem dela.
– É muita falta de consideração da parte deles – concordou Anne. Mas algo na voz dela deixou Di desconfiada.
– Mãe, por que você é tão cética? – inquiriu, em tom de reprovação.
– Pela segunda vez – sorriu a mãe –, peço que se lembre de Jenny Penny. Você também acreditava nela.
– Eu era apenas uma criança naquela época, era mais fácil me enganar – disse Diana com empáfia. Sentia que a mãe não estava tendo a compreensão de costume com Delilah Green. Assim, passou a falar apenas com Susan sobre a amiga, já que Nan limitava-se a concordar com a cabeça quando o nome de Delilah era mencionado. "É só ciúmes", pensou Diana com pesar.

Não que Susan fosse notoriamente compreensiva. Diana só precisava conversar com alguém sobre Delilah, e a crítica de Susan não magoava como a da mãe. Não era como se esperasse que Susan a compreendesse de todo. Já a mamãe tinha sido uma garota... tinha amado a tia Diana... A mamãe tinha um coração bondoso. Como ela podia ser tão fria com os maus-tratos sofridos por Delilah?

"Talvez ela também esteja com um pouco de ciúmes, por eu amar tanto a Delilah", refletiu Diana sabiamente. "Dizem que as mães são assim. Meio possessivas."

– Ouvir como a madrasta a trata faz meu sangue ferver – disse Di a Susan. – Ela é mártir. A única coisa que come no café da manhã e no jantar é um pouco de mingau. E não pode colocar açúcar nele. Susan, parei de colocar açúcar no meu por me sentir culpada.

– Ah, então é por isso. Bem, o açúcar subiu um centavo, talvez seja melhor assim.

Diana jurou não contar mais nada da Delilah para Susan, mas na noite seguinte estava tão indignada que não conseguiu se conter.

– Susan, a madrasta da Delilah correu atrás dela com uma chaleira fervente. Imagine só, Susan. Delilah diz que ela não faz isso com frequência, claro... apenas quando fica extremamente exasperada. Na maioria das vezes, ela a tranca no quartinho escuro do sótão... um quartinho assombrado. Os fantasmas que aquela pobre criança já viu, Susan! Isso não deve fazer bem para ela. Da última vez, viu uma criatura muito esquisita sentada na roca de fiar, murmurando.

– Que tipo de criatura? – perguntou Susan com seriedade. Estava começando a gostar das tribulações de Delilah e das narrativas de Di, das quais ela e a querida senhora riam em segredo.

– Não sei... era só uma criatura. Quase a levou ao suicídio. Tenho muito medo de que chegue a tal ponto. Sabe, Susan, ela tem um tio que cometeu suicídio duas vezes.

– Uma vez não foi suficiente? – perguntou a desalmada da Susan.

Di saiu indignada, mas no dia seguinte voltou com outro relato de infortúnio.

– Delilah nunca teve uma boneca, Susan. Ela esperava encontrar uma dentro da meia no último Natal. E o que você acha que encontrou no lugar? Um chicote! Batem nela quase todos os dias, sabe? Imagine aquela criança sendo açoitada, Susan.

– Eu apanhei de chicote várias vezes quando era criança, e isso não me fez mal – disse Susan, que seria capaz de qualquer coisa se alguém ameaçasse açoitar uma das crianças de Ingleside.

– Quando contei para ela sobre as nossas árvores de natal, Susan, Delilah chorou. Ela nunca teve uma árvore de natal. Mas está decidida a ter uma neste ano. Encontrou um guarda-chuva velho que só tem a armação e vai colocá-lo em um balde e decorá-lo. Não é patético, Susan?

– Não tem um monte de abetos jovens por aí? Os fundos da velha casa dos Hunters estão praticamente tomados por abetos – disse Susan.

– Como gostaria que o nome dessa menina fosse qualquer outro, menos Delilah. Que nome para uma criança cristã!

– Ora, está na Bíblia, Susan. Ela tem muito orgulho do nome bíblico[22]. Hoje, na escola, eu lhe disse que teremos frango para o jantar amanhã, e ela disse... O que você acha que ela disse, Susan?

– Jamais adivinharei – respondeu enfaticamente. – E você não deveria conversar durante as aulas.

– Ah, nós não conversamos. Ela diz que não devemos quebrar nenhuma regra. Tem um senso moral muito forte. Escrevemos bilhetes em nossos cadernos uma para a outra. Enfim, Delilah disse: "Você poderia me trazer um osso, Diana?". Fiquei com lágrimas nos olhos. Vou levar um osso para ela... com bastante carne. Delilah precisa de comida boa. Precisa trabalhar como uma escrava... uma escrava, Susan. Faz

---

22 "Delilah" é uma variante da língua inglesa para o nome Dalila. (N. T.)

todo o serviço doméstico... Bem, quase todo. E, se não o fizer direito, leva um safanão... Ou é obrigada a comer na cozinha com os criados.

– Os Greens só têm um garoto francês como ajudante.

– Bem, ela é obrigada a comer com ele. E ele come sem sapatos e em mangas de camisa. Delilah diz que essas coisas não a incomodam mais, agora que tem a mim para amá-la. Ela não tem mais ninguém para amá-la além de mim, Susan!

– Que terrível! – disse Susan, esforçando-se para manter a seriedade.

– Delilah disse que, se tivesse um milhão de dólares, ela os daria para mim, Susan. É claro que eu não aceitaria, mas isso demonstra o bom coração dela.

– É muito fácil dar cem ou um milhão de dólares quando não se tem nem um centavo – foi tudo que Susan disse.

CAPÍTULO 38

Diana estava extasiada. Afinal, a mamãe não estava com ciúmes. A mamãe não era possessiva. A mamãe compreendia.

Mamãe e papai iam passar o fim de semana em Avonlea e disseram que Delilah Green podia passar esse período em Ingleside.

– Vi Delilah no piquenique da escola dominical – Anne contou para Susan. – É muito bonita e tem bons modos, ainda que parecessem exagerados. Talvez a madrasta seja um pouco dura com ela... E ouvi dizer que o pai é bravo e rígido. Ela provavelmente guarda alguns rancores e gosta de romantizá-los para ganhar a simpatia dos outros.

Susan tinha as dúvidas dela.

"Pelo menos as pessoas que moram na casa da Laura Green são limpas", refletiu. Pentes finos não entravam em questão.

Diana planejou várias coisas para o entretenimento de Delilah.

– Podemos servir um frango assado, Susan, com bastante recheio? E torta. Você não sabe como aquela pobre criança deseja uma torta. Eles nunca comem isso... A madrasta dela é malvada demais.

Susan foi muito generosa. Jem e Nan tinham ido para Avonlea, e Walter estava na Casa dos Sonhos, com Kenneth Ford. Não havia nada que pudesse estragar a visita da Delilah, que certamente parecia estar indo muito bem. Ela chegou na manhã de sábado com um lindo vestido rosa de musselina... Pelo menos a madrasta parecia tratá-la bem no que dizia respeito ao vestuário. As unhas e as orelhas estavam impecáveis, Susan reparou.

– Este é o melhor dia da minha vida – disse solenemente para Diana.
– Ah, que casa imensa! E ali estão os cãezinhos de porcelana! Ah, são maravilhosos!

Tudo era maravilhoso. Delilah usou e abusou da palavra. Ajudou Diana a colocar a mesa para o jantar e elegeu uma cestinha de vidro repleta de ervilhas doces como peça de centro.

– Ah, não sabe como eu gosto de fazer coisas pelo simples prazer de fazê-las – disse para Diana. – Há alguma outra coisa que eu possa fazer, por favor?

– Você pode quebrar as nozes para o bolo que farei nesta tarde – disse Susan, que estava se deixando levar pela beleza e a voz da menina. Afinal, talvez Laura Green fosse uma selvagem. Não se pode confiar no que as pessoas aparentam ser em público. Delilah encheu o prato com frango, recheio e molho e pegou um segundo pedaço de torta sem pedir.

– Sempre quis saber, pelo menos uma vez, como é comer até se sentir estufado. É uma sensação ótima – disse para Diana enquanto se levantavam da mesa.

A tarde foi esplêndida. Susan dera uma caixa de doces para Diana, que a dividiu com Delilah. A menina gostou muito de uma das bonecas da anfitriã, e Di lhe deu de presente. Elas limparam os canteiros de amor-perfeito e tiraram alguns dentes-de-leão que invadiram o gramado. Ajudaram Susan a polir a prataria e a preparar o jantar. Delilah era tão eficiente e organizada que Susan entregou-se completamente. Só duas coisas ruins aconteceram: Delilah manchou o vestido de tinta e perdeu o colar de contas que imitavam pérolas. Mas Susan conseguiu tirar bem a tinta com sal e limão... além de um pouco da cor... E Delilah afirmou que o colar não tinha importância. Nada importava além do fato de estar em Ingleside com sua queridíssima Diana.

– Nós vamos dormir na cama do quarto de hóspedes? – perguntou Diana à noite. – Nós sempre colocamos as visitas no quarto de hóspedes.

– Sua tia Diana virá com o seu pai e a sua mãe amanhã à noite – explicou Susan. – O quarto está preparado para ela. E o Camarão pode dormir na sua cama, o que não é permitido no quarto de hóspedes.

– Como os seus lençóis cheiram bem! – disse Delilah enquanto se aninhavam sob as cobertas.

– Susan sempre os ferve com raízes de lírio florentino – explicou Diana à amiga.

Delilah suspirou.

– Espero que você saiba a sorte que tem, Diana. Se eu tivesse uma casa como a sua... Mas não é a minha vida. Tenho que aceitar.

Susan, durante a última ronda antes de ir para a cama, entrou no quarto e disse para as duas pararem de conversa e dormirem. E deu um bolinho de açúcar de bordo para cada uma.

– Jamais me esquecerei da sua bondade, senhorita Baker – disse Delilah, a voz tremendo de emoção. Susan recolheu-se refletindo que nunca tinha visto uma menina mais bem-educada e simpática. Certamente, havia julgado mal a senhorita Delilah. E naquele momento ocorreu-lhe que, para uma criança que nunca comia o suficiente, Delilah Green não aparentava estar só pele e osso.

A garota foi embora na tarde seguinte, e a mamãe, o papai e a tia Diana chegaram à noite. Na segunda-feira, algo inesperado aconteceu. Diana, ao voltar para a escola ao meio-dia, ouviu o próprio nome ao entrar no pátio. Delilah Green era o centro de um grupo de meninas curiosas na sala de aula.

– Fiquei muito decepcionada em Ingleside. Pela forma como Di se gabava da casa, eu esperava uma mansão. É claro que é bem grande, mas a mobília é velha. As cadeiras estão gritando por um novo estofado.

– Você viu os cachorros de porcelana? – perguntou Bessy Palmer.

– Eles não têm nada de maravilhoso. Não têm nem pelo! Eu disse para Diana na mesma hora que estava desapontada.

Diana estava petrificada. Não ficara parada ali para ouvi-las sem ser vista... simplesmente estava atordoada demais para conseguir se mover.

– Tenho muita pena da Diana – continuou Delilah. – A maneira como os pais dela negligenciam a família é escandalosa. A mãe não faz nada. É terrível como sai de casa e deixa os mais novos sob os cuidados daquela velha, Susan, que está meio louca. A esposa do doutor é muito avoada e preguiçosa para cozinhar mesmo quando está em casa, então Susan faz tudo do jeito dela. Ela ia servir o almoço para nós na cozinha, só que eu a enfrentei e falei: "Por acaso eu não sou uma visita?". Susan disse que, se eu fosse insolente mais uma vez, iria me trancar no armário dos fundos. Eu disse: "Você não se atreveria", e ela não se atreveu. "Você pode intimidar as crianças de Ingleside, Susan Baker, mas não me intimida." Ah, enfrentei Susan, podem apostar. Não deixei que ela desse xarope calmante para Rilla. "Sabia que é um veneno para crianças?", eu disse.

– Aí ela se vingou de mim nas refeições – continuou Delilah. – Vocês tinham de ver as porções mirradas que me serviu! Tinha frango, mas só me deram a sambiquira e nem me ofereceram um segundo pedaço de torta. No entanto, Susan teria me deixado dormir no quarto de hóspedes se não fosse pela insistência da Di, por pura maldade. Ela é muito invejosa. Mesmo assim, sinto pena dela. Ela me disse que Nan a belisca o tempo todo. Os braços dela estão cheios de hematomas pretos e azulados. Nós dormimos no quarto dela, e o velho gato sarnento passou a noite toda aos pés da cama. Eu disse a Di que não era higiênico. E meu colar de pérolas desapareceu. É claro que não estou dizendo que Susan o pegou. Creio que é honesta... Ainda assim, é uma pessoa peculiar. E Shirley jogou um frasco de tinta em mim e arruinou o meu vestido. Não me importei. A mãe dela terá de comprar um novo para mim. Enfim, de qualquer forma, arranquei todos os dentes-de-leão do quintal deles e poli toda a prataria. Vocês tinham que ver. Não sei quando foi a última vez que a casa foi limpa. Susan se aproveita da situação quando a esposa do doutor está fora, acreditem em mim. Deixei bem claro que eu estava vendo tudo. "Por que você nunca lava o pote de batatas, Susan?", perguntei. Se tivessem visto a cara dela... Olhem o meu novo anel, meninas. Foi um garoto de Lowbridge que me deu.

– Ora, eu já vi Diana Blythe usar esse anel várias vezes – disse Peggy MacAllister com desdém.

– E eu não acredito em uma palavra do que você disse sobre Ingleside, Delilah Green – disse Laura Carr.

Antes que Delilah pudesse responder, Diana, já com os movimentos e a fala recobrados, entrou correndo na sala de aula.

– Judas! – exclamou.

Posteriormente, Diana refletiu com arrependimento que aquilo não era algo digno de ser dito por uma dama. Todavia aquelas palavras feriram profundamente o coração dela, e é impossível escolher as palavras certas com as emoções em alvoroço.

– Não sou Judas! – murmurou Delilah, corando, provavelmente pela primeira vez na vida.

– É, sim! Não há uma gota de sinceridade vinda de você! Nunca mais fale comigo!

Diana saiu em disparada da classe e foi embora. Não podia ficar na escola naquela tarde... simplesmente não podia! A porta de Ingleside foi fechada com um baque nunca antes visto naquela casa.

– Querida, o que foi? – perguntou Anne. Sua conversa com Susan na cozinha foi interrompida pela filha, aos prantos, que se lançou nos braços maternos.

A história toda foi contada de forma desconexa em meio aos soluços.

– Todos os meus sentimentos mais profundos foram feridos, mamãe. Nunca mais vou acreditar em ninguém!

– Meu amor, nem todos os seus amigos a tratarão dessa forma. Pauline não era assim.

– Essa foi a segunda vez – respondeu a menina com amargura, ainda sob o efeito da traição e da perda. – Não haverá uma terceira.

– Lamento Di ter perdido a fé na humanidade – disse Anne com tristeza, depois que a filha subiu as escadas. – É uma verdadeira tragédia para ela. Di não teve sorte com algumas das amizades. Jenny Penny... E agora Delilah Green. O problema da Di é sempre se aproximar de garotas com histórias mirabolantes. E a postura de mártir de Delilah era muito convincente.

– Se me permite dizer, querida senhora, a filha dos Greens é uma perfeita duas-caras – disse Susan, mais ultrajada do que nunca por ter sido ludibriada pelos olhos e pelos bons modos de Delilah. – Chamou o gato de sarnento! Não digo que não existam gatos sarnentos, mas garotinhas não deveriam falar assim. Não sou fã de gatos, mas o Camarão tem sete anos e deveria ser respeitado. Quanto ao meu pote de batatas...

Susan não foi capaz de expressar o que sentia em relação a isso.

No quarto, Di refletia que talvez não fosse tarde demais para ela e Laura Carr serem "melhores amigas". Laura era honesta, mesmo que não fosse muito interessante. Di suspirou. Um pouco do encanto da vida havia se perdido junto com a máscara de mártir de Delilah.

CAPÍTULO 39

Um vento cortante vindo do oeste rondava Ingleside como uma velha rabugenta. Era um daqueles dias frios e chuvosos do fim de agosto que deixavam as pessoas desanimadas, um daqueles dias em que dava tudo errado... Um daqueles dias que nos tempos de Avonlea eram chamados de "dias de cão". O novo filhote de cachorro que Gilbert havia trazido para as crianças tinha roído o esmalte da perna da mesa de jantar. Susan descobriu traças dando um banquete romano no armário de cobertores. O novo gatinho de Nan havia arruinado a melhor samambaia. Jem e Bertie Shakespeare fizeram a maior algazarra no quartinho do sótão a tarde toda, usando latões como tambores. Anne quebrou um abajur de vidro. De alguma forma, ouvi-lo se espatifar fora terapêutico! Rilla estava com dor de ouvido, e Shirley, com uma misteriosa coceira no pescoço, que preocupava Anne, mas que Gilbert olhou de relance e disse sem dar muita importância que não era nada, provavelmente. É claro que não era nada! Shirley era só o filho dele! E também não significou nada o fato de Gilbert ter convidado os Trents para jantar, na semana passada, e só ter avisado Anne na hora em que os convidados chegaram. Aquele fora um dia especialmente atarefado para ela e Susan, que planejaram um jantar rápido. E a senhora Trent tinha a reputação de ser a melhor anfitriã de Charlottetown! Onde estavam as meias pretas de Walter, aquelas com as pontas azuis?

– Walter, será que você conseguiria, pelo menos uma vez, guardar as coisas no lugar? Eu não sei onde ficam os setes mares, Nan. Pelo amor de Deus, pare de fazer perguntas! Não me admira que tenham envenenado Sócrates. Era o único jeito.

Walter e Nan a encararam. Nunca tinham ouvido a mãe falar daquele jeito. O olhar de Walter irritou Anne ainda mais.

– Diana, eu preciso lembrá-la o tempo inteiro para não enrolar as pernas no banquinho do piano? Shirley, é melhor você não ter lambuzado de geleia aquela revista nova! E eu adoraria que alguém me contasse onde foram parar os prismas do lustre!

Ninguém sabia. Susan os tirara para lavar, e Anne subiu para o andar de cima para escapar dos olhares aflitos das crianças. No quarto, caminhava freneticamente de um lado para o outro. O que havia de errado? Será que estava se tornando uma dessas criaturas enfastiadas sem paciência com ninguém? Tudo a irritava ultimamente. Um pequeno hábito de Gilbert que nunca a incomodara agora a tirava do sério. Estava farta das obrigações intermináveis e monótonas... Farta de atender aos caprichos da família. Antes, tudo que fazia pela casa lhe dava prazer. Agora, parecia que nada era suficiente. Era como se estivesse o tempo inteiro em um pesadelo, com os pés atados, tentando alcançar alguém.

O pior de tudo era Gilbert nunca reparar quando havia alguma mudança nela. Ele estava ocupado dia e noite e parecia não se importar com nada além do trabalho. A única coisa que disse na hora do jantar naquele dia foi: "Poderia passar a mostarda, por favor?".

"É claro que eu posso conversar com as cadeiras e as mesas", pensou Anne com amargura. "Estamos nos tornando meros conhecidos um para o outro... E nada mais. Ele não percebeu que eu estava com um vestido novo na noite passada. E faz tanto tempo que não me chama de 'minha menina'... nem me lembro quando foi a última vez. Bem, suponho que todos os casamentos cheguem a esse ponto. Provavelmente a maioria das mulheres passa por isso. Ele se acostumou a sempre me ter ao seu lado. O trabalho é a única coisa que tem algum significado para ele agora. Onde está o meu lenço?"

    Anne pegou o lenço e sentou-se na cadeira para torturar-se à revelia. Gilbert não a amava mais. Quando a beijava, fazia sem pensar... só "por hábito". Todo o *glamour* acabara. Piadas antigas das quais riam juntos lhe vieram à mente, agora carregadas de tragédia. Como pôde achá-las engraçadas? Monty Turner beijava a esposa sistematicamente uma vez por semana. Ele fez um memorando para não se esquecer. ("Que esposa não quer beijos?") Curtis Ames encontrou a esposa com uma touca nova e não a reconheceu. A senhora Clancy Dare dissera: "Não me importo muito com o meu marido, mas sentiria a falta dele se não o tivesse mais por perto". ("Acho que Gilbert sentiria a minha falta se eu não estivesse por perto! Será que chegamos a esse ponto?") Nat Elliott falou para a esposa, depois de dez anos de casamento: "Se quer saber, estou cansado de ser casado". ("E nós estamos casados há quinze anos!") Bem, talvez todos os homens fossem assim. Provavelmente a senhorita Cornelia diria o mesmo. Depois de um tempo, era difícil prendê-los. ("Se meu marido precisa ficar 'preso', então não quero prendê-lo.") E também havia a senhora Theodore Clow, que disse com muito orgulho para as damas da Sociedade Assistencial: "Estamos juntos há vinte anos e meu marido me ama tanto quanto no dia do nosso casamento". Talvez estivesse apenas se enganando para manter as aparências. E aparentava toda a idade que tinha, se não mais. ("Pergunto-me se estou começando a parecer velha.")

    Pela primeira vez, sua idade parecia um peso. Foi até o espelho e examinou o reflexo minuciosamente. Havia alguns pés de galinha ao redor dos olhos, mas só eram visíveis sob uma luz forte. Seu queixo ainda era um só. Sempre fora pálida. Os cabelos eram fartos e ondulados, sem nenhum fio grisalho. Será que as pessoas realmente gostavam de cabelos ruivos? O nariz definitivamente continuava elegante. Só que agora o nariz dela era algo óbvio para Gilbert. Poderia ser torto ou achatado que não faria diferença. Gilbert provavelmente se esquecera de que Anne tinha um nariz. Como no caso da senhora Dare, talvez ele sentisse falta se o nariz dela não estivesse mais ali.

"Bem, preciso ver como Rilla e Shirley estão", pensou Anne com desânimo. "Pelo menos os pobrezinhos ainda precisam de mim. O que está me deixando tão irritada com eles? Ah, aposto que estão todos falando pelas minhas costas: 'Como a mamãe está ficando ranzinza!'"

Continuou a chover, e o vento continuou a uivar. A fanfarra de latões e panelas no sótão terminara, mas o canto incessante de um grilo na sala de estar quase a enlouqueceu. O correio do meio-dia trouxe duas cartas. Uma era de Marilla. Porém, Anne suspirou ao abri-la. A letra de Marilla estava ficando cada vez mais fraca e trêmula. A outra era da senhora Barrett Fowler, de Charlottetown, que Anne conhecia muito pouco. A senhora Barrett Fowler convidava o doutor e a esposa para jantar com ela na próxima terça-feira, às sete horas, "e reencontrar uma antiga amiga sua, a senhora Andrew Dawson, de Winnipeg, cujo nome de solteira era Christine Stuart".

A carta caiu das mãos de Anne. Uma torrente de lembranças inundou a mente dela. Algumas eram absolutamente desagradáveis. Christine Stuart, de Redmond, a garota de quem Gilbert já tinha sido noivo, segundo diziam; de quem ela já tivera muita inveja. Sim, agora admitia, vinte anos depois: já foi invejosa, já odiou Christine Stuart. Há anos não pensava em Christine, mas lembrava-se dela com clareza. Uma garota alta, alva, com grandes olhos azuis-escuros e abundantes, cabelos pretos azulados. E um certo ar distinto. E um nariz longo... Sim, definitivamente longo. Linda... Ah, era inegável que Christine era muito linda. Lembrava-se de ter ouvido, muitos anos atrás, que casara "muito bem" e se mudara para o Oeste.

Gilbert passou correndo em casa para comer alguma coisa. Havia uma epidemia de sarampo em Upper Glen. E Anne lhe entregou em silêncio a carta da senhora Fowler.

– Christine Stuart! Claro que iremos. Gostaria de revê-la, em nome dos velhos tempos – disse, demonstrando entusiasmo pela primeira vez em semanas. – Coitada, passou por maus bocados. Ela perdeu o marido quatro anos atrás, sabia?

Anne não sabia. E como Gilbert sabia? Por que ele nunca lhe contou? E será que ele tinha se esquecido de que o aniversário de casamento deles era na próxima terça? Um dia em que nunca aceitavam nenhum convite, no qual comemoravam somente os dois. Bem, ela não ia lembrá-lo. Gilbert podia ir ver a amiga se quisesse. Uma garota de Redmond insinuara para ela certa vez: "Houve muito mais coisas entre Gilbert e Christine do que você imagina, Anne". Riu disso na época... Claire Hallett era uma despeitada. Mas talvez houvesse alguma verdade naquele comentário. Anne subitamente lembrou-se, com um arrepio, de que havia encontrado uma pequena fotografia de Christine em um velho caderno de Gilbert pouco tempo depois de terem se casado. Ele reagiu com indiferença; disse que não sabia de onde aquela velha foto tinha vindo. Contudo, será que isso era uma daquelas coisas sem importância que são tremendamente importantes? Será que Gilbert chegou a amar Christine? Será que ela, Anne, era uma mera segunda escolha? O prêmio de consolação?

"É claro que não estou... com ciúme", refletiu Anne, tentando achar graça naquela situação ridícula. Era mais do que natural que Gilbert estivesse animado para rever uma velha amiga de Redmond. Era mais do que natural que um homem ocupado, casado há quinze anos, se esquecesse das horas, das estações, dos dias e dos meses. Anne escreveu para a senhora Fowler, aceitando o convite... E passou os três dias que faltavam para o jantar torcendo desesperadamente para alguma mulher em Upper Glen entrar em trabalho de parto na terça, por volta das cinco e meia da tarde.

CAPÍTULO 40

A criança tão desejada chegou cedo demais. Gilbert foi chamado às nove da noite da segunda-feira. Anne chorou até dormir e acordou às três. Antes, ela adorava acordar no meio da madrugada e admirar pela janela a envolvente beleza da noite, e ouvir a respiração de Gilbert ao seu lado, e pensar nas crianças dormindo do outro lado do corredor e no dia lindo que estava por vir. Mas agora Anne ainda estava acordada quando a alvorada surgiu, cristalina e esverdeada como fluorita, e Gilbert finalmente voltou para casa. "Gêmeos", anunciou sem forças antes de se jogar na cama e adormecer em um minuto. Gêmeos, ora essa! Era a manhã do décimo quinto aniversário de casamento, e tudo que o marido dela tinha para dizer era "gêmeos". Ele sequer se lembrou da data.

E aparentemente também não se lembrou quando acordou, às onze. Pela primeira vez, não falou nada; pela primeira vez, não tinha um presente para ela. Muito bem, então; ele não iria ganhar o presente dele. Estava guardado há semanas: um canivete de cabo de prata, com a data de um lado e as iniciais do outro. É claro que teria de comprá-lo dela por um centavo, para que não cortasse o amor entre os dois. Mas, como ele havia se esquecido, ela também se esqueceria, só por vingança.

Gilbert passou o dia todo em uma espécie de transe. Mal falou com ninguém e não saiu da biblioteca. Será que estava perdido em devaneios, ansioso para rever Christine? Provavelmente, tinha vivido todos esses anos desejando ardentemente reencontrá-la. Anne sabia que aquilo era completamente irracional. Afinal, quando é que o ciúme não era insensato? Era inútil tentar ser filosófica. A filosofia não melhoraria seu estado de ânimo.

Eles pegariam o trem das cinco da tarde.

– Podemos assistir você se arrumar, mamãe? – perguntou Rilla.

– Ah, se quiserem... – disse Anne. Então percebeu o tom de voz queixoso e se recompôs. – Venham, minhas queridas – acrescentou, com arrependimento.

Nada deixava Rilla mais encantada que assistir à mamãe se arrumar. E até a menina achou que ela não estava muito entusiasmada naquela noite.

Anne pensou bastante em qual vestido deveria usar. Não que isso importasse, disse para si mesma com pesar. Gilbert não notaria. O espelho não era mais seu amigo... Parecia esquálida e cansada, e indesejada. Entretanto, não queria parecer muito provinciana e antiquada na frente da Christine. ("Não quero que ela sinta pena de mim.") Que tal o vestido novo de tule verde-maçã, sobre a combinação com botões de rosa? Ou o de seda, em tom creme, com um casaco curto rendado? Experimentou os dois e decidiu usar o de tule. Tentou vários penteados com o vestido e concluiu que o novo estilo *pompadour* com uma franja era muito charmoso.

– Ah, mamãe, você está linda! – exclamou Rilla, com os olhos arregalados de admiração.

Bem, crianças e tolos sempre dizem a verdade. Rebecca Dew não tinha dito uma vez que ela era "relativamente bonita"? Quanto ao Gilbert, costumava elogiá-la, mas nos últimos meses isso não vinha acontecendo. Anne não conseguia se lembrar de nenhuma ocasião.

Gilbert dirigiu-se ao *closet* para se aprontar e não disse nada sobre o vestido novo dela. Anne ficou paralisada por um momento, ardendo de ressentimento; em seguida, arrancou o vestido com petulância e o jogou sobre a cama. Iria com o velho vestido preto, considerado "elegante" nos círculos de Four Winds e do qual Gilbert nunca gostara. O que usaria no pescoço? Anne não tinha um colar decente. Bem... Pegou a caixinha contendo o coração rosa de esmalte que Gilbert havia lhe dado em Redmond. Não o usava mais com frequência, pois o rosa não combinava com os cabelos ruivos dela... Mas iria colocá-lo naquela noite. Será que Gilbert notaria? Enfim, estava pronta. Por que Gilbert ainda não estava? Por que estava demorando tanto? Ah, sem dúvida estava se barbeando com muito cuidado! Ela bateu à porta.

– Gilbert, perderemos o trem se você não se apressar.

– Você está usando o seu tom de professora – disse Gilbert ao sair.

– Algum problema com seus metatarsos?

Ah, que engraçado. Ela não quis pensar no quão bem ele ficava de fraque. A moda masculina atual era ridícula, completamente sem *glamour*. Que deslumbrantes devem ter sido os dias da grande rainha Elizabeth, quando os homens podiam usar casacos de cetim branco e capas de veludo carmesim e golas de renda! E sem serem femininos. Foram os homens mais elegantes e aventureiros que o mundo já viu.

– Então vamos indo, já que está com tanta pressa – disse Gilbert distraidamente. Nos últimos tempos, ele não prestava atenção ao falar com ela. Era como se Anne fizesse parte da mobília... Sim, um mero móvel!

Jem os levou até a estação. Susan e a senhorita Cornelia, que viera perguntar a Susan se podia contar com ela para fazer batatas gratinadas para o jantar da igreja, como de costume, ficaram observando-os com bastante admiração.

– Anne está com uma aparência ótima – disse a senhorita Cornelia.

– Sim – concordou Susan. – Se bem que tive a impressão de que ela estava mal do fígado, nas últimas semanas. Mas continua linda. E o doutor ainda tem a barriga magra que sempre teve.

— Um casal ideal — disse a senhorita Cornelia.

O casal ideal foi até a cidade em um lindo silêncio. É claro que Gilbert estava profundamente nervoso diante do prospecto de reencontrar o velho amor da vida dele! Anne espirrou. Temia que fosse o começo de um resfriado. Seria um desastre passar o jantar inteiro fungando, sob o olhar da senhora Andrew Dawson, vulgo Christine Stuart! Um ponto da boca dela estava dolorido... Provavelmente era uma afta horrível surgindo. Será que Julieta espirrou alguma vez? Imagine Pórcia com frieiras! Ou a argiva Helena soluçando! Ou Cleópatra com calos!

Ao entrar na residência de Barrett Fowler, Anne tropeçou na cabeça do tapete de urso no *hall* de entrada, cambaleou pela selva de exorbitantes móveis estofados e tons de dourado que a senhora Barrett chamava de sala de estar e caiu no sofá Chesterfield, felizmente voltada para cima. Aflita, olhou ao redor à procura de Christine, que por sorte ainda não tinha aparecido. Que horrível teria sido se ela estivesse ali, divertindo-se com a entrada digna de um bêbado da esposa de Gilbert Blythe! Gilbert nem perguntou se ela estava bem; já estava absorto em uma conversa com o doutor Fowler e um tal de doutor Murray, de New Brunswick, autor de uma monografia notável sobre doenças tropicais que estava causando burburinho nos círculos médicos. Não obstante, Anne notou que, quando Christine fez sua entrada, anunciada por um perfume de heliotrópios, a monografia foi prontamente esquecida. Gilbert levantou-se com um brilho de interesse muito evidente nos olhos.

Christine deteve-se por um momento na porta. Nada de tropeços para ela. Anne recordou-se de que Christine tinha o hábito de parar na porta para se exibir. E, sem dúvida, achava que aquela era uma chance excelente para mostrar a Gilbert o que ele tinha perdido.

Ela usava um vestido de veludo púrpura de mangas longas e esvoaçantes, com forro dourado, e uma longa cauda com bordados em renda dourada. Uma faixa dourada prendia os cabelos ainda pretos. Trazia no pescoço uma corrente de ouro longa e fina, cravejada de diamantes. No mesmo instante, Anne sentiu-se antiquada, provinciana, desarrumada, deselegante e seis meses atrasada na moda. Desejou não ter ido com o pingente de coração.

Não havia dúvida de que Christine continuava linda como sempre. Polida e bem preservada um pouco além do limite, talvez... Sim, consideravelmente mais encorpada. O nariz continuava comprido, e o queixo era claramente o de uma mulher de meia-idade. Parada na porta, era possível ver que seus pés eram... substanciais. E o ar de distinção não parecia um pouco artificial? Mesmo assim, as bochechas ainda pareciam feitas de marfim, e os grandes olhos azuis-escuros ainda brilhavam sob as intrigantes sobrancelhas paralelas que eram consideradas tão fascinantes em Redmond. Sim, a senhora Andrew Dawson era muito bonita... E de forma alguma passava a impressão de ter enterrado o coração junto com o senhor Andrew Dawson.

Christine cativou a sala inteira ao entrar. Anne sentiu-se invisível, mas sentou-se com mais aprumo. Christine não veria nenhuma senhora de meia-idade desleixada; Anne entraria na batalha de cabeça erguida. Seus olhos acinzentados tornaram-se excessivamente verdes, e um leve rubor coloriu seu rosto oval. ("Lembre-se de que você tem um nariz!") O doutor Murray, que não a notara antes, surpreendeu-se com a esposa incomum do doutor Blythe. A senhora Dawson, com sua afetação, tinha uma beleza ordinária em comparação.

– Gilbert Blythe, lindo como sempre – disse Christine com malícia. Christine sendo maliciosa! – É tão bom ver que não mudou nada.

("Ela ainda fala arrastando as palavras. Como eu sempre odiei essa voz aveludada!")

– Quando olho para você – disse Gilbert –, o tempo para de fazer sentido. Onde aprendeu o segredo da juventude eterna?

Christine riu.

("Ela não tem uma risada metálica?")

– Você sempre soube como fazer elogios, Gilbert. Sabe... – Ela olhou para todos os presentes com uma expressão ladina. – O doutor Blythe foi uma antiga paixão minha, dos tempos que ele está fingindo que foram ontem. E Anne Shirley! Você não mudou tanto quanto me disseram... embora duvide que a reconheceria se nos encontrássemos por acaso na rua. Seu cabelo está um pouco mais escuro do que costumava ser, não é mesmo? Não é divino nos reencontrarmos assim? Estava com muito medo de que o seu lumbago a impedisse de vir.

– Meu lumbago!

– Ora, sim. Você não sofre de lumbago? Foi o que achei...

– Devo ter me confundido – desculpou-se a senhora Fowler. – Alguém me disse que você estava com um ataque muito forte de lumbago.

– É a esposa do doutor Parker, de Lowbridge. Nunca tive lumbago na vida – respondeu Anne monotonamente.

– Fico muito feliz em saber – disse Christine, com um sutil tom de insolência. – É horrível. Tenho uma tia que é uma verdadeira mártir por causa disso.

Ela parecia relegar Anne à geração das tias. Anne esboçou um sorriso com os lábios, não com os olhos. Se ao menos conseguisse pensar em algo inteligente para dizer! Sabia que às três da manhã daquela noite uma resposta brilhante provavelmente surgiria.

– Ouvi dizer que vocês têm sete filhos – disse Christine, falando para Anne enquanto olhava para Gilbert.

– Somente seis estão vivos – disse Anne, estremecendo. Mesmo depois de tanto tempo, não conseguia pensar na pequena e alva Joyce sem sentir dor.

– Que família! – disse Christine.

Naquele momento, pareceu vergonhoso e absurdo ter uma família grande.

– Você, acredito eu, não tem filhos – disse Anne.

– Nunca me importei muito com crianças, sabe? – Christine ergueu seus ombros notoriamente esbeltos, mas a voz dela soou um pouco áspera. – Receio não ser uma pessoa do tipo maternal. Nunca acreditei que a única missão de uma mulher é trazer crianças para este nosso mundo já bastante superlotado.

O jantar foi servido. Gilbert acompanhou Christine, o doutor Murray acompanhou a senhora Fowler, e o doutor Fowler, um homenzinho rotundo que não conseguia manter uma conversa com ninguém que não fosse outro médico, acompanhou Anne.

Anne teve a sensação de que a sala estava abafada. Havia um misterioso cheiro enjoativo no ar. Talvez a senhora Fowler tivesse acendido um incenso. Ainda que o cardápio fosse convidativo, Anne esforçou-se para comer mesmo sem apetite e sorriu até achar que estava começando a parecer o gato de Cheshire[23]. Não conseguia tirar os olhos de Christine, que sorria ininterruptamente para Gilbert. Seus dentes eram impressionantes... até demais. Pareciam protagonistas de uma propaganda de pasta de dente. Christine movia as mãos habilmente enquanto falava. Eram adoráveis, ainda que um pouco grandes.

Ela falava com Gilbert sobre as velocidades rítmicas da vida. O que diabos isso significava? Será que ela mesma sabia? Logo passaram para a encenação da Paixão de Cristo.

– Você já esteve em Oberammergau? – Christine perguntou para Anne, sabendo muito bem que ela nunca estivera lá! Por que uma pergunta tão simples soava insolente quando feita por Christine?

– É claro, uma família impõe limites terríveis – disse Christine. – Ah, adivinhe quem eu vi no mês passado, quando estive em Halifax! Aquela amiguinha sua... Aquela que se casou com o ministro feio... Qual é o nome dele?

– Jonas Blake – disse Anne. – Philippa Gordon casou-se com ele. Eu nunca o achei feio.

---

23 Também conhecido como o Gato Risonho ou o Gato Listrado de *Alice no País das Maravilhas*, do escritor inglês Lewis Carroll (1832-1898). (N. T.)

– Não? Enfim, gosto não se discute. Bom, nós nos encontramos. Pobre Philippa!

Christine usava o termo "pobre" com muita proficiência.

– Por que "pobre"? – perguntou Anne. – Acho que Jonas e ela são muito felizes.

– Feliz? Querida, se visse o lugar onde moram! Uma vilazinha de pescadores miserável onde a maior animação é quando os porcos invadem o jardim! Disseram-me que ele abriu mão de uma ótima igreja em Kingsport porque achava que era seu "dever" ir para a vila dos pescadores, onde as pessoas "precisavam" dele. Não gosto desses fanatismos. Perguntei para Philippa: "Como consegue viver em um lugar tão isolado?". Sabe o que respondeu?

Christine fez um gesto expressivo com as mãos cheias de anéis.

– Talvez seja o mesmo que eu diria sobre Glen St. Mary – disse Anne –, que é o melhor lugar do mundo para se viver.

– Engraçado pensar que você é feliz lá. – Christine sorriu. ("Aquela boca terrível cheia de dentes!") – Nunca desejou uma vida mais interessante? Sempre foi ambiciosa, se me lembro bem. Você não escrevia umas historiazinhas inteligentes quando estava em Redmond? Um tanto fantásticas e extravagantes, é verdade, mas...

– Eu as escrevia para aqueles que ainda acreditam na Terra das Fadas. É surpreendente a quantidade de pessoas que gostam de receber notícias de lá, sabe?

– E você parou de escrevê-las, correto?

– Não exatamente... Agora eu escrevo cartas vivas[24] – disse Anne, pensando em Jem e companhia.

Christine a encarou, sem reconhecer a citação. "O que Anne Shirley queria dizer? Ela era conhecida em Redmond pelas falas misteriosas. Mantivera a beleza de maneira assombrosa, mas provavelmente era

---

24   Referência ao Novo Testamento, Coríntios 3:2,3. (N. T.)

uma dessas mulheres que param de pensar quando se casam. Pobre Gilbert! Ela o fisgara antes que ele fosse para Redmond. Ele nunca teve a chance de escapar."

– As pessoas ainda brincam de Filomena[25]? – perguntou o doutor Murray, que acabara de encontrar uma semente dupla em uma amêndoa. Christine virou-se para Gilbert.

– Lembra-se da vez em que brincamos de Filomena?

("Por acaso eles trocaram um olhar especial?")

– Acha que eu conseguiria me esquecer? – perguntou Gilbert.

Eles iniciaram uma sessão de "você-se-lembra?" enquanto Anne olhava fixamente para um quadro de um peixe e laranjas pendurado sobre o aparador. Não imaginava que Gilbert e Christine tivessem tantas histórias em comum. "Lembra-se do nosso piquenique em Arm? Lembra-se da noite em que fomos àquela igreja de outra congregação? Lembra-se da noite em que fomos ao baile de máscaras? Você foi vestida de espanhola em um vestido preto de veludo, com um xale de renda e um leque."

Gilbert aparentemente lembrava-se de tudo em detalhes. E havia se esquecido do aniversário de casamento deles!

Quando voltaram para a sala, Christine olhou pela janela para o céu iluminado pelo etéreo prateado atrás dos álamos escuros.

– Gilbert, vamos dar uma volta no jardim. Quero aprender novamente o significado do nascer da lua em setembro.

("O significado do nascer da lua em setembro era diferente do de outros meses? E o que ela quis dizer com 'novamente'? Ela já havia aprendido antes... com ele?")

Lá foram eles. Anne sentiu que tinha sido delicada e sutilmente deixada de lado. Sentou-se em uma cadeira voltada para o jardim...

---

25 Brincadeira em que um indivíduo, ao encontrar uma semente dupla em uma amêndoa ou noz, oferece uma delas a outra pessoa em troca de um castigo ou prenda. Tradicionalmente, o castigo é dizer "Bom dia, Filomena", mas pode ser algo mais elaborado. Era comumente usada como forma de flerte. (N. T.)

Embora não admitisse para si mesma que a havia selecionado por esse motivo. Podia ver Christine e Gilbert caminhar pela trilha do jardim. O que estavam dizendo um para o outro? Christine parecia guiar a conversa. Talvez Gilbert estivesse atônito de tanta emoção. Estaria sorrindo ao reviver lembranças das quais ela não fazia parte? Recordou-se de noites em que Gilbert e ela caminharam pelos jardins de Avonlea sob o luar. Será que ele tinha se esquecido delas?

Christine olhava para o céu. Era óbvio que estava exibindo o pescoço alvo e delicado ao fazer isso. Por que a lua estava demorando tanto para nascer?

Outros convidados chegavam quando eles finalmente voltaram. Havia conversas, risos, música. Christine cantou... muito bem. Ela sempre fora "musical". Cantou para Gilbert sobre "os tenros dias de outrora, além das recordações". Gilbert reclinou-se em uma cadeira, em um silêncio incomum. Será que estava relembrando os tenros dias de outrora? Estaria imaginando como teria sido a vida se tivesse se casado com Christine? ("Eu costumava sempre saber o que Gilbert estava pensando. Minha cabeça está começando a doer. Se não formos embora logo, vou gritar. Ainda bem que o trem parte cedo.")

Quando Anne desceu as escadas, Christine estava na varanda com Gilbert. Ela estendeu a mão e tirou uma folha do ombro dele, um gesto quase de carícia.

– Está tudo bem mesmo, Gilbert? Você parece incrivelmente cansado. Sei que anda trabalhando demais.

Uma onda de horror tomou conta de Anne. Gilbert de fato parecia cansado... assustadoramente cansado... O que só percebeu graças ao comentário da Christine! Jamais se esqueceria da humilhação daquele momento. ("Tenho deixado de reparar em Gilbert enquanto o acuso de fazer o mesmo.")

Christine virou-se para ela.

– Foi ótimo ver você de novo, Anne. Quase como nos velhos tempos.

– Quase – respondeu Anne.

– Estava dizendo a Gilbert que ele parece um pouco cansado. Você precisa tomar mais cuidado com ele, Anne. Sabe, houve uma época em que eu estava interessada de verdade nesse seu marido. Creio que foi o melhor namorado que já tive. Espero que me perdoe, já que eu não o roubei de você.

Anne ficou paralisada novamente.

– Talvez ele lamente por você não ter feito isso – disse ela, ao entrar na carruagem do doutor Fowler para ir à estação, com uma altivez da qual Christine se lembrava da época da universidade.

– Que engraçadinha! – disse Christine, encolhendo os belos ombros. Ela ficou ali, observando-os como se algo a divertisse imensamente.

CAPÍTULO 41

– Divertiu-se? – perguntou Gilbert, mais distraído do que nunca, enquanto a ajudava a subir no trem.

– Ah, bastante – disse Anne, sentindo-se como na frase esplêndida de Jane Welsh Carlyle, que "havia passado a noite sob grande tormento".

– Por que você fez esse penteado? – perguntou Gilbert, ainda perdido nos próprios pensamentos.

– Está na moda.

– Não combina com você. Pode até ficar bem em algumas pessoas, mas não em você.

– Ah, é uma pena o meu cabelo ser ruivo – disse Anne com frieza.

Gilbert achou que seria prudente abandonar aquele assunto delicado. Sabia que Anne era muito sensível em relação ao cabelo. Além disso, estava cansado demais para conversar. Encostou a cabeça no encosto da poltrona e fechou os olhos. Pela primeira vez, Anne percebeu alguns fios grisalhos acima das orelhas dele. Ainda assim, não cedeu.

Caminharam em silêncio da estação de Glen e pegaram um atalho até Ingleside. O ar estava repleto do aroma dos abetos e das samambaias. O luar cintilava sobre os campos úmidos pelo orvalho. Passaram por uma casa deserta com janelas quebradas e tristes que já haviam dançado com a luz. "Assim como a minha vida", pensou Anne. Tudo parecia ter algum significado lúgubre agora. A mariposa branca que volteou perto deles no jardim era um fantasma do amor extinguido. Anne enroscou o pé em um aro de críquete e quase caiu de cara em uma moita de flox. Por que as crianças haviam deixado aquilo ali? Eles iriam ouvir poucas e boas amanhã!

Gilbert somente disse "oops!" e a ajudou a se equilibrar. Será que ele teria reagido com a mesma casualidade se Christine tivesse tropeçado enquanto desvendavam o significado do luar?

Gilbert foi direto para o escritório assim que entraram em casa, e Anne subiu em silêncio para o quarto, onde o luar jazia no chão, imóvel, argênteo e frio. Abriu a janela e contemplou a vista. Evidentemente, o cachorro de Carter Flagg escolhera aquela noite para uivar, tarefa que fazia de corpo e alma. As folhas dos choupos-da-lombardia reluziam como prata sob o luar. A casa parecia sussurrar, sinistramente, como se não fosse mais amiga dela.

Anne sentiu-se enjoada, fria e vazia. O ouro da vida havia se convertido em folhas murchas. Nada mais tinha significado. Tudo parecia distante e irreal.

Lá longe, a maré honrava seu compromisso atemporal com a praia. Agora que Norman Douglas havia derrubado o arvoredo de abetos, ela podia ver a Casa dos Sonhos. Como eles tinham sido felizes lá... Quando estar a sós no próprio lar era suficiente, com seus planos para o futuro, suas carícias, o silêncio! A vida tinha todas as cores da manhã. Gilbert a admirava com um sorriso no olhar que guardava só para ela, e todos os dias encontrava uma forma diferente de dizer "eu amo você", compartilhando as risadas assim como as tristezas.

E, agora, Gilbert havia se cansado dela. Os homens sempre foram assim... E sempre seriam. Acreditava que Gilbert era uma exceção, mas agora sabia a verdade. O que Anne deveria fazer para ajustar a vida de acordo com essa nova realidade?

– Há as crianças, é claro – ponderou, impotente. – Devo seguir em frente por elas. E ninguém precisa saber... ninguém. Não preciso que tenham pena de mim.

Que barulho era aquele? Alguém estava subindo as escadas, três degraus por vez, como Gilbert costumava fazer há muito tempo na Casa dos Sonhos... O que não fazia há muito tempo. Não podia ser Gilbert... Mas era!

Ele entrou no quarto de supetão, jogou um pequeno pacote sobre a mesa, agarrou Anne pela cintura e dançou com ela pelo quarto como um rapaz enlouquecido. Por fim, sem fôlego, parou para descansar sob um facho de luar.

– Eu estava certo, Anne... Graças a Deus, eu estava certo! A senhora Garrow vai ficar bem... Foi o que disseram os especialistas.

– A senhora Garrow? Gilbert, você ficou maluco?

– Eu não contei para você? É claro que contei... Bem, o assunto era tão doloroso que eu nem consegui falar a respeito. A preocupação estava me matando nas últimas duas semanas... Não conseguia pensar em mais nada, acordado ou dormindo. A senhora Garrow mora em Lowbridge e era paciente do doutor Parker. Ele me chamou para uma consulta, e meu diagnóstico foi diferente do dele... Nós quase brigamos. Insisti que havia uma chance... Nós a enviamos para Montreal. Parker disse que ela não voltaria com vida. O marido dela estava a ponto de me dar um tiro. Quando ela viajou, comecei a me questionar. Talvez estivesse errado... Talvez estivesse torturando-a sem necessidade. Encontrei uma carta no meu escritório quando cheguei. Eles a operaram, e ela tem chances excelentes de sobreviver. Minha menina, você não imagina como estou contente! Rejuvenesci vinte anos.

Anne não sabia se ria ou se chorava... Então começou a rir. Era maravilhoso voltar a sorrir... Voltar a sentir vontade de rir. Subitamente, tudo voltara ao normal.

– Então foi por isso que se esqueceu do nosso aniversário de casamento? – provocou ela.

Gilbert a soltou para pegar o pequeno embrulho deixado sobre a mesa.

– Eu não esqueci. Duas semanas atrás, encomendei isso de Toronto. E só chegou nesta noite. Eu me senti tão mal nesta manhã por não ter nada para dar a você que nem mencionei a data... Também achei que você tinha se esquecido, e estava até torcendo por isso. Quando entrei no escritório, lá estava o presente junto com a carta de Parker. Veja se é do seu agrado.

Era um pequeno pingente de diamante. Mesmo sob o luar, reluzia como se tivesse vida.

– Gilbert... E eu...

– Coloque. Queria que tivesse chegado nesta manhã... Você teria algo para usar no jantar além daquele velho coração esmaltado. Se bem que estava lindo, aninhado no seu lindo colo alvo, minha querida. Por que não usou aquele vestido verde, Anne? Gostei dele... Ele me fez lembrar do vestido verde com botões de rosa que usava em Redmond.

("Ele notou o vestido! E ainda se lembrava do velho vestido que admirava tanto!")

Anne sentia-se como um pássaro liberto, voltando a alçar voo. Gilbert a abraçou. Seus olhos encaravam o fundo dos dela ao luar.

– Você me ama, Gilbert? Não me tornei um mero hábito na sua vida? Você não diz que me ama há muito tempo.

– Minha querida, minha amada! Não achei que precisasse de palavras para saber disso. Eu jamais conseguiria viver sem você, que sempre me deu forças. Há um verso da Bíblia escrito para você: "Ela só lhe faz bem, e nunca o mal, todos os dias da sua vida".

A vida, que parecia tão cinzenta e sem significado há poucos momentos, voltou a ser dourada e esplendidamente colorida. O pingente de diamante caiu no chão, sem que ninguém lhe prestasse atenção no momento. Era lindo, mas havia tantas coisas ainda mais lindas...

Confiança, paz, um trabalho agradável... Risadas e bondade... A velha sensação do amor eterno.

– Ah, se pudéssemos fazer este instante durar para sempre, Gilbert!

– Nós teremos mais momentos. É hora de termos uma segunda lua de mel. Anne, haverá um grande congresso médico em Londres no próximo fevereiro. Nós vamos... E depois viajaremos para conhecer um pouco do Velho Mundo. As férias nos aguardam. Seremos um casal de pombinhos novamente... Como se tivéssemos acabado de casar. Você não parece a mesma há muito tempo. ("Então, ele percebeu.") Está cansada e anda trabalhando demais, e precisa de uma mudança. ("Você também, querido. Tenho estado terrivelmente cega.") Não quero que acredite no que é dito por aí: as esposas dos médicos nunca têm o remédio de que precisam. Voltaremos descansados e renovados, com o senso de humor completamente restaurado. Bem, experimente o pingente e vamos dormir. Estou morrendo de sono... Não tenho uma noite decente de descanso há semanas, entre os gêmeos e a preocupação com a senhora Garrow.

– Sobre o que você e Christine conversaram tanto no jardim? – perguntou Anne, pavoneando-se diante do espelho com os diamantes.

Gilbert bocejou.

– Ah, não sei. Christine não parava de tagarelar. Mas eis um fato que me apresentou: sabia que uma pulga é capaz de pular duzentas vezes o próprio comprimento, Anne?

("Eles falavam de pulgas enquanto eu me contorcia de ciúme. Que idiota eu fui!")

– E como foi que chegaram a esse assunto?

– Não me lembro... Talvez por termos falado de *dobermanns*.

– *Dobermanns*! O que são *dobermanns*?

– Uma nova raça de cães. Christine parece ser uma especialista em cães. Estava tão obcecado com a senhora Garrow que nem prestei atenção no que ela estava dizendo. Eu escutava aqui e ali alguma coisa sobre complexos e repressões... Da nova psicologia que está surgindo... E arte... E gota e política... E sapos.

– Sapos?

– Alguns experimentos que um homem de Winnipeg está realizando. Christine nunca foi muito divertida, mas agora está mais entediante do que nunca. E maliciosa! Ela nunca foi assim.

– O que ela disse de malicioso? – perguntou Anne inocentemente.

– Não percebeu? Ah, acho que nem teria reparado... Você é tão avessa a esse tipo de coisa! Bem, não importa. Aquela risada dela me irritou um pouco. E está mais gorda. Ainda bem que você não engordou nada, minha menina.

– Ah, não acho que ela esteja muito gorda – disse Anne, caridosamente. – E certamente é uma mulher muito bonita.

– Mais ou menos. E os traços do rosto perderam um pouco do viço... Tem a mesma idade que a sua, mas parece dez anos mais velha.

– E você falando com ela sobre juventude eterna!

Gilbert mostrou um sorriso culpado.

– Foi preciso dizer amabilidades. A civilização não pode existir sem um pouco de hipocrisia. Ah, bem, Christine não é má pessoa, ainda que não pertença ao povo de José. Não é culpa dela não ter nem uma pitada do sal da terra. O que é isso?

– Meu presente de aniversário para você. E quero um centavo por ele... Não quero correr riscos. As torturas que suportei nesta noite! Estava sendo consumida por ciúme da Christine.

Gilbert parecia genuinamente surpreso. Nunca havia lhe ocorrido que Anne pudesse ter ciúme.

– Ora, minha menina, não achava que você era capaz disso.

– Ah, eu sou. Ora, eu tive um ciúme absurdo das suas correspondências com Ruby Gillis, anos atrás.

– Eu trocava cartas com Ruby Gillis? Tinha me esquecido. Pobre Ruby! E o Roy Gardner? O sujo não pode falar do mal lavado.

– Roy Gardner? Philippa escreveu algum tempo atrás me contando que ele está positivamente corpulento. Gilbert, o doutor Murray pode ser uma eminência na profissão, mas ele parece uma ripa de madeira.

Já o doutor Fowler parece uma rosquinha. Você parecia tão bonito e tão jovial ao lado deles.

— Ah, obrigado... Obrigado. É o que uma esposa diria. Para retribuir o elogio, você estava excepcionalmente linda nesta noite, Anne, apesar do vestido. Estava um pouco corada e seus olhos brilhavam... Ah, que gostoso! Não há nada como a nossa cama quando estamos cansados. Há outro verso na Bíblia... Engraçado como esses antigos versículos que aprendemos na escola dominical ressurgem ao longo da vida! "Em paz me deitarei e dormirei." Em paz... Eu me deitarei... Boa noite.

Gilbert já estava quase adormecido ao terminar de falar. O querido e fatigado Gilbert! Bebês poderiam nascer à vontade, que nada perturbaria o descanso dele. Que o telefone tocasse até quebrar.

Anne não estava com sono. Estava muito feliz para conseguir dormir. Moveu-se sem fazer ruído pelo cômodo, guardando coisas, trançando os cabelos, com o ar de uma mulher amada. Por fim, vestiu uma camisola e foi até o quarto dos meninos do outro lado do corredor. Walter e Jem, em suas camas, e Shirley, no berço, dormiam profundamente. O Camarão, que sobrevivera a gerações de gatinhos atrevidos e tornara-se um membro da família, estava enrolado aos pés de Shirley. Jem havia adormecido enquanto lia "O Livro da Vida do Capitão Jim", que estava aberto sobre a colcha. Como Jem parecia grande sob as cobertas! Logo estaria crescido. Que rapazinho mais corajoso e confiável era! Walter sorria enquanto dormia, como se soubesse um segredo fascinante. A lua brilhava sobre o travesseiro dele através das barras da janela, lançando a sombra nítida de uma cruz sobre a cabeça do menino. Anne se lembraria disso e imaginaria se não era um presságio de Courcelette[26], de um túmulo marcado por uma cruz "em algum lugar da França". Naquela noite, todavia, era apenas uma sombra... Nada mais. A coceira

---

26 A Batalha de Flers-Courcelette foi travada em setembro de 1916, na França, durante a Primeira Guerra Mundial. Como importante aliado do exército britânico, o Canadá enviou mais de 600 mil soldados para os campos de batalha. (N. T.)

havia sumido do pescoço de Shirley. Gilbert estava certo. Ele estava sempre certo.

Nan, Diana e Rilla estavam no outro quarto. Diana com os adoráveis cachinhos ruivos e uma das mãos sob a bochecha morena de sol, e Nan com os leques de longos cílios roçando as dela. Os olhos por trás das pálpebras de veias azuis eram castanhos como os do pai. E Rilla dormia de bruços. Anne a colocou virada para cima, mas os olhos dela não se abriram.

Todos cresciam muito rápido. Em poucos e curtos anos seriam jovens homens e mulheres, na flor da mocidade, cheios de expectativas, guiados pelos sonhos mais selvagens, pequenos barcos zarpando da segurança do porto rumo ao desconhecido. Os garotos seguiriam suas profissões, e as garotas... Ah, ela até podia vislumbrar as figuras das lindas noivas encobertas por um véu descendo as escadas de Ingleside. Mas eles ainda seriam delas por mais alguns anos. Para amá-los e orientá-los, e cantar as canções que tantas mães já tinham cantado. Dela... e de Gilbert.

Foi até a janela no fim do corredor que se projetava para fora. Todas as suspeitas, os ciúmes e os ressentimentos tinham ido para onde as luas velhas iam. Sentia-se confiante, feliz e jovial.

– Blythe[27]! Sinto-me como uma Blythe – disse, rindo do trocadilho bobo. – Sinto-me exatamente como na manhã em que Pacifique me contou que Gilbert iria se curar.

Lá embaixo estavam o mistério e a maravilha de um jardim à noite. As colinas distantes, tocadas pelo luar, formavam um poema. Dali a alguns meses, veria o luar sobre as longínquas e difusas colinas da Escócia, em Melrose, nas ruínas de Kenilworth, sobre a igreja próxima de Avon onde Shakespeare dormiu... Talvez até sobre o Coliseu, sobre a Acrópoles, sobre tristes rios que corriam sobre impérios mortos.

---

27 *Blithe*, em inglês, significa "alegre". (N. T.)

Fazia frio; logo viriam as noites mais geladas do outono; e, então, a neve profunda... a neve profunda e branca do inverno... Noites bravias com ventos e tempestades. Porém, quem se importava? Haveria a mágica da lareira nos quartos graciosos. Gilbert não tinha comentado pouco tempo atrás sobre a lenha de macieira que iria conseguir para acender o fogo? Esta glorificaria os dias cinzentos vindouros. Que importância teriam a neve e o vento áspero, com o amor ardendo em todo o seu brilho e esplendor, e a primavera logo adiante? E todas as doçuras da vida salpicando o caminho.

Afastou-se da janela. Com a camisola branca e os cabelos presos em duas longas tranças, parecia a Anne dos dias de Green Gables, dos dias de Redmond, dos dias da Casa dos Sonhos. Sua luz interior ainda irradiava. Pela porta aberta chegava o som tênue das crianças dormindo. Gilbert, que raramente roncava, sem dúvida estava roncando. Anne sorriu. E lembrou-se de algo dito por Christine. Pobre mulher sem filhos, atirando suas flechas de sarcasmo.

– Que família! – repetiu Anne, exultante.

FIM.